a) 在红色方框中的颜色已经成为一种颜色　　　　　　　b) 原始图像中的颜色

彩图1（图2-5）　用图2-3中所示的调色板量化成4色，一些相似的绿色映射为同一个颜色

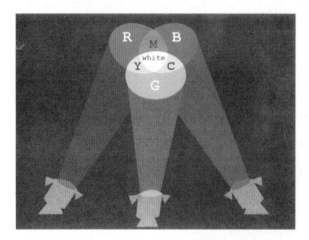

彩图2（图2-12）　RGB：一种加色系统

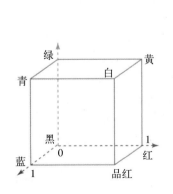
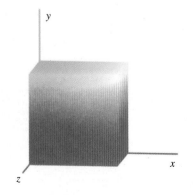

彩图3（图2-15）　RGB颜色立方体图例

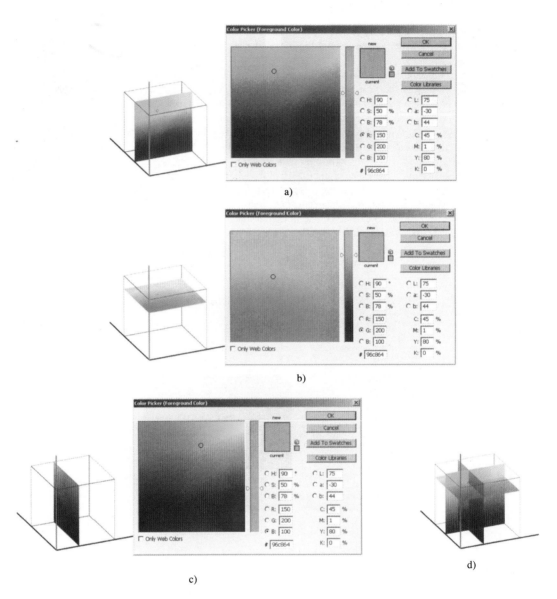

彩图4（图2-16） RGB颜色立方体和数字图像软件中的颜色选择器之间的关系

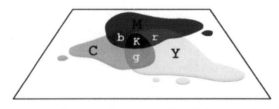

彩图5（图2-17） CMYK：一个减色系统，理论上讲，青色、品红色和黄色的混合将得到黑色

a) 采用索引颜色模式的图像

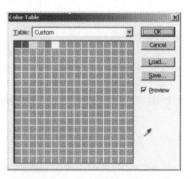

b) 对应索引颜色的颜色表或者调色板

c) 对索引颜色值作了改变之后的图像

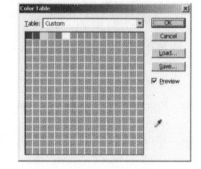

d) 反映c)中变化的颜色表

彩图6（图2-21）　索引颜色实例

a）图6-11中的第1帧，其中黑色矩形框
内的区域与b中蓝色的块相匹配

b）同一例中的第2帧蓝色区域内的块
正在进行运动矢量搜索

c）位置的差异由红线表示—运动矢量

彩图7（图6-12）　像素匹配和位移信息

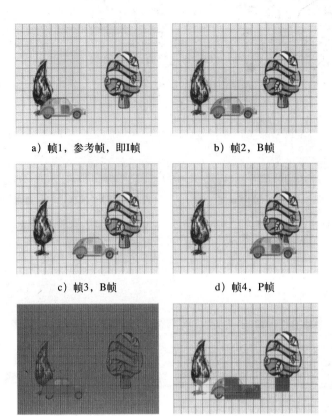

a）帧1，参考帧，即I帧   b）帧2，B帧

c）帧3，B帧   d）帧4，P帧

e）红色区域为使用原始像素信息 f）蓝色区域是使用前一帧的数据

g）青色区域是使用前一帧同一位置的数据，黄色区域是使用下一帧的数据

彩图8（图6-11） 一段视频的前四帧和像素信息

注：不是所有的块都标注了编码方法；仅编著了部分块来说明问题。

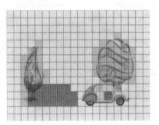

a）在时间轴一次排列的包含三个视频剪辑（由不同的颜色表示）的视频序列

b）波纹编辑后

c）滚动编辑后

d）滑行编辑后

e）滑动编辑后

彩图9（图7-8） 四种非线性视频编辑工具效果的示例

数字媒体专业规划教材

Digital Media Primer

Digital Audio, Video, Imaging and Multimedia Programming

数字媒体
基础教程

（美） Yue-Ling Wong 著

杨若瑜 唐杰 苏丰 译

机械工业出版社
China Machine Press

本书属于数字媒体领域的入门级课程。本书从最基本的二进制表示和模数转换概念讲起，分别对数字图像、数字音频和数字视频的概念、数字化方法、编辑技巧进行了全面的介绍，并在理论讲解中大量结合了常用的数字媒体编辑软件应用等内容，既有助于读者对概念的理解，又能够促进实践活动的完成。最后，本书还详细介绍了用Flash进行交互式多媒体创作的概念和方法，提供了大量的编程实例及相关说明内容。

本书可用作计算机专业以及信息技术相关专业的教科书，也可供从事数字媒体工作的相关人员参考。

本书版权登记号：图字：01-2009-1603

图书在版编目（CIP）数据

数字媒体基础教程/（美）黄裕宁（Yue-Ling Wong）著；杨若瑜等译. —北京：机械工业出版社，2009.8
（数字媒体专业规划教材）
书名原文：Digital Media Primer

ISBN 978-7-111-27734-7

Ⅰ. 数⋯　Ⅱ.①黄⋯　②杨⋯　Ⅲ.数字技术－多媒体－高等学校－教材　Ⅳ.TP37

中国版本图书馆CIP数据核字（2009）第119333号

机械工业出版社（北京市西城区百万庄大街22号　邮政编码　100037）
责任编辑：周茂辉
北京市荣盛彩色印刷有限公司印刷
2009年10月第1版第1次印刷
184mm×260mm · 17.5印张（含0.25印张彩插）
标准书号：ISBN 978-7-111-27734-7
定价：39.00元

凡购本书，如有倒页、脱页、缺页，由本社发行部调换
本社购书热线：（010）68326294

○译 者 序○

数字媒体技术融合了数字信息处理、计算机、通信和网络以及艺术创作等交叉学科和技术领域。在数字媒体技术研究的引领和支持下，以数字媒体、网络技术与文化产业相融合而产生的数字媒体产业，在世界各地得到了迅猛的发展，渗透到了科学、艺术、工程、商务、工业、医药、政府、娱乐、广告、教学培训、家庭等各个领域。

本书属于数字媒体领域的入门级课程，更适合于初学者。只要对数字媒体产品有关的信息和技术有兴趣，你就一定可以从本书有所收获。本书从最基本的二进制表示和模/数转换概念讲起，分别对数字图像、数字音频和视频、数字化方法、编辑技巧进行了全面的介绍，并在理论讲解中大量结合了常用的数字媒体编辑软件应用等内容，既有助于读者对概念的理解，又能够促进实践活动的完成。最后，本书还详细介绍了用Flash进行交互式多媒体创作的概念和方法，提供了大量的编程实例及相关说明内容。

为了适应数字媒体技术的发展及其应用，很多高校的不同专业都设置了数字媒体入门的课程，同时人们也希望有更新、更好的相关教材。因此，我们把本书介绍给国内读者，希望能对数字媒体技术的教学、研究学习和应用起到积极的作用。

本书由杨若瑜、唐杰和苏丰共同翻译。杨若瑜翻译了前言以及第1章～第4章，唐杰翻译了第5章～第7章，苏丰翻译了第8章～第11章。最后，由杨若瑜对全书进行了审校。由于译者的水平有限，书中难免出现错误和不妥之处，敬请读者批评和指正。

2009年5月

前　言

欢迎选择本书。这本书适合于各学科的初学者，前提仅仅是对学习数字媒体产品的基础概念和基本技术有兴趣。学习本书不需要任何先导课程。本书内容适合于以下课程：

- 包含部分数字媒体主题的非计算机科学专业的入门级课程。因为本书不但介绍了和数字图像、视频、音频有关的概念性知识，也对这些媒体构筑出可亲身体验的产品的过程等知识进行讲解，而且还让学生能够通过动画和游戏编程接触到基础的计算机编程知识。
- 希望帮助学生学会应用数字媒体工具的入门级数字艺术课程。因为本书深入阐述了数字媒体有关的基础概念；而通过对这些概念的理解和应用，能够进行更好的创作并达到预期的艺术效果，还能够增强对数字媒体工具进行创造性使用的能力和信心。
- 与媒体产品有关的入门级课程。因为学生可以通过阅读本书中数字视频和音频方面的内容来获得坚实的技术基础。

通过阅读本书，学生在深入了解数字媒体的同时，还会熟悉一些基础的计算机术语的概念，并能够将这些概念和数字媒体应用软件中的工具和技术联系起来。

在实际使用软件中的工具或技术的时候，对概念和应用之间关系的理解则能够更有效地帮助学生做出成熟的决策，而不仅仅是依赖一些默认设置或者简单的小诀窍。另外，本书通过合理的编排完成一种循序渐进的讲解，从而培养学生主动探索、学习和应用新软件的兴趣和能力。在学习了第1章~第7章的内容之后，学生能够掌握如何创建和编辑数字图像、音频和视频；然后，学生将在阅读和多媒体创作有关的章节（第8章~第11章）过程中，通过用Flash ActionScript进行游戏编程，逐步深入地了解更多计算机编程的基本概念和方法。

内容组织

本书的整体内容始终围绕一个数字媒体的核心概念——数字化过程（取样和量化），来组织。例如，**取样**（sampling）过程涉及数字图像的分辨率、数字音频的取样率。**量化**（quantization）过程则涉及数字图像的色彩深度、数字音频的位深度。和图像分辨率相关的数字视频中需要处理的则是帧尺寸。由此可见，学生将通过一个可应用在不同上下文中的共同概念框架，系统地了解图像分辨率、音频取样率、色彩深度、音频位深度、视频帧尺寸等多个概念；这样要比将各种概念分散到不同的具体媒体信息中进行介绍更易于学习和掌握（参见图1）。

概念和应用并重

每个主题（图像、音频、视频）都用两章来介绍：其一用于介绍概念，其二用于介绍有关应用。具体安排如下：

第1章：背景知识

第2章：数字图像（概念）

第3章：数字图像（应用）

第4章：数字音频（概念）

第5章：数字音频（应用）

第6章：数字视频（概念）

第7章：数字视频（应用）

第8章~第11章：多媒体创作

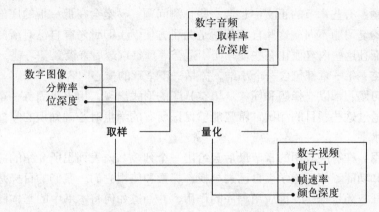

图1　取样和量化是将和不同类型媒体有关的话题统一起来的核心概念

基本概念在概念型章节（第2、4、6章）中讨论，与概念相关的应用以及常用的应用软件工具和技术在应用型章节（第3、5、7章）中讨论。例如，第2章解释了图像分辨率的概念。第3章就会讨论如何估计扫描分辨率和打印分辨率，"扫描和打印分辨率的测定"就是分辨率这个概念的一个应用。

在多媒体创作有关的章节中，第8章介绍了动画基础知识和如何使用Adobe Flash。第9章对适用于大多数编程语言的一些编程基本原则进行概述。第10章讨论在使用Flash ActionScript进行编程时一些特定的方面。第11章解释如何添加交互。这一部分的实验室练习均围绕编程实现计算机游戏进行设计。

介绍软件工具的方法

创建、处理媒体文件并完成最终作品，是数字媒体课程学习中的重要部分。我已经意识到，在数字媒体的教学中，能够教会学生熟练、流畅地使用数字媒体处理软件是十分重要的。但是，如何应对迅速更新换代的应用软件技术和工具是一个很大的挑战。

本书在将软件工具呈现给学生时，重点关注的是其中的基本任务和科学概念部分。有关概念的章节提供了理解软件功能原理的科学基础。有关应用的章节在介绍一个具体的软件时，通常以基于任务的视点进行切入，然后展示该软件中一个相关命令的执行过程。总体目标就是培养学生自己学习新的软件工具的能力。

内容安排的特点

本书在文字安排上主要采用了如下方式或结构。

- **关键术语**：关键术语在初次给出定义的时候采用黑体显示。
- **学习帮助**：在正文中用框加注文字来表示，出现在相关内容的旁边。每个帮助内容都包括一个标题和一段简要的描述。
- **加框的资料**：在正文中出现某些概念或术语时，本书采用加框的资料形式，提供和当前正文内容有关的更多深入的讨论和解释。这些资料有可能因为偏离了正文的主线。因此，将它们用框包围，是为了防止阅读正文时影响了思路。
- **夹注**：通常采用夹注来快速地回顾相关术语，或者指出哪些章包含与当前正文内容相关的理论知识等。
- **自测问题**：有些章节的正文中包含一些自测问题。答案会在那一页的底部给出。和每一章最后的复习题不同，这些自测问题是为了方便学生即时考查自己对所阅读内容的理解程度，而且这些内容往往有些琐碎而不适合等到每章最后来设置复习题。
- **本章小结**：每一章都包含一个小结，概括一下全章的核心内容。
- **章末复习题**：都以选择题和简答（填空）题的形式出现，用来巩固每一章所学到的基本知识。通过这些题目的测试，希望能够保证所有的学生对基础知识的掌握可以达到相对一致的水平。
- **探索应用**：在有关应用的章节最后会给出一个列表，该表列出所介绍的应用程序中的常用特性和功能，然后让学生自己去寻找、探索和使用它们。我们的目标是帮助学生学会如何以任务为目标、发掘应用程序的作用，并知道如何将本书中的基本概念等应用到这个过程中。通过这种方法，使得学生不会养成只会使用特定软件甚至特定版本的习惯。

教师资源

教师资源是被保护的，采用本书作为教材的教师可以联系培生教育出版集团北京办事处（见书后教学支持申请表）获取以下教辅资源：

- 每章末复习题的答案
- 试卷的答案
- 每个实验完成后的文件

练习和实验用的软件工具

虽然本书在教授媒体制作有关的应用软件时，核心思想是以"任务"为中心来展开。但不可避免的是，在文字说明中，总是要通过特定的应用软件来展现任务的完成过程。表1列出了本书用到的各种应用软件。那些在文字、实验等中出现得较多的几个软件用加粗的字体标注。

表 1

关注内容	本书用到的软件名称（在文字、实验等中出现得较多的用加粗字体标注）
数字图像	**Adobe Photoshop**, Adobe Illustrator
数字音频	**Adobe Audition**, **Audacity**, Apple Garage Band, Sony Sound Forge, SONAR, Sony ACID Pro, RealProducer Basic
数字视频	**Adobe Premiere Pro, Apple Final Cut Pro**, Sony Vegas, Adobe Encore DVD, Apple DVD Studio Pro, Sony DVD Architect
多媒体制作	**Adobe Flash**

致谢

所有资料都已经在课堂使用中经过了检验，我要感谢所有为我们提供反馈信息的学生们，他们的意见帮助我们对本书内容和安排进行了改进。

我还要感谢那些参与了这些单元中的先导测试的教授们：Rollins学院的Julie Carrington、佛罗里达大学的Kristian Damkjer、佛罗里达州立大学的Ian Douglas、维吉利亚理工学院的Edward A.Fox、Bishop McGuinness高中（北卡罗莱纳州）的Martha Garrett、Windsor大学（加拿大安大略湖）的Kim Nelson、加利福利亚圣地亚哥和圣地亚哥州立大学的Naomi Spellman、曼哈顿行政社区学院的Christopher Stein、Keaau高中（夏威夷）的Mark Watanabe。

我还要感谢我的学生助手们，他们帮助我完成有关资料，并给出了一些有关学习帮助的建议。有些学生还允许我将他们的工作作为演示收录到本书中，他们是：Kevin Grace、Gretchen Edwards、Lindsay Ryerse、Caldwell Tanner和Daniel Verwholt。

我还要感谢本书的审阅者，他们提供了很好的建议和意见。他们是威尔斯利学院的Panagiotis T. Metaxas、曼哈顿行政社区学院的 Jody Culkin、密苏里大学的Hsin-liang Chen、罗切斯特技术研究院的Daniel Bogaard、彻萨庇克学院的Diana Hill、Palm Beach Community College 的Sandra K. Williams，以及北达科他州大学的Mark Grabe。

所获支持

本书获得了国家科学基金（基金号：DUE-0127280和DUE-0340969）的支持。书中表述的任何观点、发现、结论或者建议均代表作者立场，而不反映国家科学基金的观点。两个基金的PI和co-PI分别是Yue-Ling Wong 和 Jennifer J. Burg。Leah McCoy教授是第二个基金中的评估专家。

照片的版权

Chapter 1 opening: M.C. Escher (1898–1972) "Day and Night" © 1999 Cordon Art B.V.-Baarn, Holland. All rights reserved.

Chapter 2 opening: Georges Pierre Seurat, (1859–1891) French, Sunday On The Isle of La Grande Jatte, Metropolitan Museum of Art, New York City/Superstock, Inc.

Chapter 3 opening: Hans Hofmann (1880–1966) © ARS, NY. Pompeii. 1959. Oil on canvas, 214.0 × 132.7 cm. Tate Gallery, London, Great Britain. Photo credit: Tate Gallery, London/Art Resource, NY.

Chapter 4 opening: Pablo Picasso (1881–1973), "Violin". 1912. Charcoal and papier colles on paper. Musee National d'Art Moderne, Centre Georges Pompidou, Paris, France. Musee National d'Art Moderne. Centre National d'Art et de Culture. Georges Pompidou. CNAC/MNAM/Reunion des Musees Nationaux/Art Resource, NY. © 2008 Estate of Pablo Picasso/Artists Rights Society (ARS), New York

Chapter 5 opening: Pablo Picasso "Three Musicians", Fontainebleau, summer 1921, oil on canvas, 6 ft. 7 in. × 7 ft. 3 3/4 in. (200.7 × 222.9 cm). The Museum of Modern Art/Licensed by Scala-Art Resource, NY. Mrs. Simon Guggenheim Fund. Photograph © 1997 The Museum of Modern Art, New York. © 2008 Estate of Pablo Picasso/Artists Rights Society (ARS), New York

Chapter 6 opening: Thomas Eakins, "The Pole Vaulter". 1884. Pennsylvania Academy of the Fine Arts PAFA

Chapter 7 opening: The Bridgeman Art Library International

Chapter 8 opening: Wassily Kandinsky (Russian, 1866–1944), "Composition #8." © Summit Labs/Superstock. © 1998 Artists Rights Society (ARS), New York/ADAGP, Paris.

Chapter 9 opening: Wassily Kandinsky (Russian, 1866–1944), "Composition #8." © Summit Labs/Superstock. © 1998 Artists Rights Society (ARS), New York/ADAGP, Paris.

商标的版权

目　录

第1章 背 景 知 识

1.1 简介

数字媒体的学习不仅仅依赖于概念性的知识，也需要创造性的知识。当然，学习使用一些数字媒体处理软件（包括处理数字图像的Adobe Photoshop和Corel Paint Shop Pro、处理数字视频的Adobe Premiere Pro和Apple Final Cut、处理数字音频的Adobe Audition和Sony Sound Forge等）是必需的；但是，深入理解一些根本的原则和概念，将能够帮助你针对预定的目标来设计出更好的创意并将其付诸实现。仅仅学习使用某个软件的某个版本，会严重限制人的创造力，可能你最终仅仅是知道这个版本的软件能做些什么而已。如果能够将要完成的制作任务和隐藏在工具背后的基本概念联系起来，并且还能进行概括和推广，那么当所使用的软件或者版本更换的时候，就一定能在"帮助"中轻松找到和任务有关的信息。

很多应用软件都设置了大量的默认参数来帮助用户创建数字媒体作品。使用这些参数，甚至不需要任何与数字媒体有关的基本知识，就可以完成一个设计。例如，可以利用一个滤镜为一幅数字图像制作出某种特殊效果，而完全不考虑有关的各种参数是如何影响图像的最终效果的。在此过程中，不会有任何错误信息的提示，所以可以顺利地应用这个效果并保存文件。但是，要想达到一个预期的理想效果，往往就需要一些错误的尝试和反复的试验。所以理解工具背后的基本概念才能够在使用工具制作数字媒体作品时，考虑如何为达到预期的、更好的效果而做出一些理性的、成熟的判断和决策。

二进制表示和数字媒体的关系

为了便于读者理解后面的章节中将要介绍的一些数字媒体概念，本章会首先介绍一些必需的基本知识。因为计算机使用**位**和**字节**作为单位来处理数据，在学习数字媒体的过程中就无法避免要遇到这些术语。本章会解释**位**和**字节**的概念，以及二进制和十进制之间的转换。单独从本章的内容来看，这些概念和数字媒体之间的联系并不那么直接和明显，但是这些基础性知识能够帮助理解各种专业术语，这些术语都是在学习数字媒体中必然要遇到的。下面举几个例子：

- 文件尺寸和前缀。数字文件（图像和音频，特别是视频文件）常常很庞大。而文件的尺寸（大小）常常是在创建和输出文件的步骤中需要重点考虑的因素。我们往往需要监控文件尺寸的改变，这个尺寸总是以位（bit）或者字节（byte）再加上前缀（K表示"千"，M表示"兆"，G表示"千兆"）来描述的。此外，后面的章节有一些文件尺寸计算的例子，先用位来做单位，然后可以转换为MB或GB。所以，必须要知道如何看懂一个文件的尺寸表示并理解这些单位的含义。

  理解十进制到二进制的转换也能够帮助理解为什么一定数量的信息需要相应数量的位来存储。

- 学习二进制表示和十进制与二进制之间的转换，就将能更清楚地了解信息实际上在计算机中是如何以位为单位进行存储和处理的。

- 位深度。如果曾经接触过数字图像，可能就已经知道位深度和颜色深度（第2章和第3章里面将介绍）这两个术语。了解二进制系统能够帮助理解图像位深度或颜色深度和颜色数量之间的关系。例如，8位代表着256种颜色而24位代表着数百万种颜色。

  明白了位的概念，就能够理解为什么图像的颜色越丰富或者位深度越大，图像文件就越大。

- 位速率。在处理数字视频的时候，常常会遇到位速率（第6章和第7章里面将介绍）这个术语。一个视频的位速率影响着它播放时的平滑程度。了解位的概念有助于理解什么是位速率、位速率的意义，以及如何通过计算视频的平均位速率来控制和预测它最后的播放效果。

- 在创建网页的时候，指定文字颜色或背景颜色之类的工作还需要用到十六进制。例如，#FF0000表示红色。十进制和二进制或者十六进制的转换都是相似的。所以前面的学习能够让你更快地理解一个颜色的十六进制表示是如何得到的。

1.2 模拟和数字化表示

现在常常说我们生活在一个数字时代。但是，准确地说，我们生活的这个真实世界恰恰是一个模拟世界。比如，我们听到的语音和音乐都是以声波形式存在的模拟信号。但是，计算机存储和传输信息的时候，用的却都是数字化的信息。因此，为了将我们的模拟世界和计算机联通，模拟信息和数字信息就必须能够相互转换。遗憾的是，经过转换得到的信息准确性总是要比原始信息低。我们将在本章的后面更详细地讨论这个转换过程——取样和量化。在深入讨论转换过程之前，我们必须首先理解信息的模拟表示和数字表示的本质。

1.2.1 模拟信息

在现实世界中，我们感知到的大多数信息都是模拟的形式。例如，我们要量一下铅笔的长度（见图1-1）。从标尺上我们可以读出铅笔在7.25英寸到7.5英寸之间，但是落点要比7.25和7.5这两个刻度正中间的位置还偏少一点。你是不是会将其读为7.25英寸呢？显然并不能用7.25英寸这个数值来代表这只铅笔的准确长度。那么再仔细看一看——笔尖几乎就在7.25和7.5的正中间位置。这样，我们该说它的长度是7.375英寸吗？当然，这个长度比7.25更接近于铅笔的真实长度了，可惜铅笔看上去还是比7.375短那么一点。那么，是7.374、7.373、7.3735、7.37355…，哪个正确？两个刻度之间存在着无限的分隔点。那么标尺的刻度划分该有多么细小才能够让我们获得一个精确值呢？答案是：无限小！因为，在两个数值之间，永远存在另外一个数值！

a) 远景图   b) 近景图

图1-1 用尺子量铅笔的长度

另外的有关连续信息的例子包括：时间、重量、温度、线、波（例如声波），以及平面（例如相片）。指针式钟表、温度计（见图1-2a）、体重秤等则都属于模拟设备。

1.2.2 数字信息

计算机由电子设备构造而成，这种电子设备只在两种电压下达到稳定，从而只能表示两种状态。因此，计算机在一种二态的系统下工作，也称为"二进制"系统。我们不用考虑这两种状态所对应的具体电压是多少，我们只需要将其记为"关"和"开"、或者"假"和"真"就可以。在计算机科学中，这两种状态又记为"0"和"1"两个数字。

大多数人把二进制系统认为是计算机专有的。其实，计算机只是利用了0和1这两个数字，而我们的日常生活中用到了更多的数字而已。所以有些人总认为二进制的概念很难理解。

其实这并不难。请想象一下：用眼睛发暗号和你的朋友交流。每只眼睛都可以或睁或闭（见图1-3）。当你要通过这样的暗号和朋友联系时，你就必须先确定两只眼睛的不同状态（睁开或闭上）的组合分别代表什么含义。也就是说，你为信息进行了编码。自然，你的朋友必须知道如何解码，也就

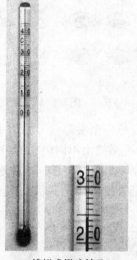

a) 模拟式温度计及   b) 数字温度计
其近景图

图1-2 温度计

图1-3 双眼睁或闭构成的四种组合状态

是说，分析出每个暗号所包含的意义。例如，你将左眼闭上，右眼睁开定义为"是"，而将双眼闭上定义为"否"，等等。两眼的状态可以得到4种组合。因此，你可以发送出4种暗号。如果我们为睁眼和闭眼赋上数值：睁开代表"1"，闭上代表"0"，那么4种组合状态就可以记为：00、01、10，以及11。

假设你想用眼睛暗号这样的方法向朋友发送一个有关颜色的信息，而且需要提供16种不同颜色的选择。那么你得找另一个朋友来帮忙了，因为你需要4只眼睛才够用，即得到一个4位的系统，如图1-4所示。如果只用两只眼睛，那就只能表示出4种颜色。

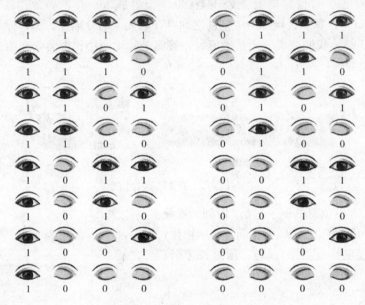

图1-4 四只眼睛睁或闭构成的16种组合模式

让我们再来看另一个手势信号的例子。假设我们仅允许每个手指做出两种姿态——抬起和弯下。那么5个手指摆出不同姿态的组合种类就有2^5=32个。如果两只手10个手指呢？当然就可以表示出2^{10}=1024种组合了。这就表示，仅仅让每个手指完成两种动作（抬起和弯下），你就能够向你的朋友发出1024种信息！当然，某些手指屈伸的组合可能相当难完成，不过也不是不可能的。

1.3 位

在计算机系统中，数据是以二进制数字（binary digit）的形式进行存储和表示的，这里的"二进制数字"就称为比特或者**位**（bit）。1位有两种可能的数值：0或者1。在眼睛暗号例子中，由于每只眼可以表示两种可能的状态：睁开或者闭合，所以一只眼睛所含的信息就可以看作是1位的信息。虽然1位的两种可能值是用数字0或者1来表示的，但位的用途绝不仅限于数学范畴。

1位在表达信息时的作用是很小的，但多个位构成一个长序列就能表达足够的信息，比如文本字符、数字图像的颜色信息以及声音的振幅等。

以眼睛暗号为例，每只眼睛就是1位，它有两个状态：睁（1）或闭（0）；那么用两只眼睛就可以组成1个2位的系统。再以手势信号为例，如果用1只手有5个手指（如果没有特例），这个系统就是5位的。由此可见，一个系统可以表示的信息数量就是$2^{位}$种。

前缀

计算机文件的尺寸是用位和字节来表示的。8位就称为1个**字节**。数字文件（图像、声音、尤其是视频文件）可能会非常巨大，这些文件的大小常常是在创建和输出文件的步骤中需要重点考虑的影响因素。常常需要查看文件尺寸和计算机硬盘上的可用磁盘空间，以确保有足够的空间生成新的文件。

因为一个文件包含大量的位和字节，所以使用了包括kilo（K）、mega（M）、giga（G）、tera（T）在内的各种前缀来描述位和字节，这样能够让文件尺寸表示得更简单明了。为了能够更准确地理解数字媒体文件的尺寸，首先需要对这些前缀的含义有一个清晰的认知。表1-1列出了各种前缀和缩写方式及其相对应的数量之间的关系。

表1-1　二进制定义中前缀表示和数量的对应关系

前缀名	前缀的缩写	对应的数量
Kilo	K	$2^{10} = 1\ 024$
Mega	M	$2^{20} = 1\ 048\ 576$
Giga	G	$2^{30} = 1\ 073\ 741\ 824$
Tera	T	$2^{40} = 1\ 099\ 511\ 627\ 776$
Peta	P	$2^{50} = 1\ 125\ 899\ 906\ 842\ 624$
Exa	E	$2^{60} = 1\ 152\ 921\ 504\ 606\ 846\ 976$
Zetta	Z	$2^{70} = 1\ 180\ 591\ 620\ 717\ 411\ 303\ 424$
Yotta	Y	$2^{80} = 1\ 208\ 925\ 819\ 614\ 629\ 174\ 706\ 176$

1K（kilo）究竟是1000还是1024？

虽然在一般的用法中，1K代表着1000（例如，1kg表示的是1000g）。可是在二进制定义中，1KB（kilobyte）代表的是1024个字节（1024B），1MB（megabyte）代表1048576个字节，依次类推（参见表1-1）。大多数人都觉得1K就是1000，而其他的前缀表示的也是一个基于10的整数次方的数量。这种差异在计算机存储设备制造商、通信工程师和普通大众中都曾带来一些混淆。因为，并不是所有人都知道1KB是1024B。

为了避免这类混淆，在1998年10月，国际电工标准化机构（International Electrotechnical Commission，IEC）通过了在二进制系统中使用新前缀名的提议，这些前缀将用于数据处理和传输领域（参见表1-2）（参见网址：http://physics.nist.gov/cuu/Units/binary.html）。但是，直到本书写作时为止，这些新的命名标准还没有为大众所广泛接受和使用。

表1-2　IEC定义的二进制专用前缀

原有前缀名	IEC前缀名	前缀符号	对应的数量
Kilo	Kibi	Ki	$2^{10} = 1\ 024$
Mega	Mebi	Mi	$2^{20} = 1\ 048\ 576$
Giga	Gibi	Gi	$2^{30} = 1\ 073\ 741\ 842$
Tera	Tebi	Ti	$2^{40} = 1\ 099\ 511\ 627\ 776$
Peta	Pebi	Pi	$2^{50} = 1\ 125\ 899\ 906\ 842\ 624$
Exa	Exbi	Ei	$2^{60} = 1\ 152\ 921\ 504\ 606\ 846\ 976$

有了这些新的前缀标准名和符号，就可以清楚地知道：

1kilobyte=1000bytes

1kibibyte=2^{10}bytes=1024bytes

1megabit=1 000 000bits

1mebibit=2^{20}bits=1 048 576bits

计算机硬盘空间

下面的练习将告诉你如何检查计算机硬盘空间的大小（用字节和千兆字节GB作单位）。

- 如果你使用的是Windows操作系统，你可以在"我的电脑"中找到"本地磁盘C:"，然后在上面右键点击鼠标，在弹出的菜单上选择"属性"。在出现的对话框上，选择"常规"标签，找到"已用空间"和"可用空间"，二者都会同时用字节和GB表示。然后请按照表1-1或表1-2，验证字节和GB之间的转换关系。

- 如果你用的是Mac OS操作系统，选择相应的硬盘驱动器，然后键入 Command-I。

例如，你的计算机显示出120 031 539 200字节和111GB。为了将这个数转换为以GB为单位的数值，可以通过下面的公式进行计算

$$\frac{120\ 031\ 539\ 200字节}{1\ 073\ 741\ 824字节/GB} = 111.8\ GB$$

从这个公式可以看出对话框上的值是如何得到的。

1.4 用位表示数值

我们通常所接触到的数学都是基于**十进制系统**（decimal system）——十进制表示方法的。但是，计算机系统却使用了二进制的表示方法（**二进制系统**），这关系到基本存储单位（位和字节）和文件尺寸的度量。通过学习二进制的概念及其具体应用，就能够理解怎么用二进制的方法来表示十进制的数字。

1.4.1 十进制

十进制系统用到了10个数字：0、1、2、3、4、5、6、7、8、9。这10个数字在一个具体数值中的位置有其特定含义。下面给出的是一个十进制数值3872的分解过程：

$$3872 = 3 \times 10^3 + 8 \times 10^2 + 7 \times 10^1 + 2 \times 10^0$$
$$= 3 \times 1000 + 8 \times 100 + 7 \times 10 + 2 \times 1$$
$$= 3000 + 800 + 70 + 2$$
$$= 3872$$

可见，每个数字出现的位置代表着10的某次方。

1.4.2 二进制

在二进制系统中，只用到了两个数字：0和1。因此，在二进制表示中，0或1出现的位置代表着2的某次方。例如，二进制数值1011可以像下面这样分解：

$$1011 = 1 \times 2^3 + 0 \times 2^2 + 1 \times 2^1 + 1 \times 2^0$$
$$= 1 \times 8 + 0 \times 4 + 1 \times 2 + 1 \times 1$$
$$= 11(十进制表示)$$

从这个例子可以看出，将二进制表示的数值中的每一位分别和2的相应次方相乘然后累加，就可以转换得到一个十进制的值。

十进制向二进制的转换

有两种方法可以将一个十进制数转换为一个二进制数。这里我们介绍其中一种方法。

该方法的计算步骤如下：用十进制数不停地除以2，直到商值变成0为止；同时在每一次除法计算步骤中，记录所获得的余值。将余值序列的顺序颠倒过来，获得的一串数字（只含0或1）就是该十进制数所对应的二进制数。例如，将19转换成二进制表示的过程如下：

除法步骤	余数
19/2 = 9	1
9/2 = 4	1
4/2 = 2	0
2/2 = 1	0
1/2 = 0	1

按以上除法计算的顺序，得到了一个余值序列是11001，那么将其头尾颠倒后的10011就是19（十进制数）的二进制表示。

数字时钟的设计

一个二进制编码的十进制（Binary Coded Decimal）时钟（见图1-5）是由6列发光二极管（LED）构成的。前两列代表小时（h），中间两列代表分钟（m），最后两列代表秒（s）。对每个LED而言，关闭代表0，打开代表1。

如图1-5中所示的LED的发光组合状态代表了如下二进制数值：

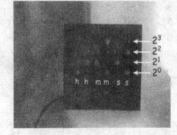

图1-5 二进制编码的十进制（BCD）时钟

	0		1		0
	0	0	0	0	1
0	1	1	0	1	0
1	0	0	1	0	1
h	h	m	m	s	s

最下面一行LED代表2^0(=1)，接着的上面一行LED代表2^1(=2)，再上面一行代表2^2(=4)，最上面一行代表2^3(=8)。

我们知道，用十进制方法表示小时、分钟、秒的时候，各需要两位数。而且，我们还可以从图1-5中的LED发光组合模式看出——现在是12点钟。那么，是如何得到12这个两位数的呢？下面给出了计算方法：

两位数的左边一位：从图中看出，表示小时的两列LED中，左边一列的状态对应着二进制数01，转换为十进制数也就是1：

$$0 \times 2^1 + 1 \times 2^0 = 1$$

两位数的右边一位：从图中看出，表示小时的两列LED中，右边一列的状态对应着二进制数0010，转换为十进制数也就是2：

$$0 \times 2^3 + 0 \times 2^2 + 1 \times 2^1 + 0 \times 2^0 = 2$$

> **问题：**
> 1. 请计算并验证图1-5中所表示的时间是12:29:25。
> 2. 请解释图1-5中每一列为什么设置了不同数量的LED？也就是，请说明为什么最左边一列仅需要2个LED，第二列需要4个，等等？

1.5 用位表示非数值

虽然计算机用位来表示数值，但是，多个位构成的序列则可以表示几乎任何信息。例如，你应该还记得，可以使用眼睛暗号来表示"是"和"否"、颜色、甚至更复杂的消息。

所以，二进制系统也用来表示非数值信息。例如，字母表中的任一字母或者其他文字符号都可以用若干个位的不同组合来表示。在ASCII码字符集中，每个字符都用8位来表示，因此一共包含了$2^8 = 256$种不同的字符。表1-3给出了编码数值小于128的ASCII字符。另外还有128个编码可以用来处理特殊字符，比如外语中的重音符等。

表1-3 编码小于128的ASCII字符集

0	NUL	16	DLE	32		48	0	64	@	80	P	96	`	112	P
1	SOH	17	DC1	33	!	49	1	65	A	81	Q	97	a	113	q
2	STX	18	DC2	34	"	50	2	66	B	82	R	98	b	114	r
3	ETX	19	DC3	35	#	51	3	67	C	83	S	99	c	115	s
4	EOT	20	DC4	36	$	52	4	68	D	84	T	100	d	116	t
5	ENQ	21	NAK	37	%	53	5	69	E	85	U	101	e	117	u
6	ACK	22	SYN	38	&	54	6	70	F	86	V	102	f	118	v
7	BEL	23	ETB	39	'	55	7	71	G	87	W	103	g	119	w
8	BS	24	CAN	40	(	56	8	72	H	88	X	104	h	120	x
9	TAB	25	EM	41	)	57	9	73	I	89	Y	105	i	121	y
10	LF	26	SUB	42	*	58	:	74	J	90	Z	106	j	122	z
11	VT	27	ESC	43	+	59	;	75	K	91	[	107	k	123	{
12	FF	28	FS	44	,	60	<	76	L	92	\	108	l	124	l
13	CR	29	GS	45	-	61	=	77	M	93	]	109	m	125	}
14	SO	30	RS	46	.	62	>	78	N	94	^	110	n	126	~
15	SI	31	US	47	/	63	?	79	O	95	_	111	o	127	DEL

> **注意** ASCII表示American Standard Code for Information Interchange（美国信息交换标准码）。它是一种文字字符的编码标准，包括26个英文字母和其他计算机程序中出现的各种符号。另一种编码标准称为Unicode，本章不作介绍，它可以表示多种语言版本的全部字符。

1.6 计算机的有限性和离散性

模拟媒体信息具有连续性，它们总是由无限数量的数据点构成。计算机却只能处理离散的、有限的数据。本节就将讨论这两个特性的优点和有限性。

1.6.1 有限性

1. 正如在眼睛暗号的例子中向大家展示的，如果用到的眼睛数量越多，所能够表达的暗号种类就越多。一个2位的系统只能表示4种不同的值。如果用2位的系统表示灰色的阴影，当然也就只能给出4种阴影；而如果用4位的系统则能够给出16种阴影。如果还希望表示出更多种类的阴影，就需要继续增加位的数量。

在一个真实的图片中，我们可以看到颜色从一个位置逐渐变化直到下一个位置；即使是任意靠近的两个位置间的颜色变化过程也会涉及无限多的点——因为在模拟世界中任意两点之间总存在着新的点。但是，计算机所能表示的每个信息的位数都是有限的，也就是说，计算机中任何一个位的序列都是有限的长度。所以只有有限的数据集合才能转化为计算机内部数字化的表示。

2. 无论对位数进行怎样的设置，每个数值总是只能表示一种离散的灰色阴影。事实上，在两种连续的灰色值之间，总有另外的灰色阴影值不能被数字化表示出来。

因此，当模拟媒体，如自然的场景（图片）和声音，被捕获并在计算机中处理、转换为数字化的信息时，计算机的离散性和有限性总会使得数字信息无法完全等同于相应的模拟信息。

1.6.2 优点

虽然在模拟信息转换为数字化表示的时候无法保持完全一致性，但是数字信息的离散性却能够保证信息精度的稳定性，而其有限性则能够保证媒体信息的紧凑性。

> **整数和十进制数**
>
> 整数是离散数字系统的一个例子。两个连续的整数之间，不会存在任何另外一个整数。计算机能够准确地表示整数，因为它可以用离散的0和1对整数进行编码。整数是离散的，但不是有限的。整数的序列可以无穷无尽地继续下去。虽然计算机只能处理有限数量的信息，但却能处理整数，这是因为计算机可以设置一个有限的位数来表示部分整数。
>
> 十进制带有小数点的数，比如0.123、1.30、1.7608等，是一个连续数字系统的例子。在任意两个数之间必定有其他的数存在。虽然这些数是连续的，计算机仍然能够处理它们，这是因为计算机可以限制它们的精度（小数点后面允许存在多少位），然后用有限的位数来表示它们。所以，在计算机内部，有些数不能够被精确地表示，而只是一个近似值。

1.7 模数转换

模拟信息到数字信息的转换分为两步：**取样**（sampling），**量化**（quantizing）。铅笔长度的度量（图1-1）就是一个取样和量化的过程。在那个例子中，我们只进行了一次取样——也就是说只给铅笔量了一次长度。在数字媒体信息的处理中，往往需要很多次的取样。比如，颜色值在一个二维平面图像上的渐变、声波振幅随着时间的改变而变化等。在这些情况下，必须进行足够多次的取样以保证收集到能够代表整个片段信息的取样点信息。**取样率**（sampling rate），即以什么样的频率获取样本值，决定了收集到的数据能够以什么样的细节等级来展现原始模拟信息。

为了进一步解释取样和量化的过程，我们以跟踪一只小狗出生后第一年的体重增长情况为例子。使用一个模拟刻度的弹簧秤来称量小狗的体重。小狗越重，弹簧受到的压力越大，弹簧的伸缩导致了刻度表上指针的旋转。而刻度传达的是模拟信息——因为弹簧受到压力后产生的变化是连续的，所以，得到的体重信息也是模拟的。

但是在记录体重的时候，用的一定是一组离散的数据。所以必须决定如何四舍五入——精确到0.1、0.2还是0.5。指定一个离散值来代表某种事物，这个过程就是**量化**。

看一下图1-6中的秤刻度，读数应该是多少呢？或者就认为是指针最靠近的一个刻度线，或者在指针两边的刻度线之间估计一个值。无论哪种方法，都不可能得到准确的体重。所以说，在将模拟信息转换为离散的数据时，总是无法做到完全准确，但是只有这样才能够让我们记录下小狗的精确体重数据——虽然这并不等于真实的体重。离散的数值是明确的、清晰的，所以易于进行数学处理、做比较或者标注在图形上等。换句话说，如果把体重记录为"大约在5磅和10磅之间"，很显然这是不准确和不足够的，通常都会要求将它进行舍入后得到一个离散的数据。

图1-6　通过模拟刻度的读数完成小狗体重的取样

在记录一个数据的时候，必须决定小数点后保留几位。这也决定了测量的精确程度。通常，小数点后保留位数越多，数值就越精确。当然了，如果记录小狗体重的时候用到太多的小数位，就会需要更多的纸张和记录工作。

在对模拟媒体信息进行数字化的时候，数据的精确度由这个数据可以被分配到的离散值的数量来决定。增加小数位是增加离散值数量的一种方法。例如，允许小数点后保留1位将能够在两个连续的整数之间提供10个离散精度等级——在2和3之间，就有2.0、2.1、2.2、2.3、2.4、2.5、2.6、2.7、2.8、2.9。数字媒体信息所提供的离散等级数就称为**位深度**（bit depth）。

位深度并不等价于小数点后的位数

在称量小狗体重的简单例子中，我们用小数点的位数来解释位深度的概念。但是，增大位深度并不一定需要增加小数位。

增大位深度意味着离散等级数的增加，从而使得从模拟信息中捕获的数据可以分别分配到各个等级上。如果是10个离散等级，就可以使用10个离散的数值，比如：

(1) 2.0、2.1、2.2、2.3、2.4、2.5、2.6、2.7、2.8、2.9

(2) 0、5、10、15、20、25、30、35、40、45

如果使用上面第一组10个等级数据来记录小狗体重，就可以记录下2～3磅之间的数值，并具有小数点后一位的精度。确切地说，如果小狗的体重恰好在2～3磅之间，使用1个小数位就能够基本准确地区别出不同的体重。但是，如果体重小于2磅，就只能都记录为2.0，而大于2.9磅的体重则都会被记录为2.9。例如图1-6中的读数也只能记为2.9磅了。此时如果使用这组离散等级来记录小狗体重的变化，就几乎没有什么实际价值。

如果使用上面第二组的10个等级，则2磅的重量被舍入为0，而3磅的重量被舍入为5。也就是说，2磅和3磅分别经过离散化并被分配到10个等级中的一个后，它们之间的差别发生了改变——从1磅变成了5磅。但是，因为这组等级的范围更大，比如说45磅当然可以和5磅区分开来，所以图1-6所示的读数也将被记录为10磅。可见，这组离散等级比第一组更适合于用来记录小狗的体重。

增加数字媒体信息的离散等级数（也就是位深度）可以带来如下变化：

• 提高数据捕获和记录的精度。

• 扩大数据值的总体范围。

• 增加文件尺寸。

为了通过体重变化来观测小狗第一年的成长情况，还必须决定隔多少时间为它称量一次体重——这就称为取样率。我们需要决定是每年、每月、每星期、每天还是每小时称一次呢？而作出这个决定的时候又需要考虑哪些因素呢？

基于小狗出生后第一年的一般成长规律等有关常识，每个月或者每个星期称一次体重应该是比较合理的。但是，如果根本不知道"小狗的一般成长规律"，就可能觉得很难决定究竟隔多久称一次才是合适的。如果间隔得太久，就会丢失一些能够显示体重变化的关键数据。那么这种情况下，如何选择取样率而保证不丢失关键信息呢？

之前提到过，模数转换时，无论取样率有多高，模拟信息中的一部分总会被丢失。如果取样过于频繁，就会过分忙于称量小狗体重、记录更多纸张、甚至需要更多的书架来存放这些记录、最终还要花更多的时间去阅读记录（当然还会过多地打扰小狗生活）。

同时，从这个例子也可以看出，如果增加取样率，从原始模拟信息转换得到的数字表示会更准确一些。计算机进行更频繁的取样，结果文件里会包含更多的样本或者数据信息。从而文件变得更大、需要更多时间来处理，因此在打开或编辑文件的时候会产生明显的延迟。

那么，什么样的取样率是合适的呢？必须说明的是，没有"绝对好"或者"绝对不好"的取样率。通常，针对一个媒体信息处理实例，要想设定一个相对好的取样率，就要综合考虑到源数据内容、它将来的用途、以及技术条件的限制（例如，原始模拟信息变化的速率、文件尺寸或者处理时间上的限制等）。在给小狗称体重的例子中，每月或每星期称一次可能是比较合理的取样率。每周一次的记录方式能够更准确地反映小狗在出生后头几个月里体重快速增长的速度，但是在后几个月里可能会造成一些冗余（相似的体重）的数据。事实上，如果对小狗体重变化的整体情况有一个更加清楚的预测，甚至可以选择在第一个月里称量的频度比其他几个月高一些——在同一个取样任务中改变取样率。但是，在数字媒体信息处理中，一段信息通常会设置同一种取样率。

模拟媒体信息是如何和数字媒体（比如图像和声音）关联起来的？通常，数字图像的取样率关系到图像分辨率（或者说细节的丰富程度）；量化则关系到图像的位深度或颜色深度，这个参数决定了在图像中最多可以出现多少种颜色。对于数字音频而言，量化也关系到位深度，它决定了声波振幅之间的差别能够表现得有多么清晰准确，而取样率则指的是每隔多久对声波振幅进行一次取样。

注意 有关数字图像、音频的取样和量化的具体内容将在后面专门介绍每种媒体的章节中讨论。

如何在计算机中表示模拟媒体信息

声音和图画从本质上来说都是连续的现象。每一段声音或者每一幅画面都是由无限多的信息构成的。由于计算机处理数据的有限性和离散性，当我们想用计算机来表示声音或者图画的时候，两个不可避免的问题就出现了：

1. 因为计算机处理的是离散值，就必须通过取样步骤来选择连续的信息中的某些离散样本值。计算机只有有限的容量，取样率和样本量也必须是有限的。

2. 计算机不能表示无限精确的数值。用来表示颜色或者声音的计算机内部数据的精度也都是有限的。量化步骤负责将样本值映射到离散等级上。也就是说，对每一个样本值进行舍入，并在离散等级中选择与其最接近的一个作为源样本值的替代。

1.8　文件尺寸

在一个用ASCII码来表示字符的文本文档里，每个字节存储了一个ASCII码——也就是一个字符。这个文本文档里的字符越多，这个文档所需要的存储空间（字节数）就越大。

实验/练习

如果使用的是Windows 95、98、2000或者XP：用记事本打开一个新的文本文件，并输入"Eight bits make a byte"这个句子。存储该文件为file-size-exercise.txt。然后查看文件尺寸——在文件名上点击鼠标右键，然后在弹出菜单上选择"属性"。你一定会发现文件大小是23个字节，因为这个句子中有23个字符——每个字符用了1个字节（注意：包括空格，因为空格也是一个字符）。空格的ASCII编码是多少？可参见表1-3。

如果使用的是Mac OSX：在TextEdit中打开一个新的文本文件并输入句子"Eight bits make a byte"。选择Format→Make Plain Text. 然后存储该文件为file-size-exercise.txt。在存储对话框中，选择Western作为plain text编码方式。然后验证该文件的大小也是23个字节。

问题

在你创建的file-size-exercise.txt文件中，在那个句子的末尾键入一个回车键（Windows系统）或者Return（Mac系统），这样将添加一个空行。然后保存该文件。此时请再查看一下文件尺寸变成了多少？它比没有添加空行之前增加了多少字节？

在记事本中添加一个空行其实用到了两个控制符号：回车（return，CR）和换行（line feed，LF），它们两个属于"字符"的范畴吗？请查阅表1-3。

如果你用Microsoft Word文档处理软件创建一个文档并输入同样的一个句子"Eight bits make a byte"，文件尺寸还是23个字节吗？答案是"不"——这个文件会更大些，因为有一些额外的信息（比如文字格式等）将和字符一起存储在该文件中。

"字节"当然不仅仅是为了在文本文件中存储字符而使用的。一个字节含有8位，可以表示256种不同的值，它可以用在各种场合。如果使用一个字节来存储图像中每个像素的颜色信息，那么每个像素就可以任选256种颜色中的一种。彩色图像还可以用一个以上的字节来表示颜色。但是无论是用一个还是更多字节表示像素颜色信息，图像文件的尺寸都会随着像素个数的增多而增大。因为，一个图像所包含的像素越多，存储这个图像文件就需要越多的字节数——也就是文件尺寸越大。有关像素和像素尺寸的更多具体内容将在第2章介绍，你还将会了解更多的有关数字图像的位深度的知识。

多媒体文件（图像、音频，尤其是视频文件）常常都是很大的，需要很多的存储空间。由此带来的问题是：文件越大，在因特网上传播文件所需的时间就越多，处理文件也需要更长的时间。而更长的处理时间意味着：用户需要花更多的时间等待文件的打开，或者在需要编辑文件的时候整个处理过程更慢了。

通常，有三种方法可以缩减数字媒体文件的尺寸：

• 降低取样率。

• 减小位深度。

• 使用文件压缩（算法）。

通常在降低取样率和位深度之后，所得到的数字图像和源对象（实际物体或场景等）的视觉差别会更大，而音频文件播放时听上去的效果也可能会明显变差。总而言之，在处理数字媒体文件时，常常需要在文件尺寸和文件质量上做一个权衡。

1.9 压缩

文件压缩（file compression）能够减少一个计算机文件所占用的位数或字节数。压缩后的文件在网络上的传输速度会更快，而所需的存储空间会更小。现在，存储设备并不昂贵，而且多数人也能够使用（连接）到高速网络。但是，有些问题仍需要用到文件压缩，比如需要考虑视频文件的播放效果的时候等。未压缩的视频文件需要很高的数据传输速率，而如果计算机处理视频数据的速度不够快的话，视频的播放就不可能平滑，如会出现帧跳跃现象等。

注意 在数字视频有关章节中，你将会了解到更多不同的编码器（压缩/解压方法）和相应的数据传输速率问题。

在后面的章节中，将会介绍几个最常用的数据压缩方法，它们都可以用于压缩多媒体文件。其中，有些并不专门针对多媒体文件，而另外一些则是仅仅适用于某些特定种类的多媒体文件的。例如，Sorenson仅用来创建QuickTime电影，而不能够进行声音的压缩。

通过学习和这些压缩方法相关的基本概念和原理，就能够深入理解各种压缩方法的优缺点。例如，一个多媒体软件在存储文件时允许用户设置很多参数，对压缩方法的学习能够教会你如何控制特定的参数。也就是说，如果想让当前的多媒体文件处理工作获得最理想的效果，只有理解了这些参数的内在含义、并且理解它们是如何影响最终文件内容（尺寸等）的，才能更合理地决定各种参数值的选择。

有损压缩和无损压缩

压缩方法可分为两类：有损压缩和无损压缩。通过**有损压缩**（lossy compression），原始文件中的某些信息可能会丢失并无法恢复。那么如果需要始终保留原始文件效果并可能作各种进一步的编辑的时候，就要避免使用这类压缩方法。JPEG，是网络图片常用的一种图像文件格式，就是对原始图像文件进行有损压缩后得到的。MP3，是数字音频的一种常用文件格式，也是有损压缩的例子。很多视频压缩方法都是有损的，也有很少的几种采用了无损的压缩算法。

1.10 本章小结

人类通过感官接受到的模拟信息都是连续的、无限的。但是，计算机使用了离散的、有限的数据来存储和传输信息。计算机的这一特点带来了一些局限性，但也在捕获和表达（重建、生成、处理）模拟媒体的过程中带来一些好处。

模拟数据到数字信息的转换涉及两个处理步骤——取样和量化。在取样阶段，模拟媒体信息以什么样的频率获取样本数据称为取样率。例如，图像数字化时的取样率决定了数字图像的分辨率。在量化阶段，用于映射样本值的离散等级的数量称为位深度。例如，数字图像的位深度决定了该图像中可以表示出多少种颜色。计算机的离散性和有限性限制了模拟媒体信息（自然的景象和声音）转换为数字形式后可保留的精度。在模数转换的过程中，我们还牺牲了准确度。

到目前为止，计算机赖以建立的电子技术只能在一个二进制系统下工作，因此也就需要使用二进制的表示方法。在二进制的前提下，只有两个数字可以使用：计算机语言中的0和1。

十进制和二进制之间可以相互转换。例如，十进制数19如果用二进制方法表示就是10011。多媒体文件（图像、音频，尤其是视频）的尺寸通常非常巨大。大文件需要很多的存储空间。另外，文件越大，网络上传输的速度越慢。

通常，有三种方法可以缩减数字媒体文件的尺寸：

- 降低取样率。
- 减小位深度。
- 使用文件压缩（算法）。

降低取样率或减小位深度必然会使得最终的数字媒体文件质量下降。当处理数字媒体文件时，常常需要权衡文件质量和文件大小之间的关系。压缩方法可以分为有损压缩和无损压缩两大类。通过有损压缩，比如JPEG和MP3，原始数据中的部分信息将被丢弃而且无法恢复。无论何时，如果有可能需要从压缩后的文件重建原始文件，或者需要保留源数据以备各种进一步的编辑，那么就一定不能使用有损压缩方法。

术语

Analog（模拟）

Base-10（十进制）

Base-2（二进制）

Binary system（二进制系统）

Bit depth（位深度）

Bits（位，比特）

Byte（字节）

Continuous（连续的）

Decimal system（十进制系统）

Decode（解码）

Digital（数字化的）

Discrete（离散的）

Encode（编码）

File compression（文件压缩）

Finite（有限的）

Giga(G)（吉，咖）

Kilo(K)（千）

Lossy compression（有损压缩）

mega(M)（兆）

Quantizing（量化）

Sampling（取样）

Sampling rate（取样率）

Tera(T)（太，拉）

复习题

在适当的时候，请分别解答下列所有题目或选择正确答案。

1. 我们每天都接触到的使用0~9十个数字的系统称为_____进制。计算机使用的是_____进制，也称为_____数字系统。

2. 二进制系统中的最小单位是_____，代表了二进制数字。

    A. 位（比特）   B. 字节

3. 请将下面两个空位分别填上"位"或者"字节"：8个_____等于1个_____。

4. "位"这个词是_____这个短语的简称。

5. 如果想用手势信号来向他人传达两种可能的消息（是，否），那么最少需要用到几根手指？对于这种手势信号系统，我们可称为_____位的。

6. 如果一个像素只需要显示两种可能的颜色值，那么需要_____位来存储该像素的颜色信息。

7. 如果使用1个字节来存储灰度图像中每个像素的灰度信息，那么每个像素可以表达出多少个不同的灰度等级？

8. 下列用来表示文件尺寸的数值中，哪个是最大的？

    A. 24GB   B. 24MB   C. 240MB   D. 2400KB

9. 请为下列表格填写前缀名和前缀缩写。

前　缀　名	前缀缩写	所代表的字节数
Kilo bytes（千字节）	KB	2^{10}=1 024
		2^{20}=1 048 576
		2^{30}=1 073 741 824
		2^{40}=1 099 511 627 776

10. 下列二进制数分别都是多少位的？另外请将它们分别转换为十进制数。

    (i) 00000000   (ii) 0000

    (iii) 01101000   (iv) 0110100

    (v) 11   (vi) 111

    (vii) 0000000000000010

11. 将下列十进制数转换为二进制数。

    (i) 0   (ii) 1   (iii) 2   (iv) 3

    (v) 12   (vi) 123   (vii) 11   (viii) 111

    (ix) 128   (x) 255

12. 将模拟信息转换为数字信息需要两个步骤的处理，分别是_____和_____。

13. 当模拟信息转换为数字数据的时候，我们必须考虑会影响最终数字化表示的准确性的两个属性，其中一个属性需要在取样过程中设置，另一个则在量化过程中考虑。下面哪一个属性是在取样时考虑的？

    A. 取样率   B. 位深度

14. 当模拟信息转换为数字数据的时候，我们必须考虑会影响最终数字化表示的准确性的两个属性，其中一个属性需要在取样过程中设置，另一个则在量化过程中考虑。下面哪一个属性是在量化时考虑的？

    A. 取样率   B. 位深度

15. (i) 说出三种减小数字媒体文件尺寸的方法。

    (ii) 使用其中哪种方法可以不牺牲媒体文件的质量？如何做到？

16. 如果需要始终保留原始文件效果并可能作各种进一步的编辑的时候，就要避免使用有损压缩方法，这是因为_____。

第2章 数字图像基础

关键概念
- 图像数字化中的取样和量化
- 像素和图像分辨率
- 图像的位深度
- 像素、图像分辨率和位深度的概念和取样、量化之间的关系
- 数字图像中的颜色表示
- 位图和矢量图形的比较

总体学习目标

读完本章后，应该能够掌握：
- 和数字图像有关的各种常用术语的含义。
- 数字图像中常用的几种颜色模型。
- 数字图像的常用文件格式。
- 图像数字化中的基本步骤：取样和量化。
- 分辨率和位深度的概念和意义。
- 分辨率和位深度对数字图像文件尺寸的影响。
- 位图和矢量图形之间的差别。
- 数字图像的颜色表示。
- 图像数字化中的基本步骤。
- 常用的几种策略，用来缩减数字图像文件的尺寸。

2.1 简介

在第1章中，已经介绍过对模拟信息的数字化包含一个两步的过程：取样和量化。任何数字媒体（图像、声音或者视频）的数字化都包含这么两个步骤。然而，如果你使用过数字图像处理软件，就应该注意到在软件菜单等地方从未明确地遇到"取样"和"量化"这些词。那么，这些概念又如何应用到数字图像中？如果在数字图像处理软件中从未遇到这些术语，那我们为什么需要在这里讨论呢？

在数字图像有关的知识中，可能大家都已经听说过像素、分辨率、位深度等名词。取样和量化与像素、分辨率、位深度之间有什么关系呢？本章就将介绍这些基本概念与它们在数字图像中的应用之间的关系。

要了解像素、分辨率、位深度，我们需要从取样和量化的概念开始。事实上，我们也正

是在介绍图像数字化的两步过程时曾经提到这几个概念。尽管在使用数字图像处理软件处理像素、修改图像分辨率或位深度时，并不会遇到"取样"和"量化"这些术语，其实本质上这些操作都应用了取样和量化的原理。理解这些基本概念和它们如何被应用到数字图像中，将有助于充分利用数字媒体工具，并在创作过程中有效地创造出预想的成果。

2.2 图像的数字化

抬起头，看着你面前的景色。用一个假想的矩形方框将你所看到的景色包围起来。这就是"取景器"。假设想将所捕获的这些景色放置到一个插钉板上。为什么选择插钉板？你也许会问。因为插钉板对数字化的图像而言是一个很好的类比——每一个钉孔表示一个离散样本。在接下来的章节中，我们将用插钉板类比去详细讨论图像的取样和量化。

2.2.1 步骤1：取样

在我们周围，所看到的自然景色的颜色都是连续色调的。相邻点的颜色没有明显的界线。每一个点与相邻点都是连续、融合到一起的。从这个角度来说，色彩在人的感官中是一个模拟现象。为了将它用一种计算机能够理解的语言来描述，颜色必须被数字化。

数字化过程的第一步是取样，也就是从一个自然的图像中记录或者抽取离散的、均匀分布的点的颜色。为什么是离散的点？参见第1章中关于数字信息相对于模拟信息的讨论。假设图2-1a展示的是一幅希望用数码相机拍成一幅电子数字图像的自然图像。捕获数字图像的方法有两种：扫描和数字摄影。这两种方法中都用到了取样和量化的概念，而不仅仅是数字摄影才用到。捕获数字图像的话题将在第3章讨论。

假设这幅图像将被取样成为25×20网格的离散样本（见图2-1b）。以插钉板打比方，我们可以说这幅图像将被重新创建在一个25×20个钉孔的插钉板上。这些离散样本中，每一种颜色都经过平均化后成为单一的、不变的值，用以描绘图像中的对应区域（见图2-1c）。这个经过25×20的取样后重绘的图像看起来是斑驳的。因为网格过于粗糙，以致于这幅图像的许多详细信息丢失了。

在数字图像中，每一个这样的离散取样点称为一个**像素**（picture element），或者简写为pixel。每一个像素存储着在这个图像上的对应位置的颜色值。这个位置通过水平和竖直坐标来定义。**像素尺寸**（pixel dimension）指的是图像在宽度和高度方向上分别有多少个像素。在前面那个插钉板的例子中，最终用像素表示的数字化图像就是25像素×20像素。注意，25像素×20像素并不是数字摄影中所采用的真实像素尺寸，这里只是用于举例说明。事实上，大多数数码相机都能够拍摄出宽度和高度分别都超过1000像素的图像，例如，3000像素×2000像素。像素尺寸和图像的物理尺寸（英寸）之间的关系在第3章中讨论。

兆像素

通常，兆像素一词是与数码相机相关联的。1兆像素等于1 000 000像素。一个3000×2000像素的图像的像素总量是：

$$3000\text{像素} \times 2000\text{像素} = 6\ 000\ 000\text{像素}$$

这有时称为6兆像素。

兆像素的含义将在第3章中通过练习题的方式进行讨论和研究。

　　取样的频繁程度被定义为取样率。"频繁的"和"速率"这些词常常与时间相关联。然而，对一张图像而言，频率表示在一张2-D图像平面上，相邻取样点之间的距离是多少。如果对一张图像采用比前面例子更好的网格进行取样，假设是100×80（图2-1d和图2-1e），其实就是提高了取样率，因为在同样空间距离上的取样更频繁了。在数字成像中，增加取样率就等于增加了图像的分辨率。有了更高的分辨率，就有更多的样本（像素）来表示一个场景。被捕获的图像的像素尺寸就增加了，对应的数字图像的文件大小也相应增加了。最终，这意味着从原始的场景中捕获得了更多细节（图2-2）。

a) 自然图像

b) 在图像上以25×20的网格
进行离散取样

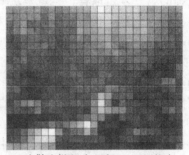

c) 离散取样之后，对25×20网格中
的每一个进行颜色平均化

d) 在图像上以100×80的
网格进行离散取样

e) 离散取样之后，对100×80网格中
的每一个进行颜色平均化

图2-1　图像数字化的过程

a) 25像素×20像素的图像　　　b) 100像素×80像素的图像

图2-2　捕获同一个场景而得到图像

> **像素就是像素，它是一个取样点，而不是一个小方块**
>
> 　　当使用一个图像编辑程序时，如果对一张数字图像进行放大，常常会看到每个像素都表现为一个小方块。然而，请牢记住像素是对单个点位置的取样；它是一个取样点，并没有任何一个真正的物理尺寸与之相关联。

2.2.2 步骤2：量化

　　一张自然图像的颜色总是连续色调的，因而它理论上有着无限数量的颜色。计算机的离散、有限的特性使得这种无限量的颜色和灰度的重现受到了限制。用有限数量的列表（也就是在数字成像中使用的有限的颜色编码）对可能的无限数量进行编码的过程（也就是在数字成像中遇到的无限多种类的颜色和灰度）就是**量化**（quantization）。

　　对样本图像进行量化就是将每一个像素的颜色映射到一个离散的、精确的数值上。在做这件事情之前，需要考虑准备在这张图像中使用多少种可能的颜色。举例说明这个过程，我们沿用图2-1中样本图像的例子，并将之进一步扩展到量化的步骤。

　　在100像素×80像素的那幅图像（图2-1e）中，每一个样本的颜色被量化成4种离散颜色中的一种（图2-3a），具体的方法是选择那个与原来颜色最为接近的一种。图2-4a显示了这张图像的量化结果。这个4色调色板明显无法为这个场景提供足够的颜色等级。

a) 4色调色板　　　　　　b) 8色调色板

图2-3　调色板

a) 4色　　　　　　　　　　b) 8色

图2-4　样本图像被量化

　　图像的逼真度和细节的流失，是因为原始图像中的不同颜色现在被映射为调色板上的同一个颜色。比如，图2-5b中用红色框出的区域是由多种不同的绿色构成。但在4色图像（图2-5a）中的相同区域，则只剩下一种颜色。依赖细微颜色差别的细节在量化的过程中丢失了。

a) 在红色方框中的颜色已经成为一种颜色　　　b) 原始图像中的颜色

图2-5　用图2-3中所示的调色板量化成4色，一些相似的绿色映射为同一个颜色（彩图1）

用于量化的颜色数量与颜色深度或者数字图像的位深度有关。n位深度允许2^n种不同颜色。因此，一个2位的数字图像允许图像中有2^2（也就是4）种颜色。

你可能会问：为什么选择这4种或8种特定的颜色？

问得好！调色板不必限于那些确切的4种或8种颜色。由于原始景色主要是绿色，所以这个例子中的4色或者8色调色板都选择了绿色系列的渐变色。然而，对于类似场景的图像并不是非要像本例一样只使用绿色的。当然，对任意图像，不论你选择什么颜色，4色的位深始终是2位，8色的位深始终是3位。

在计算机上用二进制位表示颜色

在计算机的内部表示中是用二进制来表示颜色的。例如，如果用2位来表示颜色，4种颜色的二进制位表示就分别是00、01、10和11。

第1位	第2位
0	0
0	1
1	0
1	1

那么，增加调色板的颜色数量会改进图像保真度吗？答案是：二者之间确实是有关系的，并且在很多时候，就是这样的。在量化图像时，颜色的数量或者位深度不是决定图像保真度的唯一因素；量化时的颜色选择在重现一个图像时也扮演着重要的角色。

为了举例说明调色板中颜色选择的重要性，我们将位深度增大到3（2^3=8种颜色）。并且为该调色板选定了与原始自然图像的全部颜色截然不同的8种颜色（图2-6a）。使用这个新调色板对图像进行量化后的结果如图2-6b所示。

a) 一个不同的8色调色板　　　b) 用该调色板进行量化后的样本图像

图2-6　调色板中的颜色选择效果

用这样一个极端的8色调色板量化的8色图像（图2-6b）显然比用绿色渐变系列构成的4色调色板量化的4色图像（图2-4a）更不像原始景象。尽管所含颜色数量多的调色板在某些区域增加了图像细节。例如，在天空和水的区域，但这只是因为它提供了更多不同的颜色级别，可惜这些颜色并不忠实于原始图像。

24位、32位和48位的颜色深度

　　单独一个8位的字节可以用于表示256种可能的不同颜色中的一种。取值范围从0～255。一个RGB（红、绿、蓝）颜色可以用三个8位的字节表示，每一个字节表示R、G、B中的一个成分。因此，在这种情况下，24位的颜色深度意味着它允许2^{24}=16 777 216种颜色。每一个R、G和B的成分允许2^8种级别——也就是256种（从0～255）。

　　尽管24位颜色描绘的图像色彩对人的视觉而言常常是足够的，随着计算机处理器变得更快，存储介质变得更便宜，更大的颜色深度（比如48位颜色）逐渐被扫描仪和图像编辑程序所支持。48位的RGB颜色对R、G、B中的每一个成分用16位来表示。

自测练习题⊖

1. 用48位颜色深度能表示多少种可能的颜色？

2. 用48位RGB颜色能表示多少种可能的红色级别？

3. 从24位变到48位，文件的大小将增加几倍？

　　32位的图像是由24位的RGB加上8位的alpha通道构成的。alpha通道用于指定透明度。不像24位图像那么完全不透明，32位图像可以与其他图像平滑地混合。

自测练习题

4. 8位的alpha通道允许多少级别的透明度？

2.3　位图图像

　　每个像素包含由数值构成的颜色信息，这些颜色信息可以用一个1和0的序列来表示。一位的图像中最多出现两种（2^1）颜色，可以用1和0来表示。数字1可以用来表示一个特定的颜色，0用来表示另一个。在背景上有一条对角线这样一幅简单图像就可以用1和0来表示，如图2-7所示。

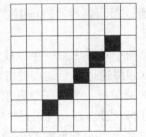

图2-7　1位（也就是2色）位图图像中的任意一个像素的颜色值可以用0或1来表示

　　正如图2-7所示的，用像素值描述的数字图像称为**位图图像**。术语**位图**（bitmap）表示了描绘图像的这些位是如何存储在计算机内存中的。位图图像也被称为**光栅图形**（raster graphics），而"光栅化"指的是多数视频显示设备采用的在屏幕上将图像转换成一系列的水平线的显示方式。

　　位图图像一般都是用在图像编辑应用程序中。这是因为它们是由像素构成，图像内容可以通过一个像素接一个像素的简单方式进行编辑。然而，它们的大小和外观依赖于在设备上的输出分辨率。例如，监视器上每英寸的点数，和打印机上每英寸的像素个数。当位图图像在屏幕上进行比例缩放，或者以低分辨率打印时可能会出现锯齿，或者丢失一些细节。

2.4　矢量图形

　　除了用像素来描述数字图像，还有另外一种方法去创建图像——用数学的方式描述图形。这种类型的数字图像被称为**矢量图形**（vector graphics）。例如，描述一条如图2-8中所示的直线，你可以用一个简单的方程式。用方程式表示图形比用位图更加简明。现在我们拿获取旅行指引手册来作一个比喻：位图图像就像是旅行指引地图，而从另一个角度来说，矢量图形则类似于文字说明。与直接在旅行指引上描绘出路线不同，还可以给出这样的文字指示：比如"前进3.2英里。当你到达交通信号灯时，向右转。走过商场后，从第一个入口进入餐厅。"这与理解一张直观形式的旅行指引地图相比，也许要花费你更多的时间去理解书面文字，然后将其翻译为你脑海中对要去的地方的意识图像。然而，书面文字指示的一个优势是它们事实上可能比一张完整打印的地图更加简明，所需的空间也更少。类似地，在表示数字图像方面，矢量图形通常比位图更加简明。但其实矢量图形真正明显的优势是——它们与分辨率无关。下面就将解释一下"分辨率无关"的含义，以及矢量图形的什么特性导致它们与分辨率无关。

位图图像在存储时已经有明确的像素数量或者指定的分辨率，与此相比较，矢量图形使用的是方程式而不是像素。矢量图形的图像是在输出或者显示时即时生成的，生成的方法是按照方程式计算出构成图形的很多个离散点。方程式所属的坐标系统是任意的。也就是说，其比例可以设置为任何级别。因此，形状可以是粗糙的，也可以是精细的，输出的分辨率可以是低的，也可以是高的。矢量图形与分辨率无关是因为它们可以缩放到任意尺寸，以任意的分辨率输出/显示到任意的输出设备上，而不会失去图片的细节或清晰。为了举例说明分辨率无关的特性，让我们回到那个书面文字指示和旅行指引地图相比较的例子。我们可以按照书面指示中的描述以任意你希望的尺寸，简单地生成地图。可是，将一个旅行指引地图制成你想要的尺寸，你必须通过影印机对其进行缩放。不管你是将其放大还是进行缩小，都将生成一张失真的地图复制品。

再来看一个矢量图形的简单例子：一条线段。线段可以用一个数学方程式的形式进行描述。在矢量图形程序中，线段通过两个端点进行定义（图2-8a）。线段可以以一定的宽度进行绘制，但它仍然是一个矢量图形。当在一个显示器上对一条线段进行放大时，这条线段依然清晰（图2-8b）。但是当这条线段以一个低分辨率光栅化为位图图像时，如图2-8c所示，放大这条线段，将看到锯齿。如果以一个更高的分辨率设置对同一条矢量图形线段光栅化为位图图像（图2-8d），尽管光栅化的线段依然有锯齿，但它比低分辨率设置下得到的线段显得要平滑一些。

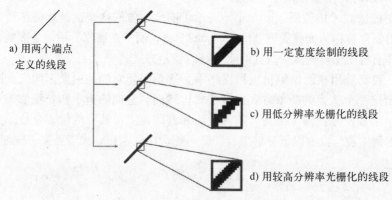

a) 用两个端点定义的线段

b) 用一定宽度绘制的线段

c) 用低分辨率光栅化的线段

d) 用较高分辨率光栅化的线段

图2-8 矢量图形和光栅化位图图像

注意 Adobe Illustrator、Adobe Flash、CorelDraw都是矢量图形应用程序的例子。

矢量图形的光栅化

许多矢量图形程序可以用来将矢量图形光栅化，或者转化为基于像素的位图图像。因为这个过程要将一个与分辨率无关的矢量图形转换为一个与分辨率相关的图像，就需要为光栅化指定一个分辨率，也就是说，取样的粗糙程度或者精细程度。

光栅化后得到的图像会出现锯齿。锯齿效果是欠采样或者采样率过低所导致的**走样**（aliasing）形态。另外，如图2-9b所示，黑白像素之间的强烈对比使得该锯齿效果非常明显。为了柔化锯齿状边缘，我们可以在发生明显颜色变化的区域，用中间色调对那些像素进行着色（图2-9c）。这种技术称为**反走样**（anti-aliasing）。在同样的光栅分辨率设置下，采用反走样技术的光栅化图形比没采用反走样技术的显得更加光滑一些。

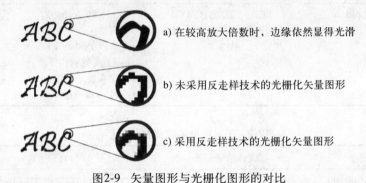

a) 在较高放大倍数时，边缘依然显得光滑

b) 未采用反走样技术的光栅化矢量图形

c) 采用反走样技术的光栅化矢量图形

图2-9 矢量图形与光栅化图形的对比

2.5 数字图像的文件类型

常见和常用的文件类型如表2-1和表2-2中所示。

表2-1 位图图像（基于像素的图像）的常用文件类型

文件类型	文件后缀	标准颜色模式	用　　途	压　缩
JPEG (Joint Photographic Experts Group)	.jpg或者.jpeg	RGB、四分色（CMYK）	特别适合连续色调的图像，比如照片；也可以用于网络图像	JPEG压缩（有损压缩方法），该方法用于压缩照片效果较好
GIF(Graphics Interchange Format)	.gif	颜色索引（indexed color）、灰度比例（grayscale）	• 最多支持8位颜色，适合描述图形或者卡通，比如有大片实心填充色区域且区域的边界较清晰的图片 • CompuServe的私有格式 • 能够用于网络图像	LZW压缩（无损压缩方法）
PNG (Portable Network Graphics)	.png	RGB、颜色索引、灰度比例、黑白	支持8位和24位颜色；能够用于网络图像	无损压缩
PICT (Macintosh Picture Format)	.pict	RGB、颜色索引、灰度比例、黑白	用于Macintosh计算机	允许JPEG压缩

（续）

文件类型	文件后缀	标准颜色模式	用　　途	压　　缩
BMP (Bitmapped picture)	.bmp	RGB、颜色索引、灰度比例、黑白	用于Windows；适合黑白图片，也可做为从扫描仪传输到照片处理程序的彩色图片的中间格式	允许行程编码压缩（无损）
TIFF (Tag Image File Format)	.tif或者.tiff	RGB、四分色 (CMYK)、CIE-Lab、颜色索引、灰度比例、黑白	• Windows和Mac都支持 • 通用文件格式 • 支持alpha通道	允许不压缩、LZW压缩（无损）、ZIP（无损）、JPEG（有损）
PSD (Photoshop Digital Image)	.psd	RGB、四分色 (CMYK)、CIE-Lab、颜色索引、灰度比例、黑白	• Adobe Photoshop的私有格式 • 适合Photoshop支持的任意类型的数字图像 • 分层存放 • 支持alpha通道	无损压缩

表2-2　矢量图形的常见文件类型

文件类型	文件后缀	信息和用途
Encapsulated PostScript	.eps	专业打印中文件存储和交换的标准文件格式
Adobe Illustrator文件	.ai	
Adobe Flash文件	.fla，.swf	
Windows Metafile format	.wmf	很多微软Office的剪贴画采用了这种格式
Enhanced Metafile format	.emf	微软为.wmf开发的后继格式

2.6　数字图像的文件尺寸及其优化

分辨率和位深度直接影响图像的文件大小。分辨率越高，或者位深度越高，图像文件就越大。如果不压缩，图像文件将占用一个不合理的磁盘空间，同时对于网络传输而言，也将过于庞大。

让我们看一下一个未压缩的、典型的高分辨率图像文件的大小。6兆像素的数字相机可以生成24位颜色深度的3000像素×2000像素的数字图像。这个未压缩的文件尺寸可以按以下方式计算：

总像素：3000像素×2000像素=6 000 000像素

以位为单位的文件尺寸：6 000 000像素×24位/像素 = 144 000 000位

以字节为单位的文件尺寸：144 000 000位/（8位/字节）=18 000 000字节

一个未压缩的6兆像素图像需要144 000 000位或者说18 000 000字节的磁盘空间。有三种方法可以减小数字图像的文件尺寸：降低像素尺寸，降低位深度，以及压缩文件。

• 降低像素尺寸。

可以通过以下任意一种方式实现：

（a）首先用一个较低分辨率捕获图像。

■ 如果是通过扫描方式捕获图像，那么就使用较低的扫描分辨率（dpi）。扫描出的图像将会有一个较小的像素尺寸。

■ 如果是通过数字摄影方式捕获图像，那么就降低图像大小——数字照片的像素尺寸。

（b）对已存在的数字图像进行重取样或者比例缩放，得到较小的像素尺寸。

正如在文件尺寸计算的有关章节中提到的，文件尺寸是直接与图像的像素数量成比例的。这就意味着减少一半的像素尺寸，将会使文件大小变为原来的一半。

练习：文件尺寸计算例子中使用的像素尺寸是3000像素×2000像素。如果你将图像的宽度和高度都缩小为一半（也就是，1500像素×1000像素），文件尺寸将减小多少？

对最终像素尺寸的选择应该考虑两个方面的问题：一是在最终图像中需要多少、什么样的细节，二是图像的最终用途——是准备将图片打印出来，还是在一个计算机显示器上显示出来？降低像素尺寸牺牲了图像的细节，这将影响图像的品质。因此，通过减少像素尺寸来减小文件尺寸时，就需要在图像细节和文件大小之间做权衡。

• 降低位深度。

位深度决定图像中可供使用的不同颜色的数量。扫描仪或者数字相机都提供了在捕获图像时可选的位深度选项。在写这一章时，最常见的彩色数字图像的位深度是24位。

如对6兆像素、24位图像的文件尺寸计算所示，位深度乘以像素的总数。这意味着文件尺寸是和位深度直接成比例的。例如，将位深度从24位降低到8位将会使文件大小减小到原来的三分之一。根据图像内容的不同，降低位深度可能会造成其艺术效果的明显降低。

权衡位深度和文件尺寸

24位的颜色深度允许2^{24}（也就是16 777 216）种颜色——大约1600万种颜色。8位的颜色深度允许2^8（也就是256）种颜色。将24位减少为8位，能够将文件大小减小到原来的1/3。然而，将颜色数量从16 777 216减少到了256。也就是说，在图像中，失去了大约1600万种允许使用的颜色——为了文件尺寸能够变为原来的1/3，我们所能使用的颜色种类就只剩下原来的1/65 000了。

而另一方面，并非所有的图像都需要超过256种的颜色。所以也不需要使用超出图像需求的过高的位深度。

• 灰度图像，比如黑白照片和用铅笔或者钢笔手写的笔记的扫描图像，使用8位的位深度，也不会有非常明显的图像质量退化。

• 有些手写笔记甚至可以降低到2位甚至1位（黑白）。

• 插图，比如海报或者商标，通常只包含少量的颜色种类且常以大块实心填充色区域形式出现，此时就适合于采用较低的位深度以减小文件尺寸。如果获得了这类图像，无论是通过扫描还是数字摄影技术，实心填充区域的边缘往往（如图2-10所示）将变成连续色调。在这种情况下，如果将所有的有细微差异的颜色合并到一种它们本应该的颜色上，就可以减小位深度，同时减少了文件尺寸。这样做的一个额外好处是实际上生成的数字图像将在实心填充区域中更加忠实于原始图像。

图2-10 假设对一本书的封面上部分纯蓝色背景进行扫描得到的24位色图像。放大观察将发现这块区域现在是由许多细微差别的颜色组成的

数字图像的文件尺寸

在一个24位的彩色图像中，每一个组成成分（红色、绿色和蓝色）都使用8位。如果按规则计算（使用同样的像素尺寸），24位的图像文件比灰度图像文件大多少倍？以下练习将帮助你确认你的答案。

实践/练习（Activity/ Exercise）

请使用Adobe Photoshop，创建一个12像素×10像素的新文件。通过选择菜单"图像→模式→灰度"将图像转变为灰度。通过选择菜单"文件→保存为..."将图像存为RAW文件格式。在保存对话框中，选择RAW（*.RAW）作为文件格式，文件名为grayscale.raw。你认为grayscale.raw的文件大小是多少？

检查文件的大小。

（对于Windows操作系统，右键点击文件并选择"属性"。）

（对于Mac操作系统，选中文件并敲击命令I。）

答案：grayscale.raw的文件大小是120字节（12像素×10像素，每个像素使用1个字节（8位）存储它自己的灰度值）。

现在，通过选择菜单"图像→模式→RGB颜色"将原始的图像转变为24位颜色。将图像存为rgb.raw。你认为rgb.raw的文件大小会是多少？

检查文件的大小。

答案：rgb.raw的文件大小是360字节（12像素×10像素×3字节每像素；1个字节存放红色信息，1个字节存放绿色信息，还有1个字节存放蓝色信息）。

正如你在raw文件中所见，在灰度图片中，每个像素使用1个字节，在24位图像中，每个像素使用3个字节。如果你将图像存为其他格式，比如.PSD、.BMP或者.TIF，又会怎样？为什么这些文件格式的文件大小会改变？这是因为其他的文件格式可能在文件中嵌入了额外的图像信息，比如尺寸值。（尝试在Adobe Photoshop中打开之前创建的.raw文件。注意它给出了图像的像素尺寸和其他信息等提示。）但当打开一个.PSD或者.BMP文件时，它不会针对这些信息向你给出提示。另外，一些文件格式采用了不同的压缩算法进行压缩。因此，不同格式的图像文件的文件大小是很难通过一些简单的数学计算来预测的。但是可以肯定的是，下列因素通常会增加数字图像的文件大小：

• 增加图像的像素尺寸。

• 提高位深度。

• 压缩文件。

压缩是通过将相同的信息压缩到少量的位中来减小文件尺寸的一种方法。在一个无损压缩算法中，没有信息会丢失。在一个有损压缩算法中，有的信息会丢失。然而，在设计有损算法的时候通常会选择省略那些在人类感官系统中反应不敏感的信息。

当你选择以一种格式保存数字图像时，同时也就选择了是否以及以何种方式压缩这个文件。在扫描一张图片时，可能会遇到这样的选项：在图像编辑程序中打开或者将它保存为一张位图图片、一个JPEG文件，或者一个GIF文件。文件类型通过文件名的后缀进行识别：.bmp表示位图图片，.jpg表示JPEG文件，或者.gif表示图形交换格式。

通常，当处理数字图像时，最好将图像保持在一种未压缩的格式。如果在编辑阶段时就希望压缩图像，就应该使用一种无损压缩算法。例如，可以将一张图片扫描为TIFF

文件，并将它在图像编辑程序中打开，进行色调调整、对比度调整、颜色增强、修饰和合成。当完成了所有预期的改动后，应该将最终的图像用无压缩或者无损压缩格式保存一份副本。当准备保存图像以便发布时，则可以选择一种不同的压缩，甚至是有损压缩的文件格式，只要符合图像的用途就可以。文件格式的选择也主要依赖于图片的类型和用途。如果用于网络，可以将图像存储为JPEG、GIF或者PNG文件。在JPEG文件中，也可以选择你所希望的文件压缩程度，在符合需要的前提下通过降低图像质量来减小文件尺寸。

无损压缩的例子

行程长度编码（Run-length encoding, RLE）是一个简单的无损压缩算法的例子。在这个方法中，一个值的连续重复的序列将被替换为这个值随后加上其重复次数。例如，假定蓝色用8位表示是00 001 010。如果在一张数字图像中，有一片天空，其中的蓝色重复了100个像素，那么不压缩的情况下，这片区域将需要800位。使用行程长度编码，我们可以将这片区域编码成一个蓝色的值（00001010）随后加上次数：100（用8位二进制表示）。这样，就只使用了16位来描述这一片天空，而不是800位。

这种压缩类型用在.bmp文件中。例如，一个100像素×100像素的未压缩.bmp文件的文件大小是11 080字节。如果图像仅仅包含一种颜色，采用RLE压缩方法，文件的大小可以缩小到1 480字节。如果图像包含两个颜色块（图2-11），采用RLE压缩方法，文件的大小是1 680字节。

图2-11 包含两种颜色块的位图图像

2.7 颜色表示

颜色模型用来对颜色进行数字化的描述，通常的方法是依靠三原色分量的改变来完成。每种模型使用不同的方法和一组原色来描述颜色。最常用的颜色模型是RGB、CMYK、HSB和CIE，以及它们的变种。

2.7.1 RGB颜色模型

在RGB颜色模型中，三原色是红色、绿色和蓝色，当这三种颜色成分都达到其最大强度时，组合而成的颜色就是白色（如图2-12所示）。该模型是依据人眼的生理学来设计的——因为人眼具备对这三种颜色的感受器。红光加绿光生成黄光；绿光加蓝光生成青色；蓝光加红光生成洋红色。将最大强度的红色、绿色和蓝色混合在一起，就生成白色。

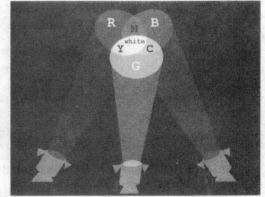

图2-12 RGB：一种加色系统（彩图2）

人眼对颜色的反应

可见光的波长范围从大约380～700nm（纳米）——这创建了一个彩虹颜色的连续光谱，从紫色端（380nm）到红色端（700nm）。光谱中一个特定的波长即对应着一种特定的颜色。

人眼的视网膜有两类光感受器：杆状细胞和视锥细胞。杆状细胞活跃在光线微弱时，但没有颜色的敏感性。视锥细胞活跃在光线明亮时，并且有颜色敏感性。视锥细胞分为三种类型。大体说来，一种类型对红色敏感，一种对绿色敏感，一种对蓝色敏感。它们分别被指定为希腊字母ρ、γ和β。图2-13中描绘了正常的人眼对这三种感受器的相对敏感性的曲线。很显然，γ和β视锥细胞的第三区域基本就是绿色和蓝色区域。

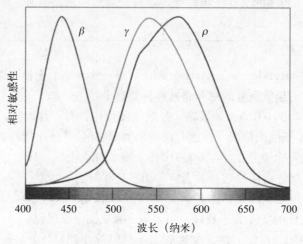

图2-13　人对颜色的光谱灵敏性

对于计算机显示器，颜色用光点来表示。所以，计算机是基于**加色模型的系统**（additive color system），在这个系统中，越多的有色光混合在一起，整体的光强度就越高。

计算机显示器可以设计为每个像素的颜色由红色、绿色和蓝色光混合而成。从图2-14中

a) 其中用红色方框围住部分的显示效果特写图分别在b)~d)中给出

b) 标准显示器屏幕的显示效果特写图

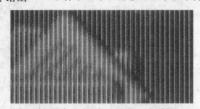

c) SONY单枪三束彩色显像管显示器屏幕的显示效果特写图

d) 液晶显示器显示效果的特写图

图2-14　计算机显示器

所示的两种CRT显示器和一种LCD显示器上的特写视图可以看到红色、绿色和蓝色的光点或者光带。尽管不同的显示器采用了不同的光点形状和模式，图像中每个像素的颜色最终都是用不同强度的红色、绿色和蓝色光组合而成的。

RGB颜色模型可以被图形化地描述为一个依据三维空间中的三个轴定义的立方体，如图2-15所示。x轴代表红色值，y轴代表绿色值，z轴代表蓝色值。RGB颜色立方体的原点（0，0，0）对应黑色，其对角点对应白色。立方体的其余6个角分别对应红色、绿色、蓝色，以及它们各自的互补色——青色、品红色和黄色。数字图像编辑程序中相应的RGB颜色模式通常把三种颜色成分定义为从0～255的值，因此每个成分需要用8位来表示。在这种情况下，白色的RGB值为（255，255，255），浅橙色可以表示为（255，166，38）。

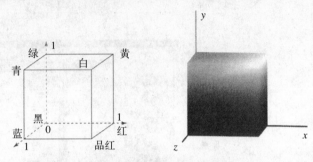

图2-15 RGB颜色立方体图例（彩图3）

颜色选择器与RGB颜色立方体的相互关系

如果你使用过像Adobe Photoshop这样的数字图像编辑程序，你应该使用过颜色选择器，就像图2-16种显示的那一种。

颜色选择器通常用由渐变颜色构成的二维平面来表示。当你在颜色选择器中选择了R、G、B三个成分中的一个时，颜色滑杆显示该成分的颜色范围（0在滑杆的底端，255在顶端）。滑杆旁边的二维平面是一个用其他两种颜色成分作为x轴和y轴的颜色区域。例如，当你点击红色成分时，颜色滑杆显示红色的颜色范围。在颜色区域中的圆圈对应当前选定的颜色。

RGB值是一个在立方体三维空间中的颜色的三维坐标。颜色区域仅仅是RGB颜色立方体的矩形切片。例如，RGB值为（150，200，100）的颜色，如果你点击R成分，颜色区域是一个从RGB颜色立方体在R=150（图2-16a）处，由绿色为y轴，蓝色为x轴的二维切片。选择G成分和B成分与这个类似（图2-16b和图2-16c）。

如图2-16中所示，同样的颜色可以在三个不同的颜色区域或者切片中找到。在Photoshop的颜色选择器中，一次只能看到一个颜色区域。颜色轴的选择决定了哪个颜色区域显示在颜色选择器中。如果你假设所有的三个切片都显示在颜色立方体中，它们将会交会在空间中的一个点上（图2-16d）。交点的三维坐标就是被选中颜色的RGB值。

2.7.2 CMYK颜色模型

如果参加了某些艺术课程，在一定的时候可能会学到这样的内容——可以通过混合红色、黄色和蓝色绘画材料（蜡笔、水彩、油画颜料或者丙烯酸树脂）来创造几乎任何的颜色。这三种颜色是**减色模型**（subtractive color model）中的原色。这个模型是基于消减的，在这个模型中，你往最上层涂抹或者混合在一起的彩色颜料越多，被减去的光成分就越多。因此，理论上说，将等量的三种原色混合到一起将得到黑色。

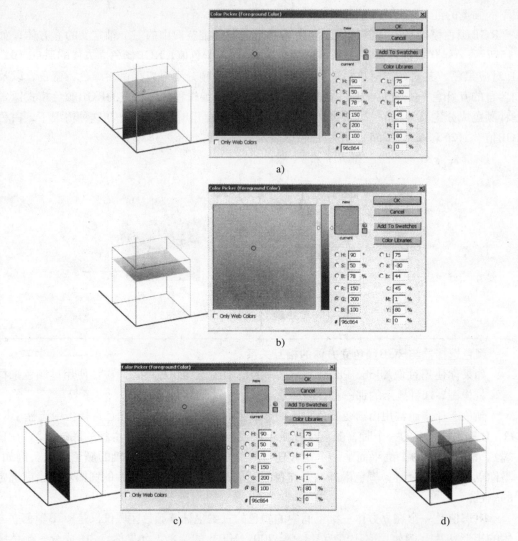

图2-16　RGB颜色立方体和数字图像软件中的颜色选择器之间的关系（彩图4）

　　在CMYK颜色模型中，三原色是用品红色、黄色和青色（图2-17）替代了红色、黄色和蓝色。CMYK四个字母分别代表青色、品红色、黄色和黑色。青色和品红色混合将得到蓝色；品红色和黄色混合将得到红色；黄色和青色混合将得到绿色。理论上，将青色、品红色和黄色全混合在一起，将得到黑色。

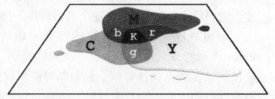

图2-17　CMYK：一个减色系统，理论上讲，青色、品红色和黄色的混合将得到黑色（彩图5）

CMY分别是红色、绿色和蓝色的互补色。这意味着混合青色和红色将得到黑色。这就像混合品红色和绿色，或者黄色和蓝色一样。

　　打印的过程实质上是一个消减的过程，CMYK是一个消减颜色模型。当一种墨水被添加到另一种之上时，它可以有效地导致其互补色不被反射。在这个意义上，颜色被消减了。每一个组成成分都用百分比来指定。

理论上，（100%，100%，100%）生成黑色。实际上，由于墨水总会存在瑕疵，（100%，100%，100%）事实上会生成更像是暗褐色的黑色，而不是深黑色。所以，最后一个组成成分——K（黑色）的加入就可以解决这个问题。另外，在需要黑色的时候直接使用黑墨水也比使用三种颜色墨水混合的方法更经济。

2.7.3 HSB颜色模型

尽管RGB很适合用在计算机显示器技术中，且很符合人眼生理学，但考虑到我们对颜色的想象时，它并不是最自然的方法。当你脑海中想象一种颜色时，可能会首先依照它的色彩对它直接进行描述，就像是从彩虹中找到一种颜色。然后，再描述它的亮度。无论如何，总不会直觉地去想这个颜色是根据多少红色，多少绿色和多少蓝色成分来组成而获得的。

替代RGB的一种方法是用色彩、饱和度和亮度来描述一个颜色。

- **色彩**（Hue）是基本颜色。它按照颜色在彩虹中的顺序，用一个从0°～360°的角度值来表示它在色轮上的位置。
- **饱和度**（Saturation）是颜色的强度或者纯度——本质上是距离相同明亮度的中性灰有多远，换句话说，就是距离色轮的中心点有多远。当一个颜色的饱和度的值减少时，它将显得越来越苍白直到最后它变成在相应明亮度下的中性灰。
- **亮度**（Brightness）定义颜色的明亮程度或者黑暗程度。颜色的亮度值越低，它就越接近于黑色。

这种模型与人类直观考虑颜色的方式非常匹配。HSB（或者HSV）和HSL（或者HLS）都属于这类颜色模型。HSL和HSB的数学表示法之间存在一些不同，但它们都建立在相同的色彩、饱和度和亮度的概念上。

如图2-18a中所示，HSB或者HSV模型看起来倒转的棱椎或者说一个六条边的锥体——六棱锥。色轮上安排的（图2-18c）是一个从红色开始，到黄色、绿色、青色、蓝色、紫色，最后回到红色的色谱。

- **颜色或者色彩**（H）用0°（从红色开始）到360°（最后回到红色）之间的一个角度来表示。
- **饱和度**（S）用到色轮中心距离的百分比来表示。色轮中心的颜色代表的就是同等亮度下的中性灰色。

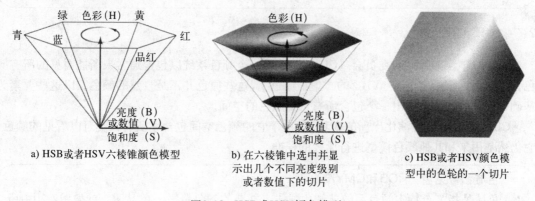

a) HSB或者HSV六棱锥颜色模型

b) 在六棱锥中选中并显示出几个不同亮度级别或者数值下的切片

c) HSB或者HSV颜色模型中的色轮的一个切片

图2-18　HSB或HSV颜色模型

- 垂直的轴是亮度（B）或者数值（V）。亮度或者数值越高，颜色越明亮。例如，在

B=0%时，不论饱和度和色彩的数值是多少，颜色都是黑色。在B=100%时，所有颜色都是它们最亮的状态。在B=100%时，白色位于色轮的中心。

HSB与HSL的比较

HSL代表色调、饱和度和亮度。HSL颜色模型与HSB模型是相似的。在HSL中，最饱和的颜色能够在L=50%处找到，它等同于HSB颜色模型中的B=100%（图2-19）。在L=0%时，不论色调和饱和度是多少，颜色都是黑色。不像HSB颜色模型，当HSL中的L=100%时，不论色调和饱和度是多少，颜色都是白色。

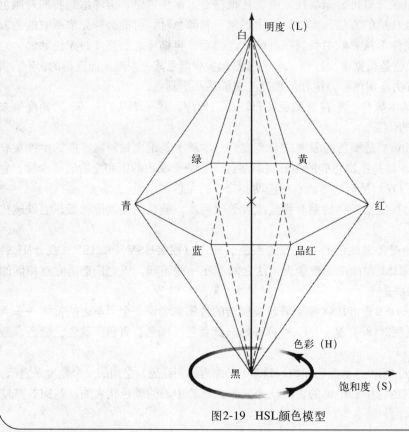

图2-19 HSL颜色模型

2.7.4 CIE XYZ

在1931年，国际照明委员会（CIE）设计出一个颜色系统以包含通常人所能看见的所有颜色。它使用三个指定为X、Y、Z的"虚拟原色"。这些原色并不是自然的颜色。以这些要素为基础，可以生动地描述出一个包含所有可见颜色的空间。

CIE颜色模型已经演化出新的变种，但由于它的颜色空间包含了所有人类可以看见的颜色，它仍然是用来和其他颜色模型进行比较的标准。

色域：可见色、RGB和CMYK

色域是指一个特定颜色系统能够生成或者捕获的颜色范围。色品图，就像图2-20中所示那样，常常用于定义、比较和说明色域。

这里给出的图是基于CIE XYZ 颜色空间进行创建的。包围在马蹄形状中的颜色包括了人能看到的所有颜色。马蹄形状的边界线是遵循可见光谱的变化而变化的。因为没有哪一种打印设备能输出所有的可见色，你在图中所见的颜色只是让你对这个颜色空间中的颜色分布状态有一个大致的概念。

图2-20在这里用于展示出RGB和CMYK两个颜色系统的色域的对比。如图所见，R、G、B光源的组合无法复制人类视觉的所有域。

CMYK打印机的域（图2-20c）通常比RGB显示器（图2-20b）的小。这意味着有时候数字图像中的某些颜色在显示器上可能看起来明亮而饱满，但在专业打印店用喷墨打印机或者平板印刷打印机打印出来却可能显得有点灰暗。超过4色的打印机（比如增加了亮青色和亮品红色的6色打印机）能够拥有更大的色域。

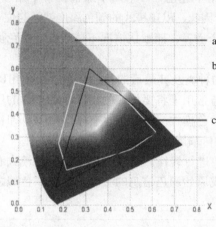

a) CIE色品图

b) 典型的CRT显示器的RGB色域。设备颜色空间的精确形状依赖于显示器的红、绿、蓝磷光质涂层。注意，它并不包含人所能看到的所有颜色

c) 典型的喷墨打印机CMYK色域。颜色空间的精确形状依赖于打印机墨水的着色剂。注意，包含着最饱满颜色的RGB色域的三个角落在CMYK色域的外面。同样，尽管CMYK色域比RGB色域小，一些CMYK颜色却落在RGB色域之外

图2-20　色域比较的图例

2.7.5　其他颜色模型

在处理数字图像时，你也可以看到涉及L*a*b*、YUV或者YIQ颜色模型。这些颜色模型将颜色划分为明度（亮度）分量和两个色度（颜色）分量。

可能在编辑图像时并不需要YUV或者YIQ模型，不过你可能在JPEG图像压缩、视频标准和电视传输等相关知识中了解过它们。最初，人们发现YUV和YIQ模型在电视信号传输中十分有用（当发明彩色电视时），因为这些模型将那些需要传输黑色和白色（都包含在Y成分中）的信息和那些需要传输彩色的信息区分开来。同样的电视信号可以用于这两种类型的电视机。YUV最初是欧洲PAL标准下用于视频传输的颜色模型。YIQ是美国国家电视系统委员会（NTSC）采用的颜色模型。

YIQ和YUV模型在数据压缩方面的优势与人眼感知颜色的方式有关。人类视觉对亮度差别要比对色度的差别更为敏感。因此，可以考虑通过减少用于描述色度分量的数据量从而将色度信息的细节减少。这将使得图像信息文件的尺寸更小。

你可能会在使用数字图像时遇到L*a*b*颜色模型。就像YUV和YIQ一样，这种模型有一个亮度分量（L*）和两个色度分量（a*范围从绿色到红色，b*范围从蓝色到黄色）。L*a*b*是基于原始的CIE模型的，它的优势在于可以创造与设备无关的颜色。也就是说，通过L*a*b*和显示设备适当的校准，就能够保证你在自己显示器上所看到的颜色将如实地在另一台显示器或者打印机上重现——假定你选择的颜色是包含在显示设备或者输出设备的色域中的。

2.8 颜色模式

在使用一个数字图像编辑程序时，需要对颜色模式进行选择。例如，Photoshop中可用的颜色模式包括RGB颜色、CMYK颜色、Lab颜色、灰度、位图、双色（同色浓淡）套印、索引颜色以及多通道。尽管可以在图像编辑的过程中，在不同的颜色模式中切换，但在某一个时刻，只能为图像文件选定一种模式。

数字图像处理程序中的一些颜色模式是通过对颜色模型进行修改设计而成的，但颜色模式并不等同于颜色模型。颜色模式用于指定哪种颜色模型用于显示和打印正在处理的图像。它们决定了所处理的图像的颜色数和通道。

例如，在RGB颜色模式中有三个通道：一个用于红色，一个用于绿色，一个用于蓝色。在大多数情况下，每个通道的默认颜色深度是8位，因此，RGB模式的颜色深度就是24位（2^{24} = 16 777 216种颜色）。在灰度颜色模式中，只有一个通道，而默认情况下该通道的颜色深度也是8位（2^8 = 256种颜色）。

颜色模式的选择主要依赖于处理的数字图像的种类及其最后的用途。通常会使用RGB模式来处理和保存数字图像文件。而CMYK模式则通常用于将要打印的图像。如果你的图像准备用全彩色平版印刷机打印，那最好使用CMYK颜色模式。但是，也有一些喷墨打印机型号推荐使用RGB颜色模式。如果打算用于网络发布和传输图像，那么应使用RGB模式。

在图像编辑过程中，可以在不同的颜色模式中进行转换。然而，由于每一种模式有不同的色域，从一种颜色模式转换到另一种可能会造成原始颜色信息的丢失。落在新色域之外的颜色将被自动替换为符合新域的颜色。

在RGB和CMYK颜色模式之间的色域比较

活动/练习

本练习的目的是为了验证：1）RGB颜色域中最饱和的颜色是在CMYK域之外（如图2-20所示）；2）在颜色模式中转换可能会丢失图像的原始颜色信息。

活动#1：从RGB颜色模式转换到CMYK颜色模式

1. 用RGB颜色模式创建一个新的Photoshop图像。

2. 创建三个实心填充色块，分别是RGB值为（255，0，0）、（0，255，0）和（0，0，255）的最饱和的红色、绿色、蓝色。

3. 转换到CMYK颜色模式。

你将看到这三个颜色变得有点褪色。

此时如果再转换回RGB颜色模式，这些颜色将不会恢复到原来的颜色。此时如果你使用吸管工具检查这些颜色的颜色信息，你将看到这三个颜色的RGB值改变了。它们不再是（255，0，0）、（0，255，0）和（0，0，255）。

活动#2：从CMYK颜色模式转换到RGB颜色模式

1. 用CMYK颜色模式创建一个新的Photoshop图像。

2. 创建三个实心填充色块，分别是CMYK值为（100%，0，0，0）、（0，100%，0，0）和（0，0，100%，0）的最饱和的青色、品红色、黄色。

3. 转换到RGB颜色模式，再转换回CMYK颜色模式。

如果使用吸管工具检查这些颜色的颜色信息，也将看到这三个颜色的CMYK值改变了。注意青色出现很大的变化。请观察图2-20，CMYK模型的色域中的青色是在RGB色域之外的。

索引颜色

数字图像编辑程序中可用的另一种颜色模式是索引颜色。这种技术通过对那些实际出现在图像中的颜色进行索引和使用，从而将可被描述的颜色数量限制在不超过256（8位）种。图像中所出现的颜色存储在一个称为**颜色查找表**（color lookup table, CLUT）的调色板中。表中的每一个颜色被分配了一个数字或者索引。索引数从0开始。图像中的每一个像素的颜色信息都用调色板中的颜色索引来表示。这类似于通过数字绘图的一种艺术工具。

如果调色板中的一个特定索引值对应的颜色改变了，这张图中所有使用这个索引的颜色的像素都会变成新的颜色。颜色虽然改变了，但索引数量依然保持不变。如图2-21所示，在使用索引颜色模式的图像中，仅仅通过修改颜色表中的颜色，或者应用另一个颜色表到这个图像中，就可以改变图像中像素的颜色。

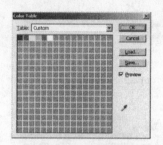

a) 采用索引颜色模式的图像　　　b) 对应索引颜色的颜色表或者调色板

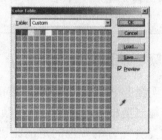

c) 对索引颜色值作了改变之后的图像　　　d) 反映c) 中变化的颜色表

图2-21　索引颜色实例（彩图6）

图2-21b中的颜色表包含6种颜色。表中的第一个颜色，索引号为0的是红色。第六种颜色，白色的索引号是5。在图2-21c中，通过将0号颜色从红色改为蓝色和将4号颜色从橙色改为浅蓝色，红色和橙色的郁金香就变成了蓝色和浅蓝色的。郁金香的底部也从橙色变成了浅蓝色，因为这些区域的像素所对应的颜色索引为4。图像中赋给像素的颜色种类数是不变的。图2-21d中颜色表则展示了索引号为0和4的颜色的变化。

在CLUT中改变颜色
实验/练习

这些实验的目的是为了展示以下内容：1) 如何在Photoshop中检查一幅索引颜色图像的CLUT；2) 如何通过改变CLUT中的颜色来改变图像的颜色。

1. 在Photoshop中打开一张彩色图像。图像中有大块的、明显的实心填充色，如图2-21中所示的那种图就是最适合本实验的目标的。你也可以从本书的网站下载例子文件

（图2-21a），或者创建一个新文件，添加几个颜色块。

2. 通过菜单"图像→模式→索引颜色..."将图像改为索引颜色模式。对于本实验的目的而言，调色板（Palette）选项和强制（Forced）选项的任何设置都可以（图2-22）。

如果打开的图像含有超过256种颜色，你将会看到仿色（Dither）选项。确定将仿色选项设置为"无"（None）。这将有助于你看到在后面步骤中即将产生的变化。

3. 通过菜单"图像→颜色表..."打开这张索引颜色图像的颜色表。你将会看到一张类似于图2-21b的颜色表。根据图像内容的不同，所呈现的表中可能会有不同的颜色种类和不同的颜色数量。

4. 尝试点击颜色表中的一个颜色方块，将它改为另一种颜色。你将会看到图像中所有使用该颜色的区域变成了新的颜色，如图2-23所示。

图2-22　图像转换为索引颜色模式

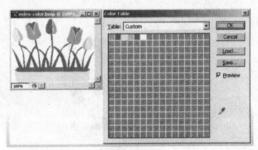

图2-23　颜色表中的第一个颜色
（索引0）变成了浅蓝色

2.9　数字图像中颜色重现的困难

在数字图像中重现颜色至少存在两个常见问题。

（1）数字设备不能制造出人类看见的所有颜色。

人类视觉能够感受并区分的颜色的范围比已有的任何数字设备所能生成的色域要大。术语"色域"指的是某个特定的系统所能制造或者捕获的颜色范围。计算机显示器的R、G、B三色荧光体的组合无法制造出人类可见的所有颜色。打印机使用的则是比显示器所用的RGB系统的色域还要小的CMYK系统（图2-20）。

（2）在不同设备之间传递并重新生成颜色的过程存在困难。

用于打印的CMYK系统是一个减色系统，而用于显示器显示的RGB系统是一个加色系统。无论是从显示器到打印机，甚至从一个显示器到另一个显示器，数字图像中的颜色都不能被正确地重现。虽然显示器和其他RGB设备使用的都是RGB颜色模型，但并不是所有的该类设备都能制造出完全相同的颜色范围。不同设备有不同的色域和颜色空间。

颜色空间

颜色空间有别于颜色模型。颜色模型是一个用几种原色或者几个基本成分来数字式地描述颜色的理论系统。颜色模型中定义的主要组成成分被当作模型的空间坐标。例如，RGB颜色模型根据红、绿、蓝的值来描述颜色。颜色空间指的是具体设备在某个颜色模型的基础上所能够制造出来的颜色集合。

当使用一个数字图像编辑程序对图像颜色进行操作时，其实是在调整图像文件中的某些参数的数值。这些数值与绝对的颜色无关。例如，RGB值为（255，0，0）的红色在不同的显示器上显示或者用不同的打印机打印时，可能会显示为不同深浅的红色。数值究竟代表着何种具体的颜色——这依赖于产生这个颜色的设备的颜色空间。换句话说，负责生成并显示颜色的设备的颜色空间在对数值进行解释。由于CIE XYZ颜色空间包含人类可见的所有颜色，所以它通常用作那些颜色的参考颜色空间。

Adobe的RGB和sRGB就是颜色空间的例子。它们都基于RGB模型，并有一个如图2-20中RGB所示的三角形状。Adobe RGB的颜色空间比sRGB的更大。sRGB被推荐用于屏幕浏览的网络图像，因为sRGB定义了标准显示器的颜色空间。

识别色域外的颜色

色域外的颜色不能被正确地重现。在数字图像编辑程序中，例如Adobe Photoshop，可以依据CMYK设置来看出一个颜色是否在域外。在Photoshop的颜色选择工具和调色板中，你可以看见一个警告标记（图2-24）。

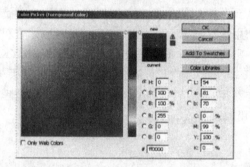
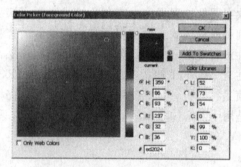

a) 红色，其饱和度S=100%，RGB=(255，0，0)。 b) 注意该近似颜色的新RGB和HSB值
注意颜色样本后面的惊叹号标记图标▲。它
是颜色位于打印域之外的警告。点击▲图标
就会给出在打印域中与其最接近的颜色

图2-24 Adobe Photoshop颜色选择工具显示了一个域外颜色的例子

注意 在设备之间传递和重现颜色的困难和颜色管理的概念在艺术单元的数字图像章节（第2章）中有更加详细的讨论。

颜色管理系统（color management system, CMS）是一个软件解决方案，它用于帮助在不同设备（数字照相机、扫描仪、计算机显示器以及打印机）之间进行正确的颜色信息传递和重现。其主要思路是首先分析不同设备的颜色域，然后通过读取和翻译不同域内的对应颜色，最终用一种可以预见的、可以再现的方式完成颜色重现。

2.10 本章小结

我们对周围这个世界景象的感知从本质上看都属于模拟现象。理论上，颜色深浅和色调的数量可能是无穷大的，并且由于每两个点之间都有另一个点，所以空间中的颜色点是无穷的。但是因为计算机的离散和有限的特性，自然图像的模拟信息需要进行数字化。数字化包含两个步骤的过程——取样和量化。

取样步骤是在图像平面上记录离散的点样本。点样本被称为图像元素，或简称为像素。

每一个像素负责存储图像上对应位置的颜色信息。位置是由它的水平和垂直坐标来确定的。

取样率定义了取样的频繁程度。取样率越高，得到的数字图像中的像素就越多——也就是说，图像分辨率越高。

量化步骤是用一组有限的颜色来表示无限的颜色和明暗种类。这组有限颜色的真正数量由位深度来决定。

取样率和位深度影响数字图像文件的尺寸大小。对一个未压缩的文件而言，将取样率或者位深度提高一倍将会使文件尺寸也加倍。

由于数字媒体的离散、有限的特性，在处理过程中的取样和量化阶段发生错误是不可避免的。创建一个其内容完全等同于原始照片或者真实世界景象的数字图像是不可能的。然而，人眼对颜色的差异和整个空间的颜色级别也不是无限敏感的，因此，最终我们发现，用数字图像来描述真实所见的景象已经是足够好且完全可以接受的。

颜色模型用于数字化的颜色描述，通常的方式是定义不同数量的一组原色（成分）。每一种模型用以描述颜色的方法、基本成分或原色通常都是不同的。最常见的颜色模型是RGB、CMYK、HSB和CIE，以及它们的变种。

数字图像处理程序中的颜色模式通常直接从颜色模型衍生而来。在图像处理程序中选择使用何种颜色模式主要依赖于数字图像的内容和用途。通常会采用RGB模式来对原始资料图像文件进行处理和保存。如果是为了打印出来，则可以随时根据需要将文件转换为CMYK模式。注意，CMYK模式的色域更小，因此从RGB转换到CMYK可能会导致一些颜色的丢失。一些喷墨打印机，虽然使用CMYK墨水，但仍推荐用户保持图像的RGB模式。如果你处理的图像是用于网络传输和显示，那么就应该一直采用RGB模式。

术语

24 bit（24位）	Indexed color（索引颜色）
Additive color system（加色系统）	Megapixel（兆像素）
Aliasing（走样）	Picture element（图片元素）
Anti-aliasing（反走样）	Pixel（像素）
Bit depth（位深度）	Pixel dimensions（像素尺寸）
Bitmapped（位图化）	Quantization（量化）
Brightness（亮度）	Raster graphics（光栅图形）
CMYK color model（CMYK颜色模型）	Rasterize（光栅化）
Color lookup table（颜色查找表（CLUT））	Resolution（分辨率）
Color management system（颜色管理系统（CMS））	RGB color model（RGB颜色模型）
	Saturation（饱和度）
Color space（颜色空间）	Subtractive color model（减色模型）
HSB color model（HSB颜色模型）	Vector graphics（矢量图形）
Hue（色彩）	

复习题

在适当的时候给出下列题目的正确答案。

1. 从模拟信息转换到数字信息的过程是一个两步过程：取样和量化。在捕获模拟图像并转换为数字图像时，取样率影响_____。

  A.结果数字图像的位深度   B.结果数字图像的像素尺寸

2.从模拟信息转换到数字信息的过程是一个两步过程：取样和量化。在量化步骤，捕获模拟图像并转换为数字图像时，_____。

  A.将一个2维网格叠加在图像上，网格中的每一个小单元转换为一个像素

  B.将一个2维网格叠加在图像上以便对该图像进行抖色处理

  C.模拟图像中的无限数量的颜色明暗和色调被映射到一组离散的颜色值上

  D.结果数字图像文件会被压缩以使文件尺寸更小

3.以下哪些因素会增加数字图像的文件尺寸？

  A.更大的图像像素尺寸   B.更大的位深度

4.一幅以高分辨率捕获的数字图像_____。

  A.比以低分辨率存储的同一幅图包含有更多的细节

  B.比以低分辨率存储的同一幅图能够表现出更多的颜色

  C.比以低分辨率存储的同一幅图具有更大的位深度

  D.比以低分辨率存储的同一幅图具有更大的文件尺寸

  E.比以低分辨率存储的同一幅图具有更大的像素尺寸

5.位图图像由_____组成。

  A.描述图像或者场景的空间样本的各个独立像素

  B.图像元素，包括点、线、曲线、轮廓等的数学描述

6.矢量图形由_____组成。

  A.描述图像或者场景的空间样本的各个独立像素

  B.图像元素，包括点、线、曲线、轮廓等的数学描述

7.位图图像优于矢量图形的优势是_____。

  A.图的可缩放或者分辨率无关的特点

  B.便于逐个像素地对图像进行编辑

  C.比矢量图形文件的尺寸更易于压缩（文件尺寸更小）

8.矢量图形优于位图图像的优势是_____。

  A.图的可缩放或者分辨率无关的特点

  B.便于逐个像素地对图像进行编辑

  C.比位图图像文件的尺寸更易于压缩（文件尺寸更小）

9.一般而言，如果图像总的像素数量增加一倍，文件大小会如何改变？

10.一般而言，如果图像的位深度从8位增加到16位，文件大小会如何改变？

11.一般而言，如果图像的位深度从8位增加到24位，文件大小会如何改变？

12.有时候，当在计算机屏幕上放大一个图片时，那些直线会出现锯齿，这个效果称为_____。

  A.反走样   B.走样   C.抖动   D.索引

13.分别给出一个支持有损压缩和一个支持无损压缩的数字图像文件类型。

14.术语"pixel"是由_____这些词缩略而成的。

15.是非题：像素是一个点样本，不是一个小方块。

16.是非题：1位的颜色深度只能用来表达黑色和白色。

17.1位的颜色深度能够用来表达_____种颜色。

18. 8位的颜色深度能够用来表达_____种颜色。

19. 24位的颜色深度能够用来表达_____种颜色。

20. 下列文件扩展名中，哪几个是用于图形/图像文件的？

    BMP   DOC   JPEG   TXT   PNG   GIF

    JPG   PSD   TIFF   EPS   WMF

21. (i)白色，(ii)黑色，(iii)红色，(iv)绿色，(v)蓝色，(vi)青色，(vii)品红色，(viii)黄色的RGB值分别是多少？（你可以使用图像编辑程序中的颜色选择工具来验证你的答案。）

22. (i)白色，(ii)黑色，(iii)红色，(iv)绿色，(v)蓝色，(vi)青色，(vii) 品红色，(viii)黄色的CMY理论值分别是多少？

23. (i)白色，(ii)黑色，(iii)红色，(iv)绿色，(v)蓝色，(vi)青色，(vii) 品红色，(viii)黄色的HSB值分别是多少？（你可以使用图像编辑程序中的颜色选择工具来验证你的答案。）

24. RGB模型使用加色混合方法还是减色混合方法？

25. CMYK模型使用加色混合方法还是减色混合方法？

26. CMYK颜色模型的主要用途是什么？

第3章 数字图像的捕获和编辑

3.1 简介

要想获得数字图像，两种最常用的方法就是扫描和数码摄影技术。在本章中，将讨论多种扫描仪的使用、通用扫描设置的方法，以及如何选择最优的扫描分辨率。这些知识将有助于在使用扫描方法时获得更加符合期望的数字图像。

我们也会简单地讨论一下数码照相机。然后，本章将集中讨论通用的数字图像编辑工具，如何选择打印图像的分辨率，以及如何优化将要在Web上使用的数字图像等。

3.2 扫描仪

通常来说，如果按它们的机械装置进行分类，那么扫描仪可以分为4大类。
- **平板式扫描仪**：这是一种多功能的扫描仪，也是一种最为广泛使用的扫描仪，被大量用于数字媒体实验室、办公场所和个人用途。平板扫描仪通常能够在它的玻璃平板上放置并扫描lettersize（8.5英寸×11英寸）或legalsize（8英寸×14英寸）或（11英寸×14英寸）的文件。机动扫描头包含有一个灯光源和一组传感器，就在玻璃平板的下方。每次扫描开始后，扫描头从平板的一边缓慢移动到另一边，在这个过程中就获取了文件的扫描图像。

下面给出一个用平板式扫描仪扫描文件的大概步骤。

1.将文件正面向下放置在玻璃平板上。

2.将文件纸张的边缘和扫描仪上标注的角落位置对齐。

3.关上平板的上盖。

4.启动扫描软件并预览扫描结果。此时扫描仪将扫描整个扫描区域。

5.如果文件的实际大小比整个扫描区域小一些，那就选择所需的目标区域。

6.设置扫描选项（如果扫描仪提供了选项）。例如颜色模式、分辨率、锐度等级、柱状图、亮度/对比度调整等。本章的后面将详细讨论这些设置。

7.最终扫描并保存文件。通常会有多种文件格式可供选择。

数字画家也会用平板扫描仪对3D物体进行扫描，例如织物、钥匙、干了的植物或者手。在这些情况下，平板扫描仪被当成了一个好像是无需对焦的照相机。当一个物体没有盖上盖子就被平板扫描仪进行扫描的时候，背景将显示为黑色，

- **单张进纸式扫描仪**：很多体积较小的便携式扫描仪都是单张进纸式扫描仪，使用这种扫描仪时，文件纸张会从一个固定的扫描头旁匀速移过。因为单张进纸的机械装置的限制，这种类型的扫描仪无法扫描厚一点的物体，例如一本厚书中的一页。而且单张进纸式扫描仪通常都被设计成只能扫描不超过letter大小的纸张。

- **手持式扫描仪**：这类扫描仪也是便携式的。手持式扫描仪的基本机械装置非常类似于平板扫描仪，只不过，手持式扫描仪需要使用者自己用手来移动扫描头。每次扫描所允许的宽度取决于扫描头的宽度，不过一般都不会超过letter纸张的宽度。对于有些型号的手持式扫描仪来说，扫描所得到的图像质量还要取决于使用者手工移动的稳定性。通常，这类扫描仪不能给出非常好的图像质量，但却是一种能够最方便和迅速地完成文件扫描的方法。它们最主要用于扫描以文字为主要内容的文件。

- **鼓式扫描仪**：鼓式扫描仪可以达到很高的分辨率，并且能够扫描很大的文件。这类扫描仪通常用于那些需要高分辨率效果的印刷工厂，或者是需要扫描大文件（比如说蓝图）的地方。

扫描仪不仅仅能够扫描纸质文件，而且能扫描电影负片或幻灯片。比如有些特定型号的平板式扫描仪，可以通过使用一种负片/幻灯适配器来进行负片和幻灯片的扫描。

TWAIN

TWAIN是为图像处理软件和图像捕获设备之间的接口所定义的一个标准，或者说是一个特别的称呼，这里的"图像捕获设备"就是指扫描仪、数码照相机等。从技术的角度看，TWAIN是为Microsoft Windows和Apple Macintosh这两种操作系统所准备的，专用于图像捕获的API（Application Programming Interface，应用编程接口）。请注意，TWAIN指的并不是任何一个图像捕获设备的驱动程序。

术语TWAIN不是一个词的缩写。这个词来源于从一个句子"and never the twain shall meet"，这个句子出现在Kipling著作的《The Ballad of East and West》一书中。该书是在这个技术发展的早期写的。针对将扫描仪连接到个人电脑的挑战等问题，该书进行了详细的叙述。整个词都用大写的形式是为了让它看上去更明显像是一个术语。要想获得更多的信息，请访问网站http://www.twain.org。

3.3 通过扫描捕获数字图像

一个会影响扫描图像所包含的细节效果的因素是扫描分辨率。通常来说，扫描时所采用的分辨率越高，图像里包含的清楚细节就越多。售卖扫描仪时的广告常常醒目地标出它所能达到的最大分辨率作为卖点。但是，应该小心阅读这些声明，因为和扫描仪有关的"分辨率"一词有两种不同的用途和解释。在扫描仪说明书中，通常可以找到两个数字给出的分辨率：一个是光学分辨率，另一个是增强（通过插值计算得到的）分辨率。

光学分辨率（optical resolution）是硬件分辨率，它取决于该扫描仪提供了多少个传感器来捕获图像信息。另一方面，**增强分辨率**（enhanced resolution）则是通过用软件算法对图像进行插值达到的。插值过程就是在用传感器捕获到的图像像素基础上增加额外的像素。通过插值计算生成的额外像素并不是由传感器从实际图像上捕获到的。这些额外像素的颜色信息依赖于它周围的相邻像素颜色。现在，很多扫描仪都可以通过算法计算达到无限大的软件增强分辨率。

扫描仪分辨率通常记为dpi（dots per inch，每英寸的点数）。在理解dpi是什么、以及这个数值的实际含义之前，我们先再来回顾一下通用的扫描仪机械装置。一个平板扫描仪有一个可移动的扫描头，它包含着一排灯光传感器。在扫描的过程中，扫描头沿着扫描仪的平板移动，这个移动是由一个步进马达控制的。

因此，一幅图画（模拟信息）如何被一排光线传感器所捕获呢？要回答这个问题，请先回忆一下在第2章中所学习的取样和取样率概念。一排传感器的数量相当于是x方向上的取样率。扫描头移动过程中的离散的、一步步的动作相当于y方向上的取样率。一个传感器相当于一个点（就是dpi中的dot）。每个样本就是扫描图像中的一个像素。例如，很多平板扫描仪现在可能在各个方向上都可以达到至少2400dpi的光学分辨率。如果用2400dpi的分辨率去扫描一个1英寸长、1英寸宽的图画，就能够得到一个2400像素×2400像素的扫描图像文件。如何选择合适的扫描分辨率将在下节进行详细讨论。

3.3.1 扫描分辨率的选择

如果想获得一个符合预期打印尺寸的图像文件，就需要在扫描时选择足够高的分辨率（dpi值）以生成在每个维度上都足够多的像素。如果在扫描前不能够准确地确定最终打印尺寸，而只有一个大概的估计，那么就可以按照最大尺寸来计算所需的dpi值。如果扫描时采用的分辨率比所需的要大，那么在后期打印时还可以对图像进行缩小处理，且无损图像质量。但是，如果扫描时采用了比所需的分辨率要小的dpi值，后期再对扫描图像进行放大处理，其实就是用算法进行插值计算获得了额外像素，而这些像素的颜色等信息都并不是真实的，从而使得图像的清晰度变差，准确度变低。放大得越多，图像就越模糊。

在开始扫描前需要选择扫描分辨率，而扫描图像日后的用途决定了扫描分辨率的选择。

• 扫描图像是要用于打印，还是网络显示？

• 如果是要打印出来的，那么打印纸张的实际尺寸是多少？打印设备对图像的要求是什么？

• 如果是用于网络，那么所需的图像尺寸是怎样（长宽分别是多少像素）？

用于网络或屏幕显示

如果扫描得到的图像最终用于网上或屏幕上的显示，那么它的像素尺寸要按照将来显示设备（比如监视器）的分辨率关联起来考虑。

假设目标用户的监视器分辨率是1280像素×960像素，并且你希望扫描出来的图像出现在屏幕上的时候可以占到一半宽度和一半高度（也就是四分之一个监视器屏幕大小），那么最终扫描图像的尺寸应该是640像素×480像素，扫描时即可选择同样数值的分辨率。

用于打印

如果想要将扫描图像打印出来，就需要知道打印设备对分辨率的要求，同时还需要知道打印出来的尺寸（以英寸为单位）是多少。在扫描的时候，必须要始终关心的是像素尺寸，而不是ppi（Pixel Per Inch，像素每英寸）或者物理打印尺寸（英寸）。和其他数字图像一样，扫描得到的图像并不和任何物理尺寸直接关联。"物理尺寸"的概念只有当图像被真正地打印到物理介质上之后才存在，可以用图像的像素尺寸来定义，也可以用打印的ppi来定义。

从下列等式可以看出像素尺寸、打印尺寸、打印分辨率这三者之间的关系。

$$像素尺寸（像素）＝打印尺寸（英寸）×打印分辨率（ppi）$$

或者

$$打印尺寸（英寸）＝像素尺寸（像素）/打印分辨率（ppi）$$

利用这个等式，我们来看一个例子：一幅3600×2400像素的图像是如何决定打印尺寸的。如果这幅图像被打印在一个打印分辨率为600ppi的打印机上，那么打印尺寸应该是4×6

$$2400像素/600ppi ＝ 4英寸$$
$$3600像素/600ppi ＝ 6英寸$$

如果这幅图像用300ppi的打印分辨率来打印，那么打印尺寸应该是8×12

$$2400像素/300ppi ＝ 8英寸$$
$$3600像素/300ppi ＝ 12英寸$$

如果这幅图像用200ppi的打印分辨率来打印，那么打印尺寸应该是12×18

$$2400像素/200ppi ＝ 12英寸$$
$$3600像素/200ppi ＝ 18英寸$$

以上结果在表3-1中列出了。可以看出，同一个扫描图像文件，如果在不同的打印分辨率条件下进行打印，所得到的打印文件的物理尺寸是不同的。

表3-1　用像素尺寸相同的一幅图像获得不同的物理尺寸（打印尺寸）

打印分辨率	像素尺寸	
	2400像素	3600像素
200ppi	12英寸	18英寸
300ppi	8英寸	12英寸
600ppi	4英寸	6英寸

在大多数情况下，当准备扫描一幅图画的时候，通常都已经对所需的最终打印文件的尺寸大小有一个预期。所以，现在我们将前面的计算过程反过来看一看。

假设我们需要从某幅图画上选取一个1英寸×1.5英寸大小的区域进行扫描，并且希望用喷墨打印机打印出10英寸×13英寸的效果（在11英寸×14英寸大小的纸张上）。这时，要想选择一个合适的**扫描分辨率**，就需要计算出所需的像素尺寸。而要得到像素尺寸，当然需要的就是打印尺寸和**打印分辨率**。

注意 *像素每英寸（ppi）和点每英寸（dpi）中的英寸都是长度单位，不是面积单位。*

下面一步一步地给出了扫描分辨率的选择计算过程。

步骤1 决定总的像素数量，或者最终图像的像素尺寸

回忆一下：

$$像素尺寸（像素）=打印尺寸（英寸）×打印分辨率（ppi）$$

如果喷墨打印机的打印分辨率在150～300ppi之间，就能够给出相当好的打印效果了。现在假设选择了150ppi的打印分辨率，那么，一个10英寸×13英寸的打印尺寸，所需的图像像素尺寸就是1500像素×1950像素。

$$10英寸×150ppi=1500像素$$
$$13英寸×150ppi=1950像素$$

步骤2 计算扫描分辨率（dpi）

为了计算扫描分辨率，需要用一个类似的等式：

$$扫描打印分辨率（dpi）=像素尺寸（像素）/被扫描的源文件尺寸（英寸）$$

本例子中，被扫描的源文件尺寸是1英寸×1.5英寸。因此，扫描分辨率计算过程如下：

$$1500像素/1英寸=1500ppi 或者 dpi（扫描时“点”和“像素”是等价的）$$
$$1950像素/1.5英寸=1300ppi或者dpi$$

在长、宽两个维度上，我们计算得到了两个不同的扫描分辨率。造成这个差异的原因是被扫描的源文件的长宽比和最终打印文件的长宽比不同，这种情况相对来说比较少见。那么现在这两个扫描分辨率应该选用哪一个呢？在本例中，无论使用其中的哪一个，最终要想恰好在10英寸×13英寸的范围内打印图像，都需要将扫描得到的图像中的一块切除掉。

如果不知道如何剪切图像以吻合准确的打印尺寸10英寸×13英寸，就一定要采用计算结果中较大的那个扫描分辨率（本例中就是1500dpi）。用1500dpi进行扫描后，得到的图像尺寸是1500像素×2250像素，然后如果用150ppi进行打印则得到10英寸×15英寸的区域。另一方面，用1300dpi进行扫描后，得到的图像尺寸是1300像素×1950像素，然后如果用150ppi的打印分辨率进行打印则得到8.7英寸×13英寸的区域。

练习：验证一下如果图像尺寸是1300像素×1950像素，用150ppi进行打印可以得到8.7英寸×13英寸的区域。

注意 *不是所有的喷墨打印机都可以按边到边或者说0边距的方式进行打印。根据打印机的不同，也就会有不同的最小边距要求。在本例中，虽然准备将图像打印在11英寸×14英寸的纸张上，我们还是在上下左右四个边上都留出了半英寸的页边距。因此，真正打印出来的图像尺寸是10英寸×13英寸。*

3.3.2 色调调整

虽然在扫描步骤之后还可以通过软件进行颜色的修正和编辑，最好还是在扫描的同时就优化一下色调的区间并修正任何明显的颜色问题。为什么呢？因为一旦扫描结束，任何对扫描图像的编辑都只能是在扫描得到的颜色信息基础上进行的。使用图像编辑软件对图像进行编辑的时候不可能凭空产生任何额外的真实颜色信息。如果在扫描时没能够从原始图画中获取足够的颜色信息或者色调区间信息，那么后期编辑时就会因为这些信息的有限和不足而变得更加困难。

现在来看一个例子。图3-1给出了一些在扫描时没有进行色调区间优化的扫描图像。而图3-1d给出了同一幅图的另一个扫描结果作为对比，这幅图在扫描时进行了色调区间最大化。

在一个窄色调区间（图3-1a）条件下扫描的结果看上去比较阴暗，对比度也比较低。虽然后期还可以使用图像编辑软件进行色调区间的调整，采用柱状图拉伸的调整方法（图3-1b），其最终效果仍然比不上图3-1d。

图3-1c中的扫描图像在扫描时选择了高光（例如亮度）裁剪。像素的高亮信息都丢失了，变成了白色。而无论后期使用何种图像编辑软件的色调调整工具，那些在扫描时被裁剪掉的高亮信息也不可能被恢复了。

注意 柱状图是一种图形，它显示了图像中在每个颜色强度度等级上的相关像素数量。柱状图拉伸的概念和技巧将在本章的后面部分进一步进行讨论。

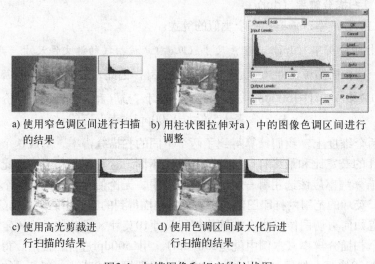

a) 使用窄色调区间进行扫描 的结果   b) 用柱状图拉伸对a）中的图像色调区间进行 调整

c) 使用高光剪裁进 行扫描的结果   d) 使用色调区间最大化后进 行扫描的结果

图3-1 扫描图像和相应的柱状图

3.4 用数字摄影技术捕获数字图像

在传统的胶卷摄影技术中，负片上的图像是由细小的银颗粒构成的。负片越大，能够记录在负片上的图像的信息就会越多，因此能够印刷在纸上的信息也越多。较大的负片和较小的负片相比，当需要被成一张大的照片时，前者所需的放大处理就会少一些。这意味着，要印刷出同一个尺寸的成品照片，用较大的负片来做会比用小的负片得到的图像更加清晰。

另一方面，数码照相机采用了光学传感器作为胶卷的替代品。当光线进入传感器，将触发其产生电子信号，这些电子信号会因为光线强度的不同而改变，并会立刻被转换为数字化信息数据，然后存储到照相机的存储设备中。现在数码照相机的传感器一般使用的是CCD（charge coupled device，电荷耦合装置）技术或CMOS（complementary metal-oxide semiconductor，互补金属氧化物半导体）技术。传感器的大小以及感光位置的数量决定了数码照相机的最大分辨率。

在传统的胶卷摄影技术中，一般情况下，负片上颗粒的尺寸越小，所能够得到的图像细节就越丰富、清晰度就越高。在数字图像中，像素是构成整幅图像的最小单位。因此，如果仔细看一看数码照相机的说明书，常常能看到像素总量的数据。数码照相机在做广告宣传时也常以最大能达到多少兆像素为卖点。通常来说，像素总量越大，相机的价格就越高。但是，除了作为一个指标，以及和价格相联系之外，像素量的本质含义是什么呢？如果你打算为了更多的像素量而花更多的钱去购买数码照相机，那么就必须了解，在用这种相机进行图片摄影工作时，像素总量为什么会以及如何去影响图像质量的。

注意 有的人会将数码照相机中所用的存储介质称为"数字胶卷"。

3.4.1 兆像素

数字图像所含的像素总量可以通过如下方式进行计算：宽度方向的像素数量和高度方向的像素数量相乘。例如，一个1600像素×1200像素的图像总共就拥有：

1600像素×1200像素=1 920 000个像素

一兆像素（megapixel）指的是1 000 000个像素。因此如果一个数码相机能够摄制如上例子中的图像，该相机就可以称为1.92兆像素的。在广告宣传中，这个数值通常会被舍入为整数，比如在该例中就会被称为2兆像素。像素总量越大，可达到的图像分辨率就越大。但是像素总量（用兆像素或其他方式表示均可）究竟如何影响图像的呢？

是不是一个数码照相机拥有越多的兆像素就一定能够照出质量更好的照片？

正如在第2章中所讨论的，捕获的图像的分辨率和图像上细节信息的总量是相关联的。如果采用高的分辨率，那么从原始场景捕获而生成的数字图像上就可以包含更多的细节。但是，单纯的提高分辨率并非一定能够提高图像质量。对于胶卷式照相机，假设其他条件都相同，那么照片效果的好坏依赖于光学镜头的质量、胶卷的尺寸和质量、胶卷颗粒的大小。类似地，数码照相机的照片效果的好坏则依赖于CCD的感光能力、尺寸和质量，外加照相机电子元件的质量。另外，照相机内置的图像处理软件的优劣也对最终照片质量有影响——因为该软件负责对CCD捕获得到的电子数据进行处理，并将其转换为最终照片文件中每个像素的RGB值。

注意 对于同样的CCD尺寸，越多的兆像素意味着在CCD上每个传感器所占的物理空间越小。同时也就意味着，这样的（小的）传感器对光的敏感度会更弱，从而得到的照片上的噪点会越多。

是不是一个数码照相机的兆像素量等级越高就一定能够给出更大尺寸的打印照片？

这个问题的答案是"对"或者说"是一个影响因素"。正如在第2章中所讨论的，一个像素是对一个点进行取样的结果；它并不直接对应一个绝对的物理尺寸值。单纯看一幅数字图像的像素尺寸，不能够给出任何有关物理尺寸的信息。回忆一下前面介绍扫描的等式：

像素尺寸（像素）=打印尺寸（英寸）×打印分辨率（ppi）

也就是说，

打印尺寸（英寸）=像素尺寸（像素）/打印分辨率（ppi）

可见，数字图像打印出来的大小依赖于两个因素：像素的总量和打印分辨率（ppi）。兆像素量的等级越高，所拍摄的照片图像能够达到的像素尺寸一定就越大——这是决定打印尺寸的条件之一。当ppi保持不变时，那么答案就是——对，图像所包含的像素越多，打印出来就越大。

每兆像素对应的打印尺寸

"兆像素"是数字图像领域里一种常用术语。"兆像素数"已经用来作为一个数码照相机主要特征的标签。但是,"兆像素"的准确的、隐含的意义究竟是什么呢?很多消费者已经开始更多地关注一幅数字图像能够达到的实际打印尺寸而不仅仅是像素的数量。那么打印尺寸是否能够和总的像素量联系起来呢?

要想基于像素量的值来计算打印尺寸,就需要对于"像素量是如何计算出来的"这个问题有一个更深的理解。有很多方法可以获得答案。所以,我们现在就来分析一下问题,然后寻找一个解决方案。

就像前面讨论过的一样,打印出来的数字图像的物理尺寸依赖于像素尺寸和ppi设置这两个因素。因此,给定一个ppi设置,就可以估计出每兆像素对应的打印尺寸了。

要理解兆像素和打印尺寸之间的关系,首先应该注意到一个事实:兆像素其实表示的是一个面积——也就是说,宽度(以像素为单位)和高度(位像素为单位)的乘积。而如果想知道图像打印出来后的宽度和高度,也需要知道图像的像素宽度和高度,仅仅知道这幅图像总共有多少兆像素并不能传递这些信息,因为同一个面积可以由很多可能的宽度高度组合而得到。例如1兆像素,可以是1000像素×1000像素,500像素×2000像素,1155像素×866像素,等等。因此,要将打印尺寸和兆像素联系起来,首先要从面积(平方英寸)的角度来考虑问题。

方法#1

首先设定一个能够得到1兆像素的宽度高度组合(以像素为单位),例如1000像素×1000像素。

如果以150ppi进行打印,那么对于宽度和高度你都可以得到如下计算式:

$$1000像素/150ppi=6.67英寸$$

这意味着6.67英寸×6.67英寸——也就是大概45平方英寸对应着每兆像素。

方法#2

找一个数码照相机生成的图像尺寸的实际例子,例如,尼康D100可以生成3008像素×2000像素的照片,也就是大约6兆像素。如果以150ppi进行打印,则得到:

$$20英寸×13.3英寸=266平方英寸每6兆像素$$

这样算来,仍然是每兆像素约45平方英寸。

在第一种方法中,我们假设宽度和高度是相同的。但是在第二个例子中,我们从3008像素×2000像素开始进行计算,得到了相同的结果。正如你所看到的,无论宽度和高度是如何组合的(即使使用500像素×2000像素)也仍然会得到同样的结论:在以150ppi打印时,每兆像素对应45平方英寸。

大多数数码照相机生成的数字图像的宽高比为4:3,而不是1:1。如果将45平方英寸和一个宽高比为4:3的场景图片联系起来,而不是仅仅考虑面积,那么可以算出来打印尺寸应该是大约7.6英寸×5.7英寸。(没错,如果进行舍入就是8英寸×6英寸。)

如果图像的宽高比是3:2的,那就是8.2英寸×5.4英寸(注意,这些结果仍然是以150ppi打印为前提的)。

再次强调一下,兆像素的值是通过图像的像素尺寸(宽度和高度相乘)得到的。同样数量的兆像素可以由很多种不同的宽高组合得到。例如,7.6英寸×5.7英寸或者8.2英寸×

5.4英寸，这样两种情况都可以由1兆像素的图像打印得到，其差别仅仅取决于图像的宽高比。如果你正在寻找一台数码照相机，希望它可以照出在150ppi下打印为8.2英寸×5.4英寸的照片，那么其实你就是在寻找一台1兆像素的照相机——但是，它所拍摄的照片必须符合3:2的宽高比。换句话说，如果这台1兆像素的照相机只能照出4:3的图像，那么就不能够满足你的需求。

自测练习题：兆像素⊖

1. 前面的例子中，所有的计算都是以150ppi打印为前提。如果以300ppi进行打印，每兆像素的图像对应的打印尺寸是多少呢？

2. 从前面的例子中，我们知道：如果图像的宽高比为4:3，且打印分辨率为150ppi，每兆像素对应的打印尺寸为7.6英寸×5.7英寸。

同样的条件下，2兆像素的图像打印出来是多大呢？计算中是否将7.6和5.7分别乘以2？为什么这样算？或为什么不能这样算？如果不能，正确的计算方法是怎样的？

3.4.2 数码照相机

数码照相机分为几种。和传统的胶卷照相机类似，数码照相机可以分为：**傻瓜式**（point-and-shoot）和**单反式**（single-lens reflex，单镜头反光，D-SLR）。大多数D-SLR照相机都拥有可换镜头。现在对于特定型号的中间格式照相机（medium-format camera）都提供相应的数码相机后背（back）。对于这些中间格式的照相机来说，从胶卷到数码的转换只是一个更换照相机后背的事情；不需要更换整个照相机机身。虽然听上去这是一个比较经济的选择，数码后背仍然十分昂贵，常常超过1万美元。当然了，这些数码后背会支持很高的分辨率，例如，写入照片的时候可达到39兆像素。

3.5 数字图像的编辑

当使用一个胶卷照相机拍摄照片时，通常会将胶卷送到冲印店进行冲洗，得到纸质照片，就是这么简单。但是，除非你自己有一个暗室并且掌握了在暗室中冲洗胶卷的技术，否则你不可能对照片的颜色、亮度和剪裁有一个很好的控制。在数码摄影领域，大多数传统的暗室技术都被计算机图像处理软件中的数字图像技术所替代。你并不需要成为一位计算机图形软件的编程专家，就能够学会使用图像编辑软件。在用户的层面上，这些应用软件都采用了传统摄影和暗室技术方面的专业语言，例如遮挡匀光处理（dodging）、放相局部加光（burning）、滤镜（filtering）、裁切（cropping）等。

如果将胶卷拿到冲印店去冲洗，很可能你不怎么明白那些机器是怎样工作的、以及为什么能够让冲洗出来的照片上显示出特定的亮度和颜色。而数字图像处理软件能够让你拥有更

⊖ 自测练习题答案：

1. 以300ppi进行打印的时候，大约每兆像素对应于11.1平方英寸。

　说明：只需重复应用在以150ppi为前提的例子中的计算方法。这里假设使用方法#1。对于图像的高度和宽度两个方向都有如下等式1000像素/300ppi=3.33英寸。因此，面积就是3.33英寸×3.33英寸=11.1平方英寸。

2. 并不是简单地将两个维度的数值都乘以2，而是分别乘以2的平方根。

　说明：以150ppi为例，每兆像素对应的是45平方英寸。因此，对于2兆像素而言，就应该对应90平方英寸。而90平方英寸应该是11英寸×8.2英寸。

多的自主权——可以自由地控制图像的色调范围、颜色，甚至整个构图——这些工作的完成都不需要在暗室中去使用任何冲洗照片专用的化学药品。现在，由于数字图像处理软件的普及和它所拥有的强大功能，我们有责任去学习如何更加有效地和专业地使用那些功能，从而能够获得真正预期的效果。当然了，创作一幅优秀的数字图像作品还是需要掌握传统的成像基础知识，并不仅仅是"如何"使用图像处理软件。

数字图像处理工具究竟能做些什么呢？多数工具的原理仍然以传统的暗室技术为基础。如果曾经有过在暗室中操作的经验，就往往会发现那些软件工具所意图达到的任务目标是很熟悉的。大多数数字图像处理软件中所共有的工具允许对图像进行润饰（色调调节、颜色校正和增强等）和锐化。比基本的润饰更加具有创造性的处理工具是很多软件都提供的"层"。利用"层"对图像进行编辑，就可以方便地进行重新构图和图像之间的混合等。

对数字图像的润饰可以通过多种渠道完成。通常使用的步骤和传统的暗室冲印很类似。最常见的，就是需要对图像进行色彩校正，特别是对那些扫描得到的数字图像。不要忘记，扫描前的设置或扫描完成后都可以对图像进行颜色和色调的修正。因此，很多图像编辑软件（比如Adobe Photoshop）都提供了全面的工具组来让用户进行色彩校正和图像编辑。

下面将介绍图像润饰的具体步骤，但是所介绍的步骤并不是对每幅图像都需要全部使用的。例如，"灰尘和划痕的清除"对于直接用数码照相机捕获的数字照片就是不需要的。"剪裁和矫正"步骤对数字照片常常也是不需要的。但是，有时候为了设计更好的构图效果，也需要对图像中弯曲、倾斜的部分进行矫正调直。

注意　单镜头反光（SLR）式照相机利用从镜头传递过来的光线，将景物光学反射到聚焦屏幕或者取景器上。这意味着SLR照相机可以准确地摄取拍照者从取景器中看到的景象。但是，现在很多非单反式数码照相机也都采用了一个LCD（液晶显示屏）来预览拍照场景。一个可换镜头就是一个可以从照相机机身上取下的镜头，然后还可以被安装到另外一个照相机上。如果照相机的镜头是可换的，就拥有了一个广泛的镜头选择范围：从长焦、广角、到特写镜头都可以随换随用。镜头通常都可以单独售卖和购买。

步骤1　剪裁和矫正图像

如果对一张图进行扫描，把图放在扫描仪的玻璃板上时，常常会有一点倾斜。另外，还会有一些不是原图纸张的区域也被扫描出来了。没关系，如果发生了这些情况，我们就在图像编辑软件中对扫描结果进行剪裁和矫正。例如，在Photoshop中，可以使用工具条中的"裁剪工具"一次性完成对图像的剪裁和矫正。

步骤2　修理瑕疵

扫描图像中经常出现的瑕疵就是灰尘和污点。所以首先要自己仔细检查扫描图像上是否有灰尘、划痕、污点等带来的噪点。

清除这些随机的小瑕疵的一个常用工具是"复制"——就是复制图像中的一块无污点区域然后粘贴到有污点的地方来遮挡污点。显然，必须选择一块和有污点区域图像的颜色、纹理都相同的图像区域作为复制源。Adobe Photoshop也提供了一个工具叫做"修复笔刷"，它能够让复制源区域和被修复区域的阴影纹理相互匹配起来。

步骤3　调整图像的全局对比度或色调范围

大多数图像编辑软件可以让用户通过调整柱状图中的"高光色"、"中间色"和"阴暗部分"来控制图像的色调范围。例如，在Photoshop中，选择菜单中的"图像"→"调整"→

"色阶"，然后就可以对色阶对话框中的柱状图进行拉伸调整了（图3-2）。图3-3a显示了将对比度调高一些的结果。在图3-3b中可以看到，柱状图显示了从白色到黑色的完整的色调范围。但是在调整后，这4种颜色相互之间的颜色值差别是保持不变的。

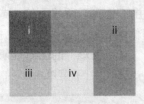 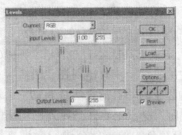

a) 一幅包含4种不同颜色的中等对比度的图像。其中3种颜色拥有相同数量的像素点。而第4块颜色区域所含的像素量是它们的三倍。这幅图像中没有白色和黑色。注意：图像中的罗马数字不是图像的一部分，而是另外标注上去的，为了便于读者将图像中的色块和柱状图中的竖条对应起来

b) 该图像对应的柱状图

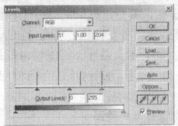

c) 在柱状图中将高亮滑标和阴影滑标向中间拖曳

图3-2　图像调整

 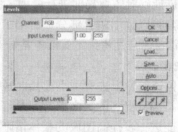

a) 在经过柱状图拖曳之后的图像　　b) 修改后图像所对应的柱状图

图3-3　改变后的图像和柱状图

虽然在图像调整中有"亮度/对比度"等命令，直接拖曳柱状图仍然是在做简单的亮度和对比度调整时推荐使用的工具。因为在拖动柱状图中的滑标时，图像中的每一个像素的相对的颜色信息能够保持不变。但是，直接使用"亮度/对比度"调整工具则可能会改变这种颜色之间的相对关系（请比较一下图3-4b和图3-3b）。

 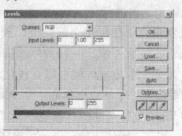

a) 使用"亮度/对比度"调整命令之后的4色图像　　b) 该图像对应的柱状图

图3-4　调整后的4色图像和柱状图

步骤4　色偏校正

一幅图像有时会产生**色偏**（color cast）——图像看上去就好像被染色了一样。色偏可能是在扫描时产生的，也可能是在原始图画中就存在的。很多数码照相机都具备一个内置的颜色校正功能。但是，它对颜色进行校正的结果可能并不是我们所想要的，或者在校正后仍然存在一些我们所不希望看到的细微的色偏现象。图像编辑软件提供了颜色校正工具。例如，在Photoshop（第7版本或更高版本）中，一个叫做"自动色彩"的工具能够自动地检测到不均衡的颜色并修正它们。这个工具出现在"图像"→"调整"子菜单中。

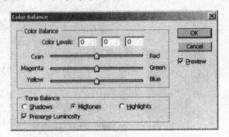

图3-5　色彩平衡对话框

另外一种对色偏校正的非自动方法是调整"色彩平衡"。要使用这个工具，就首先要自己找到不均衡的颜色部分，然后通过对颜色的偏差部分进行微调来达到均衡色彩的目的。在Photoshop中，色彩平衡对话框（图3-5）提供了3个滑标，每个滑标的两端分别标注了一种颜色。这三对颜色分别是互补色：青色-红色，洋红-绿色，黄色-蓝色。如果图像偏红，那就将滑标从红色的一端向青色的一端逐渐移动来解决红色色偏问题。另外，颜色校正可以分别对高亮部分、中间影调部分、阴影部分进行应用。

步骤5　图像中的局部效果微调

请注意到前面介绍的编辑步骤都是应用在整幅图像上的。但是，图像中常常有一些局部还需要专门的处理。可以用选择工具选中这些局部然后进行调整。另外还有一些工具可以在没有选择的情况下就能够对图像局部进行微调。例如，道奇（dodge）工具可以用来抽出所有高亮部分，burn工具可以抽出阴影部分，海绵工具可以像一个画笔一样让色彩变得饱和或不饱和（如果是通过涂抹来应用海绵工具而不是针对一个颜色应用，那么就不是这个效果）。

步骤6　图像锐化

扫描得到的图像通常看上去有一点虚焦。放大一个图像也可能会造成虚焦效果。即使图像是数码照相机直接拍摄得到的数字照片，最好也在手工美化图像的最后，试着使用一下锐化操作，看看能不能进一步提高图像的整体清晰度。无论何种情况下，锐化都应该是图像编辑的最后一个步骤。为什么呢？要理解锐化总是美化图像的最终步骤的原因，就要先了解数字图像的锐化究竟是怎么实现的。

通常，锐化算法首先会检测到边缘——所谓"边缘"指的就是颜色发生突变的地方。然后锐化算法就会将边缘一侧的像素变得更亮、而将另一侧的像素变暗的方法，这样就使得图像看上去更加清晰。由此可见，锐化会改变图像中某些部分的颜色，特别是那些颜色改变较大的部分（即"边缘部分"）。因为边缘是依据颜色改变的程度来检测的，所有的颜色和色调校正或调整必须在锐化之前进行。

图像尺寸的改变也必须在锐化之前完成，因为尺寸改变会改变图像的聚焦效果。因此，锐化必须是图像编辑的最后一步。一种例外的情况是，如果需要在图像上添加一些具有整洁的边缘的元素时，比如一个边框，就可以在锐化之后进行。因为，如果先加了边框之后进行锐化操作，会导致最终图像中的边框反而不如原始状态那样干净和清晰。

Photoshop中的锐化工具安排在"滤镜"→"锐化"子菜单中。"锐化"子菜单中一共提供了4种锐化工具：锐化、锐化边缘、进一步锐化、USM锐化（Unsharp Mask模糊蒙版方法）。通常对于专业的图像编辑而言，USM锐化是首选的锐化工具，因为它在锐化参数设置方面为用户提供了更多的自由度。使用USM锐化时，可以指定如下参数：

- 数量：定义了在锐化算法中对边缘周围图像的对比度提高的程度。
- 半径：定义了锐化算法的影响范围，也就是在经过颜色比较并找到边缘之后，对该边缘周围多大半径范围内的区域进行锐化。
- 阈值：定义了"边缘"的判断标准，也就是某些像素和周围像素的差别究竟有多大的时候就可以认定为"边缘"。

对于这些设置都没有什么秘诀可言，主要是依赖于图像的分辨率。对于高分辨率的图像，可以将"数量"参数试着设置在100%和200%之间，"半径"设置在1和2之间，"阈值"设置在0和20之间。如果图像的分辨率降低，可以试着也将这些参数的值相应地降低一些。"数量"值设置得过高会增加边缘周围的淡色线条和深色线条的密度，也就是在边缘周围产生不正常的光晕。如果"半径"值设置过高则会让光晕进一步向外扩散并变得明显。如果在锐化后的图像中发现了光晕以及条纹，那就很可能是过度锐化的结果。

如果希望仅仅对一些特别明显的边缘进行锐化，可以通过提高阈值来实现。这样，那些比较柔和的边缘就不会被检测到也就不会被锐化了。在处理包含皮肤纹理之类的图像时，锐化后出现的条纹尤其显得糟糕。所以，提高阈值也是在锐化肖像类型的图片时的一个有效手段——锐化整幅图像的同时可以保持柔和的皮肤纹理不受到影响。那么这种情况下什么样的阈值是最佳的呢？那还要取决于具体的图像——它的内容和分辨率。不过在一般情况下，在实验一开始的时候将阈值设置为5～10之间是比较合适的。

在编辑图像时，请尽量保持上面介绍的所有步骤的顺序。如果改变它们的顺序，先做后面的步骤，然后再跳转回去做之前的步骤，很可能会在图像上造成一些不期望看到的结果。为了进一步理解图像修补美化过程中的步骤顺序的重要性，建议对下列问题进行思考[⊖]：

1. 在介绍扫描过程的时候提到：建议在扫描时关闭锐化（除非扫描后不准备应用任何软件进行图像润饰）。现在，在图像润饰的处理过程中，锐化是一直等到最后一步才进行的。为什么锐化一定要是最后一个处理步骤？

2. 在使用图像编辑软件时，为什么应该在任何其他步骤之前最先进行图像剪裁？

3. 如果在消除色偏之前采用遮挡和放相工具，会造成什么结果？

注意　"unsharp"（模糊）这个词在"unsharp mask"中出现，听上去和"锐化工具"的功能和目标相反了。但是，USM其实来自于一种传统的胶片技术，它通过使用一种轻微的离焦（所以称为"模糊的"）方法来复制负片而形成一个蒙版，从而让图像更加清晰。原始的负片被这种复制片（模糊蒙版）夹在中间然后进行打印。这种方法可以让边缘的原来较淡的一侧更加淡，而较深的一侧更加深，最终达到让图像看上去更加清晰的效果。"增强边缘附近的淡色和深色之间的对比度"这种思想，正是和数字图像处理中的USM锐化技术所采用的思想基本上相同。

⊖　问题的答案：

1. 锐化会提高边缘的对比度。如果一块有问题的图像区域在被修复之前就进行锐化，那么对比度的提高可能会让原来的瑕疵放大得更加明显，也就是产生了坏的影响。

2. 如果在图像剪裁之前进行柱状图拉伸，就可能会有一大批不需要的颜色信息出现在柱状图中并不得不去考虑如何处理它们。先进行剪裁就可以只留下有用的信息。

3. 在一幅图像中，色偏问题通常会均匀出现。而在进行过遮挡或放相处理后的区域上，色偏现象既可能被放大，也可能会减轻。无论是何种情况，整幅图像上的色偏都变得不再均匀了。这就会使得色偏的纠正更加困难，此时仅通过一组色彩平衡参数的设置很难得到好的效果。

3.6 颜色和色调调整

在图像编辑软件中有相当多样的颜色和色调调整工具。不同的软件提供的工具在界面上、参数设置内容上当然会有所不同。但是，这些工具的基本思想都是将某些像素的已有颜色或色调值映射到新的像素上。常用的工具包括调节柱状图、色彩平衡、色彩曲线和色相/饱和度。不同的工具使用不同的图形表达方式来反映图像中像素的颜色和色调信息，因此相应的调节方法也是不同的。调节柱状图能够通过拖动滑标来定义和映射阴影、中间色调、高光部分。"色彩平衡"工具能够将一种颜色进行偏移，方法是将这种颜色对应的滑标向其互补色方向拖动。这种对于消除色偏非常有效。相关内容在前面讨论消除色偏的小节中已经介绍过了。"曲线"工具通过对一条曲线的拖动来将颜色和色调范围进行重新映射。在曲线工具对话框中的图形上，水平轴线代表图像中每个像素的原始颜色值（"输入等级"）。竖直轴线代表调整后的新颜色值（"输出等级"）。"色相/饱和度"工具则提供了3种基本的控制——色相、饱和度、亮度。

注意 柱状图的概念以及它在颜色和色调调整中的应用就在下面的小节中进行讨论。

使用曲线工具进行颜色和色调调整的方法在艺术单元中的第3章进行讨论。

3.6.1 理解和阅读柱状图

一幅图像的柱状图究竟表示的是什么？一个**柱状图**（histogram）是一个条状图，它显示了图像中的每个颜色值对应的像素的数量。图3-6给出了一个灰度图像及其相应柱状图的例子。在这个例子中，柱状图的x轴代表灰度等级（最左边代表着最深色），而y轴表示的就是图像中符合x轴上每个灰度等级的像素的数量。图3-6b中的柱状图看上去可能和商业领域常用的条状图不太一样。这是因为图像总是会拥有一个全范围（连续）的灰度等级，所以每条线都和相邻的线紧靠在一起，最后的图形看上去就更像一座山，而不像那种统计学用的条状图了。

a) 一幅灰度图像　　　　　b) 相应的柱状图

图3-6　图像及其柱状图

要学习阅读柱状图，首先让我们来看一幅仅包含5种不同的灰度颜色的简单图像。图3-7a中的图像就是5种灰度颜色构成的。每种灰度颜色构成了图像中的一块空间区域。整个图的背景色是由最浅的一种颜色构成的——它由柱状图（图3-7b）

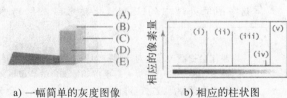

a) 一幅简单的灰度图像　　　　b) 相应的柱状图

图3-7　更简单的灰度图像及其柱状图

中最右边的一条竖线（线v）所表示。注意线v也是该柱状图中最长的一条线，因为图像中背景色所含的像素量最多，事实上它还要更长的，只是为了方便排版而将它截断了。

自测练习题：

1. 图3-7中哪种灰色拥有最少的像素？也就是说，哪一块实心填充灰色区域是最小的？

2. 观察柱状图中的每一个条线，通过比较其相关的灰色等级，识别并标注出与之相应的是图中的哪一种灰色。

3.6.2 利用柱状图进行亮度和对比度调整

很多图像编辑软件都允许使用柱状图对亮度和对比度进行调整。例如，在Adobe Photoshop中，这样的工具叫做"调整色阶"。当选择了调整色阶的菜单后，一个包含柱状图的对话框就会显示出来（图3-8）。通常在柱状图旁的x轴上会有3个滑标。

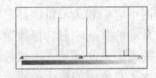

图3-8　一个柱状图包含3个滑标：黑色（阴影）、灰色（中间色调）、白色（高光）

- 一个黑色的滑标在最左边，定义了最深的颜色（阴影）。
- 一个白色的滑标在最右边，定义了最亮的颜色（高光）。
- 一个灰色的滑标在正中间，定义了50%明暗度的颜色（中间色调）。

通过移动这几个小三角形滑标，就可以改变图像的亮度和对比度。通过重新定位黑色滑标能够将不同颜色的像素映射为最深的颜色。例如，如果将黑色滑标拖到第二深的灰度色所对应的竖线位置（图3-9b），就相当于将原来第二深的灰度色设置为"最深色"了（在这幅图中也就是黑色）。在原来图像中，只要是比这种灰度色更深的颜色都会在调整

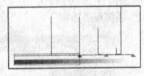

a) 将黑色滑标向右拖动之后的灰度图像

b) 黑色滑标被拖到了原图中第二深的颜色所对应的竖线位置

图3-9　图像调整示例

后变成黑色。原图中，阴影和方块的前部是两种不同的灰度颜色。但是在调整后，它们都变成了黑色而无法区分了（图3-9a）。也就是说，如果将黑色滑标在原始柱状图中移动超过了左边边界，那么原来构成图像中一个部分的阴影细节就会丢失了。

白色滑标的位置定义了明亮的颜色——白色。类似地，如果将白色滑标向左移动，离开了原始柱状图中的右边边界，那么原来在灰度图像区域中的高光部分就会丢失。

柱状图

活动/练习

在交互教程或者Photoshop中，请进行拖动滑标的实验，注意观察滑标的位置是如何影响图像的亮度和对比度的。

- 拖动白色滑标到柱状图中右边数第二条竖线处，观察一下图中的什么颜色变成了白色。
- 拖动白色滑标到柱状图中最右边一条竖线处，拖动黑色滑标到柱状图中最左边一条竖线处，观察一下图像的对比度是如何变化的。

⊖　自测练习题答案：

1. (B)

2. (A)-(v)，(B)-(iv)，(C)-(iii)，(D)-(ii)，(E)-(i)

通过定义黑色和白色滑标的新位置，就重新映射了整个像素颜色值的范围。如果将黑色滑标拖到最左边的竖线位置，而白色滑标拖到最右边的竖线位置，就拉伸了整个柱状图（图3-10a）。也就是说，你将图中最暗的颜色变成了黑色而最亮的颜色变成了白色。如图3-10b中所示，当最暗和最亮的颜色被改变了之后，其他的颜色也会按照在原图中它们和最暗最亮颜色之间的差别进行自动的重新映射，保持了颜色之间的相对关系。由此可见，通过拉伸柱状图，就放大了灰色调的整个使用范围。图像的整体对比度也因为颜色对应值之间的差别被增大而提高了。

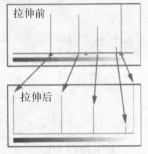

a) 在拉伸前后的柱状图　　　　b) 拉伸柱状图之后的图像

图3-10　拉伸前后的柱状图和图像

也可以拖动中间的灰色滑标来改变中间色调。例如，如果将灰色滑标拖到一个新位置，如图3-11a所示，就可以将原图中的浅灰色改变为一种中间级别的灰色（如果是8位的颜色表示，该颜色值就是128）。如果选择OK按钮然后再看看柱状图，会发现灰色滑标又重新定位在中间了（图3-11b）。也就是说这种颜色被定义为中间灰色了，其他的颜色值也会自动作相应的改变。结果就是，所有原来比它深的颜色都被映射到0~128之间的颜色值，而比它亮的颜色都被映射到128~255之间的颜色值。

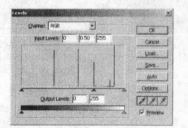
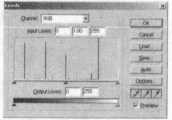

a) 将图3-7对应的原始柱状图中的　　　b) 调整之后的图像对应的柱状图　　　c) 调整之后的图像
　 灰色滑标移动到更大颜色值处
　（浅色对应的一边）

图3-11　图3-7的调整（一）

因为将中间色调修改为原图中较浅的灰色，那么修改后的图像颜色在整体上都变得更深、更暗了。

但是，如果将中间色调修改为原图中较深的一种灰色（图3-12a），那么修改后的图像颜色将在整体上都变得更浅更亮（图3-12c）。请注意修改后图像的柱状图，其中的灰色滑标仍然是定位在中间位置的（图3-12b）——这表示该颜色已经变成了当前图像的中间色调。类似地，其他颜色也自动做了相应的改变。

在图3-12中，没有其他比中间色更深的颜色了。因此，所有的竖线都出现在柱状图中灰色滑标的右侧。图像看上去被冲刷过一样，颜色变淡了。

现在来做一个总结，一个柱状图是一个条线图，用于显示每种颜色值所对应的像素的数量。x轴上表示的颜色值通常是从0到255。对于一个灰度图像（例如本节所举的例子），x轴表示了256种不同的灰色调的等级——从0（表示黑色）到255（表示白色）。中间灰色的值则为128。对于一个彩色图像，可以分别对红色、绿色和蓝色通道分别进行柱状图调整。当然也可以将三个通道组合成一个整体进行图像色调范围的调整。

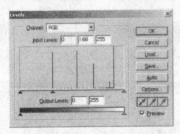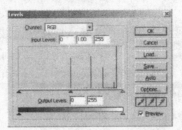

a) 将图3-7对应的原始柱状图中的　　　b) 调整之后的图像对应的柱状图　　　c) 调整之后的图像
灰色滑标移动到更小颜色值处
（深色对应的一边）

图3-12　图3-7的调整整（二）

为了解释清楚柱状图的概念，本节中的例子详细地展现了如何通过在柱状图中移动三个三角形滑标来调整图像的色调效果。但是，很多图像编辑软件，比如Adobe Photoshop，除了移动滑标之外还会提供更多的功能、控制方法、选项等来调节阴影、高光和中间色调：比如直接输入一些数字。

其实，不仅在图像编辑软件中会见到柱状图；很多数码照相机和扫描仪也都可以显示出所捕获到的图像的柱状图。它能够帮助你检查和判断当前所获的图像是否拥有最优的色调范围。能够即时看到柱状图有利于在现场立刻决定是否要重新捕获图像。

注意　本系列丛书中的艺术单元给出了一个交互模拟，这个交互过程用柱状图来模拟摄影中的测光效果，它揭示了点测光和图像的中间色调之间的关系。

3.7　图像编辑软件中的选择工具

注意　在Photoshop中，在图像上已经选择好一个范围之后，还可以增加一个新的选择范围，方法是在执行选择操作的时候同时按住Shift键。如果在按住Alt键（Windows操作系统）或者Option键（Mac操作系统）的同时进行选择操作，就可以从已选择的范围上去除一部分。

在图像编辑中，选择一幅图像中的特定区域是一个非常关键的功能。通常，总会需要对图像中的特定部分进行美化。如果先选定区域然后进行色调或颜色的调整，该调整仅会对该区域起作用，而未被选中的其他图像部分则相当于被保护了从而不会被修改。想要将几幅图像合成到一起时，也常需要从原始图像中抽取出一个局部，而该目标就是通过选择过程中定义特定部分来实现的。

图像编辑软件中提供了多种多样的选择工具。但是，本书并不准备对这些工具进行逐一介绍，而是从这些工具被设计出的工作方式来对它们进行分类和介绍。

预定义形状：选框（Marquee）工具提供了很多预定义形状，例如长方形、椭圆形等。

套索方法：套索工具（Lasso）和多边形套索（polygonal）工具允许用户围绕一个想要选择的图像区域自由绘制一个轮廓。**磁性套索**（Magnetic Lasso）工具则在选择一个有比较清晰的边界的区域时特别有用——因为该工具实现了对边界的自动寻找和跟踪。

通过颜色选择：使用**魔术棒**（Magic Wand）工具可以定义一个颜色的域值或相似度，由此来决定鼠标点击位置附近的哪些相近颜色的像素可以被包括到选择区域中。也可以使用**吸**

管（Eyedropper）工具在前景颜色块中选择一种颜色，然后选择菜单中的"选择"→"色彩范围"来实现选择。

通过用笔刷来涂色实现选中或取消选择一块特定区域：在**快速蒙版**（Quick mask）模式中编辑时，可以使用笔刷来涂黑色表示去选，涂白色表示选中，涂灰色则表示创建半透明区域，另外还可以进行羽化（feathering）和反走样（anti-aliasing）。

通过围绕特定区域绘制外轮廓来选择：可以使用**钢笔**（pen）工具在想要选择的区域外围画出一个矢量构成的多边形轮廓来实现对该区域的选择。

可以将各种选择方法组合使用，实现选择区域的增加、减少或交叉。在选定一块区域之后，还可以对该区域进行操作。可以使用"移动"（Move）工具来移动选中区域的所有像素。可以使用"羽化"工具（在Photoshop中，选择菜单中的"选择"→"羽化"）让选中区域的硬边界变得更加柔和。还可以将选中区域单独存储（选择菜单中的"选择"→"存储选区"）或者再载入进来（选择菜单中的"选择"→"载入选区"）。当需要花费较多的步骤、时间和工作对选区进行处理时，存取选区的功能就显得十分重要——因为，在每个处理步骤完成之后，最好对选区进行一次存储，以防止一些意外的干扰而导致选区的丢失；当然，当所有处理都完成之后，存储选区就便于在以后需要时随时载入进来。

注意　如果利用选择工具中的任何一种来移动选区，而没有使用移动工具，那就只是移动了选区的边框。当然，这种移动也可能是需要的——比如希望使用这个选区边框的形状再去选择图像中的其他部分。

3.8　分层基础理论和高级分层技术

Photoshop中，"图层"工具（Layers）就好像一个具有透明度的栈；最顶上的图层可以遮挡下面的图层。但是，图层还不仅仅是这种作用，因为还可以设置每个图层的透明度和混合模式。也可以通过在图层控制板中上下拖动每个层来重新安排栈的顺序。很多图像编辑软件都提供了有关图层的功能。下面的讨论都是基于Adobe Photoshop的，但是对于其他软件而言，只要它也具备下面所提到的一些特性，就完全可以参考下面的内容。

在Photoshop中，有一个特殊的图层称为"背景"，它列在图层控制板中并总是用斜体字标注。**背景层**不是透明的层。如果使用**橡皮擦**工具（eraser）来擦除背景层上的图像，就会在被擦除的区域重新显示出当前背景色块中所呈现的颜色；一个普通的图层则可以是透明的。背景层也不能被重新排序；它永远都位于栈的最底层。当然也可以将背景层变为普通层，例如在"背景层"上双击。

可以创建新的图层，删除图层，对图层进行重命名，控制每个图层的可见性，从一个图像文件中复制一些图层到另一个图像文件中。还可以使用一个图层样式（菜单"图层"→"图层样式"）的工具，例如为一个图层添加阴影或变为斜面效果等。可以将多个图层组合到一起，这样便于将这些图层同时进行移动或缩放。

调整图层就是为了将图像的调整（例如level或色彩平衡等）记录在特定的一个层中而不影响真正图层中的像素内容。作为替代，一个图像调整层则是单独的一个层，它将调整应用于所有在它之下的图层，除非你创建了一个裁切组。使用一个新调整图层而不是将所有调整直接应用于一个独立图层，这样做的好处是便于修改调整的设置。另外，还可以随时删除新调整图层来取消调整，或者只是通过关闭调整图层的可见性来暂时取消调整效果。

和一个图层相关联的**图层蒙版**（layer mask）可以掩盖（只是遮挡而不是删除）该层上的

部分图像。这个不具破坏性的编辑工具的优点是可以保留完整的原始图像。因此，如果事后改变主意，不希望这个层是当前看上去的样子，就可以通过编辑蒙版或删除蒙版来修改或恢复原样。图3-13给出了一个图层蒙版的例子。这个蒙版中的黑颜色隐藏了其下的图像、而白颜色则让相应的图像内容继续保持原样。

a) 图层控制板上显示出和一
个图层相关的图层蒙版

b) 图层蒙版

图3-13　图层蒙版示例

裁切组（Clipping group）的工作方式和图层蒙版十分相似（图3-14）。图层蒙版仅和一个图层相关联并对其起作用。而裁切组则好像一个饼干刀一样，将位于同一个组之内的多个图层一起切分开来。在本例子中，裁切组由两个图层构成——一个是基础图层（图3-14c），它是为整组图层所公用的蒙版，另一个是包含图像内容的图层（图3-14d）。

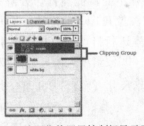

a) 使用了裁切组后的图像

b) 该图像的图层控制板显示了图层的组织情况

c) 裁切组的基础图层

d) 裁切组中不在基础图层上的另一图层中的图像内容

图3-14　裁切组使用示例

3.9 打印最终图像

在现实生活的情况中，如果想改变一个物体的尺寸，可能就会想到将它放大或者缩小。但是，从物理世界所学到的对尺寸的直觉反应并不完全适用于数字图像所涉及的尺寸概念。图像编辑软件提供了对图像进行尺寸改变或缩放的功能，方法是改变图像的像素尺寸。除了可以改变像素尺寸之外，也可以对物理打印尺寸（英寸）进行缩放。而且，还可以在不改变像素尺寸的情况下改变打印尺寸。

在前面有关数字图像的取样和量化的章节中讨论过，图像中所包含的细节信息量是和其像素尺寸相关联的，也就是取决于取样率。当通过调整尺寸来提高一幅图像的像素尺寸时，像素增加了。但是，这些新增的像素包含了什么样的颜色信息呢？新增像素的颜色完全是通过对原有像素颜色进行插值计算得到的。因此，虽然图像的像素尺寸变大了，但是这样的放大却没有增加任何图像细节因为其实并没有增加新的像素信息。事实上，放大后的图像常常看上去变模糊了。而当通过减少像素尺寸来缩小图像时，一些像素必须被删除——也就是说丢失了一些信息。因此，要得到高质量的图像，最好不要对图像的像素尺寸做任何缩放。

很重要的一点是，我们要明白——图像的像素尺寸和图像的打印分辨率（ppi）都会影响图像的打印尺寸。前面的数码摄影有关的章节中已经讨论过它们之间的关系。这个关系当然适用于所有的数字图像，而不仅仅是针对数码照片。现在再看一次关系等式：

打印尺寸（英寸）=像素尺寸（像素）/打印分辨率（ppi）

请注意这个等式中包含了三个变量：打印尺寸、像素尺寸和打印分辨率。为了理解这个等式的含义和三个变量间的关系，可以来看看三个不同的情况——每个情况下总有一个变量被赋予一个已知的固定值。

情况1 打印尺寸固定不变

要想保持打印尺寸不变，提高打印分辨率（ppi）就需要更大的像素尺寸。例如，一幅600像素×600像素的图像在100ppi分辨率下进行打印，得到的打印尺寸为6英寸×6英寸。如果希望用200ppi分辨率进行打印但是打印出来仍然是6英寸×6英寸的大小，那么图像的像素尺寸就要从600像素×600像素增大为1200×1200像素。

像素尺寸（像素）/打印分辨率（ppi）=打印尺寸（英寸）

600像素/100ppi=6英寸

1200像素/200ppi=6英寸

1800像素/300ppi=6英寸

其他以此类推。

情况2 像素尺寸固定不变

当保持像素尺寸不变的前提下，增大打印尺寸就需要降低打印分辨率（ppi）。继续用前面的例子，一幅600像素×600像素的图像在100ppi分辨率下进行打印，得到的打印尺寸为6英寸×6英寸。

像素尺寸（像素）/打印分辨率（ppi）=打印尺寸（英寸）

600像素/100ppi=6英寸

600像素/200ppi=3英寸

600像素/300ppi=2英寸

其他以此类推。

情况3　打印分辨率（ppi）固定不变

在同一个打印分辨率下进行打印，图像的像素尺寸越大，打印出来的尺寸就越大。继续用前面的例子，可以得到：

像素尺寸（像素）/打印分辨率（ppi）=打印尺寸（英寸）

600像素/100ppi=6英寸

1200像素/100ppi=12英寸

1800像素/100ppi=18英寸

其他以此类推。

那么，这些情况和图像编辑软件中的参数设置是如何对应起来的呢？要调节一幅图像的输出分辨率或者打印尺寸，就需要注意图像尺寸设置。例如在Photoshop中，就是菜单"图像"→"图像尺寸"。

"重定图像像素"（Resample Image）选项设置（图3-15）可以将情况2和另外两种区分开来。对于情况2，为了保持图像的像素尺寸不变，就必须将"重定图像像素"去选（图3-15a）。这样，在改变了打印尺寸之后，打印分辨率（ppi）就会被自动地改变；同样地，如果改变了打印分辨率，打印尺寸也会被自动地改变。

如果"重定图像像素"被勾选中（图3-15b），就适用于情况1和情况3。因为勾选该选项后，像素尺寸就是可变的了。也就是说，如果打印尺寸固定，像素尺寸就会随着打印分辨率（ppi）的变化而改变；而当打印分辨率（ppi）固定时，像素尺寸则又会随着打印尺寸的调整而改变了。

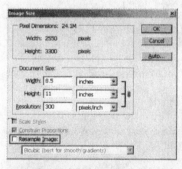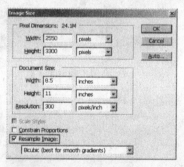

a) 当需要保持像素尺寸不变(情况2)　　b) 当保持打印尺寸不变（情况1）或打
 时，将"重定图像像素"去选然　　　　 印分辨率不变（情况3）时，将"重
 后再改变设置　　　　　　　　　　　　 定图像像素"勾选然后再改变设置

图3-15　Adobe Photoshop的图像尺寸对话框

打印机分辨率是用每英寸包含的点数（dots per inch, dpi）来度量的——打印纸张上每英寸长度范围内包含的墨水点的数量。彩色喷墨打印机可以产生微小的墨水喷雾喷在纸张上，最终看上去就是极小的墨点。这些彩色的墨点（打印机提供的墨水颜色种类很有限）通过光学上的混合变成了所需的颜色。一幅图像中的单个像素的颜色是由打印生成的一组墨点构成的。千万不要把图像的打印分辨率（ppi）和打印机分辨率（dpi）弄混了。从情况2中可以看出，打印分辨率（ppi）影响着图像的打印尺寸。但是，打印机分辨率（dpi）并不能影响到图像的打印尺寸，却影响着打印出来的图像效果。通常，dpi越高，打印出来的颜色看起来越均匀。当然了，高的dpi会用掉更多的墨水并且需要更长的时间来完成打印。

注意 将"重定图像像素"勾选意味着允许图像缩放。之所以缩放图像尺寸称为"重定(再取样)",是因为样本的数量(像素)被改变了。

3.10 Web图像的优化

目前,网络浏览器支持的图像文件格式有3种:JPEG、GIF和PNG。每一种都采用了不同的压缩算法来减小图像文件的尺寸。正因为如此,它们各有各的特点,从而分别适用于处理不同类型的图像。

JPEG格式特别适合于处理包含有广泛的色彩范围以及微妙的颜色和明暗变化的连续色调图像,例如照片和有渐变效果的图像。JPEG支持24位颜色(包含几百万种颜色)。JPEG压缩是一种有损压缩方法,也就是在缩小文件尺寸的时候总要丢失一些图像信息。

一个高度压缩的JPEG图像可能会让部分图像细节变得模糊,并且容易在高对比度的边界处周围显现出一些明显可见的缺陷。例如,请注意图3-16d中,深棕色边缘附近出现了一些噪点。另外请仔细观察,原始未压缩图像中的实心填充颜色区域在JPEG图像中看起来不再是很清晰的连续填充颜色块了。

a) 未压缩图像

b) 图像a)中用红色方框标注的一块图像放大后的情况

c) 图像a)经过高度JPEG压缩后

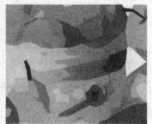

d) 图像c) 中用红色方框标注的一块图像放大后的情况,可以看出一些JPEG压缩带来的缺陷

图3-16 图像压缩示例

GIF格式最多只能支持8位颜色(256种颜色),另外能够支持透明背景。它对于一些以实心填充色为主的图像是最为适合的,比如图表、商标和艺术线条。它使用的调色板最多只能生成256种颜色来表示图像,所以如果原始图像包含的颜色超过256种,就需要减少颜色数。

注意 要想进一步了解JPEG压缩是如何影响图像质量的，以及想进行对JPEG图像上进行实际操作实验，那么请阅读艺术单元第3章有关JPEG压缩缺陷的Worksheet。

有几种可选的减少颜色的方法，其中包括抖动方法。**抖动**（dithering）技术的核心思想是用若干相近颜色的像素组合成的模式来模拟那些在调色板表示范围之外的颜色。图3-17a中左下角那个GIF就是用抖动技术处理过而得到的。图3-17c中第二行上的两个GIF也是通过抖动得到的。右上角那幅GIF未经过抖动处理。渐变的地方会出现一些颜色造成的条纹。可以自行设置调色板中包含的256种颜色。GIF图像可以专门用于创建动画中的每一帧，然后存储为GIF动画文件。

PNG-8格式也是使用256种颜色来表示图像——和GIF类似。PNG-24格式则支持24位颜色和透明背景。和JPEG格式不同的是，PNG使用了无损压缩算法。根据图像本身的不同和JPEG的压缩等级，同一幅图像用PNG-24格式压缩可能比用JPEG格式压缩的结果文件要大一些。

Adobe Photoshop CS3中的"存储为网络或设备文件"对话框（图3-17）提供了一个预览功能，通过这些预览窗口，可以在将图像真正存储为JPEG、GIF或PNG文件之前先看到它们各自的效果。同时预览功能还会分别针对这三种格式估计其文件大小及其在特定网络连接速度前提下所需的下载时间。图3-17a显示了JPEG、GIF和PNG之间的比较情况。图3-17b显示了三种不同的JPEG设置下得到的JPEG图像和原始未压缩图像的比较情况。图3-17c显示了三种不同GIF设置下的情况。

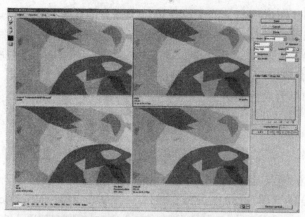

a) 原始未压缩图像、JPEG图像、GIF图像、PNG图像

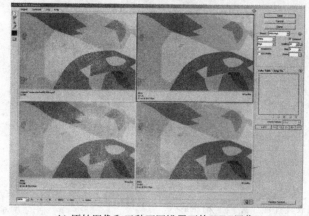

b) 原始图像和三种不同设置下的JPEG图像

图3-17　Adobe Photoshop CS3的"存储为网络或设备文件"对话框，
排列显示出同一幅图像的四种格式

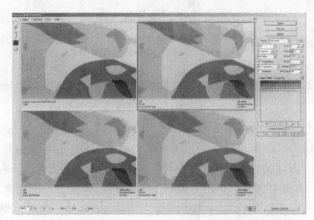

c) 原始图像和三种不同设置下的GIF图像

图3-17　（续）

3.11　矢量图形处理软件的使用

矢量图形软件和图像编辑软件或照相处理软件的工作方式是完全不同的。因为它们所需要处理的基本单元是不同的。图像编辑软件（如Adobe Photoshop）是基于像素的处理，因为图像是由像素构成的。图像信息量的多少就依赖于图像的像素尺寸大小。一个位图文件可以在软件中逐个像素地进行修改。一个位图打印出来的物理尺寸是多大则依赖于位图的像素尺寸和图像的打印分辨率（ppi）。另一方面，矢量图形并不是由像素构成的，矢量图形软件（如Adobe Illustrator，Flash）处理的其实是由路径（path）、点（point）、描边（stroke）和填充（fill）所创造出的对象或者形状。

3.11.1　路径和点

路径（path）是对一条抽象的直线或曲线的一种数学形式化命名。具体而言，路径由一组点来定义，这些点叫做**锚点**（anchor point），如图3-18所示。一条路径既可以是不闭合的（图3-18a）也可以是闭合的（图3-18b）。每个点都有一个**方向手柄**（direction handle）或者**切线手柄**（tangent handle）。曲线在每个点位置处的弯曲度和切线都可以通过改变其手柄的长度和角度来分别进行控制（图3-19）。

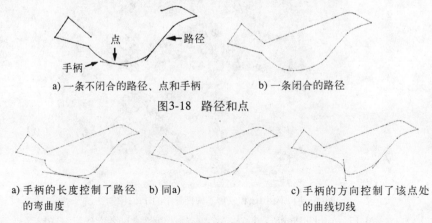

a) 一条不闭合的路径、点和手柄　　　　　　b) 一条闭合的路径

图3-18　路径和点

a) 手柄的长度控制了路径　b) 同a)　　　　　　c) 手柄的方向控制了该点处
　的弯曲度　　　　　　　　　　　　　　　　　　的曲线切线

图3-19　手柄的长度和方向

锚点有拐角点和平滑点之分。一个**拐角点**（corner point）附近的曲线看上去是有尖角或突变的。它的手柄的长度为0。在矢量图形软件中，一个拐角点就没有手柄了。拐角点（图3-20中的红色点）常常用来生成直线段。一个**平滑点**（smooth point）则拥有其相应的方向手柄来调整该点附近的曲线切线和弯曲度。

图3-20　一条有拐角点的路径

在多数矢量图形软件中，一种用于创建路径的工具叫做"钢笔"（pen）工具。使用钢笔工具就能够定义出路径上的每个锚点。在Adobe Illustrator中，选择钢笔工具后简单地点击将生成拐角点，但是如果按住鼠标键不动并同时拖动鼠标，那么就可以延长手柄从而改变新锚点的方向。一个手柄可分为两边，每一边都可以单独控制。例如，在Adobe Illustrator中，可以按住Alt键（Windows操作系统）或Option键（Mac操作系统）然后拖动手柄的任意一端，就可以将一个手柄截为两半进行控制了，如图3-21中那个中间的锚点所示。另外，使用"变换锚点（convert anchor point）"工具，拐角点就可以随时变换为平滑点，反过来也一样。

图3-21　中间的锚点的方向手柄断开了，能够对它们分别进行调整

用钢笔工具绘制路径

路径的形状是由下列条件定义的：

• *每个锚点的位置*

• *每个点的手柄的长度*

• *每个点的手柄的方向*

可以在选择钢笔工具后，用鼠标的点击和拖动来创建并调整每个新的锚点及其手柄。很多第一次接触到钢笔工具的使用者常常会感觉很难绘制出一条想要的路径，这主要是因为一条路径的形状是被多个锚点所共同控制的，而且更麻烦的是每个点都有三个参数需要考虑。

不过不要忘记，也可以使用钢笔工具的简单点击功能（而不是点击拖动功能）创建拐角点。而且可以事后在需要时再将拐角点转换为平滑点并调节相应的手柄。可以看出，我们应该将一个复杂的工作划分为几个相对简单的步骤来完成。

下面的操作将试着帮助你学会使用钢笔工具——从一段时间内只考虑一个变量开始。

在计算机上用软件绘制路径之前，最好先作一些计划：

1. 一旦有了想要画出某路径的想法，就把它草绘在纸上。假设现在想绘制一条图3-22中那样的路径。

2. 决定在哪些地方放置锚点，并设计出所需的最少锚点数。如果这条路径是不闭合的，该路径的两端就各自需要一个锚点。

要想确定哪些地方需要锚点，首先寻找曲线上方向突变的地方。并且请记住一条C形的曲线段可以只用2个点来生成（图3-23）。

图3-22　准备绘制的一条路径

图3-23　一条可以仅用2个平滑点就创建出来的C形状曲线

图3-22中的图形是一条不闭合的路径。所以，它的两端各需要一个锚点。另外该路径的中间有一个方向突变的地方，因此，在这里可以再增加一个锚点。如图3-24所示。请注意其实这条路径就相当于是两条C形曲线段所构成的。

3. 肉眼测算一下曲线在每个锚点处的切线情况，并将它们草绘在纸上。这些草图将能够指导你在使用软件时有效地调节锚点切线手柄的方向。

回到例子上，每个锚点的切线都可以进行草绘，如图3-25所示。

图3-24 决定路径上锚点的位置

图3-25 肉眼检查每个锚点的切线情况

有了手绘的草图作依据，使用矢量图形软件进行绘制就简单多了。

活动/练习

1. 根据手绘的草图，使用钢笔工具创建所有的拐角点，如果图3-26所示。此时只需要关心每个点的位置，而无须考虑每个点处的曲率。

2. 第1步骤完成之后，对那些需要变成平滑点的拐角点进行变换。然后，再依据草图对这些平滑点的手柄进行调节。

图3-26 先用拐角点创建一条路径

当使用越来越多从而对钢笔工具越来越熟悉之后，可能反而会更喜欢使用"点击拖动"的方法来创建平滑点了，因为可以减少一个"变换锚点"的操作步骤。

3.11.2 描边和填充

一条路径并没有其相应的物理属性——线宽、颜色等。但是在矢量图形软件中对它进行描边处理从而赋予它特定的线型、线宽、颜色（图3-27a和图3-27b）之后，路径就拥有这些属性了。矢量图形软件可以默认设置为"描边路径（stroke path）"。如果是这样，一旦创建一条路径，它就会自动地进行描边处理而拥有线型等属性。如果默认设置"描边"为"否"，那么路径创建后是存在的，但除非选中它才能看见它，而且打印出来也是看不见的。

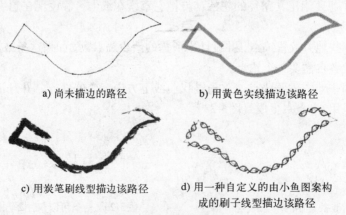

a) 尚未描边的路径　　　　　b) 用黄色实线描边该路径

c) 用炭笔刷线型描边该路径　　d) 用一种自定义的由小鱼图案构成的刷子线型描边该路径

图3-27 描边和填充

注意　一种线型并不一定是标准的实线。线型可以是任何普通媒介绘制出来的样子，比如图3-27c中所示的干的笔刷效果。线型也可以是一个用户自定义的模式，比如图3-27d中的鱼形图案构成的。

填充（fill）指的是将路径定义好的一个形状内部用某种颜色或者模式或者渐变效果来填满。通常，填充效果既可以应用于不闭合的路径（图3-28a），也可以应用于闭合的路径（图3-28b）。

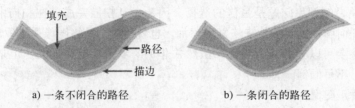

a) 一条不闭合的路径　　　　　　　　b) 一条闭合的路径

图3-28　路径、描边和填充

3.11.3　预设形状和自由绘制

通常软件会提供一些创建常用形状的工具，如椭圆形、长方形、多边形、星形、螺旋形等。部分软件还提供了自由绘制工具，使用这类工具，就可以绘制任意形状的、连续描边的路径，而不需要手工定义锚点。但是，一条自由绘制的路径其实本质上仍是由锚点构成的。

3.11.4　选择工具

在矢量图形软件中有两种基本的选择工具：（1）Adobe Illustrator和Flash中的"选择"（selection）工具：该工具用于选中整个对象；（2）Flash中的"选择细部"（subselection）工具或者Illustrator中的"直接选择"（direct selection）工具：该工具用于选中锚点及其手柄。使用第一种选择工具，就可以在选中对象后对整个对象进行移动、旋转、缩放等操作。使用第二种选择工具，就可以通过移动锚点或者调节手柄来修改某个对象的形状。

3.11.5　图层、效果和滤镜

和大多数图像编辑软件一样，大多数矢量图形软件业支持图层相关的功能，这样更便于组织和管理图形内容。例如，可以单独改变一个图层的可见性或锁定与否等。

另外，特殊效果和滤镜在矢量图形软件中也是可以提供的。比如，有的效果是将矢量图形柔化以使得它们看上去更像位图图像的样子。

3.12　本章小结

通常来说，有两种方法可以获得数字图像：扫描一张图片和数码摄影。

为了确定该使用多大的扫描分辨率（dpi），首先就需要确定所需的最终图像的像素尺寸。而如何确定最终图像的像素尺寸取决于图像的可能用途——用于网络上传输显示还是用于打印。如果最终需要打印出来，那么图像的像素尺寸就可以通过将所期望的图像打印尺寸和准备使用的打印分辨率相乘来得到。如果是用于网络，那么图像像素尺寸就可以通过将来可能使用的显示设备（如显示器）的分辨率来估算。

用于估算扫描分辨率的等式是：

扫描分辨率（dpi）=像素尺寸（像素）/被扫描对象的图片区域尺寸（英寸）

如果准备扫描一张图片，一定要确定所选的扫描分辨率和颜色模式等参数是合适的（所谓合适就是指扫描得到的图像尺寸、质量等都能够和其用途相匹配）。除非一开始就决定不使用软件对扫描后图像进行任何润饰，否则一定要关闭"自动锐化"功能——这个功能在大多数扫描仪软件中常常是默认被打开的。如果扫描仪软件能够让你在扫描时预览扫描结果图像的柱状图，就应该仔细观察柱状图并将色调范围调整到最佳状态。在扫描过程中优化色调范围并解决一些明显的颜色问题是最佳的选择。因为一旦扫描完成，在扫描中所捕获的颜色信息都不可能用任何图像编辑软件来恢复或添加。也就是说，最终图像质量取决于扫描质量。

图像润饰主要可以分为几个步骤。虽然并非每个步骤都是必需的，但是这些步骤的处理顺序十分重要，不可颠倒。

1. 剪裁和矫正图像。

2. 修理瑕疵。

3. 调整图像的全局对比度或色调范围。

4. 校正色偏。

5. 微调图像中的局部效果。

6. 锐化图像。

兆像素用来描述一个数码照相机的最大分辨率。一兆像素指的是100万像素。在打印分辨率相同的前提下，一幅图像拥有越多兆像素就能够打印出越大的纸张尺寸。对于数码照相机而言，并非支持的兆像素量越大就能够获得更好的照相效果；因为还有其他因素会影响照片质量，比如照相机的光学器件和图像从CCD上获取并处理的方式等。本章中有内容说明，在150ppi下打印时，每兆像素的图像打印出来大约是45平方英寸。具体而言，这些数字还可以解释为：

150ppi，打印宽高比为4:3，那么每兆像素的图片对应的约为7.6英寸×5.7英寸。

150ppi，打印宽高比为3:2，那么每兆像素的图片对应的约为8.2英寸×5.4英寸。

一幅图像的物理打印尺寸由两个因素来决定：像素尺寸和打印分辨率。这三者之间的关系可以由下述等式来表示：

打印尺寸（英寸）=像素尺寸（像素）/打印分辨率（ppi）

可以通过调节打印分辨率来满足打印尺寸的需求。特别注意不要不小心就更改了图像的像素尺寸。在图像尺寸对话框中，"重定图像像素"选项的勾选与否就是用来控制在修改图像尺寸设置后是否修改图像的像素尺寸的。

在图像编辑软件中，两个最基本且关键的工具就是选择和图层。选择工具使得你可以仅仅修改那些被选中的区域。对于不同的选择任务可以采用不同的选择工具。图层功能则便于对图像内容进行组织和管理，包括修改图层的排列顺序，设置透明度，设置混合选项等。

如果图像是希望用于网络的，那么图像就要存储为JPEG、GIF或者PNG格式。JPEG格式特别适合于处理包含有广泛的色彩范围以及微妙的颜色和明暗变化的连续色调图像，例如照片和有渐变效果的图像。GIF格式对于一些以实心填充色为主的图像是最为适合的，比如图表、商标和艺术线条。PNG则分为两种：（1）适合于处理连续色调图的PNG-24格式；（2）适合于处理实心填充颜色为主的图的PNG-8（类似于GIF）。同一幅图像用PNG-24格式压缩可能比用JPEG格式压缩的结果文件要大一些。

术语

anchor point（锚点）

background layer（背景图层）

brightness（亮度）

CCD (Charge Coupled Device)（电荷耦合装置技术）

clipping group（裁切组）

CMOS (Complementary PNG-24（24位颜色的PNG格式）

color balance（色彩平衡）

color cast（色偏）

contrast（对比度）

Convert Anchor Point tool（变换锚点工具）

corner point（拐角点）

crop tool（裁切工具）

curve（曲线）

Direct selection tool（直接选择工具）

direction handle or tangent handle（方向手柄或切线手柄）

dithering（抖动）

Dpi (dots per inch)（点每英寸）

drum scanner（鼓式扫描仪）

enhanced resolution（增强分辨率）

fill（填充）

flatbed scanners（平板式扫描仪）

GIF（常用于网络传输的图像压缩格式之一，支持8位颜色）

handheld scanners（手持式扫描仪）

highlights, midtones, and shadows（高光、中间色调和阴影）

Histogram（柱状图）

Hue/saturation tool（色相/饱和度工具）

JPEG（常用于网络传输的图像压缩格式之一，支持24位颜色）

Lasso tool（套索工具）

layer mask（图层蒙版）

Layers palette（图层控制板）

Marquee tool（选框工具）

megapixel（兆像素）

Metal-Oxide Semiconductor)（互补金属氧化物半导体技术）

Optical resolution（光学分辨率）

path（路径）

pen tool（钢笔工具）

PNG-8（8位颜色的PNG格式）

Quick mask tool（快速蒙版工具）

selection tool（选择工具）

Sheet-fed scanners（单张进纸式扫描仪）

single-lens reflex (D-SLR)（单镜头反射）

Smooth point（平滑点）

stroke（描边）

subselection tool（选择细部工具）

tonal adjustment（色调调整）

Unsharp mask tool（USM锐化（模糊蒙版）工具）

复习题

请在恰当的时候完成以下所有题目。

1. 扫描仪分为哪几种不同的类型？

2. 除了使用扫描仪之外，还有什么方法可以获得数字图像？

3. 对一幅图像进行再取样（"重定图像"）通常会在下列何种情况下提到：

   A. 旋转　　　　　　　　B. 缩放　　　　　　　　C. 平移　　　　　　　　D. 重定位

4. 为什么对图像的缩放通常会让图像质量有一些下降？用少于3句话简述一下在图像放大和图像缩小时像素都会发生一些什么变化。

5. 一幅1300像素×1950像素的图像在以150ppi分辨率进行打印的时候会得到8.7英寸×13英寸大小的打印纸张。请给出该结论的数学计算方法和过程。

6. 假设对一张3英寸×5英寸大小的照片用300dpi分辨率进行扫描。

i. 这幅扫描得到的图像的像素尺寸是多少？_____像素×_____像素。

ii. 如果将这幅图像用300ppi分辨率进行打印，得到的物理打印纸张尺寸是多大？（不改变图像的像素尺寸）_____英寸×_____英寸。

iii. 如果将这幅图像用600ppi分辨率进行打印，得到的物理打印纸张尺寸是多大？（不改变图像的像素尺寸）_____英寸×_____英寸。

iv. 如果将这幅图像用150ppi分辨率进行打印，得到的物理打印纸张尺寸是多大？（不改变图像的像素尺寸）_____英寸×_____英寸。

v. 是非题：当用600ppi（如第iii题所述）打印图像时可以提高图像信息量和图像质量。

vi. 是非题：当用150ppi（如第iv题所述）打印图像时会降低图像信息量和图像质量。

7. 是非题：当打印一幅数字图像时，图像上每个像素点就对应打印机打印出来的一个墨点。

8. 在点每英寸和像素每英寸这两个单位中，"每英寸"指的是：

A. 平方英寸　　　　　　　　　　　　　　B. 长度英寸

9. 是非题：在捕获图像（扫描或者数码摄影）时进行色调调节的优化是无关紧要的，因为捕获图像以后还可以用Photoshop随时将色调范围扩大到任意想要的程度。

10. 下面列出了扫描图像后对图像进行润饰的主要步骤。

i. 为下列步骤按顺序给出相应的序号（从1到6）。

_____调整图像的全局对比度或色调范围。

_____剪裁和矫正图像。

_____按需要对图像中的某些局部进行美化。

_____校正色偏。

_____修理瑕疵（去除灰尘污点等带来的图像上噪点）。

_____锐化图像。

ii. 解释你确定第一步的理由。

iii. 解释你确定最后一步的理由。

11. 假设想要扫描一张照片的局部以用于数字拼贴画中。意图扫描的区域是照片上一个2英寸×2英寸的方块。并且希望扫描后再以300ppi分辨率进行打印时能够得到6英寸×6英寸的物理尺寸。

　　如果扫描时使用的分辨率太小，不足以实现以300ppi打印出6×6平方英寸的目标，那么就会不得不将扫描后图像在软件中进行放大，这样就会降低图像质量，看起来有明显的颗粒。

　　那么，为了满足预想的打印效果，又不希望用软件来放大图像，那么最少应该用多大的扫描分辨率（dpi）来对2×2平方英寸区域进行扫描呢？请给出计算过程和结果。

　　（提示：首先可以计算按最终打印效果的要求，该图像的像素尺寸应有多大。）

12. 下列哪种图像最适合用GIF格式进行压缩和表示？

A. 有大块的实心填充颜色　　　　　　　　B. 连续色调的照片

C. 很多渐变颜色

13. 下列哪种图像最适合用JPEG格式进行压缩和表示？

A. 有大块的实心填充颜色　　　　　　　　B. 连续色调的照片

C. 很多渐变颜色

14. 下面给出的是一幅灰度图像及其相应的柱状图：

 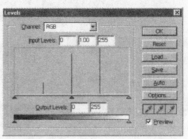

i. 说出柱状图中的每条竖线所表示的颜色（请在每条竖线和它所表示的图像中颜色块之间进行连线）。

ii. 为了将该图像的对比度和色调范围扩展到最大，应该如何移动柱状图中的滑块？请标出滑块移动的最终位置。

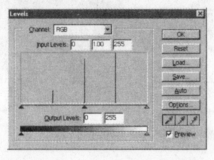

iii. 在下面的4幅图像中，预测其每条边界线在调整后的颜色（具体的调整方法参见每幅图像右边的柱状图）。并说明它为什么变成黑色/白色/灰色？如果答案是灰色，请再估计它的RGB值。

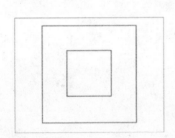 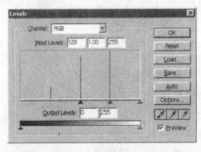

a)

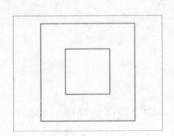 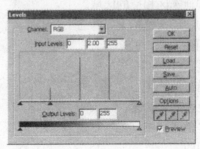

b)

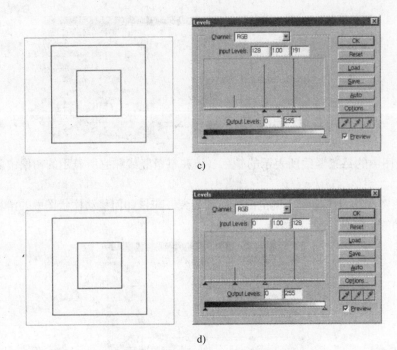

c)

d)

探索应用：软件的使用

1. 在你所使用的图像编辑软件中找到选择工具，然后在帮助或用户指导手册中找到如何进行下列操作并将答案记录下来。将你自己的记录当作一个快速查阅向导，在需要的时候就可以查阅它。（如果你使用的图像编辑软件恰好是Adobe Photoshop，可以在本书相关网站上找到一个有关Photoshop的选择工具的工作表。）

• 全选。
• 去选。
• 选中当前图像中没有被选中的部分。
• 有哪些不同的选框工具？
• 有哪些不同的套索工具？
• 再选中一部分图像并将其加入已有选区。
• 从已有选区中去选一部分图像。
• 仅仅选中和其他选区相交的区域。
• 将已有选区的边缘范围扩大或者缩小若干像素。
• 将选区边缘羽化。
• 存储一个选区。
• 载入一个存储好的选区。
• 如何通过颜色来创建选区。
• 该软件是否提供了用钢笔工具绘制路径并用路径来定义选区的功能？如果有，弄清楚该功能是如何使用的。
• 该软件是否提供了通过绘制蒙版来创建选区的功能？如果有，弄清楚该功能是如何使用的。

2. 研究一下你的图像编辑软件中和图层有关的功能。在帮助或用户指导手册中找到有关下列问题的有用信息并将其记录下来。将你自己的记录当作一个快速查阅向导，在需要的时候就可以查阅它。（如果你使用的图像编辑软件恰好是Adobe Photoshop，可以在本书相关网站上找到一个有关Photoshop的图层工具的工作表。）

- 创建一个新的图层。
- 删除一个图层。
- 复制一个图层。
- 改变一个图层的可见性。
- 给一个图层重新命名。
- 设置一个图层的透明度。
- 用一两句话说明使用图层的优越性。
- 如何让多个图层上的内容同时移动。
- 如何重新安排图层的排列顺序。
- 图层的排列顺序是如何影响图像显示内容的。
- 该软件是否支持图层蒙版？如果支持，相应功能如何使用？
- 该软件是否支持裁切组？如果支持，相应功能如何使用？
- 该软件是否支持调整图层？如果支持，相应功能如何使用？

3. 研究一下你所使用的矢量图形软件。在帮助或用户指导手册中找到有关下列问题的有用信息并将其记录下来。将你自己的记录当作一个快速查阅向导，在需要的时候就可以查阅它。

- 找到创建路径的工具。
  - 钢笔工具
  - 自由绘制工具
- 如何给一条路径添加或删除锚点？
- 如何改变一条路径上的弯曲部分的曲率？
- 如何对一条路径进行描边？
- 如何填充一个形状？
- 找到用于选择整个图形对象的选择工具和用于选中锚点和手柄的选择工具。
- 如何创建图层并用图层来组织对象？
- 弄清软件提供了哪些特殊效果和滤镜工具。至少用其中两个进行实验。

4. 用一个矢量图形软件创建路径。如果是第一次接触这类软件，就从尝试创建下面图形所示的简单路径（闭合的和非闭合的）开始进行实验，记住要使用拐角点和平滑点。用软件创建这些路径时所使用的锚点数量必须和图中所示点数相同。

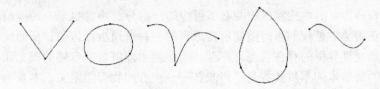

　　另外，也要尝试着通过移动锚点和手柄来编辑路径。如果对软件已经熟悉了，就可以尝试创建更多复杂的路径。

第4章 数字音频基础

关键概念
- 声波
- 频率和音调
- 声音的数字化
- 数字音频的取样率和位深度
- 奈奎斯特理论
- 动态范围
- 音频文件尺寸的优化
- MIDI

总体学习目标

学习完本章后,应该能够掌握:
- 有关音频的常用术语的概念。
- 数字音频文件的常见类型。
- 声波的属性。
- 数字化的主要步骤:数字音频的取样和量化。
- 数字音频的取样率和位深度。
- 数字音频记录方式和MIDI格式的区别。
- 数字音频中的"分贝"的概念。
- 数字音频的量化的基本步骤。
- 缩减数字音频文件大小的主要技术手段。

4.1 简介

声音是我们日常生活中感官体验的必不可少的一部分。声音也是一种模拟类型信息的自然现象。但是正因为它是我们平时随处可接触到的一种普通生活体验,反而使得我们几乎不会想到声音在微观世界里的存在状态。不过,为了便于理解数字音频的概念和相关知识,必须认识到声音的最基本的本质其实是"声波"——声音的物理学定义。本章将把声音当作一种"波形"来进行图形化的描述和解释。一幅**波形图**(waveform)的作用是能够让我们"看见"那些我们听见的声音——因为波形图给出了一段声音的属性的量化结果,比如声音的振幅和频率。

4.2 声波的本质

声音是物体在一种媒介（如空气）中振动而产生的波。振动的物体可以是人的声带、吉他的弦或者音叉。在空气中拨动吉他的弦就导致弦的来回振动。这种振动就扰动了其周围的空气分子。当弦朝着一个方向移动时，就会导致空气分子被压缩到一个较小的空间中，并从而把这一块空间区域内的气压稍微提高了一点。在较高气压环境下的那些空气分子就会挤压周围其他的空气分子，如此反复。当振动的弦开始向相反方向移动，就在弦和分子之间造成了一个间隙，这一块的气压会因此降低，从而导致其周围的其他空气分子都涌入此区域。空气分子的这些运动会从弦的位置开始引发并逐渐向外传播、辐射下去，引起了气压的周期性变化——这就形成了声波。当这个压力波到达人的耳膜时，也同样引起耳膜的来回振动，耳膜的振动产生了一个信号并传递到人的大脑，最终，大脑将气压变化的信号识别为声音。拨动吉他弦的力度越大，弦的振动就越厉害，空气分子的运动也越厉害，这样就导致在气压增高区域里的气压就增加得越多、气压降低区域里的气压就降得越低——也就是说，更加用力地拨动弦会引起声音的振幅增大。

> **声音是一种机械波**
> 因为声波在一种介质中的传播依赖于介质颗粒相互作用的机制，所以声波被当作一种机械波来定义其特性。这个特点还意味着声波不能在真空中传播。
> 在一股声波中，介质颗粒的运动是平行于波的传播方向的。这种波被定义为纵波。注意：这里的颗粒运动指的是介质颗粒在传播中的振动，而不是每个颗粒本来自身的运动。

如果将麦克风放在声波行进的途中，周期性气压变化将被录音设备检测并捕获到然后再转换为不同的电子信号。也就是说，正在传播的声波中的压力变化会不断地到达录音设备并变换成相应的、不断变化的电子信号。可以按时间顺序对声波中的气压变化或者电子信号变化进行图形化的绘制——得到波形图（图4-1）。波形图中的竖轴表示声波引起的气压或电子信号，横轴表示时间。

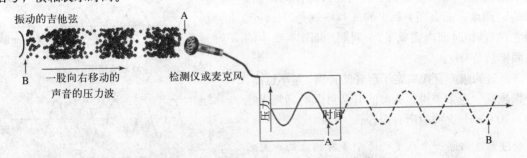

图4-1 吉他弦引发的压力声波及其图形化表示

总结一下——在空气中振动的吉他弦的不断来回移动引发了气压的周期性变化；压力的变化被录音设备捕获并转化为随时间变化的电子信号；压力变化或电子信号变化按时间来进行图形化绘制就得到了波形图。请特别注意，不要把波形图理解为声波在空间中的表示。图4-1中左边的图画表示的是空间中的分子，右边的图画是随时间变化的图形表示。在B点上的气压信息并不是在波形图中时间为0时发生的。换句话说，刚开始的时候，B点处的压力信息还没有传播到麦克风处；它甚至还要比A点处信息更晚些才能被捕获——从波形图上看，要晚3个多周期。

波形图是压力的图形化表示——声波随着时间变化而发生的波动情况。一不小心就可能错误地理解波形图。声波是在空间中传播的。波形图则给出了声波在每个时间点上压力变化的情况。波峰对应的是高气压（空气分子的压力），波谷对应的是低气压（空气稀薄）。横轴表示时间。但是，当看到一幅表示声音的纵向压力波图示中连续排列的波浪状图形，很容易误导人不小心将横轴当成了空间距离的表示。一定要记住，波形图的横轴表示时间而不是距离。因此，当阅读一幅声波的波形图时：

1. 不要把声波的波峰和波谷理解为和横波中一样的东西。

2. 不要把波形图理解为声波在空间中的表示。波形图中给出的是压力随时间变化而变化的情况。例如，在图4-1中，在B点上的气压信息并不是在波形图中时间为0时发生的。换句话说，刚开始的时候，B点处的压力信息还没有传播到麦克风处；它比A点处信息更晚些才能被捕获——从波形图上看，要晚3个多周期。

除了能够看到声波中的气压随时间变化而振荡，还有什么信息（量化的数据）能够从波形图上获得呢？声音的两个可感知的属性是音调和音量。下面两个小节就将讨论这两个属性是如何度量的，以及如何从波形图中获得。

注意 鼠标声音是一种压力波。

4.2.1 频率和音调

声波是物体在一种媒介（比如空气）中振动而产生的。无论振动的物体是什么，它总是以一个固定的频率来回振动（移动），这引发物体周围的空气分子也以同样的频率振动，因而发出了声音压力波。波的**频率**（frequency）指的是单位时间内介质颗粒振动一个完整来回的次数。频率通常使用的单位是赫兹（Hz，Hertz），所用的相应时间单位是1秒。

1Hz=1周期/秒

1个周期就是介质颗粒振动一个完整来回所需的时间。图4-2a和图4-2b给出了两个简单的正弦波图形。如果在横轴上的短红线标出的是第1秒的时间点，那么图4-2a中的波频率就是2Hz，因为它在1秒钟时间内完成了2个周期。而图4-2b中的波频率就是4Hz。

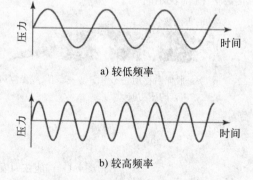

a) 较低频率

b) 较高频率

声音的频率直接决定了声音的音调。频率越高，音调越高。通常来说，人类的耳朵可以听到频率在20～20 000Hz之间的所有声音。

注意 相隔一个八度的两个音符相应的声波频率比例是2:1。

图4-2 两种不同频率的简单波形图

4.2.2 声强和音量

声强（sound intensity）是和直接感受到的声音的**音量**（loudness）相关联的，虽然这二者并不完全等同。声强通常用**分贝**（decibel，dB）作为单位。分贝值的计算依赖于一个较高声强和一个较小声强的比值，定义如下：

$$分贝量 = 10 \times \log\ (I_1/I_{ref}) \tag{等式1}$$

I_1和I_{ref}是参与比较的两个声音强度值。

$$分贝量 = 20 \times \log (V_1/V_{ref}) \qquad (等式2)$$

V_1和V_{ref}是参与比较的两个电压或电流的大小。

注意分贝并不是一个绝对的数值单位。它是对两个值的比值的一个表达。更精确地说，它是两个值的比值的对数。这个结果隐含的普通意义就是声音强度加倍的时候就会引起分贝值增加2倍。或者，如果有两个声音来源分别是A和B，且A引发的电压或电流的大小是B引发的2倍，那么A的分贝数就是B的6倍。为什么是这个倍数？我们可以代入前面两个等式来计算一下。

假设声音A的压力波产生了电子信号V_1，且它是另外一个参考声音产生的压力值（V_{ref}）的2倍。也就是说：

$$V_1 = 2 \times V_{ref}$$

将该等式代入等式2，则

$$
\begin{aligned}
分贝数 &= 20 \times \log (2 \times V_{ref}/V_{ref}) \\
&= 20 \times \log (2) \\
&\cong 20 \times 0.3 \\
&= 6
\end{aligned}
$$

类似地，如果$I_1 = 2 \times I_{ref}$，代入等式1，则得到3分贝。看上去，这些只是一些数学计算，而好像与我们即将学习的如何使用音频编辑软件毫无关系。一些应用软件会提供选项让用户使用振幅的百分比。但是，在很多音频编辑软件中，音频的振幅是用分贝来度量的。而且，3分贝和6分贝会被当作一个预设值在振幅过滤器中给出。理解分贝的概念以及它和音频信号的关系有助于在音频编辑时较准确地预期到编辑结果的状态。

分贝和贝尔

"贝尔"（bel）这个单位是由贝尔实验室的科学家们定义的，用来比较两个功率的值。这个单位的命名是取自人名"Alexander Graham Bell"。具体定义如下：

$$贝尔数 = \log (P_1/P_0)$$

这里，P_1和P_0是两个参与比较的功率值。对于声音的属性度量而言，可以理解为声强。

1分贝（dB）是1贝尔的十分之一（或者说，1贝尔等于10分贝）。因此：

$$分贝数 = 10 \times \log (P_1/P_0)$$

请注意，功率等于电压乘以电流。由这个关系又可以得到下面的等式（这里直接给出了结论而省略了数学推导过程）：

$$分贝数 = 20 \times \log (V_1/V_0)$$

这里，V_1和V_0是参与比较的两个电压或振幅的大小。

听觉范围的下限是在给定频率下人所能够感受到的最低的声音压力等级。通常，0dB指的是1000Hz的听觉阈值。特别注意0dB并非表示声音的强度为0或者声波不存在。

听觉范围的上限大概是120dB，它表示的声音强度大约是0dB所表示声强的1 000 000 000 000（即10^{12}）倍。

> **音量与声强**
>
> 　　音量的大小是听者的一种主观感受，但是声强是一种客观的度量。因此，音量和声强并不是完全相同的属性。
>
> 　　为了度量声音的音量，可以假设用一个1000Hz的声音作为参考音调——持续参考声音的音量，直到听众听起来感觉它恰好和被度量的声音具有相同的音量。而另一方面，声强则可以完全不需要听众的存在，而仅仅用听觉仪器进行客观的测量。
>
> 　　听众的年龄是一个会影响对声音音量的主观判断的因素。声音的频率也是一个影响因素，因为人对不同频率声音的敏感度不同。人耳感受到的音量只是大概地可以和声强的对数值成比例。不过，通常来说，声强越大，感受到的音量就越大。

4.3　声波的叠加

　　简单的正弦波代表了一种简单的单调音——单频率的。当两个或更多的声波相遇时，它们的振幅会增大，并得到一个更复杂的波形（如图4-3所示）。我们每天感受到的声音很少是单调音。比如语音、音乐、噪声的波形都是很复杂的，因为它总是由多个不同频率的声波叠加在一起的结果。例如，图4-4给出了朗读"one"这个单词的时候发出的声音的波形。

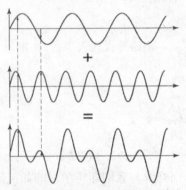

图4-3　两个简单正弦波波形叠加后得到了复杂的波形图

　　注意　傅里叶变换的数学基础在CS单元中讨论。

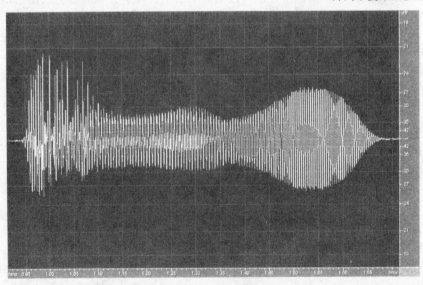

a) 朗读单词"one"时发出的声音波形图

图4-4　声音波形图示例

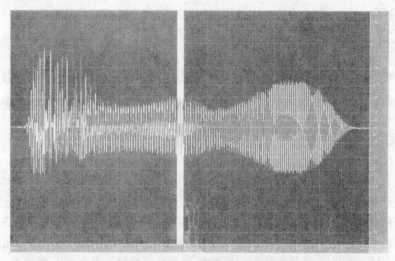

b) 高亮显示的一段是准备放大显示的部分

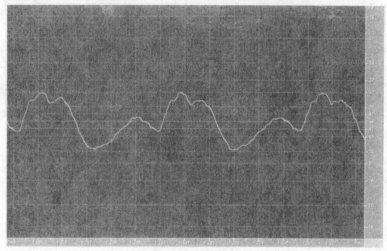

c) 将高亮显示的一段放大进行观察的结果

图4-4　（续）

分解声音

　　当我们录音时，比如图4-4中提到的朗读单词"one"，录下来的声音波形都是很复杂的。那么这种复杂的声波能否分解为几个简单的组成部分（如哪几个不同的正弦波可以组成这个复杂的波形）呢？答案是"可以"！一种用来进行声波分解的数学方法就是傅里叶变换。

　　但是，为什么想要分解一个复杂的声波呢？原因之一是希望过滤掉不想要的部分。如果想要移除的声音恰好都归入同一个频率范围，例如低频噪音，就可以使用用傅里叶变换设计的过滤器（算法）。很多数字音频处理软件中都提供了这些类型的过滤器，它们常用来将声音分离后过滤那些不要的频率部分。

4.4　声音的数字化

　　声波是一种模拟的现象。在一个声波中，振幅随时间不断变化。正如对任何模拟信息进行数字化的过程一样，声波的数字化过程包括了对模拟声波的取样和量化。

4.4.1　步骤1：取样

在取样步骤里，按照一个固定的频率对声波进行取样，生成振幅值的离散样本点。取样频率越高，数据捕获的准确性就越高。但高取样频率会导致数据量的增加，也就需要更大的存储空间和更多的处理时间。为了对数字声音的取样率有一个直观的了解，可以参考这个数据：CD音质的声音的取样率是44100Hz（也就是每秒钟取44100个样本点）。

为了保持让图例看起来清爽简单，本书的例子中都采用了很低的取样率。这种取样率太低了，所以它们完全不适合于在现实需求中对声音进行真正的数字化，但是却简单并足够展示清楚相关的概念。图4-5a给出了一个理论上的连续声音信号。当需要对此声音数字化时，就要获取离散样本值。图4-5b显示了10Hz取样率（即每秒钟取10个压力值）下的部分取样位置。图4-5c显示了一个简单的重建波形，它是通过让两个取样点之间的压力值保持不变而得到的。如大家所看到的，两个取样点之间的任何改变（波峰、波谷等）都丢失了。

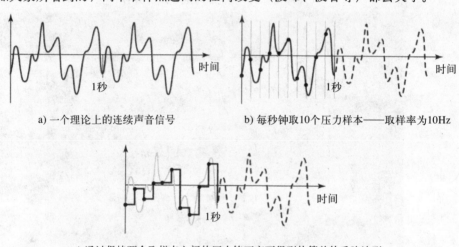

a) 一个理论上的连续声音信号　　　　　b) 每秒钟取10个压力样本——取样率为10Hz

c) 通过保持两个取样点之间的压力值不变而得到的简单的重建波形

图4-5　取样示例

注意　从离散的样本点重建一个模拟的波形的基本方法并不是在两个样本点之间保持一个不变的值（像图4-5c那样）。而是通常会使用数学方法在两点之间进行插值来得到一条光滑的曲线。但是，无论在重建波形的时候采用何种技术，样本点的数量（其实也就是取样率），仍然是重建准确度的一个限制因素。

如果我们将取样率提高到20Hz会怎样呢？图4-6a显示了20Hz取样率下的部分取样位置。图4-6b显示了同样方法重建的简单波形。显然，这一次重建出来的波形比10Hz下的重建结果能够相对更准确地表示原始波形。正如从这两个例子可以看出的，取样率越高，声波数字化后再进行重建的结果就越准确。

因为取样率的提高会生成更多的样本点，所以会导致数字化音频文件尺寸变大。但是，从图4-5的10Hz例子中看到，原声波中那些包括波峰和波谷在内的任何变化信息，只要是位于两个样本点之间的（不在样本点位置上），都会被丢失，这也是数字信息的离散特性带来的一个天生的缺陷。无论所采用的取样率有多么高，在离散样本点之间总会有信息被丢弃。

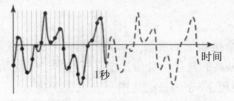

a) 取样率为20Hz

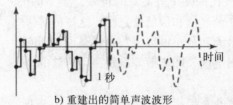

b) 重建出的简单声波波形

图4-6 取样示例

取样率和声音频率

　　注意不要把取样率和声音频率弄混淆了。取样率和声音频率这两个属性都是用Hz为单位进行度量，但是它们是完全不同的。声音频率是和声音的音调相关的，声音频率越高，声音的音调就越高。取样率是指在数字化过程中对声波进行每秒钟多少次的样本获取。取样率是声音数字化过程中的一个属性，而声音频率描述了人在听声音时所感受到的一种特性。对于不同声音频率的声波，可以设置同样的取样率。同理，对于同一个频率固定的声波，也可以采用不同的取样率来创建不同的数字音频文件。

4.4.2　步骤2：量化

　　在**量化**阶段，通过取样获得的每个离散振幅样本点将被映射到离散等级范围中与之最接近的一个等级值。因此，这个范围中分的等级越多，重建声音的时候就越准确。更多的等级意味着更高的**分辨率**（resolution），但是同样需要更多的存储空间。在范围内的等级数量用**位深度**（bit depth）来表示——通常是2的整数次方。例如，一个8位的音频表示它可以提供$2^8=256$个等级。为了对数字声音的位深度有一个直观的了解，可以参考这个数据：CD音质的声音的位深度是16位（也就是在量化振幅样本值的时候可以有$2^{16}=65536$个等级供选择）。

　　为了便于演示和讲解，我们采用3位作为一个例子，也就是可以提供8个离散等级。再次强调一下，3位不足以用于声音数字化的真正需求。样本数据被映射到这个范围中与其最接近的等级上（如图4-7所示）。有些样本值在映射后会和其对应的原始振幅值有较明显的偏离。如果位深度比较低，拥有不同的原始振幅值的样本点常常会映射到同一个等级上——例如，请注意图4-7b中最后6个样本点在量化后的结果。

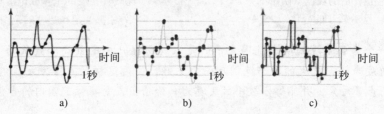

a)　　　　　　　　　　b)　　　　　　　　　　c)

图4-7　用3位的分辨率进行量化

4.5 动态范围

在量化步骤中，一个振幅值的离散等级范围用来对样本点进行映射。这个等级提供的范围（也就是从最低的到最高的量化后数值）定义了数字音频的**动态范围**（dynamic range）。在上一节的量化例子中，使用了8个等级的范围（3位的位深度），该范围中最低的等级值被放在原声波振幅中将近最低点的位置，而最高的等级值被放在振幅中最高点的位置。剩下的6个等级值则均匀地分布在最高值和最低值之间。这样的等级安排涵盖了原声波中的最大和最小振幅值。也就是说，所有样本值都会落在这个范围之内，即离散等级覆盖了声波的全振幅范围，如图4-8所示。

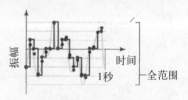

图4-8 使用声波的全振幅范围的离散等级进行量化

如果动态范围比声波的全振幅范围小一些（图4-9），有些数据就会丢失。因为数字化后的声波会被较窄的振幅范围"裁剪"。这种"裁剪"后的声音往往因为数据的丢失会带来不令人满意的效果，而且被裁剪掉的振幅值也是无法恢复的。但是，通过缩减动态范围，原本就落在动态范围之内的声波信息却能够更准确地重建出来——这是一个优点，尤其当大多数样本值都落在一个相对集中的中间振幅区域时。通过牺牲掉一些振幅特大或特小的样本值，余下的更多的中间值量

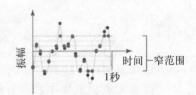

图4-9 使用比声波全振幅范围小一些的范围作为离散等级进行量化

化后的准确性被提高了。在图4-9给出的简单例子中，可以看出（位深度仍然是3）缩减动态范围确实能够让更多细微的振幅变化保留下来（图4-10）。因为同样是8个离散等级，但是分布在更小的振幅区间中，从而使得一些相近的样本值能够在量化后仍保持区别而不致于被映射到同一个离散等级上。

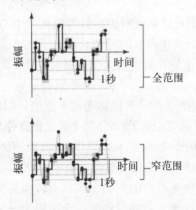

图4-10 相比于全振幅范围，采用缩减的动态范围能够让量化后的数据（阴影部分）区分较小的变化

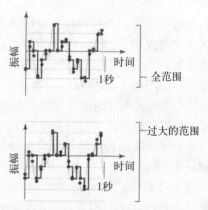

图4-11 使用不同离散等级范围进行量化的比较：声波的全振幅范围和比全振幅范围更宽的范围

注意 一个声音系统的动态范围表示的是系统所能产生的最高和最低的声音等级。从这个角度来说，更大的动态范围反而会更好，因为这样的声音系统能够允许输入更丰富的声音元素，并能够以较小的失真为代价输出在全振幅范围内的音频。

4.6 数字音频文件的尺寸、压缩方法以及类型

高取样率和位深度常常能生成效果逼真的数字文件——可以是数字图像，也可以是数字音频。因此，一个老问题需要再次提起：既然取样率和位深度越高，数字音频质量就越好，失真就越少，那么为什么不采用尽可能大的值呢？答案很简单——总是和文件尺寸有关。文件越大，所需的存储空间、处理时间、传输时间都越多。特别是数字媒体文件常用于在互联网上传输和浏览，而存储设备的价格逐渐降低，所以文件的网络传输速度常常比存储空间更需要重点考虑。文件越大，如果想从网络下载它到本地计算机中，就需要更多的时间。

除了取样率和位深度，不要忘记声音的持续时间也是影响音频文件尺寸的一个关键因素。音频是一种基于时间的媒体。音频文件（比如语音和音乐），通常都会连续播放很长时间。因此，当采用较高的取样频率和位深度的时候，文件尺寸将会快速增大。这里给出一个1分钟CD音质的立体声作为例子。一个立体声音频有2个**声道**（channel）——1个左声道和1个右声道。CD音质的音频需要每个声道16位的位深度——每个声道中的每个样本都对应16位的信息。取样率是44.1kHz——每秒钟取44 100个样本。

$$1分钟 \times 60秒/分钟 = 60秒$$
$$60秒 \times 44\ 100样本/秒 = 2\ 646\ 000个样本$$
$$2\ 646\ 000个样本 \times 16位/样本 = 42\ 336\ 000位$$

因为立体声有两个声道，所以总共的位数是42 336 000 × 2 = 84 672 000位。

将位数转换为字节：

$$84\ 672\ 000位/（8位/字节） = 10\ 584\ 000字节 \cong 10MB$$

如上所述，每分钟的CD音质立体声音频文件都需要大约10MB的存储空间。那么1小时的音频就需要大约600MB。如果将这个1分钟的音频文件放在网站中，那么用1.5Mbps（1.5兆位每秒）的宽带速度进行下载，就需要至少：

$$84\ 672\ 000位/（1\ 500\ 000位/秒） = 56秒$$

回忆一下第1章的内容，3种常用的减少数字媒体文件尺寸的方法是：降低取样频率，降低位深度，文件压缩。另外，在前面的计算中，可以看到涉及如下的参数：

$$文件尺寸 = 持续时间 \times 取样率 \times 位深度 \times 声道数$$

也就是说，计算音频文件尺寸的等式中多了一个影响因素——声道数。因此，从该等式中可以得出4种减少数字音频文件尺寸的方法。

- 降低取样频率
- 降低位深度
- 使用文件压缩
- 降低声道数

注意 在现实中，一些额外因素（如网络拥堵等）导致在56K的Modem上并不能真正得到56kbps的速度。用56K的Modem上网传输10MB的文件常常需要超过25分钟的时间。

请注意声音的持续时间也影响到文件尺寸的计算。不过并不会把缩减声音持续时间作为文件尺寸缩减的方法之一，因为在大多数情况下，声音的持续时间都和其内容有关，不适合

随意缩减的。但是，记住这个关系，你就可能容易想到在必要的时候删除声音文件中没有意义的一些空白段。例如，画外音或谈话等常常包含一些无声的段落或停顿，将它们删除就可以减少声音总时间并缩减文件尺寸。

ꞏ 降低声道数

立体声音频有两个声道。如果将其降低为单声道，就可以将文件尺寸减半。这种方法比较适合于语音文件以及在线游戏的短声效文件。是否将立体声降为单声道主要取决于声音处理工程的最终目标。减少一个声道会明显改变声音的听觉效果。不过，如果最后的音频文件是通过单声道扬声器来播放，就不会感受到差别了。

ꞏ 降低取样率

降低取样率和位深度牺牲了数字音频效果的逼真度，也就是听上去和原始声音不再那么相似了。但是，处理数字媒体文件时，总是不得不在质量和空间之间做一个权衡。无论在减少文件尺寸时使用何种方法希望尽量保持媒体文件较好的品质，必须同时考虑两件事情：一是别人听这个音频文件时的感受，二是制作这个音频文件的最初目的。

首先，前面提到过人耳能够听见的声音频率范围大概在20～20000Hz之间。当然这个范围会因为人的个体差别或年龄等原因有所不同。不是所有的人都能听到位于该范围两极的频率附近的声音。人耳最易感的声音频率范围在2000～5000Hz之间，而不是两端。

其次，依据"奈奎斯特理论"中的准则，在声波的每个周期内，至少要取样2次才能够重建出相对满意的波形。换句话说，音频的取样率至少是声音频率的两倍——称为"奈奎斯特速率"。因此，声音频率越高，所需的取样率就越高。在现实中，我们听到的声音，比如语音和音乐，都是由不同频率的部分组成的。这时，选择这些组成部分中最高的声音频率的两倍作为取样率能够获得较好的数字音频音质。降低取样率对于较高频率声音的数字化效果影响更为明显。

在数字音频编辑软件中，常遇到的取样率取值有：

11025Hz	AM收音机音质/语音
22050Hz	接近于FM收音机音质（高端多媒体）
44100Hz	CD音质
48000Hz	数字音频磁带音质
96000Hz	DVD音频音质
192000Hz	DVD音频音质

基于人耳听觉范围和奈奎斯特理论，使用44.1kHz的取样率获得CD音质的音频文件是合理的。但是究竟可不可以降低取样率呢？如果可以降，又应该降到什么程度是合适的呢？由于人耳最易感知的频率范围在2k到5kHz之间，11025Hz和22050Hz可能是比较合理的取样率。不过，11025Hz的取样率用于音乐时会产生比用于语音时更明显的退化，这是因为构成音乐的声音频率往往较高。人类说话声音的频率通常不会超过5kHz，所以针对语音的取样率采用11025Hz就可以了。另外，根据音频文件的用途等，11025Hz还可能适合于一些不存在特别精确效果的短音效（玻璃破碎的声音、爆炸声等）。

到此为止，还需要讨论降低取样率能把文件尺寸减少多少呢？从文件尺寸计算的等式中可以看出，文件尺寸的减少应该和取样率的降低成同一比例。以1分钟的CD音质立体声音频为例，取样率如果从44.1kHz降为22.05kHz，那么文件尺寸也从10MB变为5MB。

ꞏ 降低位深度

在数字音频编辑软件中，最常遇到的位深度参数设置是8位和16位。根据文件尺寸计算等式，位深度从16降为8，也可以将文件尺寸减半——在1分钟的CD音质立体声音频例子中，文件尺寸就从10MB变为5MB。前面提到，在该例中，将取样率从44.1kHz降为22.05kHz后文件尺寸能够变为5MB；在此基础上再将位深度从16降为8，那么文件尺寸就从5MB变为2.5MB。

8位的分辨率对于语音来说常常是足够了。但是，对于音乐而言，8位却实在是太低了，很难得到效果满意的数字化音乐音频，人耳就可以很明显地听出一些失真等。所以一般来说，16位的位深度对于音乐的数字化是必要的。

• 使用文件压缩

也可以对音频文件使用压缩算法来减小尺寸。同样，压缩分有损压缩和无损压缩两种。有损压缩会删除一些数据，不过，因为在算法设计时考虑了人的听觉感受，所以被删除的通常都是对效果影响最小的那部分数据。一种流行的音频文件格式，MP3，就采用了有损压缩方法。该方法能够在保证音频质量较好的前提下达到很高的压缩率。一定要记住，应用了有损压缩之后的音频文件一定不能够用作以后做进一步编辑的原始文件。要想让一个音频文件在编辑后获得最佳的听觉效果，就必须使用未压缩或进行过无损压缩的原始文件。

无论使用哪种手段，都应该随时检测一下压缩后文件的声音质量是否可以接受：考虑本次声音处理工作的需求等相关情况，找到声音质量和文件尺寸之间的一个合理平衡。通常来说，音频文件的最终用途将决定该平衡点的寻找。

即使在文件尺寸有限制的情况下，仍然有一个方法能够得到相对较好的效果——首先按照文件尺寸的需求选定取样率、位深度等条件；然后在录音、数字化阶段使用比选定值更高的取样率等，从而获得质量更好尺寸稍大的数字音频文件；最后对文件进行压缩。最好不要在数字化的一开始就使用较低的取样率和位深度。一方面原因是压缩算法通常在设计时都会考虑有选择地移除那些对人耳能够感受到的音效影响最小的数据。另一方面的原因是采用高取样率和位深度能够在后期给你留有更多余地，去尝试怎样选择、组合和使用不同的文件尺寸优化策略。这时候，再游刃有余地寻找文件尺寸和声音质量之间的平衡点。但是，如果一开始就采用较低的取样率和位深度，唯一能做的大概就是容忍一个不够令人满意的效果了——在此效果的基础上再做其他工作，都很难带来理想的结果。

很多数字音频编辑软件允许选择保存音频文件的格式。常用的文件类型在表4-1中列出。部分文件类型已经指定了所用的文件压缩选项。另外一些类型则允许用户来选择是否压缩文件，并指定一些压缩选项。

表4-1 常用音频文件类型

文件类型 （缩写）	全　　称	最初创始者	文件信息和 压缩类型	支持平台
.aiff	音频交换文件格式(Audio Interchange File Format)	Apple，后来是 Silicon Graphics	通常是不压缩的。但也有压缩的版本	Apple Macintosh和Silicon Graphics Computers。现在也支持Windows
.wav		IBM和微软	支持无压缩或多种不同压缩格式	主要支持Windows，但也可以用于其他系统
.au .snd	μ-law sun μ-law	Sun和NeXT	将文件以2:1比例压缩，解压慢	Sun、NeXT、Unix或Linux操作系统
.ra .rm	实时音频（real audio）	Real Systems	可以达到很高的压缩等级。可以根据网络连接速度选择不同的压缩级别。可以通过Real Server对文件进行流化	跨平台的；需要Real Player播放器

(续)

文件类型 (缩写)	全　　称	最初创始者	文件信息和 压缩类型	支持平台
.mp3	MPEG Audio Layer 3	Moving Pictures Experts Group（动态图像专家组）	音效好且压缩率高	跨平台的； 大多数数字音频播放软件都可以播放
.mov	QuickTime movie	Apple	• 不仅仅用于视频 • 支持音轨和MIDI音轨 • 支持多种声音压缩方法 • 可以通过QuickTime Streaming Server对文件进行流化 • "fast start"技术使得可以在下载文件的同时开始听	跨平台的； 需要QuickTime播放器
.wma	Windows音频媒体(Windows Media Audio)	微软		
.swa	ShockWave音频	Adobe	和mp3采用同样的压缩方法	需要ShockWave插件（分别有Mac版本和Window版本）
.asf	高级流格式(Advanced Streaming Format)	微软	不公开压缩算法	主要用于Windows Media Player

通常，音频文件的最终用途决定选择什么样的文件类型。主要可以考虑以下因素：

• **文件尺寸限制**。音频文件将要在网络上使用么？如果是，那么可能需要考虑高压缩率的文件格式，甚至需要使用流式音频文件格式。

• **音频文件的目标听众**。这个音频做出来最主要的目标听众群是哪些人？他们会用什么样的设备来听？如果是在计算机上听，他们可能的操作系统是什么？如果要在多种操作系统平台上播放，那么保存音频文件时就必须采用跨平台格式。

• **将文件保存为初始文件**。如果想要将制成的音频文件保留作为初始文件，并在将来进行各种进一步的编辑，那么就要采用不压缩的格式或者无损压缩的格式进行存储。

4.7　MIDI

本章讲到这里为止，我们已经介绍了由捕获模拟音频转换得到的数字音频的有关知识，这些模拟音频都是通过物体在空气中的振动而产生的。振动引发的压力波在传播中带来压力的持续波动，我们可以先通过一个设备或者麦克风来捕获这些波动，然后通过取样和量化完成其数字化。能够处理的音频包括语音、音乐、噪音或所有这些种类的声音组合。

还可以采用另一种方法（MIDI格式）存储音乐信息。MIDI（乐器数字接口）定义了一个通用接口，通过这个接口，就可以让电子数字乐器和计算机或其他乐器等包含微处理器的设备进行相互的信息传递。该接口需要指定线路、线路插口的配置，以及数据格式等。注意，这里讨论的MIDI是一种信息通信协议，而不是一种具体的设备。

很多电子键盘内置了合成器。一个MIDI键盘看上去像一个小钢琴，当它接受到一个信号，比如一个键被敲击时，它的电子设备就通过使用其内部的微处理器（例如计算机）合成出声音。也可以将计算机直接和MIDI键盘连接起来，这样就能够用计算机即时捕获MIDI键盘上弹奏的音符。有的软件可以让你通过电脑的鼠标和键盘直接输入音符。合成的音乐也可以通过一个有合成器的MIDI键盘演奏出来。

MIDI信号不是数字化的音频取样点，但是包含了用真正的乐器弹奏的"音符信息"。这种"音符信息"包括弹奏了何种乐器，弹奏了何种音符，音符的持续时间、弹奏的音量。和本章前面几节中讨论的那些数字音频不一样的是，MIDI音乐的生成不涉及对模拟声波或者其他模拟信息的捕获和数字化。因此，也就不涉及取样和量化；也就是说，在MIDI文件中不存在取样率或位深度的属性。

与通过取样等处理得到的音频文件相比，MIDI格式有利有弊。首先，MIDI文件更紧凑（占用存储空间小）。例如，一分钟的MIDI文件大小大约是2KB。但是，正如文件尺寸计算有关的论述中所给出的，一分钟的16位、取样率44.1kHz的立体声音频将达到10MB。如果将该2KB的MIDI文件转换为一个16位、取样率44.1kHz的立体声音频文件，它也将变成大约10MB。其次，对MIDI音乐文件能够像对用纸记录的乐曲一样进行编辑修改——标记、节点、乐器等信息都被一目了然地记录在文件中，因此修改编辑也十分方便。

不过，MIDI文件包含的合成音乐必须通过一个合成器来演奏。声音的质量就取决于该合成器的质量。即使是同一个乐器演奏的同一个音符，用不同的合成器播放出的实际声音也可能是不同的。从你的MIDI键盘上播放出的声音可能听上去和你朋友的MIDI键盘、或者计算机上的合成器播放出的声音不一样。例如，QuickTime软件提供了高级MIDI乐器的选项，所以不需要额外的合成器就能够播放出MIDI音乐，但是它听上去也无法和一个成熟、专业的合成器所播放的声音相比。

MIDI音乐和数字音频之间的区别就像是蛋糕配方和烘培好的蛋糕的区别。相比之下，把一个蛋糕的配方告诉别人是非常容易和轻便的事情。但是按照同一个配方，做出来的蛋糕究竟味道如何，外观怎样，还得要看制作蛋糕的人究竟用了什么手段——也许同一种温度设置用在不同的炉子上就会得到不一样的结果。另一方面，一个做好的蛋糕确实太笨重、太不方便邮寄给你的朋友了，但是它却能够保证蛋糕的口味和外观正是你希望通过那个配方得到的。

4.8　本章小结

声音就是物体在介质（如空气）中振动而产生的波。振动的物体可以是人的声带、吉他的弦或者音叉。振动的物体扰动了周围的空气分子，引起了空气气压的周期性变化，从而形成声波。

无论振动的物体是什么，这个物体都要振动或者说按一定频率来回移动。这就能够让周围的空气分子按照同一频率进行振动。对这种"频率"的度量单位通常是赫兹（Hertz，Hz）；1Hz表示每秒钟1个循环周期。声音的频率代表着音调的高低。频率越高，音调越高。

声音强度和所感受到的声音的音量大小有联系，但并不完全等同。音量的大小是听者的一种主观感受，但是声强是一种客观的度量。声强通常用分贝（dB）作为单位。分贝值的计算依赖于一个较高声强和一个较小声强的比值，而不是一个绝对的度量值。

当两个或更多的声波相遇时，它们的振幅会增大，并得到一个更复杂的波形。我们每天感受到的声音（比如语音、音乐、噪声）的波形都是很复杂的，因为它总是由多个不同频率的声波叠加在一起的结果。

正如对任何模拟信息进行数字化的过程一样，声波的数字化过程包括了对模拟声波的取样和量化。在取样步骤里，按照一个固定的频率对声波进行取样，生成振幅值的离散样本点。

取样频率越高，数据捕获的准确性就越高。但高取样率会导致数据量的增加，也就需要更大的存储空间和更长的处理时间。在量化阶段，通过取样获得的每个离散振幅样本点将被映射到离散等级范围中与之最接近的一个等级值。因此，这个范围中分的等级越多，重建声音的时候就越准确。更多的等级意味着更高的分辨率，但是同样需要更多的存储空间。

声音文件，例如语音和音乐，通常都会连续播放很长时间。因此，当采用较高的取样率和位深度的时候，文件尺寸将会快速增大。为了减小文件尺寸，有4种常用的文件优化方法：降低取样频率，降低位深度，文件压缩和降低声道数。无论使用哪种手段，都应该随时检测一下压缩后文件的声音质量是否可以接受：考虑本次声音处理工作的需求等相关情况，找到声音质量和文件尺寸之间的一个合理平衡。通常来说，声音文件的最终用途将决定该平衡点的寻找。

即使在文件尺寸有限制的情况下，仍然有一个方法能够得到相对较好的效果——首先按照文件尺寸的需求选定取样率、位深度等条件；然后在录音、数字化阶段使用比选定值更高的取样率等，从而获得质量更好尺寸稍大的数字音频文件；最后对文件进行压缩。

存储音乐信息的另一种方法是MIDI格式。MIDI的意思是"乐器数字接口"。MIDI文件不包含数字化的音频取样点，但是包含了一个真正的乐器弹奏出的相关信息，包括：乐器、音符、音符的持续时间、音量等。和数字化音频不同，MIDI音乐的生成不涉及模拟声波的数字化或任何模拟的信息。因此，它不涉及取样和量化。MIDI文件的优点是尺寸非常小并且能够方便地进行编辑修改。

术语

bit depth（位深度）	Nyquist rate（奈奎斯特速率）
channel（声道）	Nyquist's theorem（奈奎斯特理论）
decibel（分贝）	pitch（音调）
dynamic range（动态范围）	quantizing（量化）
frequency（频率）	resolution（分辨率）
Hertz（赫兹）	sampling（取样）
loudness（音量）	sound intensity（声强）
MIDI	waveform（波形图）

复习题

在适当的时候，为下列题目给出正确的答案。

1. 一个声音的_____越高，人们感受到它的音调就越高。

    A. 音量   B. 频率   C. 逼真度   D. 取样率   E. 位深度

2. MIDI标准指定了_____。

    A. 合成声音的取样率

    B. 合成声音的位深度

    C. 电缆的规格和电缆的接口

    D. 数据格式

3. 是非题：通常来说8位的位深度用来进行音乐的数字化就已经足够了。

4. 是非题：MP3这种数字音频格式很适合作为源文件用于以后进一步编辑。

5. 是非题：0分贝就是指没有声波存在的时候。

6. 下列哪些文件后缀名代表的是音频文件？

   BMP WAV JPEG AIFF MP3 GIF JPG PSD TIFF WMF

7. 根据奈奎斯特理论，我们至少要在每个声波的频率周期内取样_____次才能够保证以后重建出令人满意的声音。换句话说，声音的取样率至少是声音频率的_____倍。

8. 数字音频文件的尺寸压缩可以通过以下_____方法实现。

   A. 降低取样率　　　　　　　　　　　　B. 降低声音的音调

   C. 降低位深度　　　　　　　　　　　　D. 降低声音的振幅

   E. 使用文件压缩算法

9. 数字声音的_____影响着取样后存储下来的振幅值的准确性。

   A. 振幅　　　　　B. 频率　　　　　C. 取样率　　　　　　D. 位深度　　　　E. 动态范围

10. 声音的_____和声强、音量有关。

   A. 振幅　　　　　B. 频率　　　　　C. 取样率　　　　　　D. 位深度　　　　E. 动态范围

11. 用来衡量_____的单位是赫兹（Hz）。

   A. 振幅　　　　　B. 频率　　　　　C. 取样率　　　　　　D. 位深度　　　　E. 动态范围

12. 数字音频中，每秒钟取样点的数量叫做_____。

   A. 振幅　　　　　B. 频率　　　　　C. 取样率　　　　　　D. 位深度　　　　E. 动态范围

13. _____越高，相应的数字音频文件尺寸就越大。

   A. 振幅　　　　　B. 频率　　　　　C. 取样率　　　　　　D. 位深度　　　　E. 动态范围

14. 是非题：一个波形图是对声波中压力-时间变化关系的图形化表示。

15. 波形图的x轴代表_____。

   A. 距离　　　　　　　　　　　　　　　B. 时间

16. 8位的声音允许多少个等级的振幅值？

17. 16位的声音允许多少个等级的振幅值？

18. 将位深度从8位升到16位，文件尺寸_____。

19. 将取样率从22.05KHz升到44.1KHz，文件尺寸_____。

20. 通常来说，CD音乐的取样率是_____，位深度是_____。

第5章 数字音频的获取与编辑

关键概念
- 获取数字音频的手段
- 数字音频修改和润饰的技巧
- 数字音频的发布

总体学习目标

学习完本章后，应该能够掌握：
- 如何获取取样数字音频。
- 数字音频编辑软件的工作区的基本组成。
- 数字音频润饰的基本技巧。
- 数字音频修改的基本技巧。
- 创作音乐的方法。
- 如何在网页中嵌入音频。

5.1 数字音频的获取

数字音频可以通过两种方式获得：1) 将一段音乐直接录制成数字音频格式；2) 将一段已有的模拟音频（例如模拟的录音带）数字化。在本节，我们将讨论使用这些方法时可能要用到的硬件和软件工具。

5.1.1 录音

为了能够直接录制数字音频或数字化模拟音频，计算机必须装有声卡。声卡使得计算机可以播放或录制音频。**声卡**（sound card）就像一个模数转换装置，通过按照一定的取样率和位深度将电信号转换为数字格式信号。几乎所有新购置的电脑都装有声卡。

为了能直接录制音频，你需要一个麦克风。大多数笔记本电脑都有一个内置的麦克风。但是对于多媒体作品来说，这些内置麦克风产生的音频质量不够好。桌上型电脑通常没有内置的麦克风。因此，通常我们需要为笔记本或桌上型电脑配置一个外置的麦克风来进行录音。

有些麦克风设计时有方向性，例如有单指向性和全指向性之分。它们对来自不同方向的声音灵敏程度不同。单指向性麦克风只对来自麦克风正面方向的声音敏感。它的优点是可以将来自正面的声音同来自后面的噪音分离开来。全指向性麦克风对来自所有方向的声音敏感程度相同。用麦克风录音的一个基本准则是，如果你没有麦克风的说明书，那么尽量使声源位于麦克风的正前方。例如，如果你在录制一段话外因，应当正对麦克风的前方说话，不要对着麦克风的侧面说话。

麦克风的说明书（尽管有些说明书对提高录音质量毫无帮助）可以告诉你频率范围、指向性等有用信息。这些可以帮助你最好地利用麦克风。例如，如图5-1a中说明书所示的麦克风的频率范围从80～12 000Hz。这覆盖了语音和乐器音乐的频率范围。该麦克风是单指向的。

如图5-1b中说明书所示的麦克风的频率范围从60到15 000Hz。这个频率范围比5-1a所示的要宽一些。说明书中没有列出指向性信息，但极线图案为心形说明了麦克风对不同方向敏感程度的形状。它的极线图案为心形。心形图案与心脏的形状类似，因此命名为"心形"。它对来自前方而非后方的声音最敏感。心形极线图案也是单指向性。

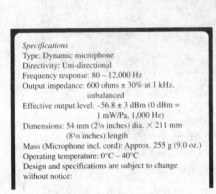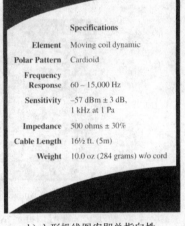

a) 单指向性麦克风　　　　　b) 心形极线图案即单指向性

图5-1　两个麦克风包装上的说明示例

注意　心形形状曲线：想象一下将麦克风的头部捍成一个气球。这个气球的形状近似于心脏的形状。那么麦克风对来自于该气球所占据空间的声音反应最灵敏。

软件部分是一个数字音频录制程序。基本上，所有的数字音频编辑程序，如Adobe Audition、Sony Sound Forge和Audacity，可以让你录制声音。在写入的时候，Adobe Audition和Sony Sound Forge是Windows程序。Audacity是一个免费的、开源软件，可以在Mac OS X、Microsoft Windows、GNU/Linux以及其他操作系统上使用。Audacity可以从互联网下载。

在开始录制前，你需要指定想要的取样率、位深度和声道数（图5-2）。录制时可以选用的取样率和位深度由硬件——声卡的能力决定。大多数声卡能够录制至少CD质量的声音——即，44 100Hz的取样率，位深度为16以及两个声道（立体声）。

音频软件通常配备有一个音频声级表来让你在录制时监控输入声音的电平。默认状态下，Audition的声级表位于窗口的下方（图5-3）。在Sound Forge 9中，它的声级表是垂直放置的并位于一个特殊的窗口中（图5-4）。Audacity的声级表位于上部（图5-5）。

可以调节输入声音的电平使其不超过红色区域（如图5-3所示，大约−3dB到0dB）。声音最响的部分可以接触到红色区域但不能越过它。所有超过0dB的数据都将被设为0。发生这种现象的波形区域看上去就像被裁掉一样，并且会引起所录制声音的扭曲（图5-3b）。这个现象称为"剪辑"。录制电平过低造成该录制太"软"（图5-3c）。

最佳的录制范围取决于要录制的声音本身。基本准则是，位于−12dB和−3dB之间的信号应该有足够的强度。声级表可以告诉你信号强度的技术性的描述，但你的耳朵应该做最终的判断。如果声音的整体和声音最重要的部分维持在一个合适的强度上，信号峰值偶尔越过0dB并无大碍，那些被裁去的信号不会引入可听到的噪声。

a) Adobe Audition的选项对话框　　　b) Sony Sound Forge的选项对话框

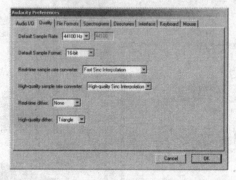

c) Audacity的选项对话框

图5-2　"新建"文件对话框提示设置音频取样率、位深度和声道数

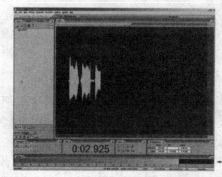
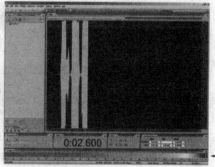

a) 最优电平　　　　　　b) 电平过高（超过了红色区域）引起波形不必要的裁剪

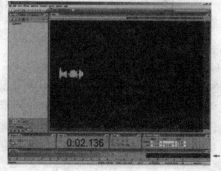

c) 电平过低

图5-3　Adobe Audition 2.0的音频声级表。箭头所指为声级表的位置，右侧细线表明目前录制的最高电平

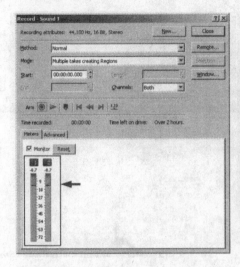

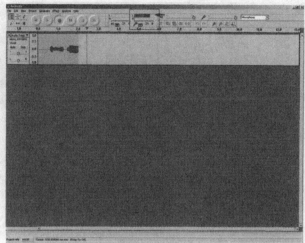

图5-4 Sound Forge 9.0的音频声级表   图5-5 Audacity 1.2.6的音频声级表

    在真正开始录音前，先练习一下，必要时看看声级表的情况。通过控制声源到麦克风的距离来调整输入音频的电平范围，保证大多数声音信号的电平值既不太低，也不超过红色区域。

    在Windows中，你可以通过设置控制面板中的声音属性来调整录制音量。

1. 双击"声音和音频设备"。

2. 在"设备音量"下面，单击"高级..."按钮，打开"主音量"对话框。

3. 选择"选项"→"属性"。

4. 选中"录音"按钮（图5-6a）。单击"确定"。然后，调整麦克风的音量（图5-6b）。

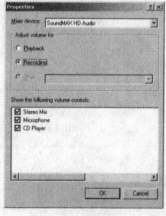

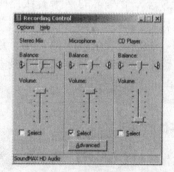

a) 对话框   b) 音量控制

图5-6 Windows音频属性

    在Mac OS X中，执行以下操作：

1. 查看系统设置，选择"声音"。

2. 单击"输入"（图5-7）。弹出声音输入设备列表，例如内置麦克风或外置麦克风。

3. 选择麦克风，并拖动输入音量滑动条来调整音量。可以测试输入音量，即对着麦克风说话，观察输入声级表上的反应。

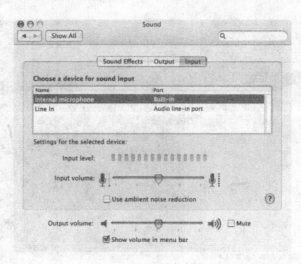

图5-7　Mac OS声音设置

声卡

与独立安装在计算机上的独立卡不同，声音子系统现在通常都是内置在计算机的主板上。在本章中，术语"声卡"指声音子系统，不考虑其真正的物理形式。

声卡在声音回放中的作用。在录制时，声卡作用是一个模数转换装置，将电信号转换为数字格式。在回放时，声卡的作用是一个数模转换装置。这意味着它可以将数字格式音频中的离散样本转换成模拟量，即将样本连接起来重建波形。接着它将模拟信号通过线路输出端口送至扬声器。

使用声卡。一个基本的声卡有线路输出、线路输入和麦克风输入端口（图5-8）。一些笔记本电脑没有线路输入端口。线路输入端口用于连接耳机或扬声器。线路输入和麦克风端口用于录音。有环绕声音功能的声卡端口更多。

图5-8　台式机的背面显示了线路输出、线路输入和麦克风端口。笔记本电脑上可以找到相似的端口

5.1.2　模拟媒体的数字化

为了数字化模拟音频媒体，例如盒式录音带，需要将盒式录音带播放机的线路输入端口与声卡的线路输入端口用音频线连接起来。应当在开始播放盒式录音带前，启动计算机上的声音录制工作。计算机上录音工作的开始和结束不需要和盒式录音带的播放盒停止同步。应当保持数字化的部分比你真正需要的部分早一点开始，晚一点结束。多余的部分可以在编辑时去掉。

5.2　数字音频编辑软件工作区的基本组成

Windows环境下的数字音频编辑软件例子有Adobe Audition和Sony Sound Forge。Audacity是一个免费的数字音频编辑软件，可用于Mac OS X、Microsoft Windows、GNU/Linux以及其他操作系统环境。

5.2.1 基本编辑：每次编辑一段音频

这些数字音频编辑软件中有两个最基本的单元：1) 波形显示窗口；2) 运动控制，包含播放、录音、倒带和快进按钮。例如，图5-9所示为Adobe Audition、Sony Sound Forge 9和Audacity 1.2.6的截图，高亮显示了上述两个单元。

在模型显示单元，x轴表示时间，y轴表示音量。图5-9中所示的例子描述了两段模型，因为该段音频是立体声音频，这意味着该段音频有两个声道。每个模型代表了一个声道的模型——上半部波形表示左声道，下半部波形表示右声道。如果音频是单声道的，将只有一个声道，因此在窗口中也就只有一个波形显示出来。你可以在波形窗口中点击一个位置来播放该时刻的声音。

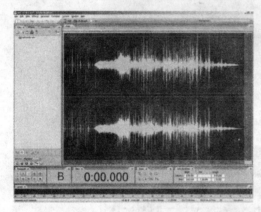

a) 编辑视图下Adobe Audition2.0工作区

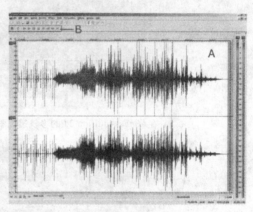

b) Sony Sound Forge 9工作区

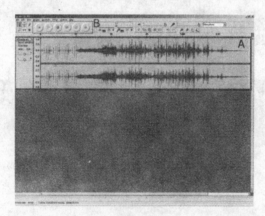

c) Audacity 1.2.6

图5-9　标记为A的区域是波形显示窗口。标记为B的区域是运动控制，
可以找到播放、录音、倒带和快进按钮

5.2.2 音频混合：编辑多个音频

很多程序允许你混合多个音频。例如，Adobe Audition的编辑视图中除处理编辑单个波形外，还有一个多轨道视图（图5-10a）。使用Audacity时，你可以通过"工程"→"输入音频…"来增加音频轨道。

多个音频可以导入进来并保证每个音频放置在一个音频轨道上。你可以将不同的音频放置在不同的时间上。混和多音频轨道有时是必需且有用的，例如你想将背景音乐与画外音混合起来、编辑不同的音乐片断，或者混合单独录音的不同乐器演奏的回放。

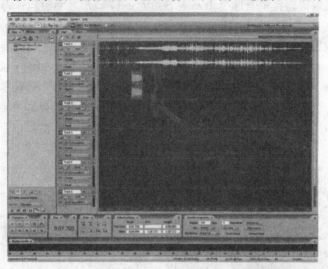

a）在Adobe Audition 2.0的多轨道视图中两个不同的音频放置在两个不同的轨道上

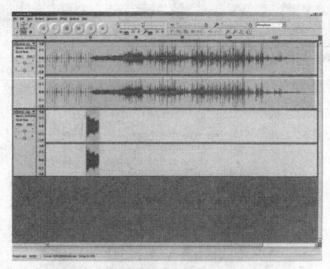

b) Audacity 1.2.6的两个音频轨道

图5-10　编辑多个音频

通常首先单独创建或录制音频再将它们混合起来比较有效。这样你可以调节音量或单独给各音频添加各种效果（例如淡进、淡出）。例如，在一个录制过程中同时录制画外音和背景音乐需要同步以及控制画外音的音量和背景音乐的音量之间的配合。

此外，画外音和背景音乐的同步以及音量大小是固定的。如果过段时间你需要在画外音中增加几秒钟的暂停怎么办？如果同时录制画外音和背景音乐，那么你需要再重新录制一次整个音频。但是，如果画外音和背景音乐是分开录制并存储为不同文件的，那么你要做的只是在画外音中需要的地方增加几秒钟的静默。背景音乐不受影响，并可以像往常一样与编辑过的画外音混合。在画外音新增加的静默部分背景音乐将仍然继续播放。

5.2.3 频谱视图

波形表示的是数字音频编辑中最常用的视图。但是，很多音频编辑软件还有一个频谱视图。在频谱视图（图5-11）中，像波形显示一样，x轴显示的是静止时间。但是，y轴是音频的频率，而不是振幅。振幅值不是用颜色表示的。频谱视图可以告诉你一些无法从波形视图中获得的音频频率信息。例如，你可以从图5-11种的频谱视图中知道，该音频中间一段音频是超过3000Hz的消失声音。

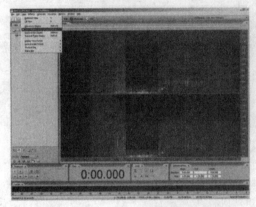
a) Adobe Audition2.0：视图>频谱显示

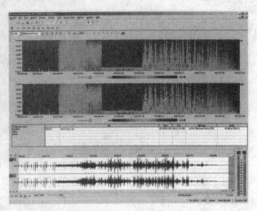
b) Sony Sound Forge9：视图>频谱分析

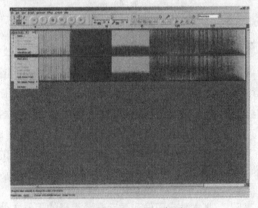
c) Audacity 1.2.6：频谱

图5-11　图5-9中的频谱视图

一般来说，振幅越大，表示的颜色就越亮。在不超过3000Hz的部分中，最亮的部分位于300～500Hz。在紧跟着的那一部分，最亮的颜色发生在4000Hz左右，但300～500Hz范围非常暗（振幅低）。这意味着300～500Hz范围内的声音的振幅很低。你无法从波形视图中察觉出这种信息。

当你在频谱视图中工作时，你仍然可以用时间范围选择音频数据。Audition允许你除了用时间范围（图5-12）以外还可以用频率来选择音频数据。这样，在频谱视图中工作时，你可以在某个时间段内选择性地编辑某个频率范围内的音频。这与在波形视图中选择音频数据不同。在波形视图中，你选择的是整个时间范围内的所有频率的声音。所有应用到该数据上的修改都将影响到该时间段内所有频率上的数据。

频谱视图在分析音频的频率范围时非常有用。它可以给出音频中最重要的频率范围，这样，当你需要向下取样来减小音频文件的大小时，你可以估计出不致引起严重失真的最低取样率。在需要隔离出造成音频异常的频率范围时，频谱视图也很有用。

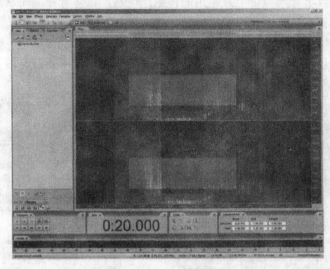

0:20.000

图5-12　在频谱视图中选择时间窗上20秒到1分钟之间频率从4000~12 000Hz的音频
（图中加亮显示的矩形区域）

5.3　基本的数字音频编辑

在数字图像处理中，无论是出于对图像的清扫还是艺术上的修改，通过扫描或数字拍摄的图像往往都需要润饰和编辑。这对于数字音频也适用。针对编辑过程在不同的媒体之间建立联系可以帮助你理解编辑的需要和过程。因此让我们同步地列出数字音频编辑过程的基本点。

你可以通过复制和粘贴来编辑一幅图像；调整色调值；清理污物、尘埃和划痕等；调整图像大小；减少颜色深度；使用滤镜，例如模糊或描边。这些处理的基本思想可以移植到数字音频编辑（表5-1）。在数字图像和音频处理中，修改应用在选择的范围内。如果没有选择，那么修改将被应用到整个图像或音频上。这些音频基本编辑操作在下面的章节中一一列出。

表5-1　基本数字图像和数字音频编辑的相似之处

基本数字图像处理	基本数字音频处理
通过剪切、复制和粘贴等调整图像内容	通过剪切、复制和粘贴等调整音频波形内容
调整色调值	调整音量
清理污物、尘埃和划痕	去噪
调整图像大小	重取样音频
减少图像颜色深度	减少音频的位深度
使用滤镜获得特殊效果	使用滤镜获得特殊效果（例如混响和音调变化）
如果你想将图像保存为适用于网络的JPEG，则等到最后一步，因为JPEG使用有损压缩	如果你想将音频保存为适用于网络的MP3，则等到最后一步，因为MP3使用有损压缩

5.3.1　波形文件的调整

可以选择音频波形的一部分，然后对其进行剪切、复制或删除操作。选中波形的一部分可以通过在波形上拖动光标来实现。

由于波形是音频振幅随时间变化的视觉表现，因此常常可以通过查找静默或振幅剧烈的变化来在波形中定位声音片段。你可以从音频中删除一个词或一段静默。你也可以在波形上点击某个时刻并粘贴一段声音或语音的波形片段。图5-13a显示了1-2-3-4的语音波形。第二个单词被剪切并粘贴在第一个单词前（图5-13c）。现在，音频变为2-1-3-4。

使用剪切或删除操作，你能删除录制的语音中不想要的长时静默以及录制开始和结束时的一些静音。

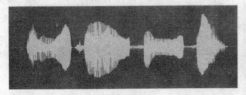
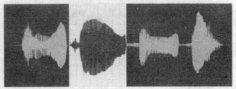

a) 原始语音音频"1-2-3-4"　　　　　　　　　　b) 第二个单词"2"被选中

c) 单词"2"被剪切并粘贴在第一个单词前

图5-13　调整音频波形

5.3.2　调整音量

你可以调整音频的音量或振幅。当录制的音量在使用时过高或过低时，这很必要。另外一个使用音量调整的场合是将多个录制的音频合并到一个音轨上时。在这种情况下，你需要调整每个音频的音量使得它们彼此之间比较协调。对于简单的音量调整有个菜单选项可供使用。**放大**（amplify）让你可以用dB（分贝）或百分比来指定放大的幅度。**归一化**（normalize）让你为一个文件或一段选择的音频片段设置一个峰值，系统将放大整个文件或选择范围以使最高值达到你设定的值。使用归一化而不是放大来实现音频的音量放大功能不会产生裁剪。例如，如果你归一化一段音频到100%，你可以获得该段数字音频允许的最大振幅。

音量调整还有两个扩展应用。**淡进**（fade-in）效果在其指定的时间内压缩音频开始时的音量，然后逐渐增加至100%。相似地，**淡出**（fade-out）效果在其指定的范围内逐渐降低音量至0。

包络线（envelope）图让你可以通过一条曲线来控制音量随时间的变化。包络线的x轴表示时间，y轴表示振幅大小。通常预先设定好可用的包络线图。你也可以设定自己的曲线。如图5-14所示，淡进和淡出效果也可以通过包络线图来实现。

5.3.3　噪声去除

录制的音频通常含有一些环境噪声，例如计算机风扇的噪声或麦克风的嘶嘶声。Adobe Audition中用于降低噪声的最有用的两个功能是降低咝声和降低噪声。**降低咝声**（Hiss Rechuction）可用于减少源数据中的嘶声，例如音频卡带或麦克风。嘶声噪音通常可以由某个频率范围来指定。如何删除嘶声的基本原理是为该频率范围设定一个振幅阈值，称为**本底噪声**（noise floor）——可以是预定义的，也可以是用户自定义的。如果该频率范围内的音频振幅落在该阈值下方，该区域内的音频将被大幅地删减。但是，位于该段频率范围之外以及在该段频率范围之内但比阈值要响的那部分音频将保持不变。

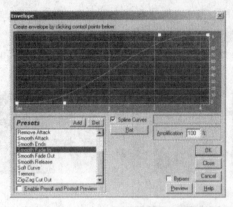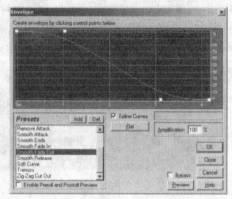

a) 淡进　　　　　　　　　　　　　　　　b) 淡出

图5-14　包络线图示例（Adobe Audition）

降噪（Adobe Audition）或去噪（Audacity）是可以用来降低在整个波形范围内保持不变的噪声的另外一个工具。该工具首先对一个纯噪声片段执行用户定义的统计分析。然后根据该噪声概况对整个音频执行降噪操作。因为它是基于一个由统计产生的噪声概况而不是一个频率范围来降噪，所以降噪可以去除的噪声范围更为广泛。同降低嘶声相比，该方法的缺点是你需要一个用于统计分析的足够长的纯噪声片段（最好长于1秒）来产生一个能表示该噪声的概况。要得到一个纯噪声片段，你可以在开始部分录制一秒或更长时间的静默。这段静默可以用作整个音频的降噪特征。

5.3.4　特效

在一段音频上可以使用很多特效或滤镜。许多音频软件让你可以改变一段声音的音调，改变一段声音的长度（时间），增加回声或混响（图5-15）。混响可以通过预设模式或调整各种参数以适应需求来实现。

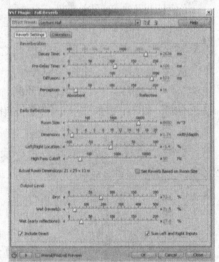

5.3.5　向下取样和降低位深度

在录制和处理中最好使用CD音质（即44 100Hz取样率、16比特、立体声）或更好音质的音频。但是，由于工程的需要，为了最终的发布，你也许需要通过向下取样来降低文件大小。在Adobe Audition中，你可以通过选择"编辑"→"改变取样类型…"来改变取样率、位深度和通道数。改变后的音频文件最好另存为一个文件。始终保存好原始高质量的音频文件以备编辑。

图5-15　在Adobe Audition 2.0中对一段
音频使用混响效果

另一个降低文件大小的方法是将音频文件存为一个压缩格式的文件，例如.mp3。MP3文件使用一种基于人类感知声音编码的有损但非常有效的压缩方法。这意味着某些音频数据被去除，该音频变为原始音频的近似，但去除的音频数据基本上不能被人类感知到。由于MP3

使用有损压缩，你应该避免使用MP3文件作为进一步编辑的源数据。在可能的情况下，你计划用作编辑的源文件应使用无损压缩方法存储。

注意 关于音频文件的优化以及取样率、位深度以及通道数对音频文件大小的影响的详细讨论见第4章。

5.3.6 数字音频录制润饰的基本步骤

即使是质量最好的工作室录制的音频在进一步处理前都需要润饰。数字音频润饰的基本步骤包括：

1. **降噪**：通过使用降噪特效去除背景噪声。
2. **裁剪**：去除音频开始或结束处的多余时间。你也许还需要取出音频中不想要的长时静默。
3. **调整音量**到指定级别。

应该在未对音频使用其他特效（如混响）之前对其进行润饰。否则，背景噪声和不需要的静默也会与特效混合起来，并且变得更难，在可能的情况下去除它们。

5.4 音乐创作

乐谱可以由使用MIDI格式的乐谱软件创建。创建一个原始的乐谱需要作曲技巧。但是，多媒体项目，例如游戏、产品广告以及一些数字艺术，不需要一段长时间的乐谱。循环音乐软件和作品库是那些为此类多媒体项目创建音乐的作曲者的较好解决方法。

5.4.1 MIDI

MIDI和取样数字音频是数字声音的两种完全不同的表示方法。因此，编辑或创建MIDI也与编辑或创建取样音频完全不同。MIDI就像一张乐谱，它的作用就像重新创建音乐一样。在一个MIDI文件中，你需要编辑各种音符以及设定乐器。

MIDI商业软件包括Cakewalk SONAR、Steinberg Cubase和MakeMusic！Finale。图5-16显

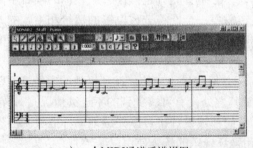

a）一个MIDI通道乐谱视图

b）MIDI通道的钢琴滚动视图。底部的窗口显示的是音符"速度"：该速度与击键强度，也即音符强度相符

c）MIDI音轨的事件列表视图

图5-16 Cakewalk SONAR工作区窗口的截屏

示了Cakewalk SONAR中用于不同创建和编辑方法的各个视图：乐谱视图用于处理各种音符和乐谱；钢琴滚动视图用于显示各种符号在钢琴上出现时的情况；事件列表视图用于处理一系列MIDI信息和MIDI消息。

图5-17显示了在Cakewalk SONAR中将一个MIDI通道设置为口琴。如果将一个MIDI键盘连接到计算机上，大多数软件可以将你在MIDI键盘上的演奏录制为一个MIDI文件。

图5-17　在Cakewalk SONAR中将一个通道的乐器设定为口琴

在回放MIDI文件时，声卡使用合成器来重建指定乐器演奏的音符。由于不是所有的合成器都完全一样，MIDI音乐听起来有可能不一样，这取决于播放该MIDI的声卡。

5.4.2　循环音乐

在MIDI中组曲可以让你创作属于自己的原创性乐曲。创作一首好的作品需要非常专业的作曲知识。尽管你可以雇佣某些人来帮你作曲，你必须首先确定该段音乐在你的项目中的作用。如果音乐是用在一个影视作品中的，你应该需要一个能符合该电影的情绪和主题的原创作品。但对于大多数多媒体项目来说，例如游戏和产品广告，它们往往并不需要原创性的音乐，而是需要一些循环音乐。

循环音乐（loop music）是指那些由一些音乐片段创建出来的能循环播放的乐曲。这些音乐片段通常设计得可以无缝地循环播放（即在重复之处没有可察觉到的不连续情况）。目前有很多可用的商业短音乐效果库和音乐片段库，它们都被设计得可以无缝地循环播放。当然也有很多完全通过管弦编曲的作品供那些不能使用循环音乐的场合使用。

循环音乐软件，例如图5-18中的Sony ACID Pro（适用于Windows系统）和图5-19中的Apple GarageBand（适用于Mac OS），通常使得测序和混合循环音乐这项工作变得更加简单。这些软件往往也支持MIDI并能让你输入MIDI音乐。

下面给出这些软件的基本工作原理。循环音乐软件拥有多音频通道。你可以输入一段音频剪辑并将其放置在一个通道上。该音频剪辑由一个块来表示。通过拖曳该块的右边界并延长它，你可以创建该段剪辑的重复。

即使是那些不是专门用于循环音乐的软件，例如Adobe Audition和Audacity，可以让你创建循环音乐。

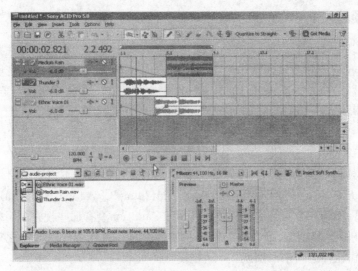

图5-18　Sony ACID Pro，通过简单地拖曳音乐剪辑的右边界使得第三通道上的音乐循环两次

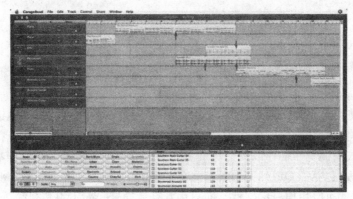

图5-19　GaraBand——循环音乐创作程序。箭头标志了一个循环周期结束的地方，
例如第四通道上的剪辑大约有2.5次重复

　　在Audition的多通道视图中，你可以设置一段剪辑的循环选项，这样，当你延长该段剪辑的长度时，它会自动地重复该剪辑而不要你多次地手工复制和粘贴该剪辑（图5-20）。在Audacity中，有一个叫做重复的特效，它可以将你选中的部分重复指定的次数。

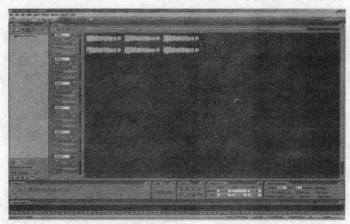

图5-20　Adobe Audition多通道视图，简单地拖曳音乐剪辑的右边界就可以使该剪辑重复3次

5.5 数字音频的发布

数字音频可以仅仅用于音频CD产品。但在数字媒体产品中，数字音频往往和其他媒体混合在一起，例如在视频和多媒体演示中。它也可以用在互联网上，此时，音频文件的下载时间是个重要的指标。此外，音频可以嵌入在一个网页中或在一个独立于浏览器的窗口中播放。你可以使用HTML代码来控制音频如何播放。

5.5.1 视频

如果某个音频将要导入到一个视频编辑器中，你应该检查一下视频编辑软件是否支持该音频文件格式。大多数视频编辑软件支持.wav、.aif和.mp3。Adobe Audition还可以用多通道视图来导入视频。作为一个音频编辑软件，Adobe Audition没有那些视频编辑软件才有的视频编辑功能。但能够将视频导入到音频编辑软件使得你可以方便地做一些音视频同步工作，而不需要在两个编辑软件之间来回切换。

5.5.2 多媒体创作

多媒体创作软件通常都支持很多音频文件格式。例如你可以导入到Adobe Director和Flash中（音频文件格式包括：.wav、.aif、.au、.mp3）以及QuickTime的音频部分。

5.5.3 互联网

在互联网上使用音频时，你可以：1）将音频嵌入到网页中；2）简单地链接到该音频文件。后一种方法将使得该音频文件在一个独立于网页窗口的播放器中播放。在网页上可以播放的音频文件格式由浏览器插件以及计算机上安装的播放器来决定。在写作本书时，常用的网页嵌入音频格式包括：QuickTime、RealAudio和WMA（Windows Media Audio）。QuickTime电影文件可以用作音频文件，即只用其音频通道，而不用其视频通道。QuickTime和RealAudio都需要浏览器插件——QuickTime和RealAudio插件。WMA需要Windows的媒体播放器来播放。其他音频文件格式，例如AIF、WAV、MP3和MIDI文件，也可以嵌入在网页上。用什么播放器播放这些音频取决于访问者的计算机上的设置。QuickTime可以用来播放这些音频文件。但也许访问者的计算机并没有设定用QuickTime来播放这些音频。你可以使用HTML编码（本章稍后介绍）来强制浏览器用QuickTime来播放一段音频文件而不用去管该文件的类型是什么。否则，这些文件是否能被用户的浏览器播放以及如何播放都是不可预测的。

能否快速下载是所有用于互联网的媒体的一个关键指标。因此，准备用于互联网的音频文件应尽可能地保持较小的文件大小或者保存为支持流式传输或累进下载的文件格式。流式传输或累进下载都不需要下载完整个音频文件就可以开始播放。一旦下载了足够的音频数据，该音频文件就可以开始播放了。流传输除了Web服务器外还需要流传输服务器，但累进传输就不需要。QuickTime和RealAudio都支持流式和累进下载。

QuickTime纯音频电影

QuickTime纯音频电影可以由数字视频编辑软件输出，例如Adobe Premiere Pro和Apple Final Cut Pro。你需要设定选项来只输出音频。支持累进下载的QuickTime电影称为快速启动电影。一个简单的创建快速启动电影的方法是将QuickTime电影保存为自包含电影。要做到这一点，你需要QuickTime播放器的Pro版本，而不是免费版本。首先，用QuickTime Pro打开一段QuickTime电影。然后选择"文件"→"另存为..."。在文件存储对话框中，选中"使电影自包含"选项。如果该选项当前无效，你可以将该电影以不同的文件名保存为另一个文件或保存在另一个目录下。稍后可以用生成的快速启动电影代替原始的QuickTime文件。

在网页中包含一个纯音频QuickTime电影

可以使用<object>标记来嵌入一段QuickTime电影，无论它是否是纯音频或是有视频内容。参数src或者属性data指定了QuickTime电影文件的路径。有很多其他参数供你使用来控制网页如何播放该QuickTime文件。下面是一些例子：

- controller参数设定视频控制工具栏是否可见。
- loop参数设定电影是否循环播放。
- autoplay参数设定该QuickTime电影文件是否自动播放。如果设定为false，用户必须点击播放按钮才开始播放。

此处给出两个网页的HTML代码。第一个例子（图5-21）显示了使用QuickTime纯音频电影作为背景音频。控制工具栏的显示设为false，电影的尺寸设为0。这样，网页上不显示该QuickTime电影。该QuickTime电影必须设置为自动播放。

```html
<html>
<head>
<title>Demo - Background Play QT Sound</title>
</head>

<body>
<object classid="clsid:02BF25D5-8C17-4B23-BC80-D3488ABDDC6B"
        codebase="http://www.apple.com/qtactivex/qtplugin.cab"
        width="0" height="0">
  <param name="src" value="ylwong-example.mov"/>
  <param name="controller" value="false"/>
  <param name="autoplay" value="true"/>
  <param name="loop" value="true"/>

  <object type="video/quicktime" data="ylwong-example.mov"
              width="0" height="0">
    <param name="controller" value="false"/>
    <param name="autoplay" value="true"/>
    <param name="loop" value="true"/>
    <a href="ylwong-example.mov">ylwong-example.mov</a>
  </object>

</object>
</body>
</html>
```

图5-21　嵌入QuickTime的HTML示例代码一

要使用上述样例代码在你自己的网页中嵌入纯音频QuickTime电影，你可以复制上述代码中的<object>标记并根据需要修改参数值和属性值。

关于嵌入QuickTime文件的示例代码

在本书写作时，<object>标记有可能在某些浏览器中工作不正常。如果浏览器或插件可以解释<object>标记，QuickTime文件将被播放。否则，如果定义了替代内容将显示替代的内容。

在图5-21的示例代码中，替代内容定义为一个指向QuickTime电影文件的超链接：

```
<a href="ylwong-example.mov">ylwong-example.mov</a>
```

这创建了一个指向名为ylwong-example.mov的超链接，如果浏览器不能解释<object>标记，则该超链接将显示在网页上。

任何HEML代码都可以设置为替代内容。一幅图像（例如静止图像或GIF动画）也可以用作替代内容。

第二个例子（图5-22）显示了如何嵌入一段QuickTime电影并使其在网页上显示时控制工具栏具有最小高度。宽度设置保证了能显示三个按钮：音量控制、播放/暂停核选项（图5-23a）。宽度可以设得再长一些来显示进度条（图5-23b）。

```html
<html>
<head>
<title>Demo - QT Sound with Controller</title>
</head>

<body>
<object classid="clsid:02BF25D5-8C17-4B23-BC80-D3488ABDDC6B"
        codebase="http://www.apple.com/qtactivex/qtplugin.cab"
        width="50" height="16">
  <param name="src" value="ylwong-example.mov"/>
  <param name="controller" value="false"/>
  <param name="autoplay" value="true"/>
  <param name="loop" value="true"/>

  <object type="video/quicktime" data="ylwong-example.mov"
          width="50" height="16">
    <param name="controller" value="false"/>
    <param name="autoplay" value="true"/>
    <param name="loop" value="true"/>
    <a href="ylwong-example.mov">ylwong-example.mov</a>
  </object>

</object>
</body>
</html>
```

图5-22　嵌入QuickTime的HTML示例代码二

a) 宽度设为50，只显　　　　b) 宽度为100时，进度滑块条显示在播放/
示3个按钮　　　　　　　　暂停和选项按钮之间

图5-23　QuickTime控制工具栏设置不同的宽度

MP3是一种非常流行的音频文件格式并拥有同其他格式相比更小的文件大小。要使用QuickTime插件来播放mp3文件，你可以使用如图5-21和图5-22种所示的代码，但要将<object>标记中的type属性值从"video/quicktime"改为"audio/mpeg"。

RealAudio

使用RealProducer Basic可以将.wav文件转换为.ra或.rm文件（图5-24）。RealProducer Basic可以从RealSystem网站上免费获得。还有付费的产品，如RealProducer Plus，可以提供

更多的音视频编码功能。例如，RealProducer Plus可以创建拥有数量不限的、位速率不同的流的Real媒体，而Basic版本则限制在3条。

注意 RealProducer Basic还可以将视频编码为RealVideo。

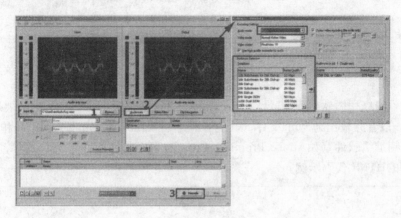

图5-24 用RealProducer Basic 11创建RealAudio 1) 选中要转换为.ra或.rm的.wav文件 2) 点击 Audiences按钮并选择音频类型和目标听众的网络连接速度 3) 点击编码按钮开始转换

在网页上嵌入RealAudio

RealAudio可以流式传输。这需要Real服务器——流传输服务器。但RealAudio也可以在网上直接使用而不采用流传输模式，进而不需要流传数服务器。图5-25显示了如何在网页中嵌入RealAudio，该RealAudio文件将从网络服务器上播放，而不是一个Real服务器。

使用图5-25中的示例代码在网页中嵌入RealAudio文件时，你可以复制`<object>`标记中的代码并根据需要修改参数值和属性值。

```html
<html>
<head>
<title>Demo - Embed RealAudio</title>
</head>

<body>
<object classid="clsid:CFCDAA03-8BE4-11cf-B84B-0020AFBBCCFA"
        width="100" height="50">
  <param name="type" value="audio/x-pn-realaudio-plugin"/>
  <param name="src" value="ylwong-realaudio-example.rm"/>
  <param name="autostart" value="true"/>
  <param name="controls" value="all"/>

  <object type="audio/x-pn-realaudio-plugin" data="ylwong-realaudio-example.rm"
          width="100" height="50"
          autostart="true"
          controls="all">
    <param name="autostart" value="true"/>
    <param name="controls" value="all"/>
    <a href="ylwong-realaudio-example.rm"> ylwong-realaudio-example.rm</a>
  </object>

</object>
</body>
</html>
```

图5-25 嵌入RealAudio的HTML代码示例

本例中参数/属性"controls"的值设置为"all"。这使得RealAudio播放器显示完整的播放模式和所有的控制工具栏。"controls"还有其他一些设置。例如，"controls"设置为"PlayButton"将使播放器只显示播放和暂停按钮，设置为"StatusBar"将是播放器只显示音频状态栏。

> **注意** 使用RealAudio的更多信息可以登录RealSystem的关于发布报告的在线帮助：
> http://service.real.com/help/library/guides/production/htmfiles/server.htm

WMA

WMA文件可以用微软的Windows Movie Maker 2创建。Movie Maker是一个视频编缉工具，但它可以将一段音频输出为.wma文件。其他音频编辑软件（如Adobe Audition和Sony Sound Forge）和视频编缉软件（如Adobe Promiere Pro）也可以将音频存为.wma文件。图5-26为嵌入WMA文件的HTML代码示例。

```html
<html>
<head>
<title>Demo - Embed WMA</title>
</head>

<body>
<object classid="CLSID:22D6F312-B0F6-11D0-94AB-0080C74C7E95"
        width="200" height="44">
  <param name="type" value="application/x-oleobject"/>
  <param name="fileName" value="ylwong-example.wma"/>
  <param name="autoStart" value="true"/>
  <param name="showControls" value="true"/>

  <object type="application/x-oleobject" data="ylwong-example.wma"
          width="200" height="44">
    <param name="autostart" value="true"/>
    <param name="showControls" value="true"/>
    <a href="ylwong-example.wma">ylwong-example.wma</a>
  </object>

</object>
</body>
</html>
```

图5-26 嵌入Windows Media Audio的HTML代码示例

使用图5-26中的示例代码在网页中嵌入.wma文件时，你可以复制`<object>`标记中的代码并根据需要修改参数值和属性值。

5.5.4 音频CD

音频编辑软件（例如Adobe Audition）也可以用来创建音频CD工程，在该工程中可以为每首乐曲指定一个名称和艺术家。支持CD文本的CD播放器可以在回放时显示上述信息。你还可以设定两首乐曲之间的间隙长度，启用或取消复制保护，增加一个ISRC（国际刻录软件标准）序列号——一个用于商业发布的代码。很多CD刻录软件也能制作音频CD。但大多没有上述功能。

CD上的音频必须采用44 100Hz取样率、16位和立体声。如果你要制作音乐CD，你录制或生成的源数据应至少满足上述要求。当向一个Adobe Audition或其他CD录制软件插入一个具有不同类型的音频时，这些软件会自动地将其转换成CD设置的音频。但这些转换并不保证质量。

5.5.5 播客

播客（podcast）是网络服务器上可用的文件集合。播客上的文件通常是音频或视频文件，但也可以是网页、文本文件、PDF、图像或其他类型文件。每个文件可看作是播客的一段内容（episode）。这些文件的网址列在一个文本文件中，即所谓的**订阅源**（feed）。

订阅源发布在Web服务器上。用户可以通过订阅一个订阅源来订阅相应的内容，这样不管什么时候新的内容或文件发布后，这些文件都会自动地下载到用户的计算机或设备（手持的媒体播放器如iPod）上。

订阅者的计算机或相关设备上需要有一个软件来定期地检查是否有新文件并自动地下载这些新文件。这种软件称为播客浏览器。例如，iTunes就是一个播客浏览器。播客浏览器也可用来订阅或播放播客上的内容。

播客上的文件可以是任何类型。这与互联网上的文件类型没什么区别。你也不必对要在播客上播放的音频或视频文件专门做些什么修改。将媒体文件放在播客上和放在Web服务器上的关键区别在于播客的自动机制。当把文件发布在Web服务器上时，你需要用户访问网站来检查是否有新内容并下载这些文件。而对于播客来说，一旦用户订阅了你的订阅源，播客浏览器将定期地访问你的站点，检查是否有更新并自动地下载新文件。当然，除了将新文件上传到Web上以外，你需要将新内容加入到订阅源文本文件中。

如何发布播客音频⊖

要创建一个播客，你至少需要两个文件。

* 音频存储的格式必须能让订阅者的播客浏览器所支持。MP3是播客浏览器最常用的格式。

注意　Apple GarageBand 3.0 可以从其工程中直接发布播客而不需要编写订阅源文件或制作MP3文件。

* 播客订阅源文件是一个文本文件，也即一个列有播客上内容的XML文件。订阅源文件通常后缀名为.rss或.xml。下面的指南给出了一个订阅源文件的例子。

步骤1　创建MP3格式的音频

在本章中，你要学习如何制作数字音频。几乎所有的数字音频编辑软件都可以输出MP3格式的音频。

* Adobe Audition 2.0："文件"→"另存为..."并选择"MP3Pro(FhG)(*.mp3)"作为文件类型（图5-27a）。
* Sony Sound Forge9："文件"→"另存为..."并选择"MP3 Audio(*.mp3)"作为文件类型（图5-27b）。

⊖　播客音频的有用资源。
　　创建你的首个播客：
　　http://www.podcastingnews.com/articles/How-to-Podcast.html
　　理解Rss新闻订阅源
　　http://www.podcastingnews.com/articles/Understanding_RSS_Feeds.html
　　播客软件（发布中）：
　　http://www.podcastingnews.com/topics/Podcasting_Software.html

- Audacity 1.2.6："文件"→"输出为MP3..."（图5-27c）。
- Sony ACID Pro 6："文件"→"渲染为..."并选择"MP3 Audio(*.mp3)"作为文件类型（图5-27d）。

注意 别忘了MP3使用有损压缩。你应该将音频内容保存为不压缩或使用无损压缩的格式，例如Windows的PCM WAV或AIFF。当你处理完该音频后，可以将其输出为MP3文件。

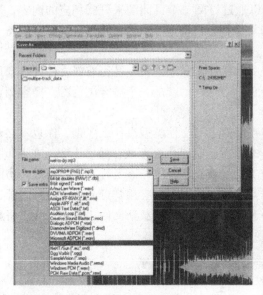

a) Adobe Audition

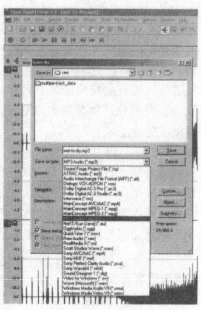

b) Sony Sound Forge

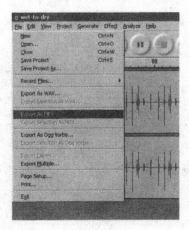

c) Audacity

d) Sony ACID Pro

图5-27　将音频保存为MP3格式

步骤2　将MP3文件放在Web服务器上

将MP3文件上传到一个Web服务器上。记下它们的网址或URL。

步骤3　制作播客订阅源文件

订阅源文件包含的是指向那些MP3文件的链接。可以用任何文本编辑器创建订阅源文件。但如何写入这些链接或其他播客信息是有一定的格式的。也可以用专门的软件来创建订阅源文件。订阅源文件与图5-28中所示的相似。

```xml
<?xml version="1.0"?>
<rss version="2.0">
    <channel>
        <title>Demos of Podcast</title>
        <link>http://digitalmedia.wfu.edu/</link>
        <description>This is a demo for podcasting.</description>

        <item>
          <title>Episode 1: Analog vs. Digital</title>
          <link>http://digitalmedia.wfu.edu/primer/chapter1.html</link>
          <author>Yue-Ling Wong</author>
          <description>Analog is continuous while digital is discrete. Analog information
          is also infinite. However, computers deal with discrete data and have finite
          capacity. </description>
          <enclosure url="http://digitalmedia.wfu.edu/podcast/media/analog-digital.mp3"
          length="352128" type="audio/mpeg"/>
          <pubDate>Tue, July 24, 2007</pubDate>
        </item>

        <item>
          <title>Episode 2: Sampling and Quantizing</title>
          <link>http://digitalmedia.wfu.edu/primer/chapter1.html</link>
          <author>Yue-Ling Wong</author>
          <description>The digitization is a 2-step process: sampling and quantizing</description>
          <enclosure url="http://digitalmedia.wfu.edu/podcast/media/sampling-quantizing.mp3"
          length="73240" type="audio/mpeg"/>
          <pubDate>Sun, July 29, 2007</pubDate>
        </item>

    </channel>
</rss>
```

图5-28 一个示例订阅源文件

<channel>元素用来描述整个播客。图5-28中的例子在<channel>中仅包括了<title>、<link>、<description>和<item>。还可以包含<pubDate>表示播客的发布日期、<copyright>表示版权信息以及<language>表示播客中使用的语言。

注意 关于channel元素的其他信息可以参考网上的RSS说明书。

<item>元素是channel元素中最重要的元素。每个<item>包含的是一段内容的相关信息，例如，播客浏览器在哪儿能下载到媒体文件。<enclosure>元素指定了媒体文件的网址或URL。<enclosure>的长度属性是音频文件的大小，以字节数来衡量。<item>中还有一个<title>元素。它给出了该内容的名称。<link>给出了讨论该内容的网页地址。

步骤4 发布播客订阅源文件

将播客订阅源文件发布在Web服务器上并像发布其他内容一样创建一个指向该订阅源文件的链接。很多网站使用一个图标来表示有新的订阅源文件可用，通常为黄色，如图5-29所示。

图5-29 互联网上用来表明新订阅源可用的图标

图5-30表明了一个示例订阅源文件（图5-28所示）在播客浏览器iTunes中如何显示。iTunes中显示的标题以及channel和item的描述在代码中被标出（图5-30中的高亮代码）。

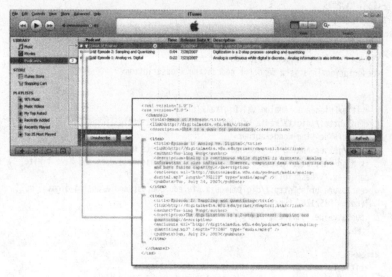

图5-30　示例订阅源文件中的信息如何在iTunes中显示

5.6　本章小结

数字音频可以由两种方式获得：1）录制一段声音并将其保存为数字格式；2）将一段模拟音频数字化，例如模拟音频磁带。计算机需要声卡来录制数字音频或将模拟音频数字化。现在新的计算机通常都安装有声卡。

直接录制数字音频还需要麦克风。软件方面需要有数字音频录制软件。大多数情况下，数字音频编辑软件可以录制音频。在开始录制前，需要指定使用的取样率、位深度和声道数。录制时要注意声级表。调整输入的音量使得表中的声级保持在红色区域下方，可以偶尔接近红色区域但不要超过它。超过红色区域会导致录制的声音的裁剪和失真。

数字化模拟音频，如音乐磁带，不需要麦克风，但需要用音频线将磁带播放器的线路输出端口和声卡的线路输入端口连接起来。

数字音频编辑软件中两个基本元素是：1）波形显示窗口；2）转换控制窗口，可以找到播放、录音、倒带和快进按钮。

在波形显示窗口中，x轴表示时间，y轴表示振幅值。大多数音频编辑软件还提供频谱视图。频谱视图中的y轴表示音频的频率。振幅信息在频谱视图中以颜色来表示。

可以通过剪切和拷贝来调整波形。可以使用放大、归一化或包络线等效果来调节音量，增强音频。有些软件拥有内嵌的降噪功能来清除背景噪声和嘶声。还可以用回声和音调调整等特效来修改音频。

Adobe Audition、Sony Sound Forge和Audacity等软件除了编辑简单的波形外还可以混合多个音频轨道。

MIDI和循环音乐是两种用于创建数字媒体工程音乐的方法。使用MIDI的作曲软件可以创作音乐乐谱。MIDI创作软件通常提供三种视图用于MIDI的创建和编辑：乐谱视图、钢琴滚动视图和事件列表视图。你可以在一个MIDI键盘上演奏（如果与软件连接好并设置好），并将演奏记录为一个MIDI文件。用MIDI创作自己的原创乐曲，但这需要较强的音乐作曲技巧。

循环音乐软件和库提供了一种解决方案，使得那些非作曲家可以创作出用于游戏或产品广告的音乐。

数字音频可以用于制作音频CD产品、视频产品和多媒体演示等。可以在互联网上使用。要在互联网上使用音频，可以将其嵌入在网页内，或者创建一个指向该音频文件的链接。后一种方法将使该音频文件在独立于网页的窗口中播放。如何播放这些音频取决于访问者的计算机上安装的浏览器插件和播放器。本章给出了几个例子来说明嵌入QuickTime、RealAudio和WMA文件的HTML代码。

播客是另一个在互联网上发布数字音频的途径。将媒体文件放在播客上和放在Web服务器上的关键区别在于播客的自动机制。播客是网络服务器上可用的文件集合。播客上的文件通常是音频或视频文件，但也可以是其他类型文件。每个文件可以看作是播客的内容。这些文件的互联网地址存放在一个文本文件中，称为订阅源。订阅源发布在Web服务器上。用户可以通过订阅一个订阅源来订阅相应的内容。订阅者的计算机或相关设备上需要有一个软件来定期地检查是否有新文件并自动地下载这些新文件。这种软件称为播客浏览器。播客浏览器也可用来订阅或播放播客上的内容。

术语

aggregator（播客浏览器）	multitrack view（多轨道视图）
amplify（放大）	noise floor（本底噪声）
clipping（裁剪）	noise Reduction（降噪）
edit view（编辑视图）	noise Removal（去噪）
envelope（包络线）	normalize（归一化）
event List view（事件列表视图）	piano Roll view（钢琴滚动视图）
fade-in（淡进）	podcast（播客）
fade-out（淡出）	reverb（混响）
feed（订阅源）	sound card（声卡）
hiss Reduction（降嘶）	spectral view（频谱视图）
loop music（循环音乐）	staff view（乐谱视图）

复习题

选出所有正确的答案。

1. 波形视图的x轴表示_____。

  A. 振幅值   B. 频率   C. 时间

2. 波形视图的y轴表示_____。

  A. 振幅值   B. 频率   C. 时间

3. 频谱视图的x轴表示_____。

  A. 振幅值   B. 频率   C. 时间

4. 频谱视图的y轴表示_____。

  A. 振幅值   B. 频率   C. 时间

5. 什么视图可以观察音频的频率在时间上的分布？

A. 波形视图　　　　　　　　　　B. 频谱视图

6. 是非题：录音时，最佳的声级应该超过声级表中的红色区域。

7. 是非题：应该在降噪前对含噪声的音频使用混响等特效。

8. 淡进和淡出效果可以通过使用_____效果来实现。

A. 放大　　　　B. 包络线　　　　C. 降噪　　　　D. 归一化　　　　E. 混响

9. 是非题：要在Web上使用RealAudio，必须要有RealServer来流传输音频。

10. HTML中可以用来在网页上嵌入一个QuickTime的标记是_____。

A. <object>　　B. <qt>　　　　C. <rpm>　　　　D. <mov>　　　　E. <src>

11. 下面哪个参数要设置为true才能让网页上的QuickTime自动播放？

A. autoplay　　　　B. controller　　　　C. loop　　　　D. src

探索应用

1. 使用音频编辑软件：
- 找到变换控制。
- 找到录音声级表。
- 确定软件是否有频谱视图。
- 确定软件是否支持多轨道音频融合。

2. 使用音频编辑软件中的编辑功能。找到如下命令：
- 对一段音频进行重取样，改变位深度以及改变通道数。
- 放大。
- 归一化。
- 混响。
- 降噪。
- 使用包络线图。
- 创建淡进和淡出效果。

3. 练习：
- 录制声音。
- 修改录制的声音波形。
- 使用降噪来清除录制声音中的噪声。
- 使用归一化来得到满意的声强。
- 添加混响、淡进、淡出等效果。
- 将录制的结果输出为纯音频的QuickTime或MP3。
- 在网页上嵌入音频。

第6章 数字视频基础

关键概念
- 隔行和逐行扫描
- 过扫和安全区域
- 帧速率
- 帧尺寸和帧宽高比
- 像素宽高比
- 利用时间码统计帧数
- 数据速率
- 视频压缩方法
- MPEG
- GOP、I帧、P帧和B帧
- 数字视频的标清定义和高清定义
- 流视频和累进下载

总体学习目标

学习完本章后，应该能够掌握：
- 数字视频中的常用术语。
- 数字电视的常用术语。
- 模拟视频播放标准对数字视频的影响。
- 数据速率和文件大小之间的区别。
- 为一个视频播放设备选择合适的视频数据速率。
- 帧尺寸、帧宽高比和像素宽高比之间的关系。
- 像素宽高比是如何影响视频画面播放的。
- 时间码的阅读。
- 视频文件大小优化的主要策略。
- 视频压缩的主要策略。
- 真正的流传输和累进下载之间的区别。
- GOP、I帧、P帧和B帧以及M和N参数的概念。
- MPEG压缩中运动补偿和运动矢量概念。
- 标清和高清数字视频之间在帧尺寸和帧宽高比上的不同。

6.1 运动本质和播放视频

在自然界，我们观察到的运动是一系列连续的时间流。它是视觉、听觉以及时间感知上的综合作用效果。视频摄像机很早就可以用来捕捉模拟图像，例如电影、家用录像带和Hi-8录像带。

理论上来说，运动捕捉的结果是一系列以固定时间间隔捕捉的画面。每张画面成为一**帧**（frame）。以多快的速度捕捉画面或以多快的速度播放这些画面由**帧速率**（frame rate）来决定，它的单位是**每秒帧数**（frames per second, fps）。

播放数字视频时需要遵循一定的标准，包括视频分辨率、颜色空间和帧速率等。数字视频标准受到目前已有的模拟视频播放标准的影响。要理解数字视频标准的机理，有必要首先学习模拟视频播放标准。

6.1.1 播放标准

目前模拟彩色电视共有三种标准。这些标准的主要区别在于彩色电视图像是如何编码与传输的。每种标准的帧速率和每帧的扫描线数也是各不相同的，扫描线的含义将在6.1.3节讨论。这些重要属性也引入到了数字视频标准中。模拟播放视频标准中每帧的扫描线数变为数字视频中每帧的像素高度。

NTSC的命名取自于制定了该标准的美国电视系统委员会，它的使用范围包括北美、日本、台湾以及加勒比和南美的部分地区。PAL表示逐行倒相制式，是一种信号编码的方式，它的使用范围包括澳大利亚、新西兰以及西欧和亚洲的大部分地区。SECAM表示顺序与存储彩色电视系统，其使用范围包括法国、前南联盟以及东欧。非洲和部分亚洲地区采用的制式主要受其殖民历史的影响。

注意 不是所有的数字视频格式都必须与播放标准一致。有些数字视频主要用于计算机上的回放，而不是电视。例如，QuickTime视频不需要有标准的分辨率或帧速率。另一方面，用于DVD播放的视频应该采用DVD视频标准，而DVD标准是基于播放的标准。

6.1.2 帧速率

表6-1列出了不同系统的帧速率。NTSC用于黑白电视播放的帧速率原本是30fps。为了适应彩色图像的额外颜色信息，其帧速率降低为29.97fps。

表6-1 不同视频类型的帧速率

视频类型	帧速率（每秒帧数fps）
NTSC	29.97
PAL	25
SECAM	25
运动图像电影	24

6.1.3 隔行和逐行扫描

在电视或计算机显示器上显示的一幅图像是由很多水平线组成的，这些线在屏幕上依次绘制而成。NTSC一帧含有525线，其中480线为有效线。PAL或SRCAM每帧含有625线，其中576线为有效线。

计算机显示器显示一幅图像时从上到下依次显示一条线，完成一次扫描。NTSC、PAL以及SECAM等模拟电视标准显示画面时需要两次扫描：对于NTSC来说，第一次扫描输出偶数行号的扫描线，第二次扫描输出奇数行号的扫描线，填补第一次扫描输出时的间隙。同一次扫描中输出的扫描线集合称为**场**（即偶数行号的扫描线或奇数行号的扫描线集合）。包含位置较高的扫描线的场称为**奇数场**（upper-field），另外一个称为**偶数场**（lower field）。这种使用交替输出的场的显示方法称为**隔行扫描**（interlaced scan）。计算机显示器在一次扫描中输出所有扫描线的方法称为**逐行扫描**（progressive scan）。由于每帧画面的两个场录制的时间略微有些不同，一些含有快速运动物体的视频在使用隔行扫描模式时会发生不连续的现象。如图6-1所示，这种不连续的表现形式是一种梳状的缺陷。图6-1c所示为奇数场，图6-1e所示为偶数场。隔行显示的缺点在大多数视频播放中并不明显。在慢速运动或静止的画面中，是察觉不到的。

a）这段视频显示了由快速运动和摄像机移动造成的梳状缺陷

b）a中方框区域的放大显示

c）视频画面的奇数场

d）c中方框区域的放大显示

e）视频画面的偶数场

f）e中方框区域的放大显示

图6-1　梳状缺陷

解除交错

隔行扫描的缺陷可以通过一定的方法去除，即丢弃一个场的数据，其间隙由复制或插值得到的数据来填补（图6-2）。这两种方法都会降低视频的质量。在通常的播放中，隔行扫描的缺陷并不容易被观察到，解除交错并不必要。但如果需要捕捉一个固定的画面，且隔行缺陷很明显，那么就需要对该画面进行解除交错。

a）通过去除奇数场并插值偶数场来解除　　　　b）方框区域的放大显示
交错的视频画面

图6-2　解除交错

6.1.4　过扫和安全区域

当一段视频在用户的模拟电视机上播放时，画面的边界实际上超过了屏幕的范围，即不是整个画面都能在屏幕上可见。超出屏幕范围的区域称为**过扫**（overscan）。对于电视信号来说，过扫用于隐藏一些边界处的变形以及一些非图像信号。这些信号不是"丢失"了。举个例子来说，如果你录制了一个数字电视节目，比如卫星电视，然后在计算机显示器上播放该节目，你就会看到整个图像，包括那些看起来像是噪声的位于画面边缘处的非图像信号。如果你在计算机上看DVD电影，也可以看到整个画面，但如果DVD电影在模拟电视机上播放，由于过扫的原因，超出边界的内容在屏幕上就不可见了。

由于过扫的存在，录制节目时，最好不要将重要的内容放在太靠近边缘的位置，尤其是当终端用户是在电视机上观看该节目时。但多近是"太近了"？现在还没有一个统一的标准能适合所有的电视，因为过扫范围在不同的电视信号中是不一样的。但有两个重要的因素可以帮助你录制自己的节目：安全情节区域和安全标题区域。

安全情节区域（safe action area）用于放置重要情节。**安全标题区域**（safe title area）用于放置关键的文字标题和关键内容。安全标题区域在大多数电视机上可见。总的来说，画面内部靠中央区域的90%称为安全情节区域，80%称为安全标题区域（图6-3）。这意味着安全情节区域到画面边缘还有大约5%的边界区域，安全标题区域有大约10%的边界区域。在图6-3中，画面右方的足球运动员就位于安全情节区域以外，在模拟电视上将不可见。另外，取决于播放该视频的电视的过

(a) 安全情节区域的边界；(b) 安区标题区域的边界

图6-3　安全区域

扫如何，位于安全标题区域边界处的足球也将有可能不能全部出现在屏幕上。

6.1.5 颜色格式

RGB是静止数字图像的常用颜色模型，但对于视频来说，更多的是使用亮度－色度模型（例如YUV和YIQ颜色模型）。这些颜色模型将颜色分解成一个亮度分量（Y）和两个色度分量（YUV的U和V，或YIQ的I和Q）。

亮度－色度颜色模型与彩色电视信号同时诞生来给电视信号增加色彩。通过使用这种颜色模型，同一个电视信号既可以被黑白电视机也可以被彩色电视机接收：黑白电视机只使用亮度信号（Y），而彩色电视机则同时使用亮度和色度信号。

YUV是PAL制式的模拟电视信号所使用的颜色模型。YIQ是美国的全国电视系统委员会所采用的颜色模型。此外，其他亮度-色度模型称为YC_bC_r，它与YUV非常相近，使用于MPEG压缩编码中。MPEG编码用于DVD视频，将在本章稍后进行讨论。

> **RGB和YUV/YIQ之间的关系**
>
> CS模块将进一步深入地讨论颜色空间的转换。但为了说明Y、U和V以及Y、I和Q如何从RGB转换而来，在此给出转换公式：
>
> $$Y=0.299R+0.587G+0.114B$$
> $$U=0.492(B-Y)=-0.147R-0.289G+0.436B$$
> $$V=0.877(R-Y)=0.615R-0.515G-0.100B$$
> $$Y=0.299R+0.587G+0.114B$$
> $$I=0.596R-0.275G-0.321B$$
> $$Q=0.212R-0.523G+0.311B$$

注意 我们在本章介绍用于模拟电视颜色空间的原因是YUV颜色模型也用于数字视频标准。

编辑数字视频时，不需要显式地指明颜色空间是YUV还是YIQ。如果你创建用于视频的数字图像，可以将它保存为RGB格式。数字视频编缉软件会把它们转换为合适的颜色格式。

6.2 运动的取样和量化

视频中每一帧就是一幅图像。理论上说，这些数字视频中的图像使用的取样和量化方法与一般的数字图像类似。每帧的图像离散成栅格点阵——取样。每个样本称为一个像素。与静止数字图像一样，数字视频中每帧的尺寸也用像素来衡量。每个像素被分配一个颜色，该颜色属于一个拥有有限个数颜色的颜色表——量化。该有限颜色列表包含在视频的颜色空间中。

注意 取样和量化的介绍见第1章，数字图像的取样和量化见第2章。

除了在图像帧尺度上以外，在时间轴上也有取样过程。时间尺度上的取样速率就是视频的帧速率。帧速率越高，捕捉的运动就越准确。但帧速率越高，也意味着相同的时长，帧数越多，也就是文件尺寸越大。

6.3 衡量数字视频的帧尺寸和分辨率

由于数字视频本质上是一系列数字图像，第2章和第3章讨论的很多关于数字图像的内容可以应用在数字视频上。例如，在数字视频中，帧尺寸称为分辨率，由像素尺寸来衡量。

但是，与数字图像不同，每英寸像素数（ppi）在数字视频中并不可用。正如第2章和第3章中讨论的，ppi值只有在打印图像时才有意义——ppi对于准备在Web或屏幕上显示的图像来说毫无意义。你不会在数字视频的属性中找到ppi。这意味着如果你正在制作用于数字视频的数字图像，只要设置给予像素尺寸的图像大小就可以了——ppi设置没有影响。

另一个用于描述视频帧尺寸的属性是宽高比。在下面的章节中，您将看到帧宽高比不仅仅是它的像素宽度与像素高度之比。这是一个称为像素宽高比的属性造成的。

6.3.1 帧尺寸

视频的帧尺寸（也称为分辨率）由帧的像素尺寸来衡量——宽乘以高，以像素数来表示，例如640像素×480像素。

- NTSC标准的数字视频定义格式中，帧尺寸为720像素×480像素。PAL标准的帧尺寸为720像素×576像素。
- NTSC高清数字标准由几种格式。HDV格式在本书中有两种帧尺寸：1280像素×720像素和1440像素×1080像素。其他格式支持不同的帧尺寸。例如，AVCHD支持1920像素×1080。

注意 DV与HDV是数字视频与高质量数字视频的缩写，但是两者的文件格式不同，本章的DV与HDV指的是不同格式的文件而不是单指缩写词。

6.3.2 帧宽高比

帧宽高比是指其可视宽度与高度之比；它与帧的像素宽度与高度之比并不相等。例如，NTSC标清视频的标准格式中的帧宽高比是4:3，宽屏格式是16:9（图6-4）。高清数字视频和高清数字电视（HDTV）的帧宽高比是16:9。注意图6-4中的栅格只是作为帮助你识别宽高比的一

a）使用4:3宽高比的帧　　b）使用16:9宽高比的帧

图6-4　不同宽高比的帧

种视觉上的帮助。栅格单元并不代表图像像素，单元个数也不是像素个数。

6.3.3 像素宽高比

NTSC标清数字电视的帧尺寸为720像素×480像素。但是，基于这些数字，它的宽度与高度之比应为720:480，即3:2。这与上述的帧宽高比不符；它既不是4:3，也不是16:9。此处少了些什么吗？

在数字图像编辑中，像素的默认形状是正方形。但某些视频格式使用非正方形像素。像素形状可以用一个称为**像素宽高比**（pixel aspect ratio）的属性来定义。也就是像素的宽度与高度之比。对于正方形像素来说，其像素宽高比为1。像素宽高比小于1的像素比较瘦高，而像素宽高比大于1的像素比较矮胖。

对于标准DV格式来说，像素宽高比为0.9，而宽屏DV格式的像素宽高比是1.2。HDV 720p的像素宽高比是1.0，而1080i和1080p格式是1.333。让我们看看这对于DV的帧尺寸以及帧宽高比是否有意义。

- 对于像素宽高比=0.9，

$$宽:高 = 720 \times 0.9:480 \cong 640:480 = 4:3$$

- 对于像素宽高比 = 1.2

$$宽:高 = 720 \times 1.2:480 \cong 852:480 = 16:9$$

对于HDV，它的帧宽高比是16:9。

- 对于720p，像素宽高比 = 1.0，

$$宽:高 = 1280 \times 1.0:720 = 16:9$$

- 对于1080i和1080p，像素宽高比 = 1.333，

$$宽:高 = 1440 \times 1.333:1080 = 16:9$$

视频应该在具有合适宽高比的系统上显示输出，否则图像就会变形。图6-5演示了在具有不同像素宽高比的系统上输出的不同效果。图6-5a、图6-5d和图6-5g所示为具有1.0、0.9和1.2的像素宽高比的视频在具有合适的像素宽高比的系统上显示时正确的输出结果。图6-5b、图6-5c、图6-5e、图6-5f、图6-5h和图6-5i则是在具有不合适像素宽高比的系统上所输出的变形结果。

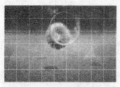

a) 正常显示的具有1.0
像素宽高比的结果

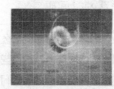

b) 具有1.0像素宽高比的图像在像
素宽高比为0.9的系统上显示不
正确，圆环在垂直方向被拉长了

c) 具有1.0像素宽高比的图像在像
素宽高比为1.2的系统上显示不
正确，圆环看上去被压扁了

d) 正常显示的具有0.9
像素宽高比的结果

e) 具有0.9像素宽高比的图像在像
素宽高比为1.0的系统上显示不
正确，圆环略为变宽了

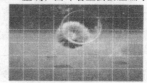

f) 具有0.9像素宽高比的图像在像
素宽高比为1.2的系统上显示不
正确，圆环看上去被压扁了

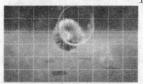

g) 正常显示的具有1.2像素
宽高比的结果

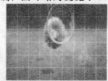

h) 具有1.2像素宽高比的图
像在像素宽高比为0.9的
系统上显示不正确，圆
环在垂直方向被拉长了

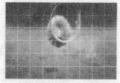

i) 具有1.2像素宽高比的图
像在像素宽高比为1.0的
系统上显示不正确，圆
环在垂直方向被拉长了

图6-5 第一列中的图像显示的是在具有正确像素宽高比的系统上输出的正确结果。其他6幅图像
显示的是当在具有不匹配的像素宽高比的系统上输出时的变形结果

当显示系统的像素宽高比大于图像的宽高比时，图像将在水平方向上被拉长，而显示系统的像素宽高比小于图像的宽高比时，图像将在垂直方向被拉长。显示系统的像素宽高比与图像的宽高比之间的差距越大，变形程度也越大。

6.4　数字视频的计时

视频编辑需要准确的同步，也就是准确的时间计算。视频中最小的计时单位是帧，这常常是几十分之一秒。因此，我们常用的小时、分钟以及秒等计时单位对于视频来说就不够准确了。**时间码**（timecode）用来给视频帧计数。SMPTE（电影与电视工程师学会）视频时间码是最常用的数字视频时间码，它使用小时、分钟、秒和帧来给视频计时。例如，00:02:32:07表示第2分钟第32秒第7帧。

注意　SMPTE成立于1916年，是开发运动图像标准的一个组织。他们的网址是 http://www.smpte.org。

目前有两种时间码：失落帧和非失落帧。例如，下面表示位于0小时2分钟51秒20帧处的视频时间。

失落帧时间码 00;02;51;20

非失落帧时间码 00:02:51:20

注意失落帧时间码使用分号而非失落帧时间码使用冒号。可以根据这个来区分系统使用的是什么时间码。NTSC比较适合使用失落帧时间码。

失落帧和非失落帧时间码之间的区别是什么？为什么存在两种格式的时间码？如何选择使用哪种时间码？失落帧是否意味着从视频中删除某些帧？

为了帮助你理解存在两个不同时间码的必要，让我们看看现实生活中的一个类似的例子——闰年。

根据《不列颠百科全书》的记载，地球围绕太阳公转一圈的时间是365.242199天。因为这不是天的整数倍，所以需要闰年。

如何操作？在365和366之间，365.242199更接近365，因此一年定为365天。但这不可避免地造成了时间的轻微变化——每年0.24天或每100年24天。没有闰年的话，季节将会改变。通过给每四年增加一天，这样每四年就有 $(356 \times 3 + 366)$ 天，即每年平均365.25天。这样使得时间的变化非常小。

为什么需要这样的修改呢？因为我们希望每年的同一时间，其季节保持不变。使用闰年会增加或删除时间吗？不，当然不。不论是否使用闰年，时间永远保持不变；只不过计时方法不同而已。

NTSC标准的时间基准与之类似。NTSC标准的时间基准是每秒29.97而不是30帧。这个细小的差别会累计起来，造成时间时间与理论时间的显著不同。使用失落帧时间码可以去除这个错误。

当使用失落帧时间码时，系统对除了每十分钟以外的每分钟的头两帧重新赋给序号。为了解释该操作，表6-2给出了使用两种格式时间码的比较，视频的长度由不同的帧速率计算而得。例如，从第1799帧到1800帧增加了一帧，失落帧时间码则从00;00;59;29变成了00;01;00;02。该时间码跳过了00;01;00;00和00;01;00;01——（为这两帧重新赋了序号），但并没有真正地丢弃任何帧。另一方面，非失落帧时间码则从00:00:59:29变成00:01:00:00。

表6-2　失落帧和非失落帧时间码计时举例，分钟数值由帧数除以帧速率得到

帧数	使用29.97fps的长度（分钟）	使用30fps的长度（分钟）	失落帧时间码	非失落帧时间码
1799	1.0004	0.9994	00;00;59;29	00:00:59:29
1800	1.001	1	00;10;00;02	00:01:00:00
17981	9.999	9.989	00;09;59;29	00:09:59:11
17982	10	9.990	00;10;00;00	00:09:59:12

对于使用29.97fps的视频来说，第1800帧实际上比1分钟要长一点；大约是1.001分钟（1800/29.97）。失落帧时间码00;01;00;02表示的29.97fps的视频比非失落帧时间码00:01:00:00要精确一些。

但当视频从17 981帧增加到17 982帧时，失落帧时间码从00;09;59;29增加到00;10;00;00。此时，时间码不再给任何帧重新赋序号，因为此时是第10分钟——第一个10分钟。对于29.97fps的视频来说，失落帧时间码精确地表示了视频的长度。

失落帧时间码和非失落帧时间码之间的区别看上去很小。但随着帧数越来越大，差别也越来越大。如果你为视频另外创建了一段音频，视频长度的不同可能会导致音频与视频同步时出现问题。

处理数字视频编辑时，需要为你的工程选择一种时间码格式——失落帧或非失落帧格式。但你不需要计算时间码。本章给出如何计算失落帧时间码只是为了帮助你理解为什么NTSC视频需要使用失落帧时间码以及如何维持时间的精确性。也可以帮助你理解为什么有些时间码，例如00;01;00;00和00;01;00;01被忽略了——这不是异常。处理过程并没有丢弃任何帧。

失落帧时间码：为什么给每分钟的头两帧重新赋序号？为什么每十分钟时又不进行重新赋序号？

表明上看这很复杂，但让我们通过一个计算来解释这背后的原理，这样就不再复杂了。

问题

1. 为什么给每分钟的头两帧重新赋序号？

首先让我们确定视频每分钟有多少帧。

• 如果计时基准为30fps：

$$30fps \times 60秒 = 1800帧$$

• 如果计时基准为29.97fps：

$$29.97fps \times 60秒 = 1798.2帧$$

对于一段1分钟的视频，30fps和29.97fps的视频帧数的差别为：

$$1800 - 1798.2 = 1.8帧（约为两帧）$$

现在你知道在NTSC标准下使用失落帧时间码时，为什么每分钟的头两帧需要重新赋序号了吧。

问题

2. 为什么每十分钟时又不进行重新赋序号？

对于30fps来说，在10分钟时，它是第18000帧。非失落帧时间码记为10:00:00。

但如果是29.97fps，第18000帧则比10分钟要略长一些——它是10分钟18帧（18 000

帧/29.97fps）。

在前9分钟里，失落帧时间码已经给18帧重新赋了序号（每分钟两帧）。18帧对于10分钟来说已经足够了。因此，当我们来到第10分钟时，就不应该再去重新给两帧赋序号了，否则，就会造成过补偿。

6.5 数字视频标准

6.5.1 标清定义

DV是数字视频的缩写。但DV压缩或DV格式则指特定的压缩类型。例如DV25是最常用的**标清数字视频压缩格式**。

DV25在很多数字视频摄像机中使用。这些摄像机在内部直接压缩视频。录像带上的视频已经是压缩后的DV格式。

表6-3列出了DV25格式的各项指标。

表6-3　DV25格式的部分指标

像素尺寸		720×480（NTSC）	
帧宽高比		4:3	16:9
像素宽高比		0.9	1.2
数据速率	总共 （视频＋音频＋控制信息）	每秒3.6MB（MB/s），即每GB的内容播放时长为4.6分钟	
	仅有视频	25MB/s（Mbps）	
颜色取样方法		固定的压缩比例为5:1 YUV 4:1:1	
音频设置	取样率和位深度	两种选择： •48kHz，16位 •32kHz，12位	

DV25压缩视频中的可视部分时使用的固定速率为25MB/s（Mbps）——这也是它的名字中出现25的原因。这意味着每秒3.125MB。视频、音频和其他控制信息总共的数据速率为3.6MB/s。NTSC格式的颜色空间和颜色取样格式为YUV 4:1:1。对于NTSC来说，视频的帧尺寸是720×480像素，帧速率是29.97fps。

YUV4:1:1是什么意思？

YUV是数字视频中用于表示每个像素的颜色的一种亮度－色度颜色模型。

人类的眼睛对亮度的变化比色度的变化更敏感。数字视频系统利用这一现象通过给色度分量分配较少的位来减少信息存储空间。换句话说，某些色度信息被丢弃了。这种方法成为**色度亚取样**或颜色亚取样。

根据损失掉的色度信息的多少，压取样格式可以分为几种。格式以3个由冒号分开的数字来表示，例如4:2:2表示YUV中Y分量与两个色度分量的比值。

每个像素的完整颜色信息包括Y、U和V每个分量一个样本。因此，每个像素有3个样本。

4:4:4

这表示，对于每一组中的四个像素，将保留4个Y分量样本和每个色度分量的四个样本，也就是说每组4个像素将有12个样本。换句话说，存储中没有压缩发生，也即没有亚取样。

4:2:2

这种亚取样方式意味着对于每四个像素，它将使用：

- 4个样本的Y
- 2个样本的U
- 2个样本的V

用于4个像素的样本数将从12个减少为8个。这意味着存储空间减少三分之一。

该亚取样方法在数字Betacam视频中使用。

4:2:0

这种亚取样方式意味着对于每四个像素，它将使用：

- 4个样本的Y
- 2个样本的U或V

用于4个像素的样本数将从12个减少为6个。这意味着存储空间减少50%。

选择U还是V样本由扫描线来决定。第一条扫描线使用了U样本，下一条扫描线就使用V样本。

该亚取样格式用于HDV、MPEG-1、DVD、MPEG-2、PAL DV等标准中。

4:1:1

这种亚取样方式意味着对于每四个像素，它将使用：

- 4个样本的Y
- 1个样本的U
- 1个样本的V

用于4个像素的样本数将从12个减少为6个。这意味着存储空间减少50%。

该亚取样格式用于NTSC DV中。这种DV格式用于miniDV的数字视频摄像机，它是最常用的普通用户和高端用户数码摄像机。

6.5.2 高清定义

高清定义有好几种。HDV是其中的一种，也是目前被大多数高清数码摄像机支持的一种标准。HDV现在支持两种录制系统：720p（逐行）方法和1080i（隔行）方法。表6-4所列为HDV格式的部分指标。720p的像素尺寸为1280×720像素，1080i的像素尺寸为1440×1080像素。数字表明了帧尺寸的大小，字母"p"和"i"表明了扫描的类型——逐行或隔行。斜杠后面的25、30、50和60表示帧速率。

表6-4　HDV格式的部分指标

视频信号	720/25p，720/30p 720/50p，720/60p	1080/50i 1080/60i[①]
像素尺寸	1280×720	1440×1080
帧宽高比	16:9	
像素宽高比	1.0（正方形）	1.33

（续）

数据速率	仅有视频数据	大约19Mbps（MB/s）	大约25Mbps（MB/s）
颜色取样方法		YUV 4:2:0	
音频设置	取样率和位深度	48kHz 16位	
	压缩后的比特率	384kbps	

①尽管现在HDV格式还没有1080p标准，但有些HDV摄像机支持1080/24p和1080/30p格式。

HDV图像格式注释

描述HDV图像格式时，通常记为1080/60i和720/30p等类似的格式。图6-6所示为各标记的含义。

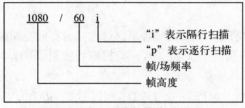

图6-6 HDV图像格式定义注释

高清和标清标准DV的一个主要区别是帧尺寸（分辨率）。为了直观地感受HDV的帧尺寸与标清DV的帧尺寸之间的区别，图6-7给出了它们的比较。注意每帧的像素尺寸可能与其视觉尺寸有所不同，这是因为某些高清数字视频标准（如HDV 1080i和1080p）和标清DV使用非正方形的像素。

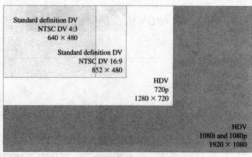

a）帧的视觉尺寸比较

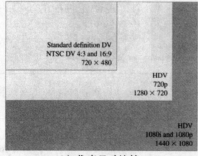

b）像素尺寸比较

图6-7 标清和高清数字视频的尺寸比较

为了感受不同数字视频格式帧尺寸的相对大小以及帧尺寸如何影响图像的细节，图6-8给出了帧的视觉尺寸的比较。图6-8a所示为1080/60i的画面帧。它的像素尺寸为1440×1080。图中显示的是按照其像素宽高比缩放后的结果，即帧宽高比为16:9。图6-8b～6.8d所示分别为720p、标清DV 16:9和标清DV 4:3格式的画面帧。

a）1080i视频的帧

b）720p的帧

c）标清宽屏 DV格式（16:9）的帧 d）标清DV标准4:3格式的帧

图6-8 帧尺寸比较

在写作本书时，已经有几种HDV摄像机问世。如JVC有一种可以录制720p格式，Canon有几种可以录制1080i格式，Sony有几种可以录制1080i或1080p格式。用于标清DV的miniDV磁带摄像机也可以录制HDV。

6.5.3 数字电视（DTV）

DTV的信号可以在空中传播或通过有线或卫星系统传输。用户观看DTV时，需要一个解码器来接受和使用该数字形式的信号，或者直接使用数字电视机来观看。

在写作本书时，美国先进电视系统委员会（ATSC）——一个开发了数字电视标准（DTV）的国际非营利组织——开发了总共18个DTV格式：12个标清电视标准（SDTV）和6个高清电视标准（HDTV）。更多信息可以访问http://www.atsc.org。

表6-5列出了这18种格式。同样，这里帧速率后面的字母"p"或"i"表示扫描模式：p表示逐行扫描，i表示隔行扫描。逐行扫描的帧速率指每秒的帧数。隔行扫描下的数字是指每秒

的场数。60i表示每秒30帧,这是因为每一帧由两场组成。HDTV的分辨率比传统的模拟电视和标清数字电视都高。它使用MPEG-2格式。6个HDTV的帧宽高比都为16:9。

表6-5　18中ATSC数字电视的格式

	帧尺寸	显示宽高比	帧速率和扫描模式
SDTV	704×480	16:9	24p
			30p
			60i
			60p
		4:3	24p
			30p
			60i
			60p
	640×480	4:3	24p
			30p
			60i
			60p
HDTV	1920×1080	16:9	24p
			30p
			60i
	1280×720		24p
			30p
			60p

美国联邦通信委员会要求所有的电视台在2007年以前要能播放数字电视（DTV）。在本书写作时,停止模拟电视信号播放的时间延迟到2009年2月17日。更多信息可以访问http://www.dtv.gov/consumercorner.html。

为了让用户观看DTV,各方面都需要装配新的设备,例如:
- 电视台需要新的节目制作和发送设备。
- 用户需要新的设备接受DTV信号。

6.6　数字视频的文件类型

许多数字视频编辑软件在输出视频文件时可以选择视频格式。常用的文件类型在表6-6中列出。文件类型通常已经决定了使用的编码方法。

表6-6　Windows和Mac OS常用视频文件类型

文件类型	缩略语来源于	创建者	文件信息和编码	平　　台
.mov	QuickTime电影	Apple	• 不仅有视频,还有纯音频QuickTime • 支持MIDI • 可以用QuickTime流传输服务器来进行文件流传输 • "快速启动"计数也允许用户在文件下载时播放该文件 • 常用的编码包括:Animation、Sorenson Video、H.264、PlanarRGB和Cinepak	Apple QuickTime播放器,Windows和Mac都支持

（续）

文件类型	缩略语来源于	创建者	文件信息和编码	平　　台
.avi	Audio Video Interleave	Intel	常用的编码包括：微软RLE、Intel Indeo Video和Cinepak	主要在Windows上使用，但Apple 的QuickTime播放器也可以播放AVI文件
.rm	Real Video	Real Systems	• 可以有很高的压缩比 • 允许根据网络连通速度来选择压缩级别 • 可以用Real服务器进行流传输	• 跨平台 • 需要Real播放器
.wmv	Windows Media	Microssft		主要在Windows Media Player上播放
.mpg .mpeg	MPEG	运动图片专家组	对于DVD视频，可以将文件输出为DVD MPEG-2格式	跨平台
.flv	Flash Video	Adobe	• 支持Web服务器的累进下载 • 在Adob FlashMedia服务器的支持下，可以流传输该文件三种可供选择的编码方式： • Sorenson Spark • On2 VP6：支持alpha通道，即视频可以有透明控制 • H.264	• 跨平台 • 需要Flash Player来播放SWF文件，该文件调用或自己包含有FLV文件

总的来说，视频文件的用途决定了其格式。下面是几个要考虑的事项：

- **文件大小限制。**
  - 如果视频是在Web上使用，那么最好使用好压缩比或能进行流传输的视频文件格式。
  - 如果视频是在CD-ROM或DVD-ROM的播放，应该考虑目标用户计算机能处理的数据速率。
  - 如果视频是用于DVD视频，那么需要将其输出为DVD MPEG-2格式。
- **视频文件计划中的用户。**
  - 如果视频文件将在多个平台上播放，那么文件格式应该是跨平台的。跨平台的格式（见表6-6）包括QuickTime、MPEG、Flash视频以及RealVideo。
  - 目标用户如何观看该视频？他们使用什么设备？
    - 如果他们使用机顶盒DVD播放器，那需要将视频转换成DVD视频。
    - 如果他们在计算机上播放，那么他们在使用什么样的计算机——比较新的还是比较旧的？这决定了可能的视频数据速率。
- **可能用于进一步编辑的源视频文件。**

应该选用不压缩（前提是帧尺寸较小，视频长度较短并且你有足够的磁盘空间）或使用无损压缩的文件格式。

- 不压缩的文件甚至包括使用无损压缩的文件都需要很大的存储空间。
- 如果原始的胶片是以DV格式拍摄的，也可以将其输出为DV格式，这使得你能将其输出到DV录像带上。DV格式使用有损压缩，但其提供的质量能够保证进一步的编辑。

6.7　数字视频文件的大小和优化

第2章指出了一个不压缩的高分辨率图像的大小可能非常庞大。例如，一个不压缩的3000 × 2000像素，24位的图像大小为18 000 000字节，即大约17MB。

对于数字视频来说，帧尺寸可能并不太大。如HDV1080i和1080p的帧尺寸是1440×1080像素。但视频包含一系列的图像（每秒24到30帧），这也使得文件大小急剧增加。一个1分钟的帧速率为30fps的视频有1800帧！即使每一帧只要1MB，1800帧也有2GB的数据。

让我们看看下面这些视频的大小：

- 帧尺寸为1440×1080像素
- 24位颜色
- 30fps
- 1秒
- 音频：立体声，即2声道
- 音频：48 000Hz取样率，16位位深度

不压缩的文件大小可以如下计算：

视频部分：

每帧像素总数：

$$1440 \times 1080像素 = 1\,555\,200像素/帧$$

每帧以位计算的文件大小：

$$345\,600像素/帧 \times 24位/像素 = 37\,324\,800位/帧$$

1秒视频的文件大小（以位计算）：

$$37\,324\,800位/帧 \times 30帧/秒 \times 1秒 = 1\,119\,744\,000位$$

以字节计算的文件大小：

$$1\,119\,744\,000位/（8位/字节）=139\,968\,000字节 \cong 133MB$$

音频部分：

不压缩的音频文件大小：

$$取样率 \times 音频长度 \times 位深度 \times 声道数$$
$$= 48\,000样本/秒 \times 1秒 \times 16位/样本 \times 2$$
$$= 1\,536\,000位$$
$$= 1\,536\,000位/（8位/字节）$$
$$= 192\,000字节$$
$$\cong 188KB$$

1秒中不压缩的视频文件将需要133MB＋188KB（视频＋音频）的存储空间，即大约133MB。

数据速率

文件大小是视频文件要考虑的问题之一——较大的文件占用的存储空间较多。但与视频播放质量相关的一个重要因素是其数据速率。

数据速率（data rate）是指每秒处理的数据数量。视频的平均数据速率可以通过将其文件大小除以视频长度计算而得。

在上面1秒的视频例子中，数据速率为133MB/s。要能平滑地播放该视频需要计算机设备能够处理该数据速率。例如，一个48倍速的CD-ROM的数据速率是7MB/s，这将不足以处理上面这个视频。换句话说，在48倍速的CD-ROM上播放该视频将会发生停顿现象。

视频文件的大小和数据速率

视频文件大小和数据速率之间的关系非常密切，但并不完全一样。文件大小与数据的总体数量有关。较大的文件需要较多的磁盘空间和较长的传输时间。

数据速率指每秒处理的数据数量。因此，如果视频时间较长，即使数据速率较低，其文件也会比较大。

数据速率影响视频播放的平滑度。如果数据速率对于某台计算机来说过高，那么视频数据就不能得到及时处理，播放也就不连续了。此时，播放就会产生停顿效果。

如何知道我的视频的数据速率能否被用户的CD-ROM及时处理？

QuickTime视频的数据速率信息以及其他一些信息可以在视频信息中查到，这可以通过选择Window>Show Movie Info来找到。如图6-9b所示的视频信息，图6-9a中的QuickTime视频例子的文件大小（数据大小）是252.29MB，平均数据速率是9.65MB/s。9.65MB/s怎么来的？下面是平均数据速率如何计算的：

电影的总长度（时长）是26秒3帧（即大约26.1秒）。数据大小（文件大小）为252.29MB。这样，它的数据速率可以计算为252.29MB/26.1秒 = 9.67MB/s。

48倍速的数据速率（读取数据）大约是7200KB/s。如果该QuickTime电影在一个48倍速的CD-ROM上播放，那么播放结果不会很平滑。

图6-9c中的QuickTime电影是使用与图6-9a中一样的压缩方法进行压缩。正如视频信息列出的（图6-9d），它的文件大小为138.1MB，数据速率为5.28MB/s。现在你已经知道数据速率如何计算的，你能不能证实一下该视频的数据速率？该电影在48倍速的CD-ROM上将能平滑地播放。

a）视频压缩具有100%的图像质量

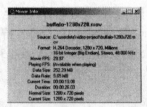

b）电影信息显示平均数据速率为9.65MB/s

c）视频压缩具有70%的图像质量

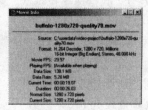

d）电影信息显示平均数据速率为5.28MB/s

图6-9　两个QuickTime电影，相同的帧尺寸（1280×720像素）和
帧速率（29.97fps），但是图像质量不同

因为视频由一系列图像和音频组成，用于减少数字图像和音频文件大小的方法也可以用在数字视频上。

回忆一下，在第2章中我们讨论过，减少图像文件大小的方法包括：减少像素尺寸，降低位深度以及文件压缩。类似的，第4章中讨论的用于减少音频文件大小的方法包括：降低音频取样率，降低音频位深度，文件压缩以及减少声道数。

视频压缩中还有一种于那些图像文件压缩不同的压缩类型。这种压缩方法利用了视频的时间特性。视频压缩的基本概念将在下一节中讨论。

首先来看看如何使用这些降低图像大小的基本方法来降低视频的数据速率。降低视频文件大小可以通过降低数据速率或减少视频的长度来实现。下面对文件大小优化的讨论基于视频长度固定。在这种情况下，降低文件大小也就意味着降低平均数据速率。

· **降低视频的帧尺寸。**

总的来说，帧尺寸与文件大小之间有一定的比例关系，即使不是直接的比例关系。减小帧尺寸到底能多大程度降低文件大小取决于使用的压缩方法。

例如，对于一个未压缩的视频，将其宽度和高度各减少到原来的一半将使文件大小变为原来的四分之一。但对于压缩视频来说，得到的文件大小会大于使用同样的压缩方法的原始文件的四分之一。

尽管由摄像机拍摄到的数字视频的帧尺寸通常是固定的，但可以在视频编辑软件中将其输出成一个具有较小帧尺寸的视频。

· **降低视频的帧速率。**

帧速率基本上与文件大小成正比。减少帧速率至原来的一半将使文件大小变为原来的一半。同样地，摄像机录制数字视频时的文件类型和格式以及正速率是固定的。但在视频编辑软件中可以将其输出为较低帧速率的视频。

降低帧速率对那些快速运动内容的影响要比对那些播音员画面的影响大。对于CD-ROM内容，可以从15fps开始尽可能地降低帧速率，只要保证视频的播放效果不致于太不连续。有时，类似播音员画面的帧速率可以低至10或8fps。

· **对于QuickTime或AVI，选择支持更高压缩比的压缩方法。**

QuickTime使用的Sorenson Video 3和H.264通常能够得到较优化的图像质量和较好的压缩效果。QuickTime动画和PlanarRGB压缩方法对于计算机生成的动画的处理质量较好，但文件的压缩程度不大。

· **降低视频的图像质量。**

大多数压缩方法可以选择图像质量。图像质量越低，数据速率也越低。某些方法，例如Sorenson（图6-10），还可以限定数据速率。

图6-9中所示的两个QuickTime视频使用了相同的压缩方法，H.264，但一个将图像质量设为100%，另一个设为70%。质量为70%的电影文件

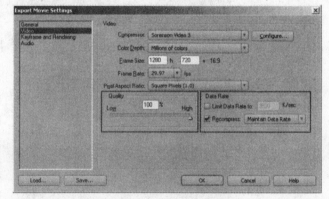

图6-10 Adobe Premiere Pro CS3的输出电影设置对话框，选择了Sorenson作为压缩方法

大小大约是质量为100%的电影文件大小的一半，但图像质量的下降基本上察觉不出来。

· **如果可能，降低颜色深度。**

该策略很少使用，因为：

■ 大多数数字视频标准（DV、HDV、DVD）有自己的颜色空间定义。

■ 视频通常需要24位来保证质量。使用8位颜色将造成工作不正常。

■ 某些压缩方法只支持24位颜色。

但是在处理某些计算生成的含有少于256色的图形或演示，降低颜色深度非常有效。QuickTime Graphics是支持8位颜色的压缩方法。

· **降低音频的取样率、位深度以及声道数。**

这是另一个很少采用的方法，因为：

■ 降低音频的质量对减少文件大小的作用远小于降低视频的图像质量、帧尺寸和帧速率。例如，在前面的文件大小计算中，我们看到音频只占用不到200KB/s。HDV 1080i或1080p的视频部分需要25M/s（表6-4），即大约3MB/s，这是音频部分数据速率的约15倍。这意味着即使你将整个音频部分丢弃，也只能节约1/16的文件大小。

■ 很多数字视频标准（DV、HDV、DVD）都有自己的音频取样率和位深度指标。

如果你需要尽可能降低文件大小（甚至降低音频的质量），这是几条基本准则。CD质量的音频是44 100Hz的取样率，16位的位深度，立体声（两个声道）。如果音频的内容是语音，那么22 050Hz的取样率就足够了。如果用户将在低端扬声器来播放该视频，则可以将音频设置为单声道（即将声道数减为1）。

降低数据速率意味着牺牲视频质量。需要通过不断的试验各种设置才能判断得到的视频是否能满足预定的使用需求。

6.8 视频文件压缩方法的基本概念

在通常的应用中，压缩文件必须解压后才能使用。压缩一个文件可以想像为收拾包裹。

· 将衣服整齐地叠好放在箱子里，这样可以使其更紧凑，更方便运输，但需要时间来收拾。

· 衣服在穿之前需要从箱子中取出来，甚至可能还需要熨一下。

· 如何从箱子中取出衣服取决于如何将其放在箱子里。

类似地，压缩视频文件需要时间。此外，压缩的视频文件必须在解压后才能播放。压缩和解压缩总是互相伴随。术语**编码**（codec）就分别由压缩（compressor）/解压缩（decompressor）这两个词的一部分组成。

压缩文件的基本思想是使用较少的数据来表示相同的内容。有些需要丢掉部分原始数据（有损压缩），另一些则通过特殊的方法保留所有的原始数据（无损压缩）。

很多编码方法使用不止一种压缩方法。在视频编辑软件中，你并不会直接遇到这些压缩方法的名字。相反地，用户可以从一个可用的列表中选择需要的编码方法来输出最终视频序列。下面介绍的压缩基本策略是为了帮助你知道如何选择编码方法，这需要理解不同的压缩方法处理文件的不同之处以及将这些方法与相应的编码方法联系起来。

6.8.1 空间域压缩

空间域压缩（spatial compression）的基本目标是压缩单独的帧。也就是说每一帧的像素信息独自被压缩，与其他帧的内容无关。

可以使用某些数字图像的压缩算法，例如行程长度编码（RLE）和JPEG压缩方法。使用空间域压缩和RLE的编码方法包括QuickTime Animation、QuickTime PlanarRGB和微软的RLE。RLE在处理具有大面积的填充颜色，例如大多数卡通动画时非常有效。

> **注意** 行程长度编码（RLE）：回顾第2章中的讨论，RLE通过将一系列重复的样本替换成一个样本值再加一个样本重复的个数来压缩文件。例如，蓝色用8位表示是00001010。如果图像中有一部分是天空，此处蓝色重复出现了100个像素，那么不压缩的话，这片区域将需要800位。而使用行程长度编码，可以将该部分编码为一个蓝色值（00001010），再跟一个二进制表示的重复次数100（1100100）。现在我们只用了16位（00001010和1100100）而不是800位。

6.8.2　时间域压缩

对于一个典型的视频序列来说，相邻的帧和帧之间的差别非常小。**时间域压缩**（temporal compression）利用了图像内容在时间上的重复性以及利用其他帧预测下一帧内容的可能性。

与记录每一帧的像素信息不同，时间域压缩仅有选择地记录某些帧的像素信息。这些帧称为关键帧。对于其他帧来说，只有它们与关键帧之间的差异被记录下来。如果当前帧与前一个关键帧的差别非常小，用来存放该差别的文件也就非常小了。

时间域压缩在处理包含有连续运动的视频时非常有效。视频内容经常变换时，压缩效果就不是很好了。很多编码方法使用时间域压缩，例如，QuickTime使用的Sorenson Video和H.264。

6.8.3　无损压缩和有损压缩

无损压缩（lossless compression）保持原始数据不变。要做到这一点，一个方法是利用数据的模式和重复性，例如行程长度编码（RLE）算法。无损压缩算法的例子包括QuickTime Animation和PlanarRGB——最高质量设置时。

有损压缩（lossy compression）丢弃或改变某些原始数据。这会降低视频的质量。但这些算法在决定丢弃哪些数据时往往会考虑人的感知特性，使得视频能尽可能地保持感知上的质量。

通常有损压缩得到的文件比无损压缩得到的要小。此外，降低有损压缩的质量设定值会使得更多原始数据被丢弃，也就得到更低的数据速率。丢弃掉的数据是不能恢复的。

6.8.4　对称压缩和非对称压缩

对称编码（symmetrical codec）压缩和解压缩视频时需要的时间和处理复杂程度都是一样的。相反地，在**非对称编码**（asymmetrical codec）时，压缩和解压缩视频时需要的时间和处理复杂程度显著不同。

快速解压对于视频来说非常有利，因为这使得播放更加容易——更少的等待时间。事实上，很多编码方法属于非对称压缩，即压缩比解压缩需要更长的时间。

使用什么类型的压缩方法与工作中的时间需求有关。在时间紧张或需要快速浏览正在处理的视频时，可以选择一个压缩速度较快的算法。当你准备输出最终结果时，可以使用一个压缩时间较长但压缩效率更高的编码方法。比如说，QuickTime Animation编码的压缩速度比Sorenson Video要快。但使用QuickTime Animation编码算法产生的视频文件比Sorenson Video编码算法产生的要大很多。

6.9 MPEG压缩

MPEG即**运动图像专家组**（Moving Pictures Experts Group）。该委员会发布视频编码标准。MPEG文件格式允许较大的压缩比。MPEG标准可分为：MPEG-1、MPEG-2和MPEG-4。

> **MPEG-3怎么啦？**
>
> 不要把MPEG-3与MP3混淆起来。MP3使用MPEG-1音频编码中的层3编码格式。MPEG-3不是MP3音频格式。
>
> MPEG-3原本作为MPEG-2的一个扩展，用于HDTV（高清电视）的标准。但HDTV标准合并到MPEG-2标准中。因此终止了MPEG-3标准的开发。

注意　*本节旨在介绍MPEG压缩的最基本和通用的概念，从而帮助你理解在数字视频编辑软件中输出DVD MPEG格式时遇到的那些参数的意义。*

MPEG标准和MPEG压缩的详细介绍在CS模块中介绍。

6.9.1 MPEG-1

MPEG-1提供的视频质量与VHS相当，用于在Web和CD-ROM播放的视频中。支持的帧尺寸为352×240像素。它也是DVD出现前非常流行的VCD（视频CD）的文件格式。

6.9.2 MPEG-2

MPEG-2支持DVD视频、HDTV和HDV标准。在不深入讨论该标准的各项指标的前提下，这对于数字意味着：

- 如果最终视频用于DVD视频，需要将其输出为DVD MPEG-2格式。MPEG-2有几个不同的变化，但只用适合DVD标准的那个才能用于DVD视频。

大多数数字视频编辑软件提供用于输出DVD的模板，因此输出MPEG-2的DVD视频时并不要记住那些指标的具体含义。

- 如果最终视频用于HDV格式，需要将其输出为MPEG-2的HDV格式。

如何进行压缩

在视频序列中，相邻的帧之间往往具有非常大的相似性。这意味着存在**时域冗余**(temporal redundancy)。MPEG压缩利用了这种冗余，通过找出两帧之间的运动变化来减少文件大小。这种技术称为**运动补偿**(motion compensation)。运动补偿的基本思想是：

1. 读入一帧画面作为参考帧，再读入下一帧。

2. 以像素块为单位，当前或称为目标帧与参考帧进行比较。有两种可能的结果。

- 如果两帧中相同位置的像素块完全一样，那么没有必要存储当前帧中的像素信息。可以产生一个指令告诉解码器使用参考帧中的数据就可以了。这样将比编码整个块要节省较大的存储空间。

- 如果两个块不一样，那么可以在参考帧中不同的位置寻找匹配的块。也许能找到匹配的块，也有可能找不到。

  - 如果找不到匹配的块，那么将对该数据块进行完整的编码。在这种情况下，不会减少文件大小。

  - 但如果找到匹配的块，那么可以将参考帧中的数据块和位移信息进行编码。

当前帧的位移信息称为**运动矢量**（motion vector）。它是一个二维矢量，通常由一个水平分量和一个垂直分量组成。它告诉解码器在参考帧中的什么位置来获取数据。

图6-11a中所示为一个参考画面和图6-11b所示为其后面紧跟的画面。比较图6-11b和图6-11a，图6-11b中的某些块在图6-11a中可以找到，例如图6-11f中的蓝色区域。但某些像素块在图6-11a中找不到，例如黄色区域。

a）帧1，参考帧，即I帧

b）帧2，B帧

c）帧3，B帧

d）帧4，P帧

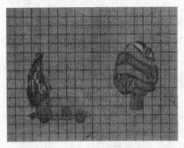
e）红色区域为使用原始像素信息

f）蓝色区域是使用前一帧的数据

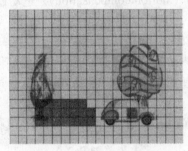
g）青色区域是使用前一帧同一位置的数据，黄色区域是使用下一帧的数据

图6-11　一段视频的前四帧和像素信息（彩图8）

注：不是所有的块都标注了编码方法；仅编著了部分块来说明问题。

图6-12a和6.12b所示为上例中的第1帧和第2帧。第2帧中蓝色区域（图6-12b）在参考帧中有个匹配区域（帧1）。运动矢量由图6-12c中连接两个块的红线表示。它给出的是像素块的位移信息。

a）图6-11中的第1帧，其中黑色矩形框　　　b）同一例中的第2帧蓝色区域内的块
　　内的区域与b中蓝色的块相匹配　　　　　　　正在进行运动矢量搜索

c）位置的差异由红线表示—运动矢量

图6-12　像素匹配和位移信息（彩图7）

图6-11中给出的是一个非常简单的例子，场景中所有物体都是平面和静止的。而在一般的视频中，物体的运动相当复杂。可以有三个方向上的移动和转动，并且这些运动也不会仅局限在与摄像机平行的平面中。完全一致的匹配很难找到。因此，编码器往往是寻找一个最相近的匹配。

编码器会计算最匹配的参考帧和实际像素块之间的差值。如果存储这些差值的空间比直接编码实际像素块的要少，那么就编码差值和运动矢量。否则，直接编码实际的像素块。

注意　*编码器如何判断是否匹配呢？基本思想是比较参考帧和当前帧之间的差值（对应像素的颜色差值）。差值最小的就是最接近的匹配块。*

画面组

在前面的运动补偿介绍中，一个画面帧与参考帧进行比较。那么如何选择参考帧呢？要回答这个问题，需要讨论一个MPEG-1和MPEG-2中的重要概念——**画面组**（group of pictures，GOP）。它定义了不同类型的帧组结构。

典型的MPEG由一系列画面组组成。根据编码时使用的信息，画面帧可以分为三种类型：I帧、P帧和B帧。

I帧表示帧内帧。I帧只使用该帧内部信息编码。这称为帧内编码。换句话说，I帧只使用空间域压缩，而不使用时间域压缩。

I帧的编码与JPEG压缩非常相似。与JPEG图像类似的缺陷也会在MPEG视频中出现（图6-13）。

a）MPEG缺陷，在黑色和灰色区域交界处　　　　　b）使用MPEG压缩前的图像
　　可以察觉

图6-13　压缩缺陷

画面组从I帧开始；一个GOP中只有一个I帧。画面组中的帧数，包括I帧由画面组参数N指定。DVD兼容的MPEG-2的N值为15。HDV也支持N = 15。由于I帧只使用空间域压缩而没有使用时间域压缩，它是三种类型的帧中压缩程度最小的。

P帧表示**预测帧**（predicted frame）。P帧编码时使用前面的I帧或P帧作为参考帧。当没有找到匹配的块或块内编码比使用匹配的块编码需要的空间还要小时，P帧中的块也可能使用块内编码。

B帧位于I帧和P帧、P帧和P帧以及P帧和下个画面组的I帧之间。B帧是**双向预测帧**（bidirectional frame），也就是说，B帧编码时使用前面和后面的I帧或P帧作为参考帧。

画面组的参数M为相邻两个非B帧之间的帧数加1。对于DVD兼容的MPEG-2来说，画面组参数N和M分别为15和3。也就是说，画面组中的帧结构为：

$$I\ B\ B\ P\ B\ B\ P\ B\ B\ P\ B\ B\ P\ B\ B$$

两个B帧使用前面的I帧和后面的P帧作为参考帧。

图6-11中的例子基于该画面组结构。这意味着：

- 图6-11a中的第1帧是I帧。该帧使用帧内编码（图6-11e）。
- 第4帧（图6-11d）是画面组中的第一个P帧。
- 第2帧（图6-11b）和第3帧（图6-11c）是B帧。

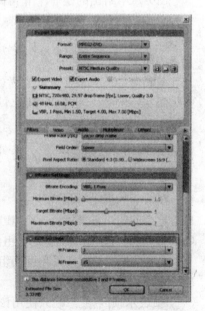

第4帧中的某些块使用帧内编码（图6-11g中红色区域）。第2帧（B帧）中的某些块（图6-11f中蓝色区域）使用I帧（第1帧）作为参考帧。但部分树干只在后面的P帧中可用，因此这些块（黄色区域）使用第4帧作为参考帧。

输出MPEG-2视频时，有时需要设置N和M值。某些视频编辑软件隐藏了画面组设置。某些软件，例如Adobe Promiere Pro CS3，在输出MPEG-2（图6-14）时，允许查看甚至修改N和M设定值。

使用画面组的影响

视频使用画面组的影响至少有两个：一个与文件大小有关，另一个与视频编辑相关。

对于文件大小，考虑下面问题：

图6-14　Adobe Premiere Pro CS3的DVD MPEG-2电影输出窗口，矩形框内是画面组的M和N参数

- MPEG-2视频由一系列GOP结构组成。
- 每个GOP包含一个I帧。
- I帧是三种帧中压缩程度最小的一种，因此占用的存储空间最大。

这对MPEG-2意味着GOP的长度越短（即N的数值越小），视频中I帧的数量就越大。也就意味着N的数值越小，文件的整体就越大。

对于视频编辑来说，考虑下面问题：

- P帧的信息依赖于它前面的I帧的信息。
- B帧的信息依赖于它前面和后面的I帧或P帧的信息。

由于这种依赖性，对MPEG-2中的帧进行精确的编辑要比使用DV25格式的标准定义DV要复杂得多。编辑MPEG-2非常困难。对某些帧的修改会导致一组帧的解压和重新压缩（有损压缩会很慢）。但现在的数字视频编辑软件都能够无缝地处理视频。

6.9.3 MPEG-4

MPEG-4是MPEG家族中一个较新的标准。它与MPEG-1和MPEG-2取样的编码方法不同，输出的数据速率也不同。这种新的编码方法使用了媒体对象。例如，图6-11中的汽车和两棵树各自成为一个媒体对象，那么即使汽车在某个场景中挡住了树干的一部分，如图6-11a所示，树干信息仍然可用。这种方法可以获得更好的运动预测效果。

如图6-15d所示，在为轿车后部的块寻找匹配的块时，现在的方法比MPEG-1和MPEG-2中传统的基于帧编码（图6-15e）的方法要容易得多。

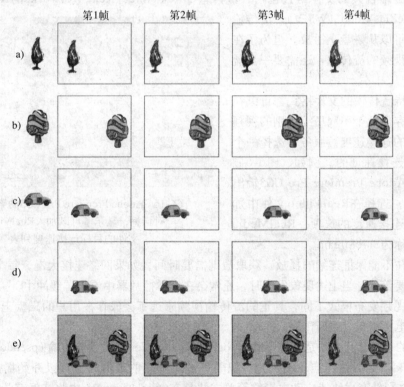

图6-15 a)～c) 行解释了如何将元素看做媒体对象的概念，d)～e) 对于轿车尾部相同位置的像素块来说，d) 中的情况要比e) 中的情况更容易找到一个精确匹配的块

基于对象的编码还支持对场景进行基于内容的操作和用户与媒体对象之间的交互。

创建MPEG-4视频时，不是场景中的每一个对象都必须分割成一个单独的对象。传统的基于帧的视频（来自数码摄像机）也可以转变成MPEG-4格式。在这种情况下，整个帧作为一个矩形的位图图像可以被看成是一个对象——这是一种退化的情况。

MPEG-4的数据速率范围很广。这个范围的低速部分主要针对MPEG-1和MPEG-2标准不支持的移动应用，例如手机。高速部分支持高清电视（HDTV）质量的视频。MPEG-4还是许多手持和移动游戏设备支持的电影格式，例如Sony Playstation Portable（PSP）。

6.10 流传输视频和累进下载

视频发布通常有两种方式（即两种播放视频的方法）。

1. 从磁盘播放

在这种发布模式下，视频播放前需要整个视频文件都要在磁盘上准备好。文件可以在硬盘上或在光盘上（CD或DVD）。如果是要从一个Web网站或远程网络站点上获取视频，那么在开始播放该视频前，整个文件都必须下载完。这是最常见的数字视频发布方法。所有的视频文件类型都支持该发布方法。

2. 在网络上播放

在这种模式下，视频可以一边下载一边播放。视频文件开始播放时不再需要完全下载完。流传输视频和累进下载就属于这种视频发布方式。

支持流传输视频的文件格式包括：流传输QuickTime、Real Networks的RealVideo和Windows Media Video（WMV）。流传输视频文件也可以从磁盘上播放。但为了在网络上实现视频的流传输，还需要一个流传输服务器。

所有支持流传输的文件格式都可以在一个文件中存储几个不同压缩级别的视频来适应不同的连接速度。服务器选择一个最适合用户连接速度的。例如，图6-6显示的是使用Adobe Premiere Pro CS3输出视频文件时，选择在RealVideo文件中加入几个不同连接速度的选项。RealMedia的该项技术称为SureStream。

图6-16 Adobe Premiere Pro CS3的系统用户
对话框，显示了可以加入RealVideo
文件的目标连接速度列表

流传输并不能保证连续的播放，获取数据需要时间。如果网络连接太慢，每个几帧画面，仍然可能需要等待。当上述现象发生时，通常会在媒体播放器中看到"缓冲中..."的消息。

与其他视频发布模式不同，真正的流传输视频永远不会保存在用户的磁盘上。如果你想再看一次该电影，只需重新传输。

流传输的一个替代方法是**累进下载**（progressive download）或**伪流传输**（pseudostreaming）。例如，QuickTime的快速启动模式允许只要下载足够多的数据，就可以开始播放。将一段QuickTime电影转变成快速启动电影的简单方法是在QuickTime Pro中将其保存为自包含的电影，QuickTime Pro是QuickTime播放器的专业版。

累进下载不需要流传输服务器。文件下载到用户磁盘上的方式与非累进下载一样。该文件通常在播放后仍然在用户的硬盘上，例如如果该视频是在Web浏览器中播放，则其仍然在Web浏览器的缓冲文件夹中。因此，该视频文件播放完后，仍然可以从硬盘上的Web浏览器的缓冲文件夹中再次进行播放，不再需要等待下载。

6.11 本章小结

视频捕捉的是我们在时间域上的视觉和听觉感受。理论上，视频将运动捕捉成以固定时间间隔拍摄的一系列画面。每一张画面称为一帧。以多快的速度捕捉画面或以多快的速度播放这些画面由帧速率来决定，它的单位是每秒帧数（fps）。

数字视频需要取样和量化步骤。图像的取样和量化可以用于视频的可视部分，而用于数字音频的取样和量化可以使用在数字视频的音频部分。帧尺寸或分辨率与取样步骤有关，位深度与量化步骤有关。与独立的数字音频一样，数字视频中的音频部分的质量也由取样率和位深度决定。

在很多情况下，可用的数字视频设置选择，例如帧尺寸和帧速率等，受到数字视频标准的限制，而数字视频标准又受到模拟电视广播标准的影响。模拟彩色电视信号有三个系列播放标准：NTSC、PAL和SECAM。它们在帧尺寸、帧速率和颜色空间上有所不同。

在数字视频中，帧尺寸也称为分辨率。它以帧的像素尺寸来表示——宽乘以高，以像素数表示。对于NTSC的标准定义DV帧来说，它的帧尺寸是720×480像素。PAL的标准DV帧的大小是720×576像素。NTSC高清数字视频和HDV格式有两种帧尺寸：1280×720和1440×1080。

帧宽高比是它的宽度和高度之间的比值。例如，NTSC标准格式DV的帧宽高比是4:3，而宽屏格式是16:9。高清数字视频和高清数字电视（HDTV）的帧宽高比是16:9。

某些视频格式使用非正方形的像素来构成帧。像素的形状可以用像素宽高比来描述。对于正方形像素来说，其像素宽高比为1。像素宽高比小于1的像素比较瘦高，而像素宽高比大于1的像素比较矮胖。标准数字视频格式的像素宽高比是0.9，而宽屏数字视频的像素宽高比是1.2。视频应该在具有合适像素宽高比的系统上播放，否则画面将会变形。

时间码用于在视频中给帧计数。数字视频中常用的两种格式时间码是失落帧和非失落帧时间码。失落帧时间码并不丢弃任何帧。NTSC系统适合使用失落帧时间码来保持时间的准确性。

在电视机和计算机CRT显示器上输出的画面由一系列水平扫描线组成。这些线在屏幕上一次一条地进行扫描。计算机显示器显示画面时，从上到下一次扫描所有扫描线——逐行扫描。NTSC、PAL和SECAM的模拟电视标准显示画面时要进行两次扫描。NTSC第一次扫描偶数行的扫描线，第二次扫描奇数行扫描线填补第一次扫描留下的空隙。同一次扫描中经过的扫描线的集合（即偶数行号集合或奇数行号集合）称为场。这种使用两种交替显示的场的显示方法称为隔行扫描。

数字电视（DTV）是指使用数字播放或传输的电视信号。在本书写作时，美国高级电视系统委员会发布了18种DTV格式。这18种格式包括12种用于标清电视（SDTV）的格式和6种用于高清电视（HDTV）的标准。SDTV格式有两种帧宽高比（4:3和16:9）而6种高清电视的帧宽高比都是16:9。HDTV的分辨率比传统的模拟电视和SDTV都要高。它使用MPEG-2格式。

数据速率是指每秒可以处理的视频数据的数量。视频的平均数据速率可以通过将其文件大小除以用秒表示的视频长度计算而得。它提供的是一种衡量视频在设备上是否能平滑播放的指标。如果某个视频的数据速率对于某个设备来说太高，该视频的播放将会产生停顿现象。降低数据速率可以通过降低视频文件大小来实现。降低视频文件大小的基本方法包括：1）降低视频的帧尺寸；2）降低视频的帧速率；3）使用具有更高压缩比的压缩方法。

MPEG表示运动图像专家组。它是一种具有很高压缩比的文件格式。MPEG有几个标准：MPEG-1、MPEG-2和MPEG-4。MPEG-1支持视频VCD格式，MPEG-2支持DVD视频、HDV和HDTV标准。MPEG-4是MPEG家族中的新成员。它与MPEG-1和MPEG-2在编码方法和目标数据速率范围上都有所不同。MPEG-4的数据速率低端部分用于MPEG-1和MPEG-2标准不支持的移动应用，例如手机。高速部分支持具有高清电视（HDTV）和HDV质量的视频。

视频发布有两种模式：从磁盘播放和从网络播放。从磁盘播放时，整个视频文件都必须在磁盘上才能开始播放。在网络上播放时，视频在数据流到达后就可以开始播放。换句话说，视频文件不需要完全下载完后就开始播放。流传输视频和累进下载或伪流传输属于这种发布。真正的流传输需要流传输服务器。

术语

1080i

4:1:1

4:2:0

4:2:2

4:4:4

720p

Advanced Television（先进电视）

asymmetrical codes（非对称编码）

B-frames（B帧）

bidirectional frames（双向预测帧）

chroma subsampling（色度亚取样）

chrominance（色度）

codec（编码）

data rate（数据速率）

DV compression（数字视频压缩）

DV25

field（场）

frame（帧）

frame aspect ratio（帧宽高比）

frame rate（帧速率）

frame size（帧尺寸）

frames per second(fps)（每秒帧数）

group of pictures（GOP）（画面组）

high definition television（HDTV）（高清电视）

HDV

I-frames（I帧）

interlaced scan（隔行扫描）

intracoding（帧间编码）

intraframes（帧间帧）

keyframes（关键帧）

lossless compression（无损压缩）

lossy compression（有损压缩）

lower field（偶数场）

luminance（亮度）

M of the GOP（画面组的M参数）

media object（媒体对象）

motion compensation（运动补偿）

motion vector（运动矢量）

Moving Pictures Experts Group（运动图像专家组）

MPEG

MPEG-1

MPEG-2

MPEG-4

N of the GOP（画面组帧数）

NTSC

overscan（过扫）

PAL

P-frames（P帧）

pixel aspect ratio（像素宽高比）

predicted frame（预测帧）

progressive download（累进下载）

progressive scan（逐行扫描）

pseudo streaming（伪流传输）

resolution（分辨率）

safe action area（安全情节区域）

safe title area（安全标题区域）

SECAM

SMPTE（电影与电视工程师学会）

spatial compression（空间域压缩）

standard definition television (SDTV)标清
电视

streaming video（流式视频）

SureStream

symmetrical codec（对称编码）

Systems Committee, Inc. (ATSC)（系统委
员会）

temporal compression（时间域压缩）

temporal redundancy（时间域冗余）

timecode（时间码）

upper field（奇数场）

video frame size（视频帧尺寸）

YIQ

YUV

复习题

请选择所有正确的答案。

1. 下面哪个是美国和日本采用的电视广播标准？

  A. NTSC   B. PAL   C. SECAM

2. 下面哪个是大多数亚洲国家采用的电视广播标准？

  A. NTSC   B. PAL   C. NSTC   D. SECAM

3. 下面哪种压缩方法在处理有大片填充颜色的画面（例如卡通动画）最有效？

  A. QuickTime Animation   B. Cinepak

  C. MPEG-1   D. MPEG-2

4. 下面哪种压缩方法在压缩没有太多运动的视频（例如播音员画面）效果最好？

  A. 空间域压缩   B. 时间域压缩   C. 无损压缩   D. 非对称压缩

5. 下面哪个是视频最常用的颜色模型？

  A. RGB   B. HSV   C. CIE XYZ   D. 亮度－色度

6. 在YUV颜色模型中，Y分量是＿＿＿＿＿＿，U分量是＿＿＿＿＿＿，V分量是＿＿＿＿＿＿。

  A. 亮度、亮度、色度   B. 亮度、色度、亮度

  C. 亮度、色度、色度   D. 色度、色度、亮度

  E. 色度、亮度、亮度

7. NTSC系统的帧速率是＿＿＿＿＿＿fps。

  A. 24   B. 25   C. 28.9   D. 29.97   E. 30

8. PAL系统的帧速率是＿＿＿＿＿＿fps。

  A. 24   B. 25   C. 28.9   D. 29.97   E. 30

9. 运动图像电影的帧速率是＿＿＿＿＿＿fps。

  A. 24   B. 25   C. 28.9   D. 29.97   E. 30

10. 计算机显示器的扫描模式是＿＿＿＿＿＿。

    A. 隔行   B. 逐行

11. CRT电视机的扫描模式是＿＿＿＿＿＿。

    A. 隔行   B. 逐行

12. 隔行扫描显示画面时扫描帧的方式是＿＿＿＿＿＿。

    A. 一次扫描，从上到下

B.两次扫描：第一次扫描偶数行号的扫描线，第二次扫描奇数行号的扫描线

13.逐行扫描显示画面时扫描帧的方式是_____。

A.一次扫描，从上到下

B.两次扫描：第一次扫描偶数行号的扫描线，第二次扫描奇数行号的扫描线

14.数字视频中的梳状缺陷，如图所示，主要发生在_____视频。

A.隔行扫描   B.逐行扫描   C.A和B

15.过扫指的是_____。

A.关键内容和文字标题应该位于的区域

B.重要情节应该位于的区域

C.位于电视机屏幕以外的区域

16.推荐的安全标题区域为帧尺寸的_____。

A.10%   B.20%   C.50%   D.80%   E.90%

17.推荐的安全情节区域为帧尺寸的_____。

A.10%   B.20%   C.50%   D.80%   E.90%

18.是非题：不作数字视频中的运动时没有取样和量化现象发生。

19.视频的帧尺寸指视频的_____。

A.宽高比   B.像素宽高比   C.分辨率   D.ppi

20.是非题：每英寸像素数是视频分辨率的一个重要属性，在视频编辑时必须设置正确。

21.像素宽高比指_____。

A.帧的宽度（像素数）和高度（像素数）之比

B.帧的高度（像素数）和宽度（像素数）之比

C.像素的宽度和高度之比

D.像素的高度和宽度之比

22.宽屏格式的像素宽高比是_____。

A.4:3   B.16:9   C.1.0   D.0.9   E.1.2

23.标准格式数字电视的像素宽高比是_____。

A.4:3   B.16:9   C.1.0   D.0.9   E.1.2

24.宽屏数字电视的帧宽高比是_____。

A.4:3   B.16:9   C.1.0   D.0.9   E.1.2

25.标准格式数字电视的帧宽高比是_____。

A.4:3   B.16:9   C.1.0   D.0.9   E.1.2

26.如果一个像素宽高比为1.2的画面显示在一个像素宽高比为1.0的设备上，图像将_____。

A.水平方向上被压扁   B.垂直方向上被拉长

C.左边和右边被裁剪   D.顶部和底部被裁剪

E.正常显示

27.是非题：表示第35帧的时间码要么是00:00:00:35，要么是00;00;00;35。

28. 是非题：失落帧时间码丢弃某些帧来保持视频时间的准确。

29. 下面哪个是失落帧时间码格式？

    A. 00:00:00:00   B. 00;00;00;00

30. NTSC系统使用什么格式的时间码？

    A. 失落帧   B. 非失落帧

31. 色度亚取样通过给_____分量分配较少的位来降低每个像素占用的存储空间。

    A. RGB   B. 亮度   C. 色度

32. 色度亚取样格式的三个以冒号分割开的数字（例如，4:2:2）表示_____。

    A. 红:绿:蓝的比例

    B. 亮度与两个色度分量的比例

    C. 三种不同类型像素个数的比例

    D. 小时:分钟:秒

33. 标准定义数字视频摄像机支持的音频为_____。

    A. 32kHz   B. 44.1kHz   C. 48kHz   D. 以上都是

    E. A和B   F. A和C   G. B和C

34. 是非题：数字电视信号是数字化广播或传输的。

35. 是非题：所有6中HDTV格式的帧宽高比是16:9。

36. HDTV属于_____格式。

    A. MPEG-1   B. MPEG-2   C. MPEG-3   D. MPEG-4

    E. QuickTime   F. AVI

37. NTSC标清数字视频的帧尺寸是_____像素，PAL系统的是_____像素。

    A. 720×480；720×480   B. 720×576；720×576

    C. 720×480；720×576   D. 720×576；720×480

38. 某些高清视频摄像机可录制720p和1080i格式的视频。格式名称中的数字（720或1080）表示_____。

    A. 视频的数据速率

    B. 帧尺寸的宽（像素数）

    C. 帧尺寸的高（像素数）

    D. 视频的ppi

    E. 以上都不是；它们是不同公司的模型数字

39. 某些高清视频摄像机可录制720p和1080i格式的视频。格式名称中的字母"p"和"i"分别表示_____和_____。

    A. 像素；英寸   B. 所有者；基础结构

    C. 逐行；隔行   D. ppi；ppi

40. 是非题：一段长时间的视频，即使数据速率较低，其文件也可能很大。

41. 对于一段一分钟、100MB大小的QuickTime视频文件，它在48倍速的CD-ROM上播放时，非常可能_____。（提示：48倍速的CD-ROM的数据速率约为7MB/s。）

    A. 平滑   B. 停顿

42. 对于一段5秒钟、100MB大小的QuickTime视频文件，它在48倍速的CD-ROM上播放时，非常可能_____。（提示：48倍速的CD-ROM的数据速率约为7MB/s。）

A. 平滑 B. 停顿

43. 要是一段30秒的QuickTime视频平滑地在48倍速CD-ROM上播放，其最大的文件大小是多少？给出计算过程。（提示：48倍速的CD-ROM的数据速率约为7MB/s。）

44. 如果一段QuickTime视频占据了整张CD，如果要在48倍速的CD-ROM上平滑播放，其最小的长度是多少？给出计算过程。（提示：48倍速的CD-ROM的数据速率约为7MB/s）。

45. 下面哪个因素对视频播放的平滑程度影响最大？如果该属性的值对于某播放设备来说过高，那么会造成视频在该设备上的播放出现停顿现象。

A. 文件大小 B. 帧尺寸 C. 帧速率 D. 帧宽高比
E. 像素宽高比 F. 数据速率

46. 什么是编码？

47. _____是指针对独立帧压缩的压缩方法。

A. 非对称压缩 B. 无损压缩 C. 有损压缩
D. 空间域压缩 E. 时间域压缩

48. _____是利用图像内容在时间上重复这一现象进行压缩的压缩方法。

A. 非对称压缩 B. 无损压缩 C. 有损压缩
D. 空间域压缩 E. 时间域压缩

49. _____是指能够保持原始数据的压缩方法。

A. 非对称压缩 B. 无损压缩 C. 有损压缩
D. 空间域压缩 E. 时间域压缩

50. _____是指丢弃或改变某些原始数据的压缩方法。

A. 非对称压缩 B. 无损压缩 C. 有损压缩
D. 空间域压缩 E. 时间域压缩

51. _____是指压缩和解压缩需要的时间以及复杂性显著不同的压缩方法。

A. 非对称压缩 B. 无损压缩 C. 有损压缩
D. 空间域压缩 E. 时间域压缩

52. 下面哪种类型的视频使用时间域压缩方法时压缩效率最高？

A. 快速运动 B. 慢速连续运动

53. 是非题：MP3音频就是MPEG-3。

54. 下面哪个标准提供相当于VHS的视频质量并且是VCD的文件格式？

A. MPEG-1 B. MPEG-2 C. MPEG-3
D. MPEG-4 E. QuickTime F. AVI

55. 下面哪种标准支持DVD视频、HDV和HDTV标准？

A. MPEG-1 B. MPEG-2 C. MPEG-3
D. MPEG-4 E. QuickTime F. AVI

56. 下面哪种标准可以用于移动应用，例如手机？

A. MPEG-1 B. MPEG-2 C. MPEG-3
D. MPEG-4 E. QuickTime F. AVI

57. 是非题：典型的MPEG-2视频由系列画面组结构组成。

58. 运动补偿是_____的关键技术。

A. 非对称压缩 B. 无损压缩 C. 有损压缩

D. 空间域压缩   E. 时间域压缩

59. 哪种类型的帧编码时只使用了帧内的信息？

    A. B帧   B. I帧   C. P帧

60. 哪种类型的帧编码时只使用前面的I帧或P帧作为参考帧？

    A. B帧   B. I帧   C. P帧

61. 哪种类型的帧编码时使用前面的和后面的I帧和/或P帧作为参考帧？

    A. B帧   B. I帧   C. P帧

62. 哪种类型的帧压缩程度最小？

    A. B帧   B. I帧

    C. P帧   D. 以上都不是；压缩程度都一样

63. 画面组中参数M表示_____。

    A. 画面组中的B帧个数

    B. 画面组中的I帧个数

    C. 画面组中的P帧个数

    D. 画面组中所有帧的个数

    E. I帧和P帧之间、P帧和P帧之间以及P帧和下一个画面组的I帧之间的帧的个数加一

64. 画面组中参数N表示_____。

    A. 画面组中的B帧个数

    B. 画面组中的I帧个数

    C. 画面组中的P帧个数

    D. 画面组中所有帧的个数

    E. I帧和P帧之间、P帧和P帧之间以及P帧和下一个画面组的I帧之间的帧的个数加一

65. 是非题：画面组结构中只有一个I帧。

66. 是非题：累进下载需要流传输服务器。

67. 是非题：真正的流传输需要流传输服务器。

68. 是非题：累进下载允许视频在有足够的数据到达后就开始播放。

69. 是非题：流传输视频的文件在播放后通常保留在用户的硬盘上，例如在它们的Web浏览器的缓冲文件夹中。

70. 是非题：累进下载视频的文件在播放后通常保留在用户的硬盘上，例如在它们的Web浏览器的缓冲文件夹中。

71. "视频文件在Web浏览器中完整地播放后，可以重新播放而不需要等待再次下载。"

    哪种视频发布模式与该段描述相符？

    I. 真正的流传输

    II. 累进下载或伪流传输

    A. 仅I   B. 仅II   C. I和II   D. 以上都不是

72. 证明一小时的miniDV磁带可以存储13GB的DV25或HDV格式的视频。（提示：DV25和HDV的数据速率分别见表6-3和表6-5）。

73. 解释为什么一般情况下，画面组的长度越长，文件的压缩程度越大。（提示：考虑画面组中I帧的数量以及不同类型的帧的压缩程度。）

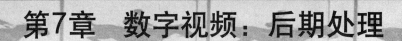

第7章 数字视频：后期处理

关键概念

- 视频的捕获和数字化
- 数字视频编缉软件的基本工作区和工作流程
- 数字视频编缉中的工具和技巧
- DVD制作软件的基本工作区和工作流程

总体学习目标

学习完本章后，应该能够掌握：

- 获取数字视频的步骤。
- 数字视频编缉软件的基本工作区和工作流程。
- DVD制作软件的基本工作区和工作流程。
- 输出和发布数字视频的选项。
- 数字视频编缉过程、工具和技巧。
- 输出和发布选项。
- 如何使用数字视频编缉工具和技巧。

7.1 获取数字视频

在数字图像处理中，有两种方式可以获得数字图像——用数码相机拍摄数码照片或扫描模拟的图像。后一种方法成为数字化——将模拟图像转换为数字图像。数字视频也一样——用数码摄像机摄制一段数码影片或者将一段模拟视频数字化，如VHS、8mm和Hi-8录像带。

7.1.1 模拟数据源

视频录像带，例如VHS和Hi-8，以及活动图像电影都是模拟媒体。数字化将它们转为一种计算机可以存储和处理的格式。数字化过程对硬件的要求是，你需要在计算机上安装合适的视频捕获卡来数字化模拟视频。你还需要一个模拟视频设备，例如模拟视频摄像机或录像机，来向捕获卡输入模拟视频源。处理硬件外，数字化视频还需要相应的视频捕获软件。大多数捕获卡配有这些软件。许多视频捕获软件也可以用来进行视频编辑。

现在，数码摄像机的使用非常普遍。模拟视频摄像机，尤其是专业级的正在消失中。几乎所有新录制的视频都是数字格式的。几乎没有任何需要将一段新录制的视频转换为数字视频。但还是有可能需要将过去的模拟视频或一些以模拟格式储存的纪录片数字化。

7.1.2 数字视频

由数码摄像机拍摄的视频已经是数字格式。如果拍摄时录制在录像带上，它们也可以直接传输到硬盘上。一些新款的摄像机可以将数字视频直接录制在记忆卡、DVD光碟或硬盘上。与模拟视频不同，数字视频不需要"数字化"。

数字视频软件包括Adobe Premiere Pro、Apple Final Cut、iMove和Ulead Video Studio等。这些软件可以用来捕获和编辑标清和高清数字视频。

捕获数字视频的基本步骤

尽管市场上有很多不同的数字视频处理软件，它们在视频捕获和编辑时的工作流程有相同之处。本章概要介绍数字视频捕获的基本步骤。尽管我们使用Adobe Premiere Pro作为例子，工作流程的基本概念可以推广到其他视频编缉软件。

1. 将一台DV、HDV或DV播放机连接到计算机。这可以通过将摄像机或播放机与计算机用火线连接来实现。图7-1所示为三种类型的火线连接头。

a）4针　　　　　　b）6针　　　　　　c）9针

图7-1　火线连接头

尽管有许多软件可以在摄像机、软件启动后再打开时自动识别出摄像机，但我们最好还是在开始视频捕获操作前先打开摄像机。

火线

IEEE 1394是一种计算机与外围设备之间高速传输数据的标准。火线是苹果公司的商标名，他们首先实现了该标准。它也可以成为i.Link（Sony公司的命名）。

火线可以使你轻松地将几个不同的设备连接起来并迅速地传输数据。它的特征还包括简单的连线和热插拔能力，这意味着你可以在计算机打开的时候插入该设备，而不用关掉计算机。

如果不是全部的话，大多数现在的DV和HDV摄像机配备了火线或i.Link。许多新的计算机也配备了该端口。对于那些没有合适端口的计算机来说（如果支持），可以使用火线卡安装在计算机上。

在本书写作的时候，与数字视频有关的火线连接头的类型大约有三种：4针、6针和9针（图7-2）。

• 4针：数码摄像机上（图7-2a和7.2b），许多笔记本电脑和一些台式电脑有此接口。

• 6针：用于台式电脑的火线卡（图7-2c）和苹果MacBook Pro（图7-2d）。

• 9针：苹果MacBook Pro（图7-2d）。

---

2. 当工程启动后，如果提示需要选择工程的设置，选择一个适合你的视频的那些设置。许多软件提供一些预先设定的列表来供你选择（图7-3）。

a）标清DV摄像机上的4针火线DV输入/输出端口

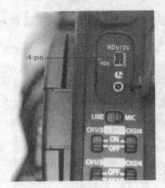

b）HDV摄像机上的HDV输入/输出4针火线连接端口

c）台式电脑上的6针火线端口

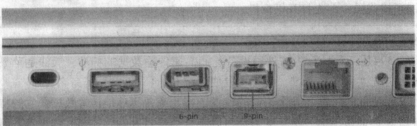

d）苹果MacBook上的6针和9针火线端口

图7-2　不同设备上的火线连接接口

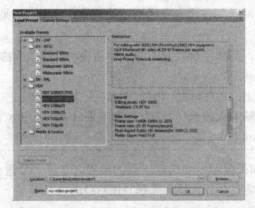

图7-3　Adobe Premiere Pro CS3的新建工程对话框

标清DV

- 如果视频是美国标准，则选择NTSC。
- 选择宽屏（16:9）或标准（4:3）。这应该与你即将捕获的视频拍摄时的设置相符。
- 至于音频，如果你在摄制视频时用的16位则选择取样率为48kHz；如果是12位，则选择32kHz。这些设置也必须与视频拍摄时的设置相符。

高清数字视频

选择与视频源相匹配的帧尺寸、扫描模式（逐行或隔行）和帧速率。

3. 定制数字视频设备的设备控制。如果该软件提供嵌入的设备控制功能，则指定制造商的品牌和型号。

4. 打开视频捕获窗口。

5. 在预览窗口观看视频时可以使用程序提供的"设备控制"来控制回放的设备。使用设备控制上的录制按钮开始录制。使用停止按钮来终止录制。然后给捕获的视频设置一个文件名。

Adobe Premiere Pro和Apple Final Cut Pro等程序还允许进行批量捕获，方法是创建一个记录有每个视频要捕获的开始点和终止点信息的列表。可以在将来方便的时候开始进行批量捕获。列表上的视频片断将被自动捕获。

注意 开始点和终止点定义了要捕获的视频片段的开始和终止时间。

在设置批量捕获列表时，可以快进来搜寻需要录制的开始点和终止点，让批量捕获来自动进行捕获操作。没有批量捕获功能，你就不得不一直待在计算机旁等候每段要捕获的视频结束的时候按下停止按钮。

在捕获视频时，应该在要捕获的片段的前面和后面多捕获几秒钟的视频。

7.2 数码摄像机的种类

本节讨论数码摄像机的类型，重点是影响数字媒体创作的关键因素。这些因素包括：(1) 数码摄像机录制的视频文件格式；(2) 视频的图像质量。

7.2.1 视频文件格式和录制介质

数码摄像机录制的视频文件格式通常与存储介质有关。存储介质的类型可以在摄像机的说明书中找到。由于摄像机是专门用于录制媒体的，因此选择一种合适你需求的类型就非常重要。目前最常见的四种摄像机存储介质是录像带、DVD、存储卡和硬盘。

录像带

在本书写作时，大多数数码摄像机（标清DV和高清格式）将视频录制在miniDV录像带上（图7-4）。

另一种数字录像带格式是Digital-8，由Sony公司发明。Sony公司还有一种数字录像带称为DVCAM。DVCAM数码摄像机可以将视频录制在miniDV录像带上或DVCAM录像带上。数码摄像机（例如miniDV、DVCAM和Digital-8）拍摄的数字格式的视频，这也是数字视频工程的最佳选择。

图7-4 miniDV录像带

注意 Digital-8使用与miniDV相同的编码技术，但可以录制在Hi-8录像带上。它可以帮助使用模拟摄像机的用户过渡到数码视频。1998年，它们出现时，Digital-8通常比miniDV要便宜一些。

DVD

随着DVD播放器作为计算机外围设备越来越普及，也作为家庭娱乐中心的一部分，录制DVD的数码摄像机也越来越流行。这些摄像机拍摄的视频为MPEG格式。有些摄像机还允许在摄像机中进行编辑；可以删除某些场景，录制和裁剪视频片断。但对于那些需要高质量视频素材的数字媒体/艺术创作工程来说，这些摄像机录制的MPEG-2和MPEG-4格式的视频并不适合后续的编辑处理。

存储卡和硬盘

随着存储卡（例如SD卡）的容量增加到GB，一些新款的摄像机将视频直接录制在存储卡上。

某些型号的摄像机可以直接在硬盘上录制视频，这节约了将视频转移到硬盘上的时间。

其他介质

某些数码摄像机可以录制QuickTime、MPEG-1和MPEG-4格式的视频。这些视频的分辨率通常为320×240像素，帧率为每秒15帧。由于受到文件大小的限制，这些视频的质量会有一定的牺牲。此类视频比较适合Web和电子商务等应用，但不能满足数字电视和高清数字视频格式的质量、分辨率和帧速率等要求。

7.2.2 图像质量：CCD数量和分辨率

总的来说，一段视频的图像质量取决于拍摄该视频的数码摄像机的质量和当时场景的光照情况。而数码摄像机的质量又依赖于光学镜头、CCD数量、视频分辨率和摄像机的信号处理功能。CCD数量和视频分辨率是可以在摄像机说明书中找到的两个可以量化的参数。

CCD数量

CCD是电荷耦合器件的简称。与数字静止照相机一样，CCD将亮度信息转换成电流信号，电流信号随后被摄像机加工处理并存储在存储介质上。普通级摄像机通常有一个CCD，专业级摄像机有3个CCD。3-CCD摄像机产生的颜色比1-CCD摄像机产生的颜色要明亮和生动许多。CCD数量可以在摄像机说明书中找到。

分辨率
标清DV

- NTSC：720×480像素
- PAL：720×576像素

高清HDV格式

在本书写作时有两种格式可用。

- 720p：1280×720像素；逐行
- 1080i，1080p：1440×1080像素；隔行，逐行

在写作本书时，提供HDV摄像机的制造商有：JVC、Sony、Canon和Panasonic。

7.3　数字视频编辑软件的基本工作区元素

典型的专业数字视频编辑软件包括Adobe Premiere Pro、Apple Final Cut Pro、Sony Vegas以及Avid等。这些软件的工作区中通常有一些相同的元素，主要分为四类：

1. 素材列表主要管理视频工程导入的源素材。包括捕获或数字化的视频剪辑、音频、静止图像、标题以及图形等。导入的素材并不会嵌入到视频工程文件中，而是通过链接来联系。这意味着，如果你将素材文件移动到其他文件夹或删除了素材文件，当下次打开该工程文件将会提示定位这些素材文件。

2. 预览窗口使你可以预览整个视频工程。Adobe Premiere有双窗口的监视器，使你可以查看、编辑和裁剪不同的素材。

3. 时间轴使你可以有序地安排各个素材。通常分为视频导轨和音频导轨。

4. 特效和转场可以在一个独立的工具栏或菜单项中找到。特效包括视频和音频特效。许多视频特效与图像编辑软件中的图像滤镜的工作类似。视频特效的例子包括改变视频的颜色平衡、降低颜色的饱和度、改变尺寸、裁剪、模糊、锐化、扭曲以及风格化等。最常用的视频转场是交叉溶解。其他转场类型包括3D运动、页面剥落、滑动、擦除、放大以及伸展等。

图7-5～图7-7所示分别为Adobe Premiere Pro、Apple Final Cut Pro和Sony Vegas 6的工作区截屏。

图7-5　Adobe Premiere Pro CS3工作区　（a）素材列表；
（b）预览窗口；（c）时间轴；（d）特效和转场

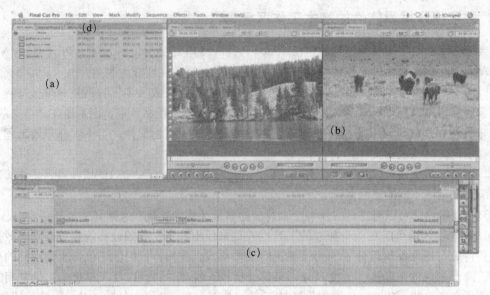

图7-6 Apple Final Cut Pro 6工作区 （a）素材列表；（b）预览窗口；（c）时间轴；
（d）特效和转场可以在另一个不同的面板上访问

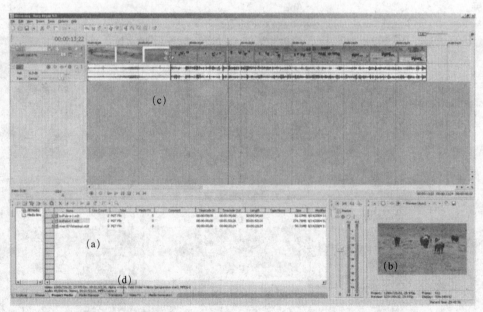

图7-7 Sony Vegas 6工作区 （a）素材列表；（b）预览窗口；（c）时间轴；
（d）特效和转场可以在另一个不同的面板上访问

7.4 数字视频编辑的基本步骤

收集好素材后，需要首先将它们导入到数字视频编辑软件的工程中。然后就可以编辑该视频，去掉不想要的部分，添加音频、转场、视频特效以及音频特效等。

创建数字视频的基本步骤包括：

步骤1 向视频工程中导入素材

这些素材（例如视频剪辑、静止图像、标题以及音频）通常是一个链接——它们不是嵌入在工程中。因此，如果需要在将来继续处理该工程，则需要将这些文件保存在硬盘上或外部存储设备上。

步骤2　在时间轴上编排素材

当你摄制视频素材时，应当比你想要用的视频多拍摄一段时间。这其实很自然。你也会在要使用的视频片段前面和后面多捕捉几秒钟。当在一个视频工程中使用某个素材时，需要使用下面的方法将这些不必要的部分取出。

裁剪

- 有几种方法可以裁剪视频。例如，许多视频编辑软件可以在素材视频上设置进入点和离开点。进入点和离开点定义了你想要的视频片断的开始和结束的位置。位于开始点之前和结束点之后的视频片断将不会在时间轴上出现。

   设置进入点和离开点对于被裁剪视频来说并不是破坏性的。也就是说，位于进入或离开点范围之外的视频片断不会被从素材文件中删除。如果需要，将来你可以通过调整编辑点来使用它们。

- 另一种裁剪视频的方法是切分。通过Premiere，你可以使用剃刀工具将一段视频切分成几段，并且可以将它们分别安排在时间轴上的不同位置。这个工具也不是破坏性的。它不是将素材视频物理地切分成几个文件。初始文件没有改变。仅仅是将时间轴上该素材文件的一个副本进行了切分。如果你再次从素材列表中将该素材拖曳到时间轴上，该视频剪辑仍然具有初始的长度。

   当你改变了时间轴上某个具有相邻视频剪辑的视频片段的长度，将引起整个视频序列的长度发生下面几种变化。

- 整个视频长度将发生改变来适合该素材剪辑长度的改变。
- 整个视频的长度将保持不变，而相邻视频剪辑的进入点或离开点发生变化。

视频编辑软件都有几个非常有用的编辑工具来处理**非线性编辑**（nonlinear editing）——**波纹编辑**（ripple edit）、**滚动编辑**（rolling edit）、**滑行编辑**（slip edit）和**滑动编辑**（slide edit）等。利用这些工具，你可以编辑时间轴上某个片段的长度和进入点或离开点而不用手动地调整时间轴上相邻视频的位置。

注意　非线性编辑（NLE）：利用NLE，视频可以以任何顺序进行编排，并且视频时间轴的任何地方都可以修改。在线性编辑中，视频必须视频的编排必须从头开始。镜头的拍摄必须按照脚本的顺序进行。与NLE和线性编辑类似的就好比字处理软件与打字机之间的关系。

例如，假设有三个视频剪辑位于时间轴上，如图7-8a所示，如果你想将中间那段剪辑延长（图7-8中蓝色的片段），你可以使用波纹编辑来延长中间这段剪辑。后面紧跟的剪辑（灰色部分）将被推向右面。如果没有波纹工具，你必须自己将灰色部分剪辑向右移动来给蓝色剪辑的延长腾出空间。当蓝色片断延长好后，还必须将灰色部分往回移一段距离使其紧跟蓝色片段。

滚动编辑保持了整个视频序列的时长。例如，中间的剪辑（蓝色）通过使用滚动编辑在尾部进行了延长（图7-8c）。相邻的剪辑（紫色）被缩短来保证整个视频序列的时长不变。使用滑行编辑（图7-8d），中间剪辑的进入点和离开点被修改。所有剪辑的时长都没有改变。整个视频序列的时长也保持不变。在滑动编辑中，中间剪辑可以滑向左边或右边。在图7-8e中，这引起前面一段剪辑（橙色）的离开点和后面一段剪辑（紫色）的进入点发生了变化。整个视频的时长和蓝色剪辑的时长保持不变。

a）在时间轴一次排列的包含三个视频剪辑（由不同的颜色表示）的视频序列

b）波纹编辑后

c）滚动编辑后

d）滑行编辑后

e）滑动编辑后

图7-8 四种非线性视频编辑工具效果的示例（彩图9）

这些编辑工具对于简单视频序列来说并没有什么用处。但是，在编辑复杂视频序列时，这些工具可以节省大量的时间。

步骤3 在需要时使用转场、视频特效和音频特效

最常用的两种转场效果是直接切分和溶解。**直接切分**（straight-cut）转场可以通过将两段片段首尾相连来实现——实际上两段视频之间并没有添加任何转场效果。溶解有好几种。总的来说，**交叉溶解**（cross dissolve）转场的效果最为平滑。

注意 视频特效和过渡的使用应该非常审慎，就像小心选择素材一样小心使用。过渡增加了不属于素材视频的时间上的改变或"运动"。视频特效在视频中增添了额外的可视元素。不加选择地使用视频特效和过渡会降低艺术价值并削弱最终视频作品的效果。

许多视频编辑软件拥有大量视频特效。最普通的特效包括变换（尺寸调整和裁剪）和图像调整（例如色调和颜色的调整）。

通过放置在不同的视频轨道上，视频剪辑可以相互重叠。调整上面视频的透明程度可以使得下面视频的内容显现出来。这影响到整个帧画面。但是，可以给上面视频创建一个alpha通道，并以此来定义那些区域是透明的。

另一种设计透明区域的方法是**键控**（keying）。键控可以设置那些颜色或亮度位于指定范围内的像素为透明。在很多数字视频编辑软件中，可以在视频特效里找到各种键控。例如，当创作复合视频时，**蓝屏**（Blue Screeen）和**绿屏**（Green Screen）键控可以用来将蓝色或绿色的部分剔除。色度键控可以将某些颜色剔除。例如，如果视频中有一个冒着蒸汽的锅炉，并且将蒸汽的颜色范围设置为色度键控，那么空气中流动的蒸汽范围将成为透明区域。

尽管可以用音频编辑软件单独处理音频特效，视频编辑软件也可以添加音频特效，使得不必转换到另一个音频软件就能创作音频特效。音频编辑的基本操作包括音频的裁剪、音量调整、音频的淡进淡出以及平移。其他高级的音频特效包括添加回声、包络线以及可以创作多个音频轨道混合的混音。

7.5 输出和发布最终视频

在结束视频工程的编排后，可以将其输出为不同的文件格式。选择何种文件格式取决于你希望如何将最终视频发布给观众。一些常见的发布媒介包括：

DVD视频：使用MPEG-2的DVD

Web：

• 用于累进下载的QuickTime。

• 支持流传输的QuickTime、RealVideo、Windows Media和Flash Video。

光盘，例如CD或DVD：QuickTime、AVI、MPEG-1

磁带

注意 一些DVD制作软件对于要导入DVD工程中的视频需要DVD的MPEG-2格式。其他软件没有这个要求，也可以接受AVI或QuickTime格式文件。但分辨率和帧速率必须与NTSC DV或PAL DV（例如NTSC的720×480像素，29.97fps）兼容。

7.5.1 DVD回放

标清DVD视频可以在机顶盒或用DVD-ROM和软件播放器的计算机上播放。

创建DVD视频光盘的方法有两种。

1. 将最终视频输出为DVD兼容的MPEG-2文件格式，然后用DVD制作软件创作一个DVD工程。

在Adobe Premiere Pro CS3中，你可以用Adobe媒体编码器（图7-9）将视频输出为DVD兼容的MPEG-2文件。

回顾一下第6章中讨论的，MEPG有一系列GOP（画面组）结构组成。参数N表示GOP的长度。参数M表示两张非B帧画面之间B帧画面的数量加一。现在，你知道MPEG-2输出设置（图7-9）中参数N和M的意思了吧。对于DVD兼容的MPEG-2来说，N 为15，M为3。

注意比特率的设置（图7-9）。比特率就是数据码率。回想一下第6章中讨论的，数据码率影响视频文件的尺寸和质量。拥有较高图像质量的视频文件通常需要更高的数据码率。高数据码率增加了文件大小。图7-9中所示的预设值将目标比特率设置为4Mbps（兆位每秒），即大约500kB/s。这意味着议长4.7GB的光盘可以存储大约两小时的视频。

图7-9 在Adobe Premiere Pro 中利用Adobe媒体编码器输出DVD兼容的MPEG-2文件

你可以将一段MPEG-2视频导入到DVD制作软件中，例如Adobe Encore、Apple DVD Studio Pro、Sony DVD Architect以及Ulead DVD Workshop。你可以在一张DVD中添加菜单和多个视频。制作DVD视频光盘的基本步骤将在下一节中讨论。

2. 将最终视频直接输出到DVD

一些数字视频编辑软件可以将最终视频直接输出为DVD。这样你不需要将视频输出成MPEG-2格式作为中间步骤。生成的DVD是一个单视频DVD，没有任何菜单导航。当光盘插入到DVD播放器中时，视频就会开始播放。

7.5.2 高清视频光盘

有两种用于高清视频光盘的格式：HD-DVD和Blu-ray。但是，HD-DVD已经不再发展了。

用于高清视频光盘的刻录机和制作软件已经出现。例如，Adobe Premiere Pro CS3和Apple Final Cut Pro 6可以输出Blu-ray格式（图7-10a）。Adobe Encore CS3和Apple DVD Studio Pro 4 支持Blu-ray DVD制作（图7-10b）。

 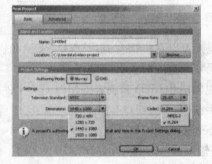

a）Adobe Premiere Pro CS3利用　　b）Adobe EncodeDVD CS3除了可以制
　Adobe媒体编码器的预设值支　　　作DVD外还可以制作Blu-ray格式
　持Blu-ray MPEG-2 输出

图7-10　Blu-ray输出

注意　术语HD-DVD指的是一种特殊的高清视频光盘格
式；不是广义的高清视频光盘的缩写。

7.5.3　Web

许多数字视频编辑软件可以将视频输出为QuickTime和 Windows Media格式。

对于RealVideo来说，你可以使用免费软件Real Systems的 Real Producer Basic来转换视频。第5章显示了如何使用Real Producer Basic来创建流媒体音频。使用同样的步骤可以创建 Real视频。

在Adobe Premiere Pro CS3中，你可以通过选择"文件→导 出→电影…"来将视频输出成各种格式的文件。你也可以用 Adobe Media Encoder来输出用于Web的视频（文件→导出→ Adobe Media Encoder），如图7-11所示，你可以选择各种不同的 格式，例如QuickTime、Adobe Flash Video（FLV）、RealAudio 和Windows Media。

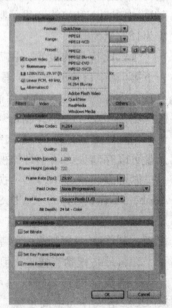

图7-11　Adobe Premiere Pro CS3的Adobe媒体编码器 可以将视频输出成各种 用于Web的格式

QuickTime累进下载

　　QuickTime支持电影的累进下载，即快速启动电影。快速启动QuickTime电影可以在整个文件从网络传输完之前就开始播放。这看上去像流式传输，但快速启动并不是视频的流式传输。

　　创建快速启动QuickTime视频的方法是将QuickTime视频保存为一个自包含视频。要实现该功能，你需要一个专业版QuickTime播放器，而不是免费版。首先，用QuickTime Pro打开QuickTime视频。然后，选择"文件→另存为..."。在保存文件对话框中，选择"使电影自包含"（图7-12）。如果该选项当前无效，可以换一个文件名或存到另一个目录下。可以用快速启动视频代替原来的QuickTime视频。

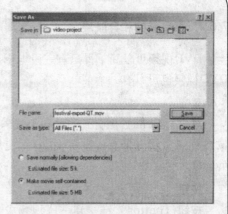

图7-12　QuickTime Pro文件
另存为对话框

7.5.4　CD-ROM或DVD-ROM播放

　　对于那些用于CD-ROM或DVD-ROM播放的视频来说，常用的输出文件格式包括QuickTime和AVI。你也许需要考虑观众使用的计算机操作系统。Mac OS和Windows有QuickTime播放器。在Windows上可以播放AVI文件，但在Mac OS上需要额外的播放器。

　　你需要知道CD-ROM或DVD-ROM的速度。可以根据该指标估计数据码率。视频的数据速率不能大于目标观众播放设备的数据速率。如果视频的速率大于观众CD-ROM或DVD-ROM驱动器的速率，视频播放时会跳过一些画面，变得不连贯。

　　平均数据速率等于文件的大小除以视频的时长。因此，减小文件大小可以降低数据码率。此外，你还可以通过在压缩设置中降低画面尺寸、帧频和画面质量来降低文件的大小。下面是确定视频输出设置的几个建议的步骤。

步骤1　从需要的帧尺寸、帧速率和压缩方法开始

　　当然，帧尺寸和帧速率不可能超过原始视频。如果你不知道使用什么压缩方法，可以选择H.264或Sorenson Video 3。它们是最常用的编码算法，具有较好的压缩效果，且视频质量的下降并不明显。

步骤2　输出视频

　　输出视频后（或输出视频的测试段），看看它的大小，并计算数据速率。

　　如果数据速率超过了目标观众设备可以处理的范围，可以试试减小帧尺寸、帧速率或画面质量。视频的类型决定了首先应该使用什么策略。例如，对于快速运动的视频来说，降低帧速率应该是最后的选择。如果视频中还有很多你不想丢弃的细节，减小帧尺寸就不是最好的选择。

步骤3　测试最终视频文件的设备要尽可能地与目标观众使用的设备相近

7.5.5　录像带和其他介质

　　当将视频输出到录像带时，可以将最终视频直接输出到miniDV录像带上。

　　也可以选择将某帧输出为静止图像，或者将视频（全部或部分）输出为静止图像序列。

　　注意　将最终视频序列输出到miniDV录像带主要用于备份或存档。

7.6 制作DVD视盘

7.6.1 菜单结构和导航层次

DVD视频可以简单得只有一段电影,当该DVD视盘插入到播放器后,该电影会自动播放。DVD视频也可以有一个菜单系统。

菜单

菜单(menu)由背景和按钮组成。背景可以是静止图像或视频。按钮可以文本、静止图像或视频剪辑(带有或没有文字)。使用视频作为背景或按钮的菜单称为**活动菜单**(motion menu)。

按钮

按钮(button)链接到一段视频或另一个菜单。即,当点击该按钮后,不管它链接到什么——视频或菜单,都会被播放。作为一个用户友好的设计,每个按钮都被设置为当它被选择后会高亮。这在通过机顶盒观看时尤为重要。没有视频反馈,通过机顶盒观看的用户在菜单和按钮中浏览时就不知道当前选择了什么按钮。

子菜单

菜单结构包含一个主菜单,主菜单可以含有几个**子菜单**(submenu)。每个子菜单有一个让用户返回主菜单的按钮或返回上一级菜单。子菜单的按钮还可以链接到另一个子菜单。

如果某个菜单项在屏幕上放不下,可以将其分为几"页"。每一页可以作为一个菜单,并设置一个按钮让用户可以在这些页中浏览。

可以用流程图或节目表类型的方法来展示菜单的层次结构并将个素材链接到菜单项上。它也可以确保每个素材和菜单项都不是孤独的。一个孤独的文件或菜单项是指那些位于光盘上但不能从其他菜单链接或访问的文件或菜单。菜单没有链接或访问的素材内容,没有必要放在光盘上。但是,孤独内容的存在表示原来的导航设计存在一定的疏漏。因此,必须重新检查导航设计来确保所有必要的内容都是恰当地相互链接并能被用户访问。

尽管DVD遥控器可以让用户返回标题菜单或根菜单的功能,还是要考虑是否要在子菜单上设计一个按钮来让用户返回主菜单或从一个菜单跳到另一个菜单而不用先返回主菜单。

导航层次和菜单结构应该在制作DVD前准备好。所有内容(例如背景或按钮的图形)最好也准备好。如果图形还没有完成,至少要准备好相同像素尺寸的占位符。

不管DVD是否有菜单系统,都可以在视频添加章节点。**章节点**(chapter point)就像视频中内嵌的书签。它可以让用户在任何时刻快速跳到视频中的某个位置而不用快进或快退。

7.6.2 创建DVD工程

有很多现成的DVD创作软件。例如,Adobe Encore CS3(图7-13)、Apple DVD Studio Pro 4(图7-14)、Sony DVD Architect 3(图7-15)和Ulead DVD Workshop。不同软件的工作区不同,工作流程也不尽相同。但这些软件的工作区和工作流程都有一些相同的基本元素。本节希望介绍一些如何使用这些创作软件的基本思路。

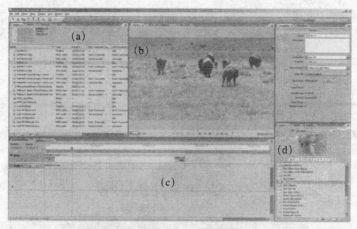

图7-13　Adobe Encore CS3工作区，有四个基本面板　（a）项目窗口；（b）监控器；（c）时间线；（d）库

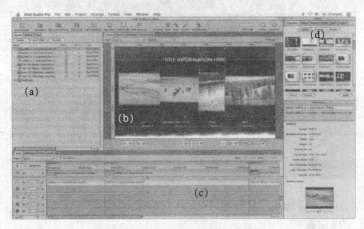

图7-14　Apple DVD Studio Pro 4工作区，有四个基本面板　（a）素材；（b）监控器；
（c）轨或时间线；（d）模板库

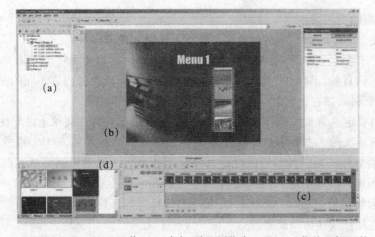

图7-15　Sony DVD Architect 3.0工作区　（a）项目预览窗口显示了菜单和标题的层次视图；
（b）工作区窗口显示了当前的菜单或标题；（c）时间线；（d）库

这些软件的相同元素包括：

a) **素材列表**（asset list）管理导入DVD工程的各种原始材料。素材类型包括视频、音频、菜单、静止图像。

b) **预览窗口**（preriew window）可以预览视频和菜单。

c) **时间线**（timeline）或轨道（track）可以添加音频轨道和章节点。某些软件，例如Sony DVD Architect 3.0支持多角度（图7-16）。可以在时间线上添加多个视频轨道来创建多角度。在播放多角度DVD时，用户可以通过遥控器上的角度按钮来在两个角度之间切换。

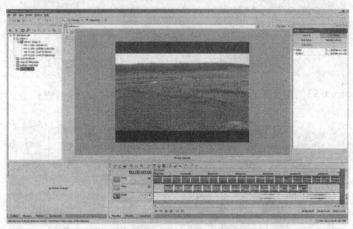

图7-16 在创建多角度时，Sony DVD Architect 3.0工作空间显示两条视频轨道

d) **库**（library）或**模板**（template）是一些预先设定的用于制作菜单的特征，包含菜单、按钮和背景图像。

下面是利用这些软件创建一个DVD工程的基本步骤。

步骤1 设置工程设置

当创建一个DVD工程时，首先需要指定目标观众标准。例如，标清（NTSC或PAL）或高清。

步骤2 将原始资料导入到素材库

导入将要使用的原始素材，例如视频、音频、图像、菜单和按钮。

许多DVD创作软件都有可以选择地预设菜单和按钮库，但也允许导入用户自定义的图像作为按钮和菜单的背景。导入的菜单和按钮通常列在与视频或音频内容不同的窗口或面板上。

步骤3 将素材编排在一起

创建菜单时要定义背景图像（或视频，如果是活动菜单）和在菜单上设置按钮。

在设计导航层次前，需要考虑DVD播放器已经内嵌的导航方式。DVD播放通用的菜单可以暂停或恢复播放，一帧一帧前进或后退，跳至某章节点，返回标题菜单或根菜单，或切换不同的摄像机角度。就算不使用菜单结构，一个简单的只包含视频和音频的DVD也可以进行非线性观看，因为，用户可以在任何时候访问DVD标题的任何点。但是，菜单结构可以提供更高级的交互性和非线性访问能力。

菜单可以在菜单编辑窗口或在"舞台"区域进行制作。某些软件有单独的菜单编辑窗口，另一些则有可以直接拖曳背景图像和按钮的舞台区域。

你也可以在菜单上添加不可点击的文本作为标题或描述。每个按钮需要链接到一个视频或另一个菜单。许多软件可以简单地将素材库中的某个视频拖到菜单上。这将自动地创建一个链接到该视频的按钮，按钮是视频中一帧画面的缩略图。

某些软件有预设地包含按钮占位符的菜单模板。你可以简单地拖曳一个视频到某个占位符上。如果菜单不止一个，需要指定哪一个最先播放。图7-17显示了一个Adobe Encore CS3模板创建的菜单和子菜单的例子。视频可以拖放到某个按钮上，并创建该按钮的缩略图。

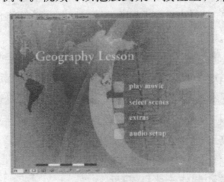

a）主菜单设置为最先播放

b）子菜单模板　　　　　　　c）一个子菜单链接到主菜单a上的"选择
场景"按钮

图7-17　Adobe Encore CS3模板创建的菜单和子菜单

图7-18所示为另一个由Apple DVD Studio Pro 4模板创建的菜单例子。相似地，可以将一段视频拖放到某个按钮上，在按钮上来创建一个视频的缩略图。

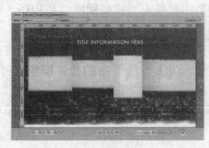 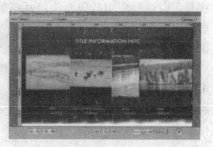

a）模板　　　　　　　　　b）使用视频缩的略图作为按钮

图7-18　Apple DVD Studio Pro 4使用模板创建的菜单

当使用视频编辑软件将视频输出为MPEG-2 DVD兼容的文件格式时，可以使用多路复用选项。如果不使用多路复用选项，则视频和音频将被输出为两个单独的文件：一个用于视频的MPEG-2文件（后缀名为.m2v、.mpg或.mpeg的文件）和一个音频文件（.wav文件）。如果选中多路复用选项,则视频和音频将被复合到一个文件。

一些DVD创建软件支持多路复用媒体,但其他的则不支持。在将视频导出为MPEG-2文件前,最好查看DVD创建软件的用户指南或帮助来确定支持的媒体格式。

如果视频和音频是分成两个文件的,那么如何将音频与视频相关联呢?许多DVD创作软件使用视频的时间线或轨道。时间线有视频和音频轨道。可以将已经导入到素材库中的音频添加到时间线的音频轨道上。

某些软件支持多个音频轨道,这可用来实现多语言功能。某些甚至支持多个视频轨道来实现多角度视频产品。某些软件可以定义章节来在时间线上添加章节点。

DVD创作软件的受限版本或用户版本通常只支持单个视频轨道和单个音频轨道。这些软件往往让你简单地拖放视频和音频到按钮或菜单上。

步骤4 预览和测试播放工程

使用预览功能在DVD创作软件中测试播放DVD工程。

步骤5 创建一个DVD卷和制作一张DVD盘

许多DVD软件可以选择是将DVD创建到一个目录还是直接创建到光盘上。将DVD创建到目录有两个优点:

• 可以在刻录到光盘前测试该DVD的大小。

• 用于创作DVD工程的计算机在创作DVD项目是不必拥有一个DVD刻录机。

如果当时没有空白的DVD盘或没有DVD刻录机,可以稍后再将DVD卷中的内容刻录到光盘上。你也可以将DVD卷用外存设备转移到其他拥有DVD刻录机的计算机上。

DVD卷包含两个目录:VIDEO_TS和AUDIO_TS。对于视频DVD来说,所有的文件都在VIDEO_TS目录下。AUDIO_TS是空目录。AUDIO_TS目录用于音频DVD。制作DVD视盘时,将VIDEO_TS目录的内容刻录到光盘上。可以将空的AUDIO_TS目录也刻录在光盘上。

根据目标用户的播放设备以及要刻录的DVD视频的大小,DVD卷中的内容可以刻录在CD或DVD光盘上。VIDEO_TS和AUDIO_TS目录必须刻录在光盘的根目录上(即最高目录)。不要将它们放在子目录中,否则播放器将不能自动播放光盘上的内容。

7.7 本章小结

数字视频可以通过使用数码摄像机拍摄的数字视频或对模拟视频(如VHS、8mm和Hi-8录像带)数字化而得到。

数码摄像机拍摄的视频文件格式与记录的介质有关。目前摄像机最常用的四种介质是录像带、DVD盘、存储卡和硬盘。在本书写作时,大多数录像带的数码摄像机(标清DV和HDV格式)将视频记录到miniDV录像带上。

常见的视频编辑软件有Adobe Premiere Pro、Apple Final Cut Pro、Sony Vegas和Avid。这些软件工作区所共有的元素包括:

• 素材列表

• 预览窗口

• 时间线或轨道

• 特效和转场

创作数字视频的基本步骤包括:

1. 导入原始材料作为素材。

2. 在时间线上安排这些素材。

3. 如果需要，使用转场、视频特效和音频特效。

4. 输出和发布最终视频。

在编辑完视频工程后，可以将最终视频输出为不同的文件格式。格式的选择取决于如何发布最终视频。一些常见的发布方式包括：

DVD视频：用于DVD的MPEG-2

Web：

• 累进下载的QuickTime

• QuickTime、RealVideo、Windows MediaFlashVideo也支持Web的流传输。

光盘，例如CD或DVD：QuickTime、AVI、MPEG-1

录像带

标清DVD视频可以机顶盒播放器或有DVD-ROM和播放器的计算机上播放。

目前主要有两种方式来创建一个DVD视频光盘：

• 将视频输出为DVD兼容的MPEG-2文件并使用DVD创建软件创建一个DVD工程。

• 将最终视频直接输出到DVD。

高清视频光盘有两种格式：HD-DVD和Blu-ray。Blu-ray是市场的选择。用于高清视频的DVD刻录机和创建软件逐渐出现。例如Adobe Premiere Pro CS3和Apple Final Cut Pro可以输出Blu-ray格式。Adobe Encore CS3和Apple DVD Studio Pro 4支持创作Blu-ray DVD。

创作DVD工程的基本步骤包括：

1. 设置工程设置。

2. 将原始资料导入到素材库。

3. 将素材编排在一起。

4. 预览和测试播放工程。

5. 创建一个DVD卷和制作一张DVD盘。

对于用于CD-ROM和DVD-ROM播放的视频来说，你需要知道目标观众的CD-ROM和DVD-ROM的速度。根据这个速度，可以估计数据速率。视频的码率不能比目标用户播放设备的速度还要高。如果视频的数据速率比观众CD-ROM或DVD-ROM导入速度高，视频会跳过某些帧并变的不连续。

下面是决定用于CD-ROM和DVD-ROM播放视频的输出设置的基本步骤。

1. 从设计帧尺寸、帧速率和压缩算法开始。

2. 输出视频。查看它的文件大小并计算数据速率。

如果数据速率超出了目标观众的设备可以处理的范围，则尝试降低帧尺寸、帧速率或图像质量。视频的种类决定了首先使用何种策略。

3. 最后，测试最终视频文件的设备要尽可能地与目标观众使用的设备相近。

术语

Asset list（素材列表）

batch capture（批量捕获）

Blue Screen and Green Screen keys（蓝屏和绿屏色键）

button（按钮）

CCD（电荷耦合器件）

chapter points（章节点）

charge coupled device（电荷耦合器件）

Chroma Key（色键）

cross dissolve（交叉溶解）

device controller（设备控制器）

Digital-8

DVCAM

effect（特效）

Firewire（火线）

i.Link

IEEE 1394

In and Out points（进入点和离开点）

keying（键控）

Library（库）

menu（菜单）

miniDV

motion menu（活动菜单）

multiple angle（多角度）

nonlinear editing（非线性编辑）

preview window（预览窗口）

ripple edit（波纹编辑）

rolling edit（滚动编辑）

slide edit（滑行编辑）

slip edit（滑动编辑）

straight-cut（直接切换）

submenu（子菜单）

superimposed（叠加）

Templates（模板）

timeline（时间线）

track（轨道）

transition（转场）

复习题

请选择所有正确的答案。

1. 是非题：获得数字视频的唯一方法是直接拍摄数字格式的视频。

2. 是非题：一个DVD工程必须有一个菜单结构。

3. 用DVD创建软件制作的DVD卷有两个目录，分别是＿＿＿＿和＿＿＿＿。

4. 下面哪个是捕获数字视频的最佳方法？

  a) 在需要的视频片段的前面和后面多捕捉几秒钟的视频。

  b) 在需要的视频片段的前面多捕捉几秒钟视频，不需要在视频的后面多捕捉。

  c) 在需要的视频片段的后面多捕捉几秒钟视频，不需要在视频的前面多捕捉。

  d) 只捕捉需要的视频片段，不需要在前面或后面多捕捉几秒钟。

5. 在大多数视频编辑软件中，导入的用于视频工程的原始视频和图像在＿＿＿＿列出。

  a) 素材列表窗口　　　b) 特效和转场窗口　　　c) 预览窗口　　　　　　d) 时间线窗口

6. 在大多数视频编辑软件中，＿＿＿＿有视频和音频轨道，也就是你安排和编排视频序列的地方。

  a) 素材列表窗口　　　b) 特效和转场窗口　　　c) 预览窗口　　　　　　d) 时间线窗口

7. 下面哪个不是最终数字视频输出的选项？

  a) CD-ROM播放　　　　　　　　b) DVD播放　　　　　　　　　c) Web发布

  d) miniDV录像带播放　　　　　　e) 上面都不是

8. 大多数摄像机支持火线，下面哪个是火线电缆适配头，并且适合大多数数码摄像机的火线 DV输入/输出端口？

A. 　　　B. 　　　C.

9. 第一幅图显示的是一个包含3个在时间线上依次排列的视频序列。哪个非线性编辑工具使你可以延长中间视频，同时将相邻的视频往后移动？第2幅图显示了结果视频。

    a) 波浪编辑　　　　　b) 滚动编辑　　　　　c) 滑行编辑　　　　　d) 滑动编辑

10. 第一幅图显示的是一个包含3个在时间线上依次排列的视频序列。哪个非线性编辑工具使你可以延长中间视频，同时通过移动相邻视频的进入点来保持整个视频的播放时长？第2幅图显示了结果视频。

    a) 波浪编辑　　　　　b) 滚动编辑　　　　　c) 滑行编辑　　　　　d) 滑动编辑

探索应用

1. 在你的视频编辑软件的用户手册或在线帮助中找到以下信息。
   - 工作区
     - 找到素材列表、时间线、预览窗口、转场和特效面板/菜单。
   - 捕获视频
     - 如何捕获数字视频？
     - 如果有该功能，那么如何批量捕获？
   - 编辑捕获的视频
     - 裁剪原始视频的方法：
       - 软件是否能够设置进入点和离开点？如果可以，怎么设置？
       - 其他的裁剪视频的方法有哪些？写下这些指令并描述每种方法的特点。
     - 如何改变一段视频的速度和时长？
   - 如何创建标题？
   - 编辑视频序列。
     - 找出可用的转场，以及如何使用转场。
     - 找出可用的视频特效，以及如何使用这些特效。例如，改变一段视频的尺寸和裁剪该视频，或者对其进行色调和颜色的调整。
     - 找到波浪编辑、滚动编辑、滑行编辑和滑动编辑工具。
     - 找出可用的音频特效，以及如何使用这些特效。
     - 如何创建一个简单的淡进和淡出的音频。
     - 如何设置视频的透明度。
     - 如何将一个视频叠加在另一个视频上。
   - 输出视频。
     - 如何输出最终视频。
     - 找出支持的视频输出格式。

2. 在你的DVD创作软件的用户手册或在线帮助中找到以下信息。
   - 工作区：
     - 找出素材列表、时间线、预览窗口和媒体库窗口。
   - 创建一个新工程。
     - 如何创建一个新工程并设置合适的工程设置，例如NTSC或PAL、帧尺寸和宽高比。
   - 媒体。
     - 找出该软件支持的文件类型。

- 如何在工程中添加一个媒体文件。
- 如何创建一个简单的单视频DVD工程（即没有菜单）。
- 如何设置一个单视频或带菜单的视频循环播放。
- 创建菜单。
  - 如何创建一个菜单？
  - 如何在菜单中添加文字和图形？
  - 如何将一个菜单中的文字和图形链接到一个视频或其他菜单？
- 如何在程序中预览和测试播放你的DVD工程？
- 输出DVD工程。
  - 如何在硬盘上创建一个DVD卷？
  - 如何将一个DVD卷刻录到DVD盘上？

第8章 使用Flash的交互式多媒体创作：动画

关键概念

- 逐帧、补间和脚本动画
- Flash基础

总体学习目标

学习完本章后，应该能够掌握：

- Flash的基本框架和术语，使得你可开始动画和ActionScript方面的工作。
- Flash中的符号和形状。
- 使用Flash制作动画。
- 逐帧、补间和脚本动画。
- 何时适合使用不同类型的动画。
- 在Flash中使用运动引导创建补间动画。
- 在Flash中创建遮罩和动画遮罩。
- 如何将Flash影片发布为projector和SWF。

8.1 什么是多媒体创作

多媒体创作（multimedia authoring）是制作一个多媒体作品的过程。它涉及组装或编排不同媒体元素、添加交互性以及将作品打包发行给**最终用户**（end user）。最终用户是观看你最后完成作品的目标观众。

商业展示、广告亭、游戏和教学制品都是多媒体制作的几个例子。这些多媒体项目可以通过Internet递送给最终用户（在Web浏览器中播放或下载），或者作为一个可独立执行的程序以方便通过CD-ROM和DVD-ROM分发。

多媒体创作程序将文字、图像/图形、声音、视频和动画组合成一个交互式的展示。许多程序拥有自己的脚本语言用来在作品中加入交互性。Adobe Flash和Director是商业多媒体创作程序的例子。Flash具有自己的称为ActionScript的脚本语言，Director则具有Lingo脚本语言。你也可以使用那些并不是专用于多媒体创作的编程语言来开发一个多媒体作品，如C++、Visual Basic、JavaScript、DHTML等。

本书有关多媒体创作的章节涵盖了Flash动画和ActionScript的基础知识。ActionScript具有与其他编程语言相类似的基本编程概念和术语。因此，你可以将从这些章节中学到的基础知识用于其他编程项目。

8.2 多媒体制作过程

多媒体创作主要指媒体元素的装配组合。生成所涉及的必要媒体元素是另外独立的过程。数字图像、视频和音频等媒体均可由专用的程序来生成和编辑。

举例来说，如果你想在多媒体项目中使用视频剪辑，可以使用DV摄像机录制一段视频，将其传送至一拥有视频编辑软件（如Adobe Premiere Pro）的计算机，然后编辑该视频、添加过场转换、调整片长、向音轨上添加语音或音乐、进行颜色矫正和增加特效等。最后，输出视频为一特定格式，如QuickTime、AVI，或者一系列图像，供你导入至多媒体创作程序。

在创作过程中，要指定在播放多媒体作品时，视频何时出现，以及与屏幕上的其他媒体元素如何交互。

本节讨论创作一个交互式多媒体作品涉及的基本步骤，使你对多媒体创作获得一个整体的图景。有关Flash的工作细节将在本章后面予以介绍。

步骤1　收集整理媒体元素

媒体元素包括文本、位图、矢量图、数字视频、数字音频和动画。这些元素通常使用特定于具体媒体类型的软件生成，独立于多媒体创作程序之外。

Flash是一个基于矢量图形的多媒体创作程序。它包含简单的工具用以创建和修改将在影片中使用的矢量图形。你也可以引入其他类型的媒体文件供使用。

这里列出Flash所支持的一些常用文件格式：

位图：Photoshop（PSD）、BMP、GIF、JPEG、PNG、TIFF

矢量图形：Flash Movie（SWF）、Adobe Illustrator、WMF

数字视频：QuickTime（MOV）、AVI、Flash Video（FLV）

数字音频：WAV、MP3、AIFF、AU

注意　WMF文件：*许多矢量图形剪贴画是WMF格式，如Microsoft Office剪贴画。*

步骤2　组装编排媒体元素

在Flash中，可以使用画笔和刷子工具创建矢量图形，也可以引入不同类型的媒体元素。这些元素可以安排在一条时间轴上以控制它们出现的顺序和时间。

步骤3　添加交互性

可以加入交互性，例如通过在Flash项目中使用ActionScript编程实现。

步骤4　打包影片以发布给最终用户

分发多媒体作品的两种最常用形式是独立的可执行程序和在Web浏览器中播放的影片。使用其中任一形式发布多媒体项目允许他人无需创作环境就能观看完成的项目。举例来说，为了观看你的Flash影片，他们并不需要安装有一个Flash的副本。

- Web形式的Flash影片是一个SWF文件。相对于独立的可执行程序，SWF具有更小的尺寸并且转为Web设计。它在Windows、Macintosh和Linux系统上均可播放，只要已安装有Flash播放器或者浏览器插件。

要创建可在Web浏览器中播放的影片版本，你需要使用SWF格式。可在"Publish Settings"（File → Publish Settings）中选择发布影片的文件格式。在"Publish Settings"对话框中（图8-1），你可以检查并选择影片发布的格式，默认是SWF和嵌入SWF的HTML。

- 独立的可执行程序在播放时不需要额外插件，通常它们用于CD-ROM或DVD-ROM发布。
  一个可执行程序的文件尺寸大于Web形式的，并且你需要为不同操作系统创建不同的可执行程序。
要在Flash中创建一个独立可执行程序，你要将影片发布为一个"projector"。

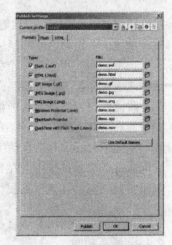

图8-1　Flash的"Publish Settings"对话框

8.3　动画

在概念上，动画非常类似于视频。动画是一个图像序列，在顺序播放时造成运动的错觉。许多多媒体项目使用动画，许多多媒体创作程序，如Flash和Director，允许你创建动画。这些程序是基于帧的，这意味着你能够可视地在一个时间轴上将动画内容序列化为一个帧序列。

使用这些程序有多种不同的方法来创建动画：逐帧、补间和脚本。在一个项目中这些方法不是互斥的，它们可以组合起来用于创建一个动画序列。

8.3.1　逐帧动画

逐帧动画需要显式地为每一帧放置或创建不同的视觉内容。每一帧均是一个关键帧，即一个显式指定内容的帧。

例如，图8-2显示了一个人物奔跑的序列。

图8-2　一个逐帧动画的例子

图8-3a显示了一个简单的飞鸟的九帧动画。所有九帧的视觉内容被显式地指定和放置。图8-3b显式了一个补间动画的例子，将在后面讨论。

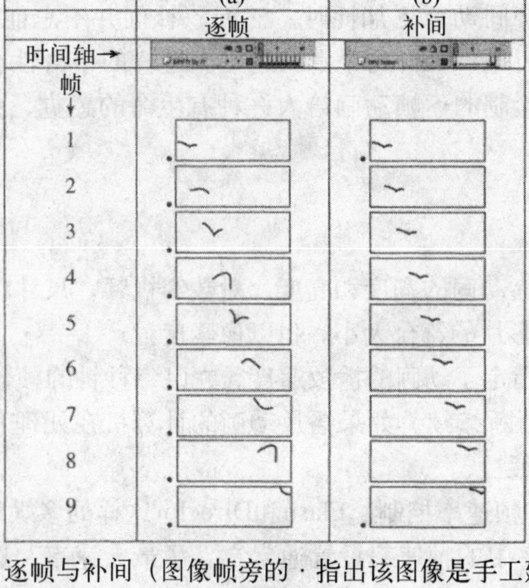

图8-3　逐帧与补间（图像帧旁的·指出该图像是手工建立的）

8.3.2 补间动画

补间（tweening）仍然需要关键帧。任一补间片段需要两个关键帧：一个位于开头，一个位于结尾。关键帧之间的帧称为中间（插补）帧。

当将补间应用于第一个关键帧时，中间帧的内容将由对象属性插值完成。这意味着你不用在这些中间帧里手工绘制或粘贴飞鸟图形。

假设你想创建飞鸟从屏幕左边移动到右边的九帧动画。在第一个关键帧（帧1）中，将飞鸟放置在屏幕左侧，在最后的关键帧（帧9）中将其放置在屏幕右侧（图8-3b）。第2帧至第8帧（中间帧）的内容将自动生成。

在这个简单例子中，在每帧中变化的飞鸟属性是它的位置。除了位置，在动画软件中可用于补间动画的其他常见属性包括旋转、尺寸、颜色和不透明度。对象的形状在Flash中也能用于补间。

8.3.3 脚本动画

脚本动画并不依赖于时间轴上的帧序列。可用脚本使动画响应用户的交互。在前面的飞鸟动画示例中，可用脚本使飞鸟跟随鼠标或者在用户点击一个按钮后开始飞行。在这些情况中，飞鸟并不总在两秒时刻到达屏幕的中间。相反，何时到达随不同回放会话和不同用户而变化。如果飞鸟通过脚本跟随鼠标，它可能根本不会移动到图像帧的中间。第10章将介绍如何创建脚本动画。

8.3.4 逐帧、补间与脚本

逐帧和补间依赖于在时间轴上创建一个固定的图像序列。在这样的序列中，一种特定图像的表现是确定性的。举例来说，如果动画将一只飞鸟在动画开始后两秒移动到图像帧中央，那么它总是在两秒的时间点到达中央，只要计算机播放动画的速度足够快到能保持动画指定的帧速率。

逐帧和补间技术并不需要脚本。然而，动画序列在创作时予以固定。脚本动画可具有更大的灵活性和交互性，因为对象属性可在播放时根据用户的交互进行改变。

创建逐帧动画通常比补间动画更加耗时。然而，补间并不总能创建你想要的复杂效果。此外，由于中间帧是计算而得，可得到平滑的运动。这样的平滑性有时使动画给人一种机械的感觉。另一方面，手工绘制的逐帧动画给人一种有生命的感觉，如同图8-3a中简单的飞鸟例子所示。

8.3.5 帧速率和帧尺寸

帧尺寸（frame size）指动画的宽度和高度。对数字视频，尺寸以像素为单位。在Flash和Director中，一帧的尺寸是影片的舞台大小，也以像素度量。

帧速率（frame rate）指定了动画的播放速度。它以每秒钟的帧数（fps）度量。与视频类似，低的帧速率将使动画断断续续。如果播放动画的计算机在处理和显示帧时不够快时，过高的帧速率也可能导致断续跳跃。

动画的展现由帧尺寸和帧速率控制。Flash和Director这样的多媒体创作程序允许你设置动画项目的帧速率。这些程序中的帧速率设置通常定义了最大速率，这意味着程序不会超出你所设定的帧速率，但是它并不保证你的动画将保持在这个帧速率。较慢的计算机可能无法跟上高的帧速率。

注意 Flash文件的默认帧速率是12fps。对大多数计算机而言，30fps是一个可接受的速率。

8.4 调整动画回放速度

对基于帧的动画，帧数和帧速率都将影响运动的速度。
- 加快运动：减少帧数或增加帧速率（首选）。
- 减慢运动：增加更多帧（首选）或降低帧速率。

无论你是想减慢或加快运动，基本的原则是不要减少帧数。从动画序列中删除帧意味着删除构成运动的内容，这将降低运动的连续性并且可能使其间断——导致显著的跳动。删除帧只应用作调整动画回放速度的最后手段。

8.4.1 增加帧以减慢运动

假设你已创建了一个补间动画，但觉得运动有些过快。一个减慢运动的好办法是在关键帧之间添加更多的帧而不是降低帧速率。例外的情况是当帧速率已经过高，例如高于每秒30帧。

图8-4中显示的例子说明了增加更多帧和降低帧速率的不同效果。原始序列（A列）包含5个帧，帧速率是20fps。这意味着动画序列在0.4秒后结束。

B列和C列显示了减慢动画的两种不同方法。B列中显示的方法（方法1）保持了帧速率但通过增加帧数减慢动画，使运动延长到更长的时间跨度。现在动画需1秒结束。

C列中显示的方法（方法2）通过降低帧速率减慢动画。动画也是在1秒后结束。但是如你所见，在方法1的结果动画中球的运动每0.05秒改变一次，而在方法2中每0.2秒更新一次。因此，方法1比产生2产生更平滑的运动。

8.4.2 加速运动

如果你希望加速一个基于帧的动画，在绝大多数情况下你可考虑增加帧速率。该原则的一个例外是当帧速率相对于目标播放计算机已过高的情况。这时，你可以尝试减少动画序列中的帧的数量。

8.5 Flash CS3工作区

Flash的工作区或创作环境包含一组不同的面板。本节概括介绍大多数基本的工作区元素。工具、舞台、时间轴、属性检查器和库（图8-5）。鼓励读者自己探索工作区的各部分并使用帮助获取更详细的信息。

8.5.1 工具面板

默认情况下，工具面板（图8-5a）位于工作区的最左边。它包含用于选择、绘制、缩放和修改Flash文档中使用的内容的工具。

	(a)	(b)	(c)
	你想减慢的 原始序列	方法1（首选）： 保持帧速率不变 增加关键帧之间的 帧数以延长动画	方法2（不推荐）： 降低帧速率 保持帧的数量不变
时间轴→			
帧速率→	20fps	20fps	5fps
时间（秒） ↓			
0			
0.05			
0.1			
0.15			
0.2			
0.25			
0.3			
0.35			
0.4			
0.45			
0.5			
0.55			
0.6			
0.65			
0.7			
0.75			
0.8			
0.85			
0.9			
0.95			

图8-4　减慢动画的不同方法，显示每个时间间隔点上的动画帧

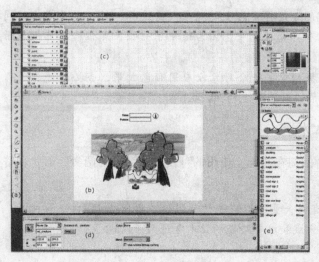

图8-5 Flash CS3的工作区 （a）工具面板；（b）舞台；（c）时间轴；（d）属性检查器；（e）库面板

8.5.2 舞台

舞台（图8-5b）是播放Flash影片的区域。默认时，它是位于窗口中心的一个矩形。它的颜色由项目的背景色决定（修改→文档...）。舞台矩形外边由灰色标识。当影片被播放时，任何放置在舞台外的对象对用户不可见，即使它在创作阶段是可见的。

8.5.3 时间轴

时间轴（图8-5c）由按行排列的一系列帧和叠在一起的多个层组成。Flash是基于帧的创作程序。媒体内容在时间轴上以帧和层为单位进行组织。位于顶层的内容将覆盖其下层的内容。

一个帧的外观指示了它是关键帧、正常帧还是空白帧。

- 一个黑色实心圆圈出现在帧中说明它是一个关键帧。
- 一个（空心）圆圈说明它是一个空白关键帧。
- 一个带有阴影但没有圆圈的帧是一个正常帧，它包含与同一层的前一个关键帧相同的内容。
- 一个带有空白矩形的帧也是一个正常帧，但它是一个帧序列的结尾帧。

8.5.4 属性检查器

默认情况下，属性检查器（图8-5d）位于窗口的底部。它显示了舞台上当前选中对象的将被编辑的信息和属性。

当你选择时间轴上的一帧，属性检查器显示帧属性。如果选择的是关键帧，你可以赋予其一个帧标签和一个补间。

如果选中舞台上的一个对象，你可以输入数字改变对象的属性，例如其x、y坐标位置、宽度或高度。

8.5.5 库面板

库面板（图8-5e）存储项目中使用的符号、导入的位图和声音。符号在下节解释。

注意 选择帧不同于选择舞台上的对象。要选择一帧，需要点击时间轴上的帧。这将导致帧中的所有对象被选中。因为选中了一帧，属性检查器仅显示帧的属性。这包括补间选项和帧的标签名。

如果你想选择帧中的一个对象以应用颜色效果，务必通过点击舞台上的对象来选中它，而不是点击时间轴上的帧。

8.6 Flash：基本术语

一个Flash文件中的将在舞台上使用的可视项目可分为两类：形状和符号。它们具有不同的属性、用途和要求。

注意 第3章中有关矢量图形程序的节讨论了如何生成笔触（stroke）和填充。有关使用锚点和句柄生成和编辑路径的技术也适用于Flash。

8.6.1 形状

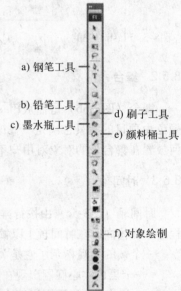

a) 钢笔工具

b) 铅笔工具

c) 墨水瓶工具

d) 刷子工具

e) 颜料桶工具

f) 对象绘制

图8-6 Flash CS3的工具面板

一个**形状**（shape）由笔触（stroke）和/或填充组成。

笔触（stroke）是用铅笔、钢笔和墨水瓶生成的线条（图8-6a～图8-6c）。诸如宽度、颜色和线条样式等笔触的属性可在属性检查器中进行修改。

一个**填充**（fill）是包含填充内容的区域。它可由颜料桶和刷子工具创建（图8-6d～图8-6e）。

存在两种绘制形状的模型：对象绘制和合并绘制。当选择铅笔、刷子、钢笔、线条或矩形工具时，有一个对象绘制选项（图8-6f）。你可以打开该选项以使用对象绘制，或者关闭它回到合并绘制。

合并绘制模型（Merge Drawing model）是默认的绘制模型。相互重叠的形状被合并在一起。在**对象绘制模型**（Object Drawing model）中，你创建的形状是自包含的对象。

与合并绘制模式中绘制的形状相比，绘制对象有两点不同：

• 当你点击选中舞台上的一个绘制对象时，你选中了整个形状，将出现一个方框包围绘制对象。

例如，图8-7显示了两个头像：（i）左侧的由绘制对象构成；（ii）右侧的由一般的形状构成。图8-7a显示了它们被选中的样子。如你所见，（i）中的每一笔触都是一个独立的绘制对象。

你不能选择性地选取填充中的个别区域或笔触的一段。

你可以在绘制对象上双点以编辑其形状，如同你对待一般形状那样（图8-7b）。

• 重叠的绘制对象互不改变对方。

例如，你可以改变一个绘制对象的颜色（图8-7c(i)）但不改变与它重叠的其他对象。如果你填充形状的相同部分，如图8-7c(ii)所示，具有相同颜色的邻接形状的颜色将被改变。如果你重新定位绘制对象，例如图8-7d(i)中的两个眼睛，之前重叠的头发（也是绘制对象）将不发生改变。另一方面，形状中将生成空洞。

　　根据你想如何创建内容，对象绘制模式可能满足也可能不满足你的需要。一个由形状合并生成的空白封闭区域很容易填充。例如，图8-7e(ii)中的空白空间可用颜料桶工具填充为绿色。但是，要用颜色填充由绘制对象形成的同样空白区域（图8-7e(i)），你就需要另外创建一个该颜色的形状或绘制对象。

　　如果你无意中在舞台上生成了绘制对象，选择铅笔、刷子、钢笔、线条或者矩形工具并且关闭对象绘制选项，因而不再绘制生成新的形状。关闭对象绘制并不自动将舞台上已存在的对象转换为形状。已有对象仍然保持不变，但你可选中这些对象并选择"修改→拆分"，从而将它们转换为形状。

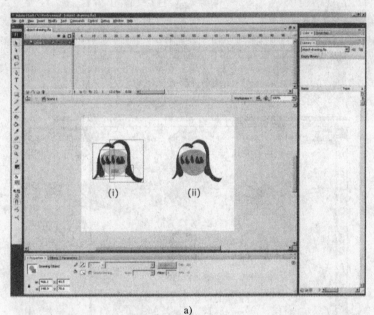

a)

b)

图8-7　绘制对象（i）与合并形状（ii）

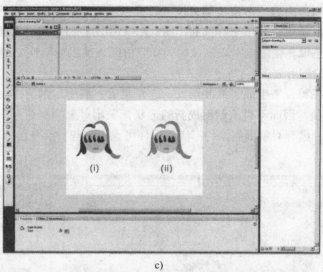

c)

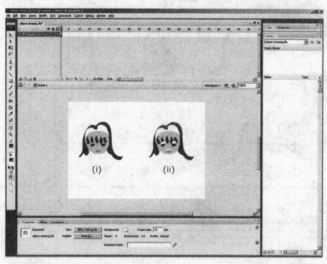

d)

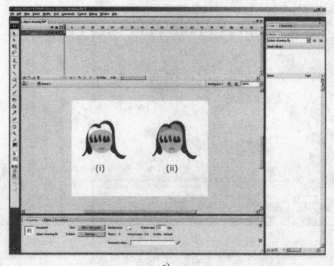

e)

图8-7 （续）

8.6.2 符号

符号（symbol）存储于库面板并可在项目中重用。

要创建一个对象，你可以：1）将一个已存在形状转变成一个符号；2）创建一个空白符号然后在其中创建形状或放置其他符号。

新的符号被自动加入到库面板中。要将一个符号放到舞台上，可将符号从库面板拖曳到舞台上。

当你选择放在舞台上的一个符号，一个矩形包围框将出现在符号周围（不管符号具有什么样的形状），如图8-8左侧的小狗所示。若要编辑符号的形状，你需要双击舞台上的符号实例或库中的符号自身以切换至符号编辑模式。你可通过查看属性检查器获知舞台上的一个形状对应的符号。在图8-8中，左侧选择的小狗是一个符号的实例，它周围的蓝色矩形框指示选中的是符号的一个实例。右侧选中的小狗是一个合并形状，由其上的点图案指出。第10章将解释如何将动作赋予舞台上的一个对象。

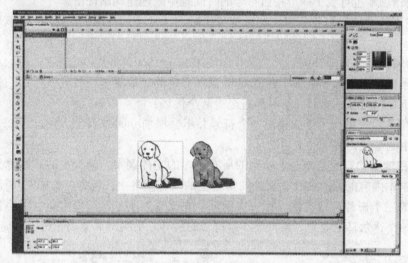

图8-8 符号和形状

存在三种类型的符号：图形、按钮、影片剪辑。这里简要说明一下每种类型的特性和用途：

注意 影片剪辑与按钮：由于影片剪辑可提供更多的交互可能性，本书中的所有ActionScript例子使用影片剪辑而不是按钮。但是，绝大多数例子中的ActionScript代码也适用于按钮。

1. 图形
- 用途：用作静态图形。除了主时间轴外，它还可放置于其他图形、按钮和影片剪辑等符号中。
- 交互式控制和声音无法用在一个图形符号的时间轴中。

2. 按钮
- 用途：用作影片中的交互式按钮以响应鼠标点击和滚动。除了主时间轴外，它可放置于影片剪辑符号中。
- 在一个按钮符号中仅有四个特殊用途的帧，它们分别对应于按钮的四种不同状态：弹起、

（鼠标）在上、按下、点击。点击用来定义按钮的热点，如果你只想要按钮的一特定区域响应鼠标。你可以添加不同的图形符号、影片剪辑或只是形状来定义按钮的不同状态的外观。

• 你可以使用ActionScript控制放置于时间轴上的一个按钮。

3. 影片剪辑

• 用途：用作可重用的动画片段。影片剪辑可以有它们自己的时间轴，播放时独立于主影片的时间轴。你可将影片剪辑看作主影片中的迷你Flash影片。

如同按钮，影片剪辑可由ActionScript控制以响应鼠标的点击和滚动。但是与按钮不同，每一影片剪辑拥有一个时间轴用于基于帧的动画。按钮的时间轴仅含有四个特殊用途的帧。

• 一个影片剪辑可包含其他符号（图形、按钮和其他影片剪辑）的副本、ActionScript和声音。

• 影片剪辑副本也可置于一个按钮符号的时间轴中以创建动画按钮。

• 如果在影片中使用影片剪辑，在预览剪辑时选择"控制→测试影片"，而不是"控制→播放"。

• 影片剪辑动画将自动开始播放，除非你使用ActionScript将其停止在第一帧。

使用符号在技术上并不是基本的Flash动画所必需的。取决于项目复杂性，一些项目可只使用形状而不使用符号。然而，符号具有至少两个优势：

1. 可重用性：在舞台上多次使用一个符号并不会增加Flash文件的大小。另一方面，如果你复制舞台中的形状，将增加文件的尺寸。

2. 存储在库中的符号是舞台上使用的所有副本的主控副本。舞台上的副本称为符号的实例。对主控副本内容的修改将自动反映在舞台上的所有副本中。例如，如图8-9所示，舞台上有小狗符号的三个影片剪辑实例。每一实例可独立改变大小。通过将库面板中小狗符号的主控副本改为一个达尔马提亚狗，舞台上小狗符号的所有三个实例都变成了达尔马提亚狗。

a）放置于舞台上的名为小狗的影片剪辑符号的三个实例（副本）

图8-9 符号和它的实例

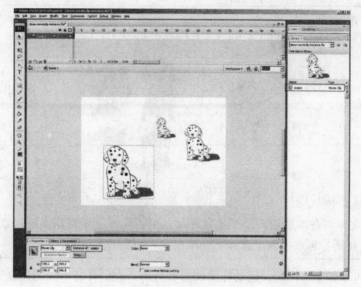

b) 当存储于库面板中的小狗符号的主控副本被改为达尔马提亚狗,所有舞台上的实例都被自动更新

图8-9 (续)

如果在创作过程开始时符号的视觉内容尚不可用,在等待实际内容的同时,在符号中可使用临时内容。一旦符号最终设计完成,仅需对库面板中的符号进行一次更新,所有舞台上使用的实例都将自动反映新的内容。

8.6.3 补间

补间是创建运动和时间性变化的一种有效途径。对每一补间序列需要两个关键帧。要建立一个关键帧,可使用下列方法之一:

- 选择一帧,执行"插入→时间轴→关键帧"。
- 右键点击(Windows系统)或控制点击(Macintosh系统)时间轴上的一帧,选择插入关键帧。

绘制练习

练习Flash绘画工具,创建影片剪辑符号。

建立两个文件:

1. X光照片(图8-10)

a)

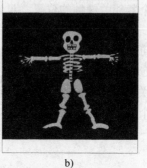

b)

图8-10 文件1:创建两个符号并分别置于不同层上

---

2. 发型（图8-11）

图8-11　文件2：创建七个符号：角色头部（无头发）、五个发型、将放在角色头部之上的一顶头发

X光照片文件将在本章后面用于建立补间动画。发型文件将用于第10章，你将学习如何添加交互，使用户可点击发型选择之一来改变人物角色的发型。

Flash中有两种类型的补间：**运动补间和形状补间**。它们具有不同的用途和要求。表8-1概括了这两种不同补间技术的比较。

表8-1　比较运动补间和形状补间

运动补间	形状补间
只工作于符号	只工作于形状
不用于创建变形动画	可用于创建一个形状变形动画
在将进行运动补间的一层上不允许有超过一个的符号	技术上讲，在将进行形状补间的一层上可放置超过一个的形状。然而，如果你希望能更多地控制哪个形状变形到哪个目标形状，你应该将形状分离到不同的层，并且在创建一个形状补间时几乎总是如此
可用于运动引导组合	无法用于运动引导
运动补间序列中的帧在时间轴上标识为蓝色（图8-12）	形状补间序列中的帧在时间轴上标识为绿色（图8-14）

注意　如果你使用了一个错误的补间类型或在运动补间的同一层中使用多个符号，补间序列将不会工作并被表示为时间轴上的一条虚线（而不是一条实线的箭头）。

运动引导将在8.6.4节解释。

图8-12显示了创建一个拥有三个关键帧的运动补间动画的例子。在每一关键帧中，叶片符号实例的位置、尺寸比例和旋转角度发生改变。运动补间被应用于除最后一帧之外的每一关键帧。（仅需要对每一补间段的开始关键帧应用补间。）

中间帧可通过对两个紧邻关键帧的位置、尺寸比例和旋转角度进行插值而自动生成。

图8-13以近似每隔一帧的形式显示了这个动画序列结果。尽管未在此例中演示，符号实例的颜色和不透明度也可经由运动补间实现动画。

图8-14显示了一个创建包含三个关键帧的补间动画的例子。在每一关键帧中，形状和颜色发生了改变。第一个关键帧包含一个蓝色的字符"I"的形状；第二个关键帧包含了一个粉红色的心形形状；第三个关键帧包含一个绿色的字符"U"的形状。

形状补间应用于每一段的第一个关键帧。然后中间帧通过对两个关键帧中的形状和颜色进行插值自动生成。

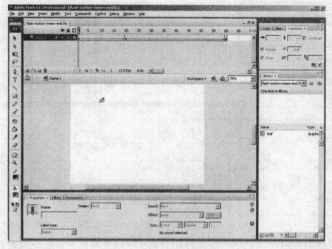

a）第1帧处的关键帧

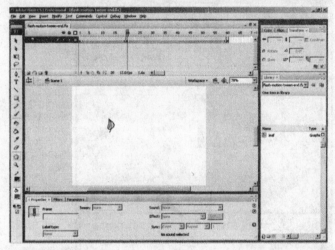

b）第20帧处的关键帧，改变了符号实例的位置、尺寸比例和旋转角度

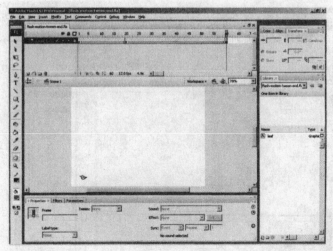

c）位于第60帧处的动画序列的最后一个关键帧，更多改变了符号实例的位置、尺寸比例和旋转角度

图8-12　一个运动补间动画，在时间轴上以蓝色显示帧颜色

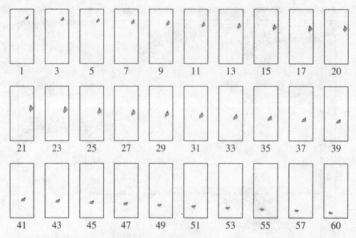

图8-13 以近似每隔一帧显示的运动补间动画例子（图8-12）并标记有对应的帧编号

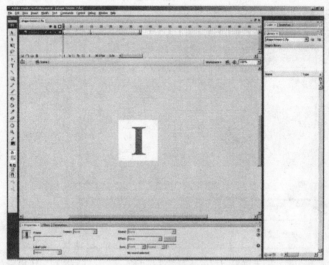

a）第1帧处的关键帧

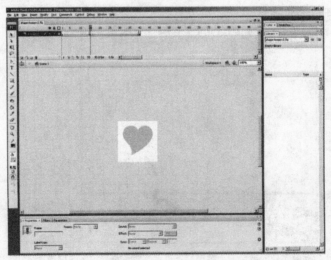

b）在第二个关键帧（第15帧）中，形状和颜色发生了改变

图8-14 一个形状补间动画，在时间轴上以绿色显示帧颜色

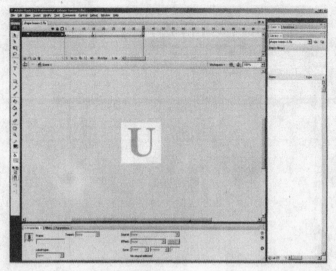

c）在动画序列的最后关键帧中（帧40），进一步改变了形状和颜色

图8-14 （续）

图8-15每隔一帧显示了这个动画序列结果。该例子演示了形状和颜色的形状补间。形状的位置、尺寸比例、旋转角度和不透明度也能在形状补间序列中予以补间。

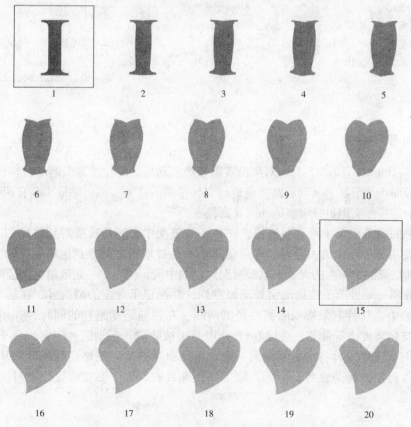

图8-15 逐帧显示形状补间动画的例子，并标记有对应的帧编号。

第1、15、40帧是关键帧，在其中对形状进行了变化

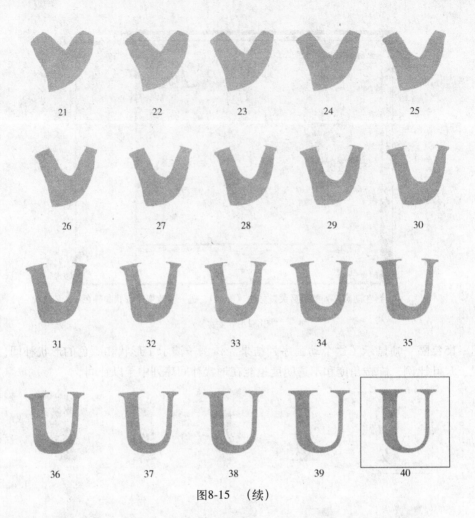

图8-15　（续）

8.6.4　运动引导

　　运动引导（motion guide）允许对象沿着路径产生动画。路径放置于运动引导层。运动引导作用于符号而不是形状。其动画路径受运动引导控制的符号实例仍需最少具有两个关键帧。每一关键帧中的符号实例被吸附到运动引导路径上。

　　图8-16中的例子使用了两个关键帧。在每一关键帧中，叶片被吸附到路径的其中一端。然而，可以使用多于两个的关键帧。你可使用中间关键帧指定对象到达路径上的一特定点。此外，起始和结束关键帧中的对象可以吸附到路径的中间，而不必一定吸附到路径的两端。

　　图8-17每隔一帧显示了该运动引导动画序列，并标记了对应的帧编号。在第1帧和第60帧两个关键帧中，叶片对象被吸附到路径的两端。在跟随运动路径的同时，在所有中间帧中对叶片的旋转角度进行插值。无论在Flash中是否被隐藏，运动路径不会出现于发布的影片中。这个例子通过同时将路径复制到一个非运动引导的层，使路径显现出来从而给你一个可见的叶片对象的运动参考。因此，除了该特殊目的，你不必费心设法在时间轴上使引导不可见。

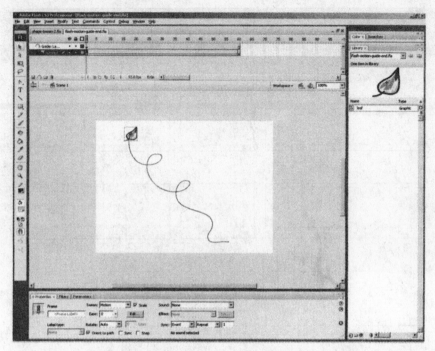

a）第1帧处的关键帧：叶片符号实例吸附到运动路径的起始处

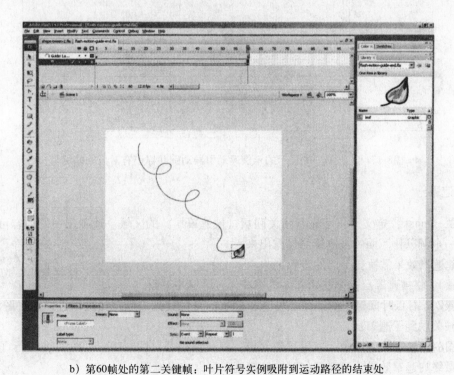

b）第60帧处的第二关键帧：叶片符号实例吸附到运动路径的结束处

图8-16 一个运动引导动画。穿越舞台的黑色线条是用作运动引导的路径，
其在时间轴上位于叶片所在层之上的层

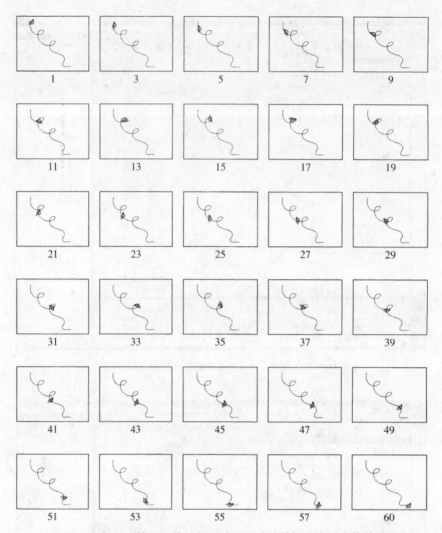

图8-17 以每隔一帧显示的示例运动引导动画并标记有对应的帧编号

8.6.5 遮罩

遮罩（mask）定义了用于显露相关联层（被遮罩层）的区域。遮罩层中的内容可想象为创建了一个洞以让下面的被遮罩层显露出来。

创建遮罩效果需执行下面的步骤：

步骤1 将被遮罩层安排在紧邻你希望成为遮罩层的下面。

步骤2 右点时间轴上的遮罩层，选择遮罩。可观察到被遮罩层被缩进显示（图8-18a），现在它被关联到了遮罩层。

在图8-18显示的例子中，遮罩层包含有一黑色实心圆（图8-18b）。图8-18c显示了锁定遮罩层后最终的遮罩效果。可自任何时候解锁遮罩层以编辑遮罩。

遮罩层可关联到一个或多个被遮罩层。通过将希望被遮罩的层拖曳到遮罩层上，可建立相应的关联关系。

遮罩层可包含形状和符号实例。形状或符号实例的颜色并不重要，遮罩的颜色不会出现在最终的遮罩效果中，也不影响遮罩的效果。

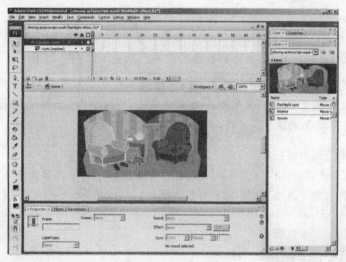

a）被遮罩层上的可视内容

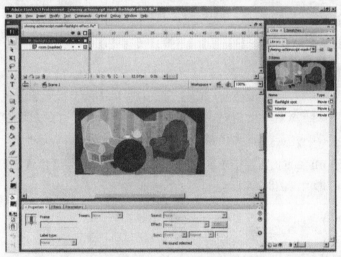

b）本例中用黑色圆圈作为遮罩层的内容

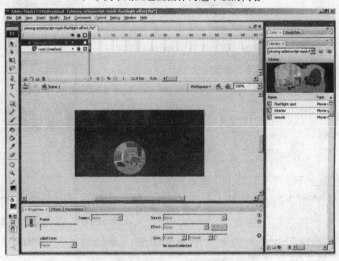

c）锁定遮罩层激活遮罩后的最后效果

图8-18 Flash中的遮罩

遮罩层中的形状或符号实例可进行动画以创建有趣的效果。在本例中，黑色圆圈使用补间在舞台上来回移动。这将制造出聚光灯的效果，任一时刻只显露出下层内容的一小部分。与补间相结合,可创造性地使用遮罩生成有趣的动画。来看下面两个例子。

注意 本例中的人物图形既不是遮罩也不是被遮罩对象，它不是遮罩效果的一部分，而是位于一般图层上，遮罩效果与其无关。然而，通过将人物图形置于遮罩效果之下，生成了想要的视觉效果，使得动画更具趣味。

遮罩动画样例1：X射线扫描

在本例中，在一个黑色矩形（图8-19a）中的骨架图形作为被遮罩对象。代表扫描条的矩形（图8-19b）用作遮罩。图8-19c显示了遮罩效果。

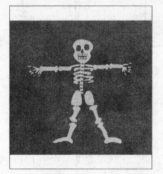  

a）骨架作为被遮罩对象　　　b）一个扫描矩形条作为遮罩　　　c）最终遮罩效果

图8-19　遮罩动画样例1

若将人物图形（图8-20a）放置于遮罩效果（图8-20b）下的一层并与骨架位置对齐，将生成扫描条透视人物的影像（图8-20c）。

 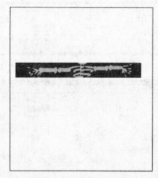 

a）人物图形　　　b）使用扫描条遮罩骨架后的效果　　　c）遮罩效果覆盖在人物图形之上，
　　　　　　　　　　　　　　　　　　　　　　　　　　　　　产生人物正在接受X光扫描的影像

图8-20　遮罩样例2

遮罩样例2：光束上下

在本例中，生成了一个动画遮罩演示外星人从宇宙飞船中出现和消失的动画（图8-21）。为了加上光束，在另一独立层上对光束使用补间动画，再将该层覆盖在遮罩效果之上并与遮罩动画相同步，从而创建了外星人经光束上下的影像。叠加的光束可用渐变的不透明度予以填充，而不是使用单色，从而使其看起来更像一束光（图8-21e）。

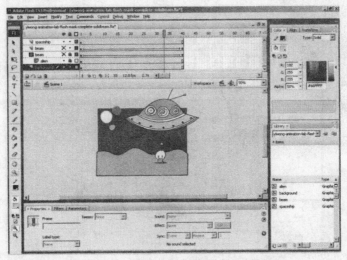

a）在放映序列中静止不动的宇宙飞船和外星人

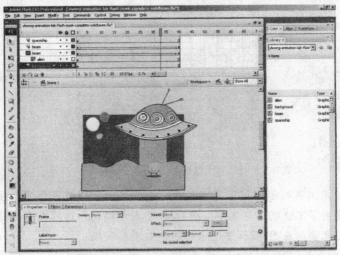

b）青色矩形是遮罩。图中关闭了遮罩以显示其位置

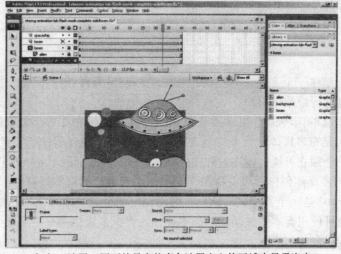

c）打开遮罩，因而外星人从青色遮罩定义的区域中显露出来

图8-21　联合使用动画遮罩和无遮罩动画以创建有趣的效果

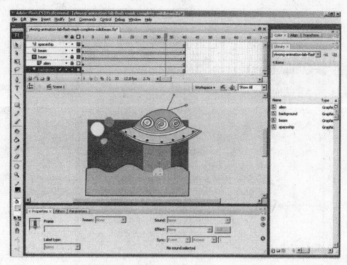

d）一个（一般的、非遮罩或被遮罩的）层置于遮罩层之上，其中包含一个由半透明青色填充的矩形

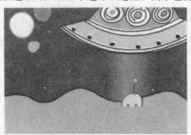

e）覆盖光束由渐变颜色而不是单色填充

图8-21 （续）

注意 遮罩所用不透明图形设置并不影响遮罩效果，所得遮罩结果与图8-21c显示相同，尽管其使用了不透明遮罩图形。图8-21e中显示的柔和边缘光束通过将（一般的、非遮罩的）光束叠加在图8-21c中所示的遮罩效果而实现。

在Flash中使用遮罩动画：光束上下。 练习：1）创建一个遮罩；2）对遮罩使用动画；3）为可见的光束创建另外一层并同步遮罩运动。

8.7 本章小结

多媒体创作

多媒体创作是制作一个多媒体作品的过程。它涉及组装或编排不同媒体元素、添加交互性以及将作品打包发行给最终用户。

分发多媒体作品的两种最常用形式是独立的可执行程序和在Web浏览器中播放的影片。使用其中任一形式发布多媒体项目允许他人无需创作环境即能观看你所完成的项目。Flash支持将影片发布为一个独立可执行程序（称作projector）或者一个用于Web的SWF文件。

如Flash这样的多媒体创作程序支持制作动画并拥有自己的脚本语言。Flash的脚本语言称为ActionScript。Flash是一个基于帧的软件，时间轴由帧组成。你可使用逐帧和补间技术创建基于帧的动画，也可使用脚本生成动画。脚本使你能够在多媒体项目中集成交互性和非线性。

Flash的工作区

本章概要介绍了Flash的工作区、工具面板、舞台、时间轴、属性检查器和库面板。

形状和符号

Flash文件中用于舞台上的可见元素可分为两种类型：形状和符号。它们具有不同的属性、用途和要求。

- 形状由笔触和填充构成。
- 符号是Flash中的一个封装的对象，存储于库面板中，可在整个项目中重复使用。要在舞台上放置符号，可将其从库面板拖曳至舞台上。

存在三种类型的符号：图形、按钮和影片剪辑。图形符号主要用于静态图形，可被放置在其他图形、按钮或影片剪辑符号中。按钮和影片剪辑的实例可通过ActionScript控制以响应鼠标的点击和滚动。一个按钮的时间轴仅包含四个特定用途的帧。与按钮不同，每一影片剪辑都拥有一个时间轴用于基于帧的动画。

补间

补间是创建运动和时间变化的一种有效手段。它需要至少两个关键帧。Flash中存在两种类型的补间：运动补间和形状补间。运动补间作用于符号，可与运动引导一同使用。形状补间作用于形状，可创建两个形状之间的变形动画。

运动引导

运动引导允许对象沿着指定的路径运动来生成动画。路径放置于运动引导层。运动引导作用于符号而不是形状。其动画路径受运动引导控制的符号实例仍需至少具有两个关键帧。每一关键帧中的符号实例被吸附到运动引导路径上。

遮罩

一个遮罩定义了用于显露相关联层（被遮罩层）的区域。遮罩层可被关联到一个或多个被遮罩层。遮罩层中的形状或符号实例可进行动画以创建有趣的效果，如聚光灯的效果。

术语

ActionScript	Merge Drawing model（合并绘制模型）
Button（按钮）	motion guide（运动引导）
end user（最终用户）	motion tween（运动补间）
fill（填充）	Movieclip（影片剪辑）
frame rate（帧速率）	multimedia authoring（多媒体创作）
frame size（帧尺寸）	Object Drawing model（对象绘制模型）
frame-by-frame（逐帧）	projector（投射器）
Graphic（图形）	shape（形状）
in-between frame（中间帧）	shape tween（形状补间）
instance（实例）	stroke（笔触）
keyframe（关键帧）	Symbol（符号）
mask（遮罩）	tweening（补间）
maskee layer（被遮罩层）	

复习题

请选择所有正确的答案。

1. 如果你有一个形状的轮廓，想用一种颜色填充其内部，你应使用_____工具。

A. 桶　　　　　　　　　　　　　　　B. 墨水瓶

2. 如果你有一个填充形状，想在其周围创建轮廓，你应使用_____工具。

A. 桶　　　　　　　　　　　　　　　B. 墨水瓶

3. 哪种补间可用于符号动画？

A. 运动补间　　　　　　　　　　　　B. 形状补间

4. 哪种补间可用于形状动画？

A. 运动补间　　　　　　　　　　　　B. 形状补间

5. 时间轴上的一段运动补间序列的颜色是_____。

A. 蓝色　　　　　　　　　　　　　　B. 绿色

6. 时间轴上的一段形状补间序列的颜色是_____。

A. 蓝色　　　　　　　　　　　　　　B. 绿色

7. 若一补间序列存在问题，它在时间轴上被指示为_____。

A. 实心线箭头　　　　　　　　　　　B. 虚线

8. 是非题：在同一运动补间层可存在多个符号。

9. 库面板中存储了_____。

A. 符号　　　　　　　　B. 形状　　　　　　　　C. 以上都是

10. 运动引导可用于_____。

A. 运动补间　　　　　　B. 形状补间　　　　　　C. 以上都是

11. 下列有关遮罩的叙述中正确的是_____。

A. 遮罩项目隐藏了位于其下的关联层的区域。遮罩层的其余部分显露了关联层中除透过
遮罩项目的部分之外的所有内容

B. 遮罩项目类似一个窗口，显露了位于其下的关联层的对应区域。遮罩层的其余部分隐藏
了关联层中除透过遮罩项目的部分之外的所有内容

12. 你可以补间符号或形状的位置。说出你可以用于补间动画的符号或形状的其他三个属性。

13. 如果你想改变舞台的大小、帧的大小和舞台的颜色，你应选择哪个菜单项？

14. 如果你在Flash影片中使用了影片剪辑，要正确预览影片你应选择什么菜单项？

A. 控制→播放　　　　　　　　　　　B. 控制→测试影片

15. 交互式控制、声音和动画工作于_____。

A. 图形符号　　　　　　B. 影片剪辑符号　　　　C. 以上都是

16. _____可包含其他图形符号。

A. 图形符号　　　　　　B. 影片剪辑符号　　　　C. 以上都是

17. _____可包含其他图形、按钮和影片剪辑符号。

A. 图形符号　　　　　　B. 影片剪辑符号　　　　C. 以上都是

18. 要发布一个用于Web的Flash影片，你应将其发布为_____。

A. .swf　　　　　　　　B. projector　　　　　　C. .fla

19. 要发布一个用作独立可执行程序的Flash影片，你应将其发布为_____。

A. .swf　　　　　　　　B. projector　　　　　　C. .fla

20. 舞台上的一个影片剪辑称为该影片剪辑的一个_____。

A. 关键帧　　　　　　　B. 形状　　　　　　　　C. 符号

D. 实例　　　　　　　　E. 运动引导

第9章 使用Flash进行交互式多媒体创作：ActionScript——第一部分

关键概念
- 编程基础

总体学习目标

学习完本章后，应该能够掌握：
- 多媒体创作语言需要的计算机编程基础。
- 用ActionScript进行Flash简单编程。

9.1 编程语言与脚本语言

编程语言（programming language）指定了一组规则用来编写可以在计算机上执行的指令。有一种编程语言通过0和1与计算机通信，称为**机器语言**（mackine language）。其他更像自然语言的编程语言称为**高级语言**（high-level language）。高级语言对人们来说更易于读和写，但它需要在后台翻译成计算机可以理解的指令。C++和Java是高级编程语言的例子。

脚本语言（scripting langnage）是更高级的编程语言。和全功能的编程语言（例如C++和Java）相比，脚本语言不提供一个复杂的特性集合来让程序员控制内存分配和程序执行效率的种种细节。但是脚本语言的好处是它对于非程序员来说非常好学，因为脚本语言使用了更接近自然语言的关键字和语法。脚本语言还提供了足够的特性让程序员能够创造性地把一个复杂的交互式工程组合在一起。

多媒体创作程序（例如Macromedia Flash和Director）都有它们自己的脚本语言。Flash的脚本语言叫做ActionScript，Director的脚本语言叫做Lingo。ActionScript和Lingo可以增加多媒体项目的交互性。用户可以通过鼠标点击或者键盘上的击键操作来与多媒体程序进行交互。影片如何响应这样的交互取决于脚本程序。

注意 在Flash或Director中创建的一个多媒体作品通常称为一个影片。它并不意指一段视频或是电影。

9.2 编程和脚本基础——第一部分

ActionScript的例子程序和Flash工程在网上和各种图书中有大量介绍。你可以把它们用在自己的工程中。如果这些示例脚本所做的事情不完全是你想要的，为了使用它们你就要对你的想法进行折中。理解了基本的编程概念和技术，你将可以阅读和修改例子脚本来满足自己的需求。也可以从头开始写自己的脚本。

ActionScript使用了所有高级编程语言中通用的编程概念和结构，例如变量、函数、条件、循环、鼠标事件和键盘事件。学习如何使用ActionScript编程可以帮助你学习其他编程语言，反之亦然。

本节将首先概述计算机编程语言中的通用术语。这些基本用语是相互关联的。进一步探究一个术语可能会涉及其他还没有介绍但是在后面会出现的术语。你可以将本节通读一次后再回顾一遍，以便深刻理解这些术语。

9.2.1 语法

编程语言或脚本语言的**语法**（syntax）规定了语句以什么方式编写。编程语言的语法就像人类语言中语法规则和标点符号，所不同的是这些规则必须被计算机程序准确地遵循。

语法定义了诸如此类的事情：一条语句是否必须以某种标点符号结束，名字可以有多长，数学运算可以用哪些运算符，例如加法或减法。

下面是两条ActionScript 3.0的语法规则：

- 区分大小写：多数编程语言是区分大小写的，其中也包括ActionScript。这意味着当你使用关键字、命令或者任何自定义变量时，它们都必须和最初定义时完全一致。关键字和变量将在本节中后面介绍。区分大小写的含义是，名字score不同于Score。
- 每条语句以分号（;）结尾。如果一行代码只包含一条语句，那么这是可选的。由于许多语言要求每条语句以一个分号结尾，本文中所有的ActionScript示例都执行这个规则。

9.2.2 数据类型

一个变量可以被赋予多种不同类型的值，例如整数、字母表中的单个字符、文本字符串。值的类型称为**数据类型**（data type）。

许多编程语言要求当一个变量在第一次创建时要显式地声明，称为**严格类型**（strict data typing）。更早版本的ActionScript（1.0和2.0）是**弱类型**（loosely typed）编程语言。这意味着声明变量时，你不一定要指明变量的数据类型，数据类型在脚本执行期间必要时会进行自动转换。现在的ActionScript 3.0是严格类型的。

表9-1列出了本书中ActionScript 3.0示例中所使用的数据类型。你会找到关于这些数据类型和Flash帮助中其他数据类型的更多信息。

表9-1　本书ActionScript示例中使用的数据类型

数据类型	描　述
int	代表**整数**（integer），表示所有整数
	程序中的许多值是整数，这些数字可能是正数或负数，例如，游戏中的分数。某些情况下可以是一个浮点数，但是你希望把它保存为一个整数。例如，在以秒为单位保存时间时，时间可能是5.2秒。但是根据具体情况，你可能只想将时间保存为整数，例如，简单地将5.2秒去掉尾数成为5秒。在这个例子中，需要将保存时间的变量声明为int，或者更好地，声明为uint（见下），如果它只有非负值
	能够存储多大的整数是有限制的。（请参考第1章。）对于入门级的例子和工程，你很少会超越这个限制。如果你有兴趣想知道ActionScript中整数的限制，一个int类型的变量存储为32位的整数，能够存储的合法整数范围是从$-2\ 147\ 483\ 648(-2^{31})$到$2\ 147\ 483\ 647(2^{31}-1)$，包括$-2\ 147\ 483\ 648$和$2\ 147\ 483\ 647$

（续）

数据类型	描　　述
uint	代表**无符号整数**（unsigned integer），表示正整数 和int一样，unit也是32位的整数，但只有正数。这意味着能够存储的合法整数范围是从0～4 294 967 295($2^{32}-1$)，包括4 294 967 295 程序中保存正整数的例子有：人数、支票存款的数目、游戏中发射的子弹数、实验次数
Number	可以是整数、无符号整数和浮点数。你可以将浮点数看作是一个带小数点的数，例如1.1、20.849和0.2157 像int和uint，Number数据类型也有一个限制，对于入门级的工程很少会超越这个限制。Number数据类型使用53位比特存储整数。这样它能存储的整数范围是从9 007 199 254 740 992(-2^{53})～9 007 199 254 740 992(-2^{53}) （回想第一章　讨论的眼信号模拟，用越多的位来描绘信息，就越能表示更多不同的数值）现在，你知道Number数据类型（53位）比int和uint（32位）有更宽的数值范围。） 但是，为了提高效率，你应该只为浮点数或者大于32位的int和uint能够存储的整数而使用Number数据类型
String	简单地说，String数据类型表示一个字符序列 值被包含在引号中，例如"This is a text string" 一个空的文本字符串被写作"" 注意：一个声明为String类型的并且还未被初始化的变量的默认值为null 值null和空串（""）不一样
Boolean	Boolean数据类型只有两个可能的值：true和false 一个未初始化的Boolean类型的变量默认值为false

9.2.3　变量

变量（variable）是程序中存储值的元素。你可以更新或获取变量的值。

有三个和变量相关的属性：名字、值和数据类型。

- **变量名**（variable name）：数据在内存中被存储为位（参见第1章中的讨论）。变量名可以让你以名字来引用数据的内存单元。
- **值**（value）：变量的值是实际存储的数据。
- **数据类型**（data type）：数据类型指明了存储数据的类型。

在使用变量前，需要先声明变量——给变量起个名字。在ActionScript 3.0中声明变量，变量名用关键字var进行声明。

ActionScript 3.0中通常像这样声明一个变量：

var变量名:数据类型;

例如，下面的语句声明了一个名为highScore的变量。它是一个整数（int）。

var highScore:int;

你也可以在声明时给变量赋一个值，像这样：

var highScore:int = 0;

变量名

所有语言都有规则规定如何构成一个合法的变量名。这里是一个ActionScript的规则列表，它也适用于许多编程语言。变量名

- 只能包含字母、数字和下划线（_）。

- 不能以数字开头。
- 只有在ActionScript中可以包含美元符号（$），即使是把它作为名字的第一个字符。
- 不包含空格。

通常的命名习惯是当变量名包含多个单词时，使用**驼峰式大小写**（camel case）格式，像sheepCount和highScore。这意味着：

- 变量名以一个小写字母开头。
- 大写字母用于每个新的单词。

这是最常见的惯例，本书中所有的ActionScript示例都使用这个命名习惯。

另一个常见的命名习惯是全部使用小写字母并用下划线（_）将每个单词分开，像这样：sheep_count和high_score。

自测练习：变量名

下列哪个变量名是合法的?

1. myScore
2. my_score
3. my score
4. my-score
5. my4score
6. 4score

答案

1. 合法
2. 合法
3. 非法；空格不允许
4. 非法；破折号不允许
5. 合法
6. 非法；不能以数字开头

给变量一个值

给变量一个值称为**赋值**（assigning a value）。将一个数值分配给变量的语句叫**赋值语句**。找出变量的当前值叫做访问这个变量。

变量与文本字符串

score（没有引号）和"score"在代码中是不同的。

score（没有引号）是一个变量名。变量有一个值。变量score的值根据它的数据类型可以是一个整数或者是一个文本字符串。

如果score的值为3，那么表达式score + 9的值是12。

一个文本字符串被包含在引号中，例如，"score"。"score"是一个文本字符串，这就是它的值。

表达式"score" + 9的值是连接的文本字符串"score9"。

自测练习：变量与文本字符串

假设变量score的值是3。

1. 表达式score + score的值是_____（文本字符串或者数字？），等于_____。

2. 表达式score + "score"的值是_____（文本字符串或者数字？），等于_____。

3. 表达式"score" + "score"的值是_____（文本字符串或者数字？），等于_____。

答案

1. 数字，6

2. 文本字符串，"3score"

3. 文本字符串，"scorescore"

9.2.4　语句

语句是可以执行的指令。语句可用于：

- 给变量值——赋值语句，下一节中将介绍。

- 使事件仅在某些条件下发生——例如条件语句，条件语句将在后面的控制结构部分中介绍。

- 让指令重复执行——例如for循环，for循环语句也将在后面的控制结构部分中介绍。

9.2.5　赋值语句

一条**赋值语句**（assignment statement）给变量赋予一个数值。在大多数编程语言中，=（等号）运算符用于给变量赋值。例如语句：

```
score = 0;
```

的作用是将名为score的变量赋值为0。

变量既出现在赋值语句的左端又出现在赋值语句的右端是可以的。例如：

```
score = score + 1;
```

这条语句将变量score的值增加了1。假设在这条语句执行前变量score的值是10。那么这条赋值语句执行后，score的值为11。

除了=运算符，还有更多的赋值运算符。它们将在下一节运算符中讨论。

9.2.6　运算符

运算符是让一个或多个其他的数（操作数）经过计算得到一个新值的符号。本节将介绍5种常见的运算符。

算术运算符：+、-、*、/、%

一个算术运算符用于两个数（操作数），进行数学运算后得到一个新的值。

例如，+（加法）运算符用于将两个或多个值加在一起产生一个新值。2 + 3的值为5。

其他常见的运算符有-（减法）、*（乘法）、/（除法）和%（取模）。这五个运算符+、-、*、/和%在ActionScript中可以见到。

取模运算符（%）用于计算两个整数相除所得的余数。例如：

- 20 % 2 得0，因为20除以2的余数为0。

• 20 ％ 11 得9，因为20除以11的余数为9。

取模运算符在判定一个变量的值是偶数还是奇数时很有用。如果被2除余数为0则变量是偶数；如果余数是1则变量是奇数。

赋值运算符：=、+=、-=、*=、/=、%=

=运算符的用法已经在赋值语句中讨论过。本节将介绍更多的赋值运算符（表9-2），以速记的形式写出某些类型的赋值语句。

表9-2　赋值运算符

	等价语句
score += 3;	score = score + 3;
score -= 3;	score = score – 3;
score *= 3;	score = score * 3;
score /= 3;	score = score / 3;
score %= 3;	score = score % 3;

例如，语句，

score = score + 1;

可以用加法赋值运算符（+=）写作：

score += 1;

类似地，

score = score -1;

等价于：

score -= 1;

使用了**减法赋值运算符**（-=）。+=和-=很有用因为加法和减法是程序中经常使用的操作。
也有**乘法赋值运算符**（*=），**除法赋值运算符**（/=）和**取模赋值运算符**（%=）。

后缀运算符：++, --

后缀运算符（++和--）用于仅有一个操作数，将值进行加1或者减1。表9-3显示了这些运算符的用法和等价语句。

表9-3　后缀运算符的等价语句

	等价语句
score++;	score = score + 1;
score--;	score = score – 1;

比较运算符：>、>=、<、<=、==、!=

比较运算符（>、>=、<、<=、==、!=）用于对两个值（或操作数）进行比较返回两个可能值中的一个：true或false。例如，2 > 3的值是false。

表9-4列出了各个比较运算符，并对每一个进行了简单的描述。

表9-4　比较运算符列表

比较运算符	描　　述
>	大于
>=	大于或等于
<	小于
<=	小于多等于
==	等于
!=	不等于

假设变量score当前值为15。
- 表达式score > 10 返回true。
- 表达式score >= 10 返回true。
- 表达式score > 15 返回false。
- 表达式score >= 15 返回true。
- 表达式score == 15 返回true。

注意等于（==）比较运算符有两个等号符号。它不同于赋值运算符（=）。
- ==运算符对两个操作数进行比较返回true或false。这两个操作数的值不会发生改变。
- =运算符将=右边的值赋给=左边的变量。左边操作数的值变为=右边操作数的值。

表9-5说明了比较 player == 1和player=1的不同。

表9-5　两个运算符之间的区别：比较相等（==）和赋值（=）

	player == 1	player = 1
操作类型	比较是否相等。就像回答这样一个问题：player等于1吗？	赋值。 是一个被执行的动作： 将一个值赋给player
操作返回的结果	表达式player == 1返回true或者false两个可能值中的一个 如果变量player的值是1，那么表达式player == 1返回true 否则会返回false 变量player的值不会改变	变量player的值变为1

理解==和=运算符间的区别很重要。为理解这种区别的重要性，请看一个例子。在井字游戏中，有两个轮流的选手。假设用变量player来记载选手的顺次。每次一个选手在棋盘上的一个单元做好标记后，需要检查player的值。如果player为1，则player的值就要切换为2，轮到第二个选手在单元中做上标记。否则，player的值要切换为1，第一个选手可以在单元上做标记。如果在检查选手现在的顺次时错误地使用了player = 1而不是player ==1，变量player的值就总是被赋值为1而不会考虑player当前的值。这样程序将总是认为选手1已经轮换过了从而切换到选手2的轮次。

逻辑运算符：&&、||、!

三种常用的逻辑操作符是：

&&　逻辑与

||　逻辑或

!　逻辑非

逻辑操作符（logical operator）作用于两个布尔值返回一个新的布尔值。这听起来也许有

点复杂，但是在日常生活中你已经使用了这种类型的操作，例如：

如果下雨了并且你必须出门，那么带上一把雨伞。

这个带有并且的如果语句中，为了执行命令两个条件都必须为真。只有当这两个条件都为真时才会带雨伞。如果下雨了但是你不准备出门，你就不会带雨伞。如果你必须出门但是天不在下雨，你也不会带雨伞。

但是，如果你说：

如果下雨或者你必须出门，那么带上一把雨伞。

这样，无论你要出门或者不出门，只要天下雨你就要带上雨伞。只要你要出门，无论天在下雨或者不下雨，你也会带雨伞。

逻辑操作符经常在条件语句中使用。在本章中后面的if语句部分，通过例子将更好地理解逻辑操作符。

9.2.7 常量

常量（constant）是程序中不发生变化的元素。可以将常量看作是"只读变量"。数字0本身是常量。除了数值常量，许多语言以单词的形式预定义了常量，例如ActionScript 3.0中的常量true和false。类似这样的常量具有明显的含义。

ActionScript 3.0也预先定义了常量例如Keyboard.UP、Keyboard.DOWN、Keyboard.LEFT、Keyboard.RIGHT和Keyboard.SPACE来分别代表上、下、左、右箭头键和空格键的**键控代码**（键盘上的每一个键关联的数字）。用定义好的名字来调用这些常量，可以减少查找键控代码值的时间。

在ActionScript 3.0中同样可以声明常量。在ActionScript 3.0中，使用const关键字和常量名对一个常量进行声明。在常量名后添加一个冒号（:），冒号后面是常量的数据类型。

ActionScript 3.0 中声明一个常量的一般语法是

const常量名:数据类型 = 值;

例如，下面的语句声明了一个名为PENALTY的常量。它是一个无符号（非负）整数(uint)。

const PENALTY:uint = 50;

常量命名

和变量一样，常量名中不允许有空格。对常量命名通常习惯使用：

• 全部大写字母。

• 如果常量名中含有多个单词，用下划线（_）分隔。

例如：

GRAVITY

MAX_SHEEP

本书所有的ActionScript示例中对常量均采用这样的命名惯例。

9.2.8 关键字

通常，编程语言中的**关键字**（keyword）是具有专门意义的保留字。这些字不能用作其他用途，比如变量或函数的名字，因为它们在编程语言中已经被预定义好了专门的含义。比如，

if是大多数编程语言中的关键字。将变量命名为if将产生错误信息。

下面的列表是ActionScript的一小部分关键字。这些关键字贯穿于本书多媒体创作章节的例子中。

```
break
case
const
default
else
false
for
function
if
null
return
switch
this
true
var
void
while
```

9.2.9 表达式

表达式（expression）是语句的一部分，它产生一个值。表9-6给出了一些表达式及其生成值的例子。

表9-6 表达式及其生成值的例子

表达式	表达式的值
2 + 2	4
(a + b + c) / 3	a、b、c的和除以3的值
a > b	true或者false，依赖于a的值是否大于b的值

自测练习：标识程序结构

在学习编程基础第二部分之前，做一些自测题来复习目前为止学到的知识。

介绍

本练习的目的是：

（1）通过一个程序的完整代码来了解目前已经学习了的编程元素在程序中是如何组织在一起的。

（2）识别出已经学到的编程元素作为自我测试。

图9-1显示了一个简单的射击游戏的ActionScript 3.0完整代码。现在不要求读懂代码。代码中用到的多数概念和程序结构还没有涵盖。所以不要担心目前不能理解所有代码。在这个自测练习中你需要做的就是标识出目前为止已经学习了的程序结构，比如变量、常量、表达式和运算符。将这个自测练习看作是"Where's Waldo?"游戏。

做这个自我测试，不必知道代码背后的逻辑。但是，了解游戏如何播放有助于理解程序中某些变量和常量的作用。这个游戏如何工作描述如下。

```
1   const PENALTY:int = 50;
2   const MISSILE_SPEED:int = 7;
3   const SPACESHIP_SPEED:int = 5;
4
5   var isFired:Boolean = false;
6   var isHit:Boolean = false;
7   var missed:int = 0;
8
9   reset();
10
11  addEventListener(Event.ENTER_FRAME, onLoopFrame);
12  stage.addEventListener(KeyboardEvent.KEY_DOWN, onKeyControl);
13
14  function onLoopFrame(evt:Event):void
15  {
16      mc_spaceship.x += SPACESHIP_SPEED;
17
18      if (isFired == true)
19      {
20          mc_missile.y -= MISSILE_SPEED;
21      }
22
23      if (mc_spaceship.hitTestPoint(mc_missile.x, mc_missile.y, true) &&
        isHit == false)
24      {
25          isHit = true;
26          missed--;
27          mc_spaceship.gotoAndPlay("explosion");
28      }
29
30      if (mc_spaceship.x > stage.stageWidth + 100 || mc_missile.y < -50 ||
        mc_spaceship.currentFrame == mc_spaceship.totalFrames
31      {
32          reset();
33      }
34  }
35
36  function onKeyControl(evt:KeyboardEvent):void
37  {
38      if (isFired == false)
39      {
40          if (evt.keyCode == Keyboard.RIGHT)
41          {
42              mc_missile.x += MISSILE_SPEED;
43          }
44          else if (evt.keyCode == Keyboard.LEFT)
45          {
46              mc_missile.x -= MISSILE_SPEED;
47          }
48          else if (evt.keyCode == Keyboard.SPACE)
49          {
50              isFired = true;
51          }
52      }
```

图9-1　图2中射击游戏的完整代码

```
53     }
54
55  function reset():void
56  {
57          if (isHit == false)
58          {
59              missed++;
60          }
61
62          isHit = false;
63          isFired = false;
64          mc_spaceship.x = -100;
65          mc_spaceship.y = missed * PENALTY;
66          mc_spaceship.gotoAndStop(1);
67          mc_missile.y = stage.stageHeight - 20;
68  }
```

图9-1 （续）

图9-2显示了游戏如何工作的两个截屏。游戏开始时，飞船水平地从左边移动到右边。屏幕底部蓝色的圆是发射物（图9-2a）。用户使用键盘上的左右箭头键水平移动发射物。敲击空格键将发射物发射出去，发射物将会向上移动。如果发射物击中了飞船，你会看到一段爆炸动画（图9-2b）。然后，宇宙飞船将会从屏幕的左边再次启动，但是会更高。另一方面，如果发射物没有击中飞船，飞船将会从左边重新启动并且向下移动50个像素更接近发射物——这是个惩罚。

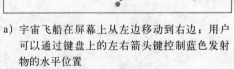
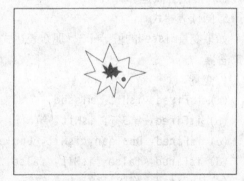

a）宇宙飞船在屏幕上从左边移动到右边；用户可以通过键盘上的左右箭头键控制蓝色发射物的水平位置

b）敲空格键将对发射物进行发射；如果发射物击中了飞船，将播放一个爆炸动画

图9-2 游戏如何工作

问题

1. 标识变量

代码（图9-1）中有3个自定义变量。

（a）这些变量的名字是什么？

（b）它们在哪里声明？给出每个的行号。

（c）每个变量的数据类型是什么？

（d）声明时分配给每个变量的初始值是什么？

(e) 代码中变量在什么地方被访问或者被修改？给出所有发生这些事件的行号。

2. 标识自定义常量

代码（图9-1）中有5个自定义常量。

(a) 这些常量的名字是什么？

(b) 它们在哪里声明？给出每个的行号。

(c) 每个常量的数据类型是什么？

(d) 分配给每个常量的值是什么？

3. 标识ActionScript预定义常量

代码（图9-1）中有5个预定义常量。

(a) 这些常量的名字是什么？

(b) 它们用在哪些地方？给出每个的行号。

4. 标识赋值运算符

在代码中出现下列运算符的所有地方画圈。如果代码中根本没有用到就用"无"（none）标记。

(a) 加法赋值（+=）

(b) 减法赋值（-=）

(c) 乘法赋值（*=）

(d) 除法赋值（/=）

(e) 后缀自增运算符（++）

(f) 后缀自减运算符（--）

5. 阅读表达式

如果变量missed的值等于3，那么表达式missed * PENALTY(见65行)的结果值是_____。

答案

1. 变量

(a) isFired、isHit、missed

(b) isFired：第5行；isHit：第6行；missed：第7行

(c) isFired：Boolean；isHit：Boolean；missed：int

(d) isFired：false；isHit：false；missed：0

(e) isFired：第18、38、50、63行

isHit：第23、25、57、62行

missed：第26、59、65行

2. 自定义常量

(a) PENALTY、MISSILE_SPEED、SPACESHIP_SPEED

(b) PENALTY：第1行；MISSILE_SPEED：第2行；SPACESHIP_SPEED：第3行

(c) PENALTY：uint；MISSILE_SPEED：uint；SPACESHIP_SPEED：uint

(d) PENALTY：50；MISSILE_SPEED：7；SPACESHIP_SPEED：5

3. 预定义常量

(a) KEYBOARD.RIGHT、KEYBOARD.LEFT、KEYBOARD.SPACE、true、false

(b) KEYBOARD.RIGHT：第40行；

> KEYBOARD.LEFT：第44；
> KEYBOARD.SPACE：第48行
> true：第18，23，25，50行；
> false:：第5，6，23，38，57，62，63行
> 4. 赋值运算符
> (a) +=: 第16，42行
> (b) -=: 第20，46行
> (c) *=: 无
> (d) /=: 无
> (e) ++: 第59行
> (f) --: 第26行
> 5. 150，因为PENALTY等于50（第1行），并且missed等于3。

9.3 编程和脚本基础——第二部分

9.3.1 控制结构

程序被写为一连串的语句（即指令）。程序顺序地执行这些指令——按照指令在代码中出现的顺序，一条指令执行完了之后再执行下一条。但是，利用**控制结构**（control structure），可以编写程序语句让程序非顺序地执行指令。例如：

- 循环执行：一组语句重复的执行直到满足某个条件。使得指令可以重复执行的语句就是循环，循环将在第11章中介绍。
- 条件执行：只有某些条件达到时一组指令才执行。有两种类型的语句可以用来定义条件，指令在这些条件下执行：if语句和switch语句。这里我们只介绍if语句。

if语句
一般的if语句文法如下：

```
if (Logical expression(s))
{
    statement(s)
}
```

这是ActionScript中if语句的示例。

```
if (score > 60)
{
grade = "pass";
}
```

if语句检查变量score的值是否大于60。表达式score > 60是逻辑表达式，表达式的值是true或者false。如果条件满足（表达式score > 60的值为true），那么另一个变量grade的值就被置为"pass"。

如果只有一条语句被执行，花括号就是可选的。这样，以上的示例也可以写为：

```
if (score > 60)
    grade = "pass";
```

或者，像这样，在单独的一行中

```
if (score > 60) grade = "pass";
```

if...else 语句

上面简单的if语句中，当grade不大于60时没有明确的语句被执行。为了指明在条件为false时一组可供选择的指令，可以用if...else语句。

一般的if...else语句文法如下：

```
if (logical expression(s))
{
    statement(s)
}
else
{
    statement(s)
}
```

这是ActionScriipt中if...else语句的示例。

```
if (score > 60)
{
    grade = "pass";
}
else
{
    grade = "fail";
}
```

if...else if语句

if...else if语句可以测试多于一个的条件。

这里是一个if...else if语句的例子：

```
if (score > 90)
{
    grade = "A";
}
else if (score > 80)
{
    grade = "B";
}
else if (score > 70)
{
    grade = "C";
}
else if (score > 60)
{
    grade = "D";
}
else
{
    grade = "F";
}
```

自测练习：if语句与if...else if语句

问题

假设变量a和b都大于0。下面两段代码中的s的结果值是什么？

```
s = 0;                           s = 0;
if (a > 0) s++;                  if (a > 0) s++;
if (b > 0) s++;                  else if (b > 0) s++;
```

答案

左边的情况中，s等于2（因为s将会被加两次）。右边的情况，s等于1。

自测练习：if...else if语句和比较运算符

问题

在下面的哪个if...else if语句中，测试顺序是相关的？

```
if (score == 1) x = n;           if (score <= 1) x = n;
else if (score == 2) x = n*n;    else if (score <= 2) x = n*n;
else if (score == 3) x = n*n*n;  else if (score <= 3) x = n*n*n;
else x = -1;                     else x = -1;
```

答案

左边的情况，顺序是无关的。右边的情况，顺序是相关的。

在第一段代码中，对于if...else if语句中的每一个逻辑表达式，只有一个score的值能让逻辑表达式返回true。在第二段代码中，对于if...else if语句中的每一个逻辑表达式，变量score的值在一个范围之内就能让逻辑表达式返回true。注意score <=1，score <=2和score <= 3，这三个范围有重叠。所有小于等于1的值都可以满足这三个条件。所有小于等于2的值满足后两个条件。确定哪条语句将被执行是和测试顺序相关的。

假设score等于1，下表强调了将要被执行的语句。

```
if (score == 1) x = n;           if (score <= 1) x = n;
else if (score == 2) x = n*n;    else if (score <= 2) x = n*n;
else if (score == 3) x = n*n*n;  else if (score <= 3) x = n*n*n;
else x = -1;                     else x = -1;

if (score == 3) x = n*n*n;       if (score <= 3) x = n*n*n;
else if (score == 2) x = n*n;    else if (score <= 2) x = n*n;
else if (score == 1) x = n;      else if (score <= 1) x = n;
else x = -1;                     else x = -1;
```

嵌套的if语句

if语句可以放在另一个if语句中，从而可以在不同的条件组合下执行不同的指令。

例1：

```
if (age < 40)
{
    if (weight < 150)
    {
        x = 2;
    }
    else
    {
        x = 3;
    }
}
```

例2：

```
if (age < 40)
{
    if (weight < 150)
    {
        x = 2;
    }
}
else
{
    x = 3;
}
```

要知道闭合的花括号的放置。注意，例1和例2中嵌套的if语句含义不同。表9-7显示了关于嵌套if语句的两个例子的不同结果。

表9-7 两个不同的嵌套的if语句的不同结果

age	weight	例1中执行的语句	例2中执行的语句
38	145	x = 2	x = 2
38	157	x = 3	无；x没有被设置
46	145	无；x没有被设置	x = 3
46	157	无；x没有被设置	x = 3

if语句中的逻辑运算符

回想三种常见的逻辑运算符：逻辑与（&&）、逻辑或（‖）和逻辑非（!）。表9-8显示了每个逻辑运算符的一般语法和对每个新生成的布尔值的描述。

表9-8 逻辑操作符的一般语法和新生成的布尔值

一般语法	新生成的布尔值
逻辑表达式1 && 逻辑表达式2	true:只有当逻辑表达式1和逻辑表达式2都为true
	false:当逻辑表达式1为false或逻辑表达式2为false
逻辑表达式1 ‖ 逻辑表达式2	true:当逻辑表达式1为true或者逻辑表达式2为true
	false:只有当逻辑表达式1和逻辑表达式2都为false
! 逻辑表达式1	true:当逻辑表达式1为false
	false:当逻辑表达式1为true

下面是一些例子。

例1：
```
if (age < 40 && weight < 150)
{
    x = 2;
}
else
{
    x = 3;
}
```

例2：
```
if (age < 40 || weight < 150)
{
    x = 2;
}
else
{
    x = 3;
}
```

表9-9显示了不同场景中逻辑运算符产生的新的布尔值。新的布尔值决定了哪组语句会被执行。

表9-9 运用不同的逻辑运算符if语句产生的不同结果

age	weight	age < 40 && weight < 150 的布尔值	例1中执行的语句	age < 40 ‖ weight < 150 的布尔值	例2中执行的语句
38	145	true	x = 2	true	x = 2
38	157	false	x = 3	true	x = 2
46	145	false	x = 3	true	x = 2
46	157	false	x = 3	false	x = 3

自测练习：`if...else if`语句和比较运算符

(a)	(b)
| ```
i = 1;
n = 2;
if (choice == 1 && positive == true)
{
    i = n;
}
else if (positive == false)
{
    i = n * n;
}
else if (choice == 3)
{
    i = n * n * n;
}
else
{
    i = 0;
}
``` | ```
i = 1;
n = 2;
if (choice == 1)
{
    if (positive == true)
        i = n;
    else
        i = -n;
}
else
{
    if (positive == true)
        i = n * n;
    else
        i = -n * n;
}
``` |

问题

预测每个场景中i的值

		执行了(a)中所示的代码后i的值	执行了(b)中所示的代码后i的值
(i)	choice = 1 positive = true		
(ii)	choice = 2 positive = true		
(iii)	choice = 3 positive = true		
(iv)	choice = 1 positive = false		
(v)	choice = 2 positive = false		
(vi)	choice = 3 positive = false		

自测练习答案

对(a)部分代码：(i) 2 (ii) 0 (iii) 8 (iv) 4   (v) 4   (vi) 4

对(b)部分代码：(i) 2 (ii) 4 (iii) 4 (iv) -2   (v) -4   (vi) -4

9.3.2 函数和过程

一个**函数**（function）是一个程序指令（也称为代码）块，这个程序块形成了一个有名字的独立单元。独立单元就是函数的定义。**函数定义**（function definition）中的指令不是在程序运行时就被立刻执行，它们只有在函数被调用时才执行。

为了定义一个函数，使用关键字`function`。定义一个函数的一般语法如此：

```
function 函数名():数据类型
{
    语句
}
```

例如：

```
function startGame():void
{
    score = 0;
    health = 100;
}
```

ActionScript中，一个**函数调用**（function call）只是带有函数名的一条语句，函数名后有一对圆括号，像这样：

```
startGame();
```

当包含一个函数调用的语句被执行时，程序跳转到组成函数定义的代码块，并且执行代码块中的代码。当代码块中的代码执行完毕后，程序返回到发生函数调用后面的那条语句执行。

返回值

在进一步解释函数和过程之前，先看一个模拟。假设你是一个公司的经理，需要主管在一个合约上签字。于是你让助手把合约带给主管签字。当助手将合约带给主管时，他可能需要去不同的楼层，和主管的秘书交谈，等等。不管怎样，你只需要给他一个简单的"命令"去得到主管的签名。你不需要和助手详细讨论怎么去主管办公室的所有细节，因为助手可以去查找放于别处的详细的指引。简单的"命令"就像一个函数调用。到达主管办公室的这组确切步骤和获得签名就像定义在函数中的代码块。

一旦主管在合约上签字，任务就完成了。但是，你可以让助手把签了字的合约带回给你也可以把合约留在主管那里。无论助手是否将签字的合约带回来，合约已经签字了——任务已经执行。

助手将签字的合约带回类似于我们所说的函数返回一个值。函数**返回一个值**（return a value）给调用语句。在这个类比中，返回值是秘书带回的签过字的合约。调用语句是你向助手发出的拿到主管签名的"命令"。

如果秘书不需要将签字的合约带回，合约仍然是签了字的。主管可以继续对合约做他想做的事。秘书完成任务但是不带回合约类似大多数编程语言术语中的过程。

怎样写ActionScript中的过程和函数定义

过程和函数紧密相连。在通用的用法中，**过程**（procedure）就像一个函数，但是它不返回值。一个过程也做一些有用的工作，比如对一个数字列表进行排序或者在屏幕上显示值。在前面的类比中，工作就是获得主管的签名。

但是有时函数和过程是可以交换的，多数编程语言特别为返回值的过程保留了`function`这个字。ActionScript中，函数和过程都作为函数被引用。关键字`function`用于定义函数和过程。这里，定义函数和过程可以参照定义函数。

返回值的数据类型必须在函数定义中声明。如果函数不返回值，那么数据类型是`void`。

下面是一个ActionScript中的返回值的函数定义：

```
function calcTax():int
{
```

```
        var tax:int = sales * taxRate;
        return tax;
    }
```

上面的代码定义了一个名为calcTax的函数。函数名后跟一对圆括号。代码块包在花括号{}中。最后一个语句是return语句。它返回变量tax的值。

下面是一个ActionScript的不返回值的函数定义：

```
function startGame():void
{
        score = 0;
        health = 100;
}
```

上面的代码定义了一个名为startGame的函数（或者过程）。这个函数只是简单地设置了两个变量的值：score为0，health为100。函数执行了动作但是不返回任何值。

怎样调用一个不返回值的函数

调用过程的语句和调用函数的语句是不同的。ActionScript中调用一个过程（一个不返回值的值的函数），只是简单地用函数名后跟一对圆括号。例如，下面的语句调用了过程startGame：

```
startGame();
```

怎样调用一个返回值的函数

调用一个返回值的函数是怎样的呢？返回的值保存到哪里？函数调用通常用在一个赋值语句的右端。

例如，下列的语句将会执行函数calcTotal()去计算税金并且返回计算值。

```
newBalance = calcTotal();
```

然后函数把返回值赋值给变量newBalance。

这个函数调用也可以用在一个逻辑表达式中。例如，下面的语句将会执行calcTotal()函数计算税金并且返回计算值。然后返回值用在if语句中和值100进行比较。

```
if (calcTotal() > 100)
{
    discount = 10;
}
```

多数编程语言都有预定义好的函数和过程。这意味着你可以调用这些函数和过程。这些函数和过程的代码已经被嵌入到语言中，你只需要知道存在哪些函数和怎么用这些函数。

9.3.3 参数和变元

函数或者过程可以被定义成具有**参数**（parameter），这样它在被调用时就可以接收值，这些值还可以用在计算中。传递到函数或过程中的值称为**变元**（argument）。

定义一个带有参数的函数的一般语法如此：

```
function 函数名(参数1:数据类型1, 参数2:数据类型2,…):数据类型
{
        语句
}
```

在这个函数定义中，参数被列在函数名后的圆括号中。每个参数的数据类型需要在那里

声明。参数名后跟一个冒号（:）和它的数据类型。

例如，接下来将要展示的函数calcTotal()，有两个参数，名为sales和taxrate。这两个参数的数据类型分别是int和Number。函数所做的是把传进来的两个参数相加，并且把和赋值给名为total的变量。

```
function calcTotal(sales:int, taxrate:Number):void
{
    total = sales * (1 + taxrate);
}
```

这个函数会像下面这样在一个语句中被调用：

```
calcTotal(90, 0.07);
```

有两个变元被传递到函数调用中：值90和值0.07。作为函数调用的结果当函数被执行时：

• 参数sales得到值90，参数taxrate得到值0.07；

• 这两个值用在语句 total = sales * (1 + taxrate)中，total得到和96.3。

参数也可以用于返回值的函数。例如，

```
function calcTotal(sales:int, taxrate:Number):Number
{
    var total:Number;
    total = sales * (1 + taxrate);
    return total;
}
```

这个函数会像下面这样在一条语句中被调用：

```
newBalance = calcTotal(90, 0.07);
```

> **参数与变元**
>
> 变元是传递到函数中的实际值。在当前的这个例子中，变元是值90和值0.07。函数calcTotal()的两个参数是sales和taxrate。术语参数和变元经常是可以互换的。

9.3.4 注释

注释（comment）可以给代码提供描述性的注解。在ActionScript中，有两种方法来表示注释：

• //表示一个单行的注释。

• /*和*/表示一个多行的注释。

两个正斜线//表示跟在两个斜线后面直到本行末尾的文字是注释，注释不会被执行。例如：

```
function calculateScore()              // to increment the score by 1
{
    score = score + 1;
}
```

和

```
function calculateScore()
{
    // This function is to increment the
    // score by 1.
    score = score + 1;
}
```

在代码中写多行注释，在注释的开始处用/*，在注释的结尾处用*/。例如：

```
function calculateScore()
{
      /*函数将score
增加1*/
score = score + 1;
}
```

/*和*/可以和注释不在同一行。前面的例子也可以写为：

```
function calculateScore()
{
     /*
     函数将
     score增加1
     */
     score  =  score  + 1;
}
```

脚本（包括注释）中的缩进，不是句法要求，但是缩进可以让代码更易于阅读。

自测练习：找出if语句、函数定义、函数调用和参数

回到前面的自测练习中的示例代码。在这里，你要标识出if语句、函数定义、函数调用和参数。

问题

1. 标识出函数定义和函数调用。

代码中有三个自定义函数（图9-3）。

(a) 这些函数的名字是什么？

(b) 它们在哪被定义？给出每个的行号。

(c) 对于每个函数，返回值的数据类型是什么？

(d) 哪些函数带有参数？它们都有几个参数？

(e) 函数在哪里被调用？给出行号。

```
1    const PENALTY:int = 50;
2    const MISSILE_SPEED:int = 7;
3    const SPACESHIP_SPEED:int = 5;
4
5    var isFired:Boolean = false;
6    var isHit:Boolean = false;
7    var missed:int = 0;
8
9    reset();
10
11   addEventListener(Event.ENTER_FRAME, onLoopFrame);
12   stage.addEventListener(KeyboardEvent.KEY_DOWN, onKeyControl);
13
14   function onLoopFrame(evt:Event):void
15   {
16       mc_spaceship.x += SPACESHIP_SPEED;
17
18       if (isFired == true)
19       {
```

图9-3　前面自测练习中简单的射击游戏的完整代码

```
20        mc_missile.y -= MISSILE_SPEED;
21      }
22
23      if (mc_spaceship.hitTestPoint(mc_missile.x, mc_missile.y, true) &&
        isHit == false)
24      {
25        isHit = true;
26        missed--;
27        mc_spaceship.gotoAndPlay("explosion" );
28      }
29
30      if (mc_spaceship.x > stage.stageWidth + 100 || mc_missile.y < -50 ||
        mc_spaceship.currentFrame == mc_spaceship.totalFrames
31      {
32      reset();
33      }
34  }
35
36  function onKeyControl(evt:KeyboardEvent):void
37  {
38      if (isFired == false)
39      {
40        if (evt.keyCode == Keyboard.RIGHT)
41        {
42          mc_missile.x += MISSILE_SPEED;
43        }
44        else if (evt.keyCode == Keyboard.LEFT)
45        {
46          mc_missile.x -= MISSILE_SPEED;
47        }
48        else if (evt.keyCode == Keyboard.SPACE)
49        {
50          isFired = true;
51        }
52      }
53  }
54
55  function reset():void
56  {
57      if (isHit == false)
58      {
59        missed++;
60      }
61
62      isHit = false;
63      isFired = false;
64      mc_spaceship.x = -100;
65      mc_spaceship.y = missed * PENALTY;
66      mc_spaceship.gotoAndStop(1);
67      mc_missile.y = stage.stageHeight - 20;
68  }
```

图9-3 （续）

2. 标识出对预定义函数的函数调用。

有一些函数调用了预定义函数（图9-3）。你可以根据圆括号识别出它们。（函数调用是用函数名后面跟一对圆括号。如果函数带参数，也可以在圆括号中看到参数。）

(a) 这些函数的名字是什么？给出每个函数调用的行号。

(b) 哪些函数带有参数？它们都有几个参数？

3. 标识出if语句。

给出if语句（包括if...else和if...else if）所在的行号。

4. 标识出逻辑运算符。

5. 在代码中圈出所有下列运算符出现的位置。用"无"标识代码中根本没有使用这些运算符。

(a) 逻辑与(&&)

(b) 逻辑或(||)

(c) 逻辑非(!)

自测练习答案

1. 函数定义和函数调用

(a) onLoopFrame、onKeyControl和reset

(b) onLoopFrame：14～34行；onKeyControl：36～53行；reset：55～68行

(c) onLoopFrame：void；onKeyControl：void；reset：void

(d) onLoopFrame：1个参数；onKeyControl：1个参数

(e) reset：第9和32行

2. 对预定义函数的函数调用

(a) addEventListener：第11和22行

hitTestPoint：第23行

gotoAndPlay：第27行

gotoAndStop：第66行

(b) addEventListener：第2个参数

hitTestPoint：第3个参数

gotoAndPlay：第1个参数

gotoAndStop：第1个参数

3. if语句

if语句：18～21行，23～28行，30～33行，38～52行，57～60行

if...else if语句：40～51行

4. 逻辑运算符

(a) &&：第23行

(b) ||：第30行中有两处

(c) !：无。

9.4 本章小结

多媒体创作程序，例如Flash，支持动画制作并且使用脚本语言。Flash的脚本语言叫ActionScript。脚本将交互性和非线性引入多媒体工程。

ActionScript有许多和所有高级编程语言通用的概念和结构——例如，变量、函数、条件、

循环、鼠标事件和键盘事件。本章概述了这些概念和术语，为后续章节中用ActionScript编写脚本做准备。

语法：编程语言或脚本语言的语法描述了语句以什么样的方式书写才能被计算机理解。ActionScript是大小写敏感的。

数据类型：一个数值的类型称作它的数据类型。本章介绍了入门级的ActionScript中通常使用的几种基本的数据类型。它们是：`int`（整数）、`uint`（无符号整数）、`Number`、`String`（文本字符串）和`Boolean`（真或假）。

变量：变量用来存储程序中所使用的值，所以你可以更新或者获取这些值。一个变量有三个相关的属性：名字、值和数据类型。ActionScript中声明一个变量的一般语法是：

```
var 变量名：数据类型；
```

语句：语句是可以被执行的指令。

赋值语句：一条赋值语句将一个值分配给一个变量。在大多数语言中，使用=（等号）运算符将值分配给变量。例如，语句：

```
score = 0;
```

运算符：运算符是让一个或多个值（操作数）经过计算产生一个新值的符号。本文介绍了五种常见类型的运算符。

- 算术运算符：+、-、*、/、%
- 赋值运算符：=、+=、-=、*=、/=、%=
- 后缀运算符：++、--
- 比较运算符：>、>=、<、<=、==、!=
- 逻辑运算符：&&、||、!

常量：常量是程序中不能改变的元素。可以将常量看成是"只读"变量。ActionScript 3.0也预先定义了常量，例如Keyboard.UP、Keyboard.DOWN、Keyboard.LEFT、Keyboard.RIGHT和Keyboard.SPACE分别代表上、下、左、右箭头键和空格键的键控代码（键盘上的每一个键关联的数字）。在ActionScript 3.0中同样可以声明常量。ActionScript 3.0 中声明一个常量的一般语法是：

```
const 常量名：数据类型 = 值;
```

关键字：通常，编程语言中的关键字是具有专门意义的保留字。这些字不能用作其他用途，比如变量或函数的名字，因为它们在编程语言中已经被预定义好了专门的含义。例如，`if`是大多数编程语言中的关键字。将变量命名为`if`将产生错误信息。

表达式：表达式是语句的一部分，它产生一个值，例如：

```
2 + 2, (a + b + c) /3, a > b
```

if语句：if语句的一般语法如下：

```
if （逻辑表达式）
{
    语句
}
```

if...else语句的一般语法如下：

```
if （逻辑表达式）
```

```
    {
         语句
    }
else if（逻辑表达式）
    {
         语句
    }
```

函数和过程：一个函数是一个程序指令（或代码）块，这个程序块形成了一个有名字的独立单元。独立单元就是函数的定义。函数定义中的指令不是在程序运行时就被立刻执行，它们只有在函数被调用时才执行。过程就像一个函数，但它不返回值。

在ActionScript中，这种类型的结构被引用为函数，无论它是否返回值。

为了定义一个函数，使用关键字function。定义一个函数的一般语法如下所示：

```
function 函数名():数据类型
    {
         语句
    }
```

参数和变元：函数或者过程可以被定义成具有参数，这样它在被调用时就可以接收值，这些值还可以用在计算中。传递到函数或过程中的值称为参数。术语参数和变元经常是可以互换使用的。

定义一个带有参数的函数的一般语法如下所示：

```
function 函数名(参数1: 数据类型1，参数2: 数据类型2,…): 数据类型
    {
         语句
    }
```

注释：注释让你可以给代码提供描述性的注解。在ActionScript中，两个正斜线//表示跟在两个斜线后面直到本行末尾的文字是注释，注释不会被执行。在代码中写多行注释，在注释的开始处用/*，在注释的结尾处用*/。

术语

accessing the variable（访问变量）

addition assignment operator(+=)（加法赋值运算符）

argument（变元）

assigning a value to a variable（赋值给一个变量）

assignment statement（赋值语句）

camel case（驼峰式大小写）

code（代码）

comment（注释）

comparison operator（比较运算符）

constant（常量）

control structure（控制结构）

data type（数据类型）

division assignment operator(/=)（除法赋值运算符）

expression（表达式）

function（函数）

function call（函数调用）

function definition（函数定义）

high-level language（高级语言）

if statements（if语句）

integer（整数）

keycode（键代码）

keyword（关键字）

logical operator（逻辑运算符）

loosely typed（弱类型）

machine language（机器语言）

modulo assignment operator(%=)（取模赋值
运算符）

multiplication assignment operator(*=)（乘法
赋值运算符）

operator（运算符）

parameter（参数）

postfix operator(++和--)（后缀运算符）

procedure（过程）

programming language（编程语言）

returns a value（返回一个值）

scripting language（脚本语言）

statement（语句）

strict data typing（严格数据类型）

subtraction assignment operator(-=)（减法赋
值运算符）

    (>、>=、<、<=、==、!=)

switch statement（switch语句）

syntax（语法）

unsigned integer（无符号整数）

variable（变量）

复习题

编程基础

1. 是非题：如果一个变量是严格数据类型，编程语言要求在变量第一次创建时显式地声明这个变量的数据类型。

2. 值的类型被称为_____。

    A. 变量　　　　　　　　　　B. 函数或过程　　　　　　　　　C. 参数

    D. 语句　　　　　　　　　　E. 数据类型

3. _____被用作存储变量，变量可以被更新和收回。

    A. 变量　　　　　　　　　　B. 函数或过程　　　　　　　　　C. 参数

    D. 语句　　　　　　　　　　E. 数据类型

4. 一个_____包含一个程序指令块，这个程序块形成了一个有名字的独立单元。

    A. 变量　　　　　　　　　　B. 函数或过程　　　　　　　　　C. 参数

    D. 语句　　　　　　　　　　E. 数据类型

5. 传递给函数或过程的变量叫做_____。

    A. 变量　　　　　　　B. 参数　　　　　　　C. 语句　　　　　　　D. 数据类型

6. _____用于让程序非顺序执行。

    A. If语句　　　　　　　　　　B. 循环　　　　　　　　　C. 以上都是

7. 是非题：程序运行时函数定义被自动执行。

8. 是非题：函数只有在程序中被调用时才执行。

9. 函数和过程的区别是一个_____返回值给调用语句。

    A. 函数　　　　　　　　　　　　　　　　B. 过程

10. 是非题：函数和过程的另一个区别是一个有参数而另一个没有。

11. `sum = addTogether(2, 5);`

    根据上面的语句，`addTogether()`_____。

    A. 返回值　　　　　　　B. 不返回值　　　　　　　C. 无法判定是否返回值

12. `sum = addTogether();`

    根据上面的语句，`addTogether()`_____。

    A. 返回值　　　　　　　B. 不返回值　　　　　　　C. 无法判定是否返回值

13. addTogether(2, 5);

   根据上面的语句，addTogether()_____。

   A. 返回值   B. 不返回值

14. addTogether();

   根据上面的语句，addTogether()_____。

   A. 返回值   B. 不返回值

ActionScript

15. ActionScript是一个_____语言。

   A. 严格类型   B. 弱类型

16. ActionScript中的语句以_____结尾。

   A. 冒号（:）   B. 分号（;）   C. 闭括号（））   D. 闭花括号

17. 是非题: ActionScript的语法是大小写敏感的。

18. 下面哪个是ActionScript合法的变量名。

   A. 3 high score   B. 3_high_score   C. high_score   D. high-score

19. 声明一个变量，使用关键字_____。

20. 声明一个常量，使用关键字_____。

21. 定义一个函数，使用关键字_____。

22. 写一个if语句做如下事情。（假设变量已经声明。你无需声明变量。简单地构造一个if语句。）提示：你需要使用比较运算符和一个逻辑运算符。

   如果变量a和b都大于0，那么将变量c的值增加1。

23. 写一个if语句做如下事情。（假设变量已经声明。你无需声明变量。简单地构造一个if语句。）提示：你需要使用比较运算符和一个逻辑运算符。

   如果变量a或b等于0，那么将变量c的值增加1。

第10章 使用Flash的交互式多媒体创作：ActionScript——第二部分

关键概念
- ActionScript基本术语
- 脚本中的语法错误和逻辑错误

总体学习目标

学习完本章后，应该能够掌握：

- 使用ActionScript编程。
- 区分语法错误和逻辑错误。
- 如何在Flash集成开发环境中阅读和纠正ActionScript语法错误。

10.1 ActionScript：基本术语和基础概念

前一章中介绍的基本编程概念适用于ActionScript和其他编程语言。但是，具体到Flash创作环境中的编程，存在诸如符号、舞台、时间轴等特定于Flash和ActionScript的编程元素。作为下一章的ActionScript编程的准备，本章将讨论这些ActionScript所特有的方面。

当你想添加交互性来控制基于时间轴的动画对象时，影片剪辑符号就特别有用。例如，第9章中有关飞船和导弹的自测练习就是影片剪辑符号。飞船影片剪辑符号在其时间轴上包含一个爆炸的动画序列。当导弹击中飞船时，程序将播放该动画。

要能控制舞台上的这些影片剪辑对象，首先要知道如何在脚本中引用它们。本节将讨论如何通过名字引用舞台上的影片剪辑对象。

10.1.1 影片剪辑：实例和命名

影片剪辑符号和其他符号存储于库面板中。当你将一个影片剪辑从库拖曳到舞台上时，就创建了该影片剪辑符号的一个实例。**实例**（instance）指原始影片剪辑符号的一个副本或一次出现。

一个影片剪辑可在同一帧中在舞台上使用多次。舞台上的影片剪辑实例可由ActionScript控制。为了在代码中通过名字引用该实例，需要赋予每一实例一个名字。在时间轴的同一帧中，每个实例，不管它是否源于相同的符号，都应具有唯一的名字。但是，同一名字可在不同帧中再次使用。

要记住的一个重点是：在代码中引用舞台上的对象时，要使用影片剪辑实例的名字，而不是库中的影片剪辑符号的名字。

要赋予实例一个名字，选择舞台上的影片剪辑，在属性检查器（图10-1）中输入一个名字。注意在图10-1中，库中所列出的影片剪辑符号的名字是character，而两个实例分别命名为mc_tommy和mc_joe，如属性检查器中所示。你可能注意到了这两个实例的大小可独立于彼此进行修改。其他实例属性，如位置、旋转角度、颜色和Alpha值，也能独立进行修改。因此，你可以编程,在舞台上移动mc_tommy，旋转，改变其大小、颜色、不透明度，而不影响mc_joe。

注意 本章所使用的影片剪辑实例命名规范：所有示例中的影片剪辑示例名字以mc_开头。这并不是ActionScript的技术要求。然而，它帮助我们在代码中识别引用影片剪辑实例的名字，而不是那些用户定义的对象或变量。另一个常用的命名规范是以_mc结尾。

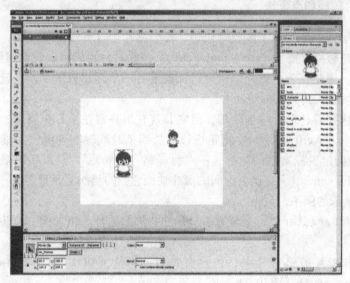

a) mc_tommy

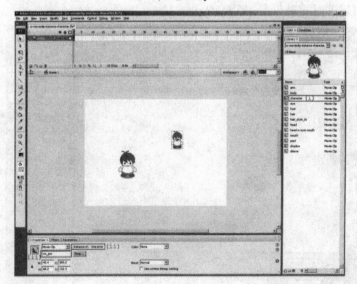

b) mc_joe库（i）和属性检查器中主控副本的符号名；在属性检查器中设置实例名（ii）

图10-1 名为character的影片剪辑符号的两个实例1

10.1.2 影片剪辑：每一个都有自己的时间轴

每一个影片剪辑都拥有不同于场景主时间轴的它自己的时间轴，这一点务必记住。在Flash影片中存在多个时间轴的重要性在于：

- 可能有多个帧具有同一帧编号，例如帧2。
- 因此，在使用ActionScript将播放头移动到另一帧时，你需要明确指出是哪一个时间轴。

当你在代码中引用某一帧时，务必进一步指明时间轴。由于影片剪辑可以嵌套，也就是说，一个影片剪辑可嵌入另一影片剪辑中，因此下一节将更详细地解释如何引用一个特定影片剪辑的时间轴。

10.1.3 嵌套影片剪辑和点语法

现在，同一项目中可能存在多条时间轴，每个影片剪辑有一条时间轴，此外还存在一种复杂情况——**嵌套影片剪辑**（nesting movieclip）。一个影片剪辑可以包含其他符号——图形、按钮和影片剪辑。因此，一个影片剪辑可以被置于另一个影片剪辑中，也就是说，包含动画的一条时间轴可被嵌入到另一时间轴中。

尽管这个特性初看起来有些难理解，但它非常有用并常在项目中使用。在存在多条时间轴的情况下，如何在ActionScript中指定应该播放哪条时间轴的动画？答案是使用**目标路径**（target path）来指定目标实例的地址。一个目标路径由句点（.）串联起来的多个实例名构成——**点语法**（dot syntax），实例名之间的顺序按照它们的层次关系组织。

回到图10-1显示的例子，假设：

- 在影片剪辑character中，包含有一个用作头部的影片剪辑实例，该头部被赋予实例名 `mc_head`。
- 在这个头部影片剪辑符号中，包含有其他的影片剪辑实例：`mc_hair`、`mc_eyeL`、`mc_eyeR`和`mc_mouth`（图10-2）。
- 嘴的影片剪辑的时间轴包含一个嘴的动画。

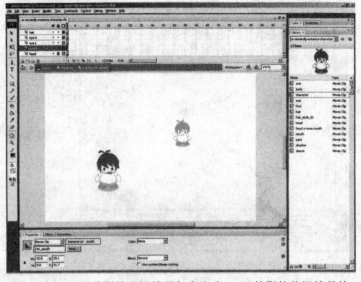

图10-2　名为head w eyes mouth的影片剪辑符号包含名为mouth的影片剪辑符号的一个实例；该实例具有名字mc_mouth并且位于影片剪辑符号head w eyes mouth的时间轴上，而不是主时间轴

现在，假设想让用户能通过点击人物实例mc_tommy开始说话的动画，首先你需要指定嘴的时间轴，该实例的目标路径是：

```
mc_tommy.mc_head.mc_mouth
```

同时，使嘴开始播放动画的语句是：

```
mc_tommy.mc_head.mc_mouth.play();
```

ActionScript函数play()使得路径指定的时间轴上的播放头开始运行。上述路径引用的时间轴是mc_mouth，它位于mc_head中，后者又位于mc_tommy中。

现在考虑嘴的另外一种组织形式。假设mc_mouth被置于主时间轴而不是mc_head的时间轴。该组织形式在视觉效果上与前例相同，但现在的嘴实例的目标路径是：

```
mc_mouth
```

而使嘴开始播放动画的语句是：

```
mc_mouth.play();
```

除了构造指向影片剪辑实例的路径外，句点还可用来：

• 指定指向时间轴的路径。

• 调用某个影片剪辑实例的方法（让对象执行某个动作，例如上例中的play()）。

• 指定一个影片剪辑的属性，例如位置和尺寸。

前面的例子演示了句点的前两个用法。你将在11.7节看到第三种用法的例子。例如，用来将嘴的大小减为60%的代码是：

```
mc_tommy.mc_head.mc_mouth.scaleX = 0.6;
mc_tommy.mc_head.mc_mouth.scaleY = 0.6;
```

10.2 脚本用在哪里

脚本应附加到一个帧上，其代码在动作面板中输入。

10.2.1 关键帧

脚本被置于时间轴上的一帧之中。该帧必须是一个关键帧。如果你想放置脚本的帧不是关键帧，那么首先需要将其转化为关键帧。在第10、11章的例子中，脚本仅被置于第一帧中，并在播放头到达该帧时被执行。

10.2.2 动作面板

你可以在动作面板（图10-3（i））中创建或编辑ActionScript代码。要打开动作面板，选择"窗口→动作"，或按F9键。在这样做之前，需要首先选择帧。如果是创建新脚本，选择一个关键帧然后打开动作面板。如果是编辑已有脚本，选择带有脚本的关键帧并打开动作面板。带有脚本的关键帧将在圆圈上显示一个"a"（图10-3（ii）和图10-4）。简单地查看时间轴即可知道一帧是否包含脚本。

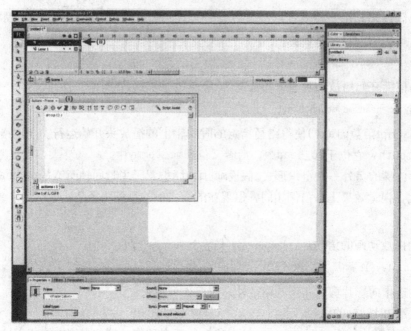

图10-3　(i)动作面板　(ii)包含脚本的一个帧；帧中显示的"a"指示该帧带有脚本

图10-4　附带脚本的关键帧在圆圈之上显示一个"a"

10.2.3 "动作"层

尽管ActionScript可被置于任何层的任何关键帧中，但好的策略是专门创建一个层用以保存脚本。这样的ActionScript关键帧将不会干扰为视频或音频内容而创建的关键帧，其位置也独立于动画关键帧。

习惯上，把专用于保存脚本的层命名为"actions"或"action"（动作），并把该层安排为最高层，或者当已有最高层用于保存帧标签时，将"动作"层安排为次高层。本书中的所有ActionScript示例均遵循此约定。

10.3　脚本错误

当你的第一个程序运行不正确或根本不能运行时，不要灰心。即使写一篇短文，也会经常出现错误，例如拼写或语法错误。即使你的短文通过了拼写和语法检查，读者或校对员仍可能发现短文的一些部分难以理解。接着你就需要分析短文的逻辑和叙述并作适当修改调整。此类错误对所有层次的作者而言都可能碰到。

各级熟练程度的脚本编制人员都会碰到脚本错误。已有工具和技术可帮助你修正这些错误。但是首先，我们先来了解两种主要的错误类型：语法错误和逻辑错误。

10.3.1 语法错误

脚本的**语法错误**（syntactical error）类似于短文写作中的拼写和语法错误。当你测试或输出一部影片时，Flash编译器分析代码。编译器错误面板将显示任何语法错误的描述清单，通过场景名、层名、帧号和行号告诉你错误的位置。

你也可点击动作面板的检查语法按钮（图10-5）执行语法检查。

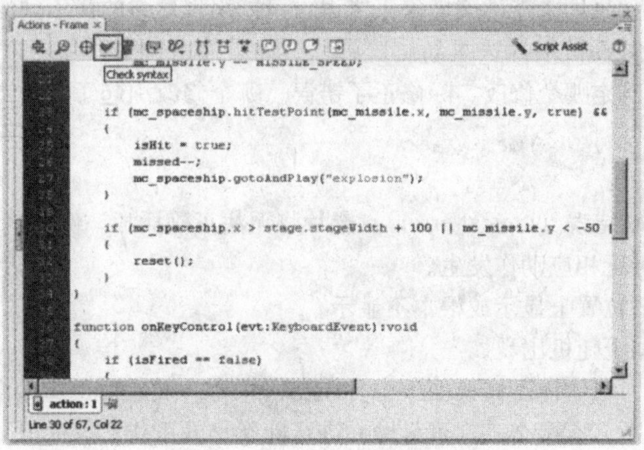

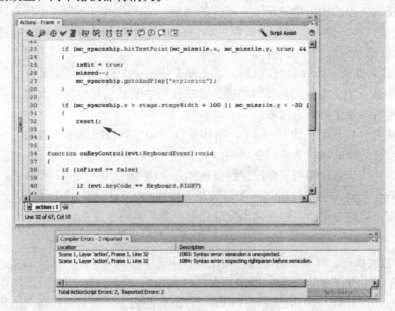

图10-5　动作面板中的检查语法按钮

图10-6中显示的代码缺少一个闭括号。输出面板列出了两个错误，告诉你错误的源位置：场景1、"动作"层、第1帧、第32行。两个错误与同一输入错误有关：在第32行中缺少闭括号。一旦该错误被改正，两个错误都将消失。

图10-6　在第32行中缺少一个闭括号；编译器错误面板（底部窗口）列出了两个错误

如例子所示：

• 一个语法错误可能导致多个错误报告。

• 错误描述可能并不能（也经常不足以）正确指示确切的错误，但它将你带到错误代码所在区域。

一种定位和修正语法错误的策略是：

1. 从错误列表中的第一个错误开始，一次修正一个错误。

查看列表的第一个错误，得到对应的行号，阅读对错误的解释。然后返回到行号指出的代码处，基于错误描述，尝试确定错误的确切位置和起因。

2. 每次在代码中进行了修改后，立即测试影片。查看是否错误已被消除。修正一个错误可能清除多个问题。如果你未能准确地修正错误，可能出现更多的或不同的错误。

不要等进行了多处修改后才去重新测试影片。如果你这样做并且导致错误仍存在或出现更多的错误，将很难确定哪个修改实际修正了错误，哪个修改引起了新的错误。

10.3.2 逻辑错误

当代码中存在**逻辑错误**（logical error），影片将无法正确播放。例如：

- 当你点击按钮时无相应动作发生。
- 对象不在正确的位置上显示或根本不显示。
- 问题可能在时间上随机出现。

存在此类错误时，在编译器错误面板中并无错误报告。要定位逻辑错误的源头并修正它，可能需要一些逻辑推断。有两个工具可帮助你进行此类推断工作：trace()函数和调试器。尽管调试器是一个非常强大的调试工具，但它超出了本书的介绍范围，因此下面主要介绍trace()。

10.3.3 trace()语句

trace()语句在输出面板中显示一条指定的消息。该消息可以是影片中使用的一个字符串或一个变量的值。该函数对帮助你调试程序非常有用。在测试Flash影片时，它通过在输出面板中显示消息来帮助跟踪程序的进行。

要决定在何处置入一条trace()语句，首先你要找出一个错误的可能源头。

- 如果源头是一个变量或影片剪辑属性，则在代码中变量或属性发生改变的不同地方进行跟踪，观察改变是否符合预期。
- 如果源头是一段代码，比如一个for循环或if语句，则跟踪显示一条固定不变的文本消息，观察代码段的执行是否符合预期。

这里是如何使用trace()帮助你跟踪到错误的几个例子。

- 如果不确定当点击一个按钮时一个函数是否被执行，可以将一条trace()语句作为第一条语句置于函数定义中。跟踪输出可以仅是一条简单的字符串，例如

```
trace("OK");
```

如果该函数被执行，"OK"将出现在输出面板中。

- 与之类似，如果不确定一条if语句是否正确执行，可将一条trace()语句作为语句块的第一条语句。对if...else或if...else if语句而言，可能需要在每个语句块中置入一条trace()语句，类似如下形式：

```
if (score > 90)
{
    trace(90);
    grade = "A";
}
else if (score > 80)
{
    trace(80);
```

```
    grade = "B";
}
else if (score > 70)
{
    trace(70);
    grade = "C";
}
else if (score > 60)
{
    trace(60);
    grade = "D";
}
else
{
    trace("less than 60");
    grade = "F";
}
```

在这个if...else if语句的例子中，所有条件判断都用到了变量score。因此，如果跟踪输出的消息不同于你所期望的，则可能意味着score的值存在错误。在这种情况下，你应该在if语句之前加入一条如下的trace()语句：

```
trace(score);
```

- 可采用如上述所示的方式跟踪一个变量。这里是一个例子。假设一个名为score的变量用来跟踪记录一个射击游戏中玩家的分数，并且每次导弹击中飞船时score的值应该增加1分。但是，你观察到屏幕上显示的分数并没有正确递增。可将下列代码插入到负责递增分数的语句之前和之后，从而输出score的值。

```
trace("before: " + score);
score++;
trace("after: " + score);
```

注意在这些trace()语句中，我们并不仅仅跟踪变量score的值。我们还加上了一小段文本来标识消息，这样就能区分不同时候的两个score的值：递增之前和之后。图10-7a显示了一个样例输出。图10-7b显示了同一样例在不加"before:"和"after:"文本来标识分数时的情况。如你所见，加入文本标识分数后输出容易阅读得多（图10-7a）。

a) 在跟踪变量值时加上文本说明

b) 不加文本说明的跟踪

图10-7　一个跟踪变量值的例子

注意　在第11章中，我们将学习更多有关影片剪辑属性的语法，例如位置和尺寸。

注意文本串"before:"被包围在引号之中。score变量的值通过操作符+附加到文本串上。

- 可跟踪一个影片剪辑实例的属性。例如，如果一个名为mc_ball的影片剪辑实例没有正确移动过舞台，可以在代码中不同位置加入如下trace()语句：

```
trace(mc_ball.x);
```

来帮助你观察mc_ball的x坐标是如何变化的。

10.3.4　常见错误列表

下面是编写代码时常见错误的列表。熟悉常见错误有助于帮助你在ActionScript编程中避免和识别错误。

- 缺少或不匹配的括号

每个开括号必须有一相匹配的闭括号，无论是花括号还是圆括号。

- 错误拼写的变量名和函数名

不要忘记ActionScript是大小写敏感的。当心名字的复数形式，numFlower不同于numFlowers。如果发现难以记住哪些名字用复数形式，可以全部使用单数形式的名字。

- 字符串缺少引号

回顾前文，"score"是一个字面上的文本串，取值就是自身，而score是一个变量名，对应于一个值。

- 忘记在使用变量之前对其进行声明和初始化。
- 在一条if语句中本应使用==操作符（相等性比较）的地方使用了=（赋值操作符）。

10.4　本章小结

影片剪辑实例：影片剪辑符号和其他符号存储于库面板中。当你将一个影片剪辑拖曳到舞台上时，就创建了该影片剪辑符号的一个实例。实例指原始符号的一个副本或一次出现。在代码中使用影片剪辑实例的名字而不是库中出现的影片剪辑符号的名字来引用舞台上的对象。

点语法：句点可用于：（1）指定指向一个时间轴的目标路径；（2）调用某一影片剪辑实例的方法（例如让对象执行某个动作，如mc_tommy.mc_head.mc_mouth.play()）；（3）指定一个影片剪辑的位置和尺寸等属性，如mc_tommy.mc_head.mc_mouth.xscale = 60。

脚本用在何处？ 脚本被置于时间轴上的一个关键帧中。要创建或编辑ActionScript代码，选择关键帧并打开动作面板（选择"窗口→动作"或按F9键）。尽管脚本可被置于任何层，但习惯上将最顶层专用于放置脚本（或次顶层，如果最顶层用于存放帧标签），这个层称为"actions（动作）"。

脚本错误：主要存在两种类型的脚本错误：语法错误和逻辑错误。语法错误在测试或输出影片时由编译器检查出来。错误被列于编译器错误面板中，提供必要的消息帮助你定位和修正错误。你也可点击动作面板中的检查语法按钮进行语法检查。

逻辑错误不会被编译器检查出来。可能你只是注意到影片不能正常播放。需要进行一些逻辑推理才能定位逻辑错误的源头并修正它。有两个工具可帮助你执行这样的推理工作：trace()函数和调试器。trace()在输出面板上显示一条指定的消息。本章讨论了如何使用trace()语句帮助你调试，例如，跟踪有问题的变量、不符预期的影片剪辑实例的属性，在一个函数或有问题的if语句中显示简单的文本消息。

术语

dot syntax（点语法）

instance（实例）

logical error（逻辑错误）

nesting movieclip（嵌套影片剪辑）

syntactical error（语法错误）

target path（目标路径）

trace()

复习题

1. 可用来在输出面板中显示一条指定的消息或指定表达式的结果的ActionScript函数是_____。这是一个非常有用的调试工具。

A. alert()　　　　　　B. trace()　　　　　　C. output()

D. out()　　　　　　E. print()

2. 一段ActionScript可被置于_____。

A. 时间轴上的一个关键帧中

B. 一个影片剪辑实例中

C. 舞台上

3. 你在代码中使用_____来引用舞台上的对象。

A. 影片剪辑的实例名

B. 出现在库中的影片剪辑的符号名

C. Flash影片的文件名

4. 使用mc_tommy或mc_head填空：

如下语句：

```
mc_tommy.mc_head.scaleX = 0.6;
```

用于当影片剪辑实例_____被嵌套在_____中，并且你想将_____的scaleX设置为0.6。

5. 在动作面板中可以创建或编辑ActionScript代码。如何打开动作面板？

第11章 使用Flash进行交互式多媒体创作：ActionScript——第三部分

关键概念
- 多媒体创作中的鼠标和键盘事件处理
- 帧事件处理
- 使用Flash ActionScript控制对象的外观和行为

总体学习目标

学习完本章后，应该能够掌握：
- 使用ActionScript 3.0编程控制对象的外观和行为。
- 使用ActionScript 3.0创建动画。
- 使用ActionScript 3.0编程，让用户使用鼠标和键盘控制对象的外观和行为。
- 阅读和修改ActionScript 3.0代码。
- 自己进一步探索ActionScript和其他编程语言，构建更复杂的交互式多媒体项目。

11.1 添加交互性

多媒体项目是视觉导向和高度交互性的。通常，计算机用户使用鼠标和键盘与计算机程序交互。因此，多媒体项目中最常见的交互类型是响应用户发起的鼠标点击、移动和按键。诸如动画和声音效果等动作的发生多作为对用户鼠标活动和按键的响应。

事件（event）在程序运行过程中发生并打断了程序的流程。鼠标点击、移动和按键是最常见的由用户触发的事件。这些事件可用来通知一段动画或声音的播放、一幅不同图像的显示或者一行文本的显示。这样的事件使用户能够进行输入和反馈，对发生的情况施行一定的控制，直接参与到屏幕上的活动中。因此，在交互式多媒体创作环境中进行编程的关键特性是事件驱动。

事件处理（event handling）指的是指定某个动作作为对事件的响应。本章将讨论ActionScript 3.0中对鼠标和键盘事件的处理。

在开始编写任何事件处理代码之前，首先要分清三个元素。
- 事件：如何触发响应？例如一次鼠标点击。
- 事件目标：**事件目标**（event target）是事件将要发生在其上的对象。例如一个按钮。
- 响应：这是对事件的动作响应。例如播放带有声音效果的一段动画。

为多媒体项目增加交互性的主要思路是将响应动作与事件和事件目标关联起来。要在

ActionScript 3.0中做到这点，你需要理解事件侦听器和事件处理器的概念。

11.2 事件侦听器和事件处理器的概念

事件侦听器（event listener）是一个负责对诸如鼠标和键盘等事件进行侦听的对象。一个**事件处理器**（event handler）指当事件发生时将被执行的函数。

注意 对象：在面向对象编程中，一个对象具有属性和行为。属性是代表对象性质或特征的变量或常量。行为是定义对象功能的函数。

在ActionScript中，事件侦听器是一个对象。事件侦听器并不是ActionScript中唯一使用的对象。在编写ActionScript代码的过程中时刻都在与对象打交道，但你可能并未注意到这一点。影片剪辑实例也是对象，它们具有诸如位置和尺寸等属性，它们具有定义了其行为的函数，例如gotoAndStop()。这些影片剪辑的属性和函数将在本章后面予以讨论。

面向对象编程超出了本教科书的范围。但是，在ActionScript的学习中，不可避免会遇到与面向对象编程有关的术语。

在解释ActionScript 3.0中如何编程处理事件和事件侦听器时，将其类比为订阅者－发行者的关系通常比较贴切。如你所知，许多在线商户允许你订阅他们的业务简讯。当发行一期业务简讯时，他们向所有订户E-mail该简讯。如果你向他们订阅了，你就能收到一份简讯副本。在这个类比中，你是侦听者，简讯发布则是事件。

我们略微扩展这个订阅的剧情以解释如何在ActionScript 3.0中对事件进行编程。假设这些在线商户有多种销售活动：夏季销售、圣诞销售、清货销售、返校销售等。同时，你可选择跟踪某一商品是否在活动中销售。此时能很清楚地看出，在这个类比中：1）这些销售活动类似于事件，例如鼠标和键盘事件；2）你是这些销售事件的侦听者；3）你所关注的某一商品是事件目标。

但是，在这个类比中事件处理器是什么？当你想要的商品确实在活动中销售时，你将会做什么？你如何响应这个信息就是事件处理（器）函数。假设你的响应是在线购买该商品。如果使用ActionScript事件侦听器语法来描述你订阅圣诞销售简讯以跟踪你想要的smartPhone是否进行促销，以下就是相应的代码：

```
smartPhone.addEventListener(ChristmasSalesEvent, goBuyItOnline);
```

addEventListener()是ActionScript中的一个方法。ChristmasSalesEvent显然不是ActionScript中的一个有效事件。在后面你将看到ActionScript中的有效事件，而这里基于销售活动类比，我们继续对语句进行解释。addEventListener()是smartPhone的一个方法，它将函数goBuyItOnline与事件ChristmasSalesEvent关联起来。

为编写相应的ActionScript事件侦听器代码，这个类比中有几点需要说明。

• 每个商户有不同的销售活动，你可分别订阅侦听每个不同的活动。

与之相类似，要让用户通过点击一名为mc_balloon的影片剪辑实例来播放气球爆破的动画，假设已在代码中定义了事件处理函数popIt()，则可如下编写代码：

```
mc_balloon.addEventListener(MouseEvent.MOUSE_UP, popIt);
```

可以将另一事件与同一函数或不同的函数关联起来。假设你想在用户将鼠标移动到mc_balloon上时播放一段声音，并且已在代码中定义了事件处理函数playASound()，可以加上如下语句：

```
mc_balloon.addEventListener(MouseEvent.MOUSE_OVER, playASound);
```

• 一个商户可能有圣诞销售活动，但促销未必适用于smartPhone。

类似地，在一段Flash影片中，用户可能点击舞台上某处。这将触发一个鼠标弹起事件。然而，如果该事件不是发生在事件目标上，指定的事件处理函数将不会被执行。

11.3 编写ActionScript 3.0事件侦听器代码

在编写事件侦听器代码时，需要完成两部分的代码：

1. 一个事件处理函数：指定事件发生时要执行的动作的一个函数定义。该函数定义的一般语法是：

```
function handlerFunctionName(eventObject:EventType):void
{
    statement(s)
}
```

斜体表示的元素是你需要根据实际情况进行替换的占位符。这是一个函数定义的正常语法，只是无返回值并且需要一个事件类型的参数。

• *eventObject*是一个参数。可以使用任何形式的名字，只要是一个有效的参数名。在本书的例子中，统一命名为evt以代表事件。但是使用evt不是语法上的要求，任何有效参数名都可以。

• *EventType*：你需要使用ActionScript中定义的正确事件类型名。ActionScript中有许多不同的事件类型。鼠标和键盘事件类型分别是MouseEvent和KeyboardEvent。

2. 调用addEventListener()方法：你需要调用addEventListener()方法将事件目标和事件处理函数关联起来，这样当事件发生时，将执行函数的动作。其一般语法是：

```
eventTarget. addEventListener(EventType.EVENT_NAME, handlerFunctionName);
```

addEventListener()的使用方法已在mc_balloon例子中解释过。

• eventTarget：这是事件发生所在的对象。

• EventType：对鼠标事件，EventType应是MouseEvent。对键盘事件，应为KeyboardEvent。

• EVENT_NAME：对不同的事件类型存在不同的事件名。例如，MOUSE_UP是MouseEvent中的一个事件名，KEY_UP是KeyboardEvent中的一个事件名。在下一节中你将看到MouseEvent和KeyboardEvent中事件名的一个列表。

• handlerFunctionName：这是在前面第1步中定义的、用来响应事件的函数名。

概括起来，事件侦听器代码的基本结构是：

```
eventTarget. addEventListener(EventType.EVENT_NAME, handlerFunctionName);
function handlerFunctionName(eventObject:EventType):void
{
    statement(s)
}
```

编写事件侦听器代码

活动/练习

本练习的目的是实践编写事件侦听器代码的两个步骤。

说明

第一部分　准备文件

1. 创建一个Flash文件（ActionScript 3.0）。

2. 创建一个影片剪辑置于舞台上。将该影片剪辑实例命名为mc_balloon。

3. 创建一个新层并置于顶层，命名其为"actions"。在第二部分中脚本将被置于该顶层中。

第二部分　编写代码

1. 选择"actions"层的第1帧。打开动作面板（Window（窗口）→Actions（动作）或按F9键）。

2. 如图11-1a所示编写代码。注意我们有：

(i) 一个函数定义

(ii) addEventListener()方法

这里定义的函数用来处理鼠标弹起事件。因此，在函数参数和addEventListener()中使用的事件类型是MouseEvent。

3. 测试影片（Control（控制）→Test Movie（测试影片，或按Ctrl-Enter键）。

现在，如果点击气球，将看到一条消息"You have clicked on the balloon.（你已点击气球。）"出现在输出面板中（图11-1b）。

```
mc_balloon.addEventListener(MouseEvent.MOUSE_UP, clickBalloonHandler);
function clickBalloonHandler(evt:MouseEvent):void
{
        trace("You have clicked on the balloon.");
}
```

a）活动/练习中完成的代码

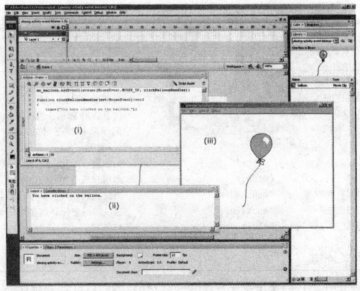

b）(i) 动作面板中的代码 (ii) 在点击气球 (iii) 时显示在输出面板中的消息

图11-1　练习示例

总结一下现在的代码。`mc_balloon`是事件目标。通过对`mc_balloon`调用`addEventListener()`, `mc_balloon`将以`clickBalloonHandler()`函数响应鼠标弹起事件。

在这个简单示例中，`clickBalloonHandler()`函数中只有一个`trace()`语句。它只是显示出一条消息"你已点击气球"，而不做任何视觉上的动作。

这是非常简单的例子，意在向你演示事件目标、事件类型、事件名和处理函数如何在代码中一同工作。在本章后面，你将看到更多的例子并学会如何使用相同的基本结构将更复杂和有趣的交互性集成到作品中。

注意在这个两步过程的讨论中，关于处理函数定义的讨论先于`addEventListener()`。但是，在上述代码中，`addEventListener()`语句先于处理函数定义。两者在代码中的顺序并不重要。本书习惯于将函数定义放在后面，而将函数调用放在前面。然而，从思考过程和计划的角度看，你确实需要将处理函数（至少它的名字）放在构造`addEventListener()`语句之前，因为该函数需要用到处理函数的名字。

11.4 鼠标事件

用户使用鼠标与程序交互的基本方式是点击或移动鼠标光标。在用鼠标与一个屏幕上的对象交互时，用户可以在对象上点击或移动光标。

点击实际上包含两个物理动作，每个动作触发一个不同的鼠标事件：（1）按下鼠标；（2）释放弹起鼠标。

前面讲过`addEventListener()`函数的通用语法：

eventTarget. addEventListener(*EventType.EVENT_NAME*, *handlerFunctionName*);

表11-1列出了ActionScript中的不同鼠标事件。表中显示了每一个*EventType.EVENT_NAME*（传递给函数`addEventListener()`的事件名）的两种形式——作为一个ActionScript常量和作为一个字符串。

表11-1 ActionScript 3.0中的鼠标事件

事件常量	EventType.EVENT_NAME 字符串	描　　述
MouseEvent.MOUSE_DOWN	"mouseDown"	当在事件目标上按下鼠标按钮
MouseEvent.MOUSE_UP	"mouseUp"	当在事件目标上释放鼠标按钮
		注意：释放动作发生时鼠标所在的对象可能不同于鼠标按下时的对象——这不同于点击（如下所述）
MouseEvent.CLICK	"click"	当在同一对象上按下和释放鼠标按钮
MouseEvent.DOUBLE_CLICK	"doubleClick"	当用户在事件目标上双击鼠标
MouseEvent.MOUSE_MOVE	"mouseMove"	当鼠标的光标在事件目标上移动
MouseEvent.MOUSE_OUT	"mouseOut"	当鼠标的光标移出事件目标
MouseEvent.MOUSE_OVER	"mouseOver"	当鼠标的光标位于事件目标之上——不要求按下鼠标按钮
MouseEvent.MOUSE_WHEEL	"mouseWheel"	当鼠标滚轮在事件目标上滚动

图11-1a中显示的示例代码使用事件常量`MouseEvent.MOUSE_UP`作为事件名。

```
mc_balloon.addEventListener(MouseEvent.MOUSE_UP, clickBalloonHandler);
```

```
function clickBalloonHandler(evt:MouseEvent):void
{
       trace("You have clicked on the balloon.");
}
```

代码中也可如下使用字符串"mouseUp"，如下所示：

```
mc_balloon.addEventListener("mouseUp", clickBalloonHandler);

function clickBalloonHandler(evt:MouseEvent):void
{
       trace("You have clicked on the balloon.");
}
```

推荐使用第一个方法（ActionScript常量），这也是本书采用的方法。如果输入了错误的常量名，在测试影片时将得到一个错误消息提示纠正输入。但是，如果输入了错误的字符串，将不会得到错误消息；事件处理函数将不会被调用。这可能耗费数小时去试图找到程序不工作的原因。

11.5 键盘事件

用户使用键盘与计算机交互的常见方式是在屏幕上的一个文本栏中输入文字，例如填写一个表格。但是，键盘交互不仅仅指文本输入。对交互式多媒体项目和游戏来说尤其如此。例如，屏幕上的对象可用按键进行移动。在游戏编程中，通常希望使用方向键来控制对象移动的方向。你也可能希望能用空格键、Ctrl键或者键盘上的其他键来控制一个对象的特定属性和行为。

类似鼠标点击，按一个键也包含两个动作，每一个动作引发一个不同的键盘事件：1）按下键；2）释放键。表11-2列出了ActionScript中的不同键盘事件。

表11-2 ActionScript 3.0中的键盘事件

事件常量	EventType.EVENT_NAME 字符串	描　述
KeyboardEvent.KEY_DOWN	"KeyDown"	当一个键被按下时
KeyboardEvent.KEY_UP	"KeyUp"	当一个键被释放时

图11-2中的简单例子演示了一个脚本，在用户每次按左方向键时将一个名为mc_balloon的影片剪辑向左移动5个像素，而当用户按右方向键时将其向右移动5个像素。

```
stage.addEventListener(KeyboardEvent.KEY_DOWN, keyDownHandler);

function keyDownHandler(evt:KeyboardEvent):void
{
   if (evt.keyCode == Keyboard.LEFT)
   {
      mc_balloon.x -= 5;
   }
   else if (evt.keyCode == Keyboard.RIGHT)
   {
      mc_balloon.x += 5;
   }
}
```

图11-2 示例代码

键盘控制并不仅限于方向键。键盘上的每一个键都有一个键代码（类似一个ID号）与之关联。例如，左方向键的代码是37，右方向键的代码是39，上方向键的代码是38，下方向键的代码是40。字母"A"到"Z"的代码是65到90。"0"到"9"的代码是48到57。这些代码是标准的ASCII编码，不是Flash ActionScript专有的。

事实上，Key.LEFT是ActionScript中的一个预定义常量（参见9.3节）。它被定义为37，即左方向键的代码。如果用37替代Key.LEFT，前面的代码可以如下编写：

```
stage.addEventListener(KeyboardEvent.KEY_DOWN, keyDownHandler);
function keyDownHandler(evt:KeyboardEvent):void
{
   if (evt.keyCode == 37)
   {
      mc_balloon.x -= 5;
   }
   if (evt.keyCode == Keyboard.RIGHT)
   {
      mc_balloon.x += 5;
   }
}
```

也可以重写代码，用"a"和"d"键分别替换左、右方向键：

```
stage.addEventListener(KeyboardEvent.KEY_DOWN, keyDownHandler);
function keyDownHandler(evt:KeyboardEvent):void
{
   if (evt.keyCode == 65)     // the 'a' key
   {
      mc_balloon.x -= 5;
   }
   else if (evt.keyCode == 68)    //the 'd' key
   {
      mc_balloon.x += 5;
   }
}
```

11.6 用于动画的帧事件

除了鼠标和键盘事件，ActionScript中还有帧事件。帧事件特定于如Flash这样的基于帧的创作程序。与鼠标和键盘事件不同，帧事件并不直接响应用户的交互。然而，事件enterFrame对创建脚本动画很有用，它以影片帧速率被重复触发。

类似于编写鼠标和键盘事件代码，在编写帧事件代码时需要调用函数addEventListener()。addEventListener()函数的一般语法：

```
eventTarget. addEventListener(EventType.EVENT_NAME, handlerFunctionName);
```

事件enterFrame的类型是："enterFrame"或Event.ENTER_FRAME。事件类型是Event，事件目标是stage。

举例而言，若在帧事件处理函数中使用如下代码：

```
mc_balloon.x += 5;
```
mc_balloon将以帧速率向右每次移动5个像素。

假设舞台上有一个名为mc_balloon的影片剪辑实例。下列代码使影片剪辑实例mc_balloon以帧速率向右移动5个像素和向上移动10个像素。

```
stage.addEventListener(Event.ENTER_FRAME, frameHandler);
function frameHandler(evt:Event):void
{
    mc_balloon.x += 5;
    mc_balloon.y -= 10;
}
```

> **关于enterFrame事件**
>
> Flash影片按照帧速率更新屏幕。这意味着将以帧速率看到在帧事件处理函数中指定的所有变化。
>
> 在前面的例子中，mc_balloon以帧速率每次向右移动5个像素和向下移动10个像素。
>
> 如果改写frameHandler函数如下：
>
> ```
> function frameHandler(evt:Event):void
> {
>     mc_balloon.x += 5;
>     mc_balloon.y -= 10;
>     mc_balloon.x += 5;
>     mc_balloon.y -= 10;
>     mc_balloon.x += 5;
>     mc_balloon.y -= 10;
> }
> ```
>
> mc_balloon将以帧速率每次向右移动15个像素和向下移动30个像素。

11.7 控制舞台上的对象

使用脚本控制对象是交互式多媒体项目最基础和最常用的构造模块。控制屏幕上对象的常见任务类型有：

- 控制和监控一个对象的位置、尺寸和旋转。
- 使对象消失。
- 改变对象的可视内容。
- 使对象可拖曳。

表11-3列出了可用于这些任务的ActionScript语法，以及简要描述和使用示例。

表11-3　ActionScript 3.0中常用的影片剪辑和按钮属性列表

类别	ActionScript 3.0	描　　述	示　　例
位置	x	x坐标，以像素为单位	mc_balloon.x = 300;
	y	y坐标，以像素为单位	mc_balloon.y = 300;
尺寸	scaleX	水平尺寸；1.0指100%	mc_balloon.scaleX = 0.5; 使mc_balloon的宽度减小到原来的一半
	scaleY	垂直尺寸；1.0指100%	mc_balloon.scaleY = 3; 使mc_balloon的高度增大到原来的3倍
	width	水平尺寸，像素为单位	mc_balloon.width = 110; 设置mc_balloon的宽度为110像素
	height	垂直尺寸，像素为单位	mc_balloon.height = 260; 设置mc_balloon的高度为260像素
方向	rotation	旋转角，以角度为单位， 相对于对象原始方向	mc_balloon.rotation = 30;

（续）

类别	ActionScript 3.0	描　述	示　例
方向		正值代表顺时针，负值代表逆时针	将mc_balloon旋转30°
可见性	alpha	透明度可为0到1，0是完全透明，1是完全不透明	mc_balloon.alpha = 0.5;
		即使对象的alpha值被设为0，它仍是激活的，即可被点击	设置mc_balloon的透明度为50%
	visible	取true或false值，指定对象是否可见	mc_balloon.visible = false;
		当设为false时，对象被禁用，即不可点击	设置mc_balloon不可见，同时禁用了mc_balloon

　　为帮助你理解任务所需的基础概念和基本代码结构，随后各小节中的示例每次仅集中在一个单一的任务上。一个例子中的交互性也许看起来不怎么有趣，但可以扩展和组合这些技术来构造一个复杂的项目。

　　注意　应注意到总存在多种方法来获得相同的结果。本节中的示例代码仅表示其中一种可能的方法，即作者觉得对一般初学者而言最直接和明晰的方法。方法所用的代码也许不是一个精通ActionScript的程序员可能选择的最高效或最健壮的方式。学习优化代码是一个重要的主题，但超出了本书介绍ActionScript的范围。

11.7.1　控制和监控对象的屏幕位置：x和y

　　为了编程完成本任务，你至少需要了解两方面的知识：（1）舞台上的坐标是如何度量的，（2）获取和设置舞台上对象的位置的ActionScript语法。你已知道一个影片剪辑实例的ActionScript位置坐标是x和y（表11-3）。现在来看舞台的坐标（图11-3）。

　　舞台的尺寸以像素度量。每个像素的位置可用一个(x, y)坐标引用。坐标(0, 0)指向舞台左上角的像素。x坐标从左向右递增，y坐标从上向下递增。因此，右下角的坐标是（舞台宽度，舞台高度）。在ActionScript中，这两者是stage.stageWidth和stage.stageHeight。

　　所有位于舞台区域内的坐标都是正值。一个对象的坐标可能是负值。负的x坐标意指舞台左边界的外侧，而负的y坐标意指舞台顶边界的外侧。

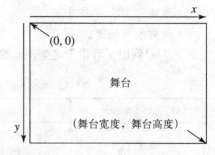

图11-3　Flash的舞台坐标

　　被控制的对象可为影片剪辑实例或按钮实例之一。使用脚本也能控制其他类型的对象。本书将集中在影片剪辑和按钮上，其中任何一个都需要具有一个实例名。

　　假设你想将一个名为mc_balloon的影片剪辑实例移动到（300,100），对应的ActionScript代码如下：

```
mc_balloon.x = 300;
mc_balloon.y = 100;
```

　　要在鼠标点击时移动气球，需要为鼠标点击添加相应的事件处理代码。回想该过程涉及指定事件目标、事件类型和响应事件的动作。

- 事件目标：就本例来说是mc_balloon，因为它是被点击的对象。
- 事件类型：属于一个鼠标事件。对一次鼠标点击，我们可以选择CLICK和MOUSE_UP之一，两者之间存在细小的差别，见表11-1中的描述。这里选择MOUSE_UP。
- 事件响应动作：应为重定位mc_balloon的代码。

现在，我们已明确了这三个要素，准备好了编写代码。回忆在编写事件侦听器代码时，需要定义一个事件处理函数和调用addEventListener()。代码如下：

```
mc_balloon.addEventListener(MouseEvent.MOUSE_UP, clickBalloonHandler);

function clickBalloonHandler(evt:MouseEvent):void
{
    mc_balloon.x = 300;
    mc_balloon.y = 100;
}
```

> **交互式X光扫描器（实验）**
>
> 重新考查第8章中的X光遮罩示例（图11-4）。该例中的遮罩动画是一个补间动画。现在，你可编程使扫描条跟随鼠标。代码包括鼠标移动事件侦听器、mouseY和扫描条的y属性。

a) 人物的图形，置于遮罩   b) 代表扫描条的矩形条，   c) 骨架是被遮罩的对象
和被遮罩层的下层   作为遮罩

图11-4 第8章X光遮罩例子中使用的影片剪辑

11.7.2 使对象消失：x、y、alpha和visible

前述情景都是处理对象当前位于屏幕之上的情况。然而，有时你希望使一个对象消失，例如，一枚导弹在击中敌方目标后消失。下面是完成此目标的两种简单方法。

1. 将影片剪辑移动到舞台之外——例如，一个大的、负的x坐标和/或y坐标。如果该对象之后将很快重新出现在舞台上并且它不是总消失于舞台之外，这将是一个使对象消失的很好方法。

2. 设置影片剪辑实例的可见性属性：visible控制影片剪辑实例的可见性。例如，下面的代码将名为mc_balloon的影片剪辑设为不可见：

```
mc_balloon.visible = false;
```

11.7.3 改变对象的可视内容

在一个交互式多媒体程序中，对象的可视内容可能经常因响应一定的事件而变化。例如，一个气球在用户点击它时爆破。另一个例子：用户可点击发型选择之一来改变人物对象的发型（图11-5）。

在Flash中完成这个目标的一个简单方法是使用影片剪辑的时间轴和ActionScript中控制时间轴播放头的预定义方法。核心思想是将可能的不同视觉内容放在影片剪辑的时间轴上，每一帧包含一个可能的视觉内容。要显示其中某一内容，将播放头移动到包含该内容的帧上即可。

在这里我们使用时间轴不是出于动画的目的，而是为了保存一系列可能的视觉内容选项——例如，在每一帧中存放一个不同的发型。

图11-5　用户通过点击右边的一个发型来改变人物发型

举例来说，你可以创建一个影片剪辑，其中第一帧包含气球，第二帧包含爆破了的气球。第一帧在帧脚本中包含有一条stop();语句将播放头停止在气球图像上。当用户点击它时，播放头被移动到第二帧，显示其中包含的爆破的气球。

假设气球影片剪辑实例命名为mc_balloon并被放置于主时间轴的第一帧中，则ActionScript代码如下：

```
mc_balloon.addEventListener(MouseEvent.MOUSE_UP, clickBalloonHandler);

function clickBalloonHandler(evt:MouseEvent):void
{
    mc_balloon.gotoAndStop(2);
}
```

gotoAndStop()是ActionScript预定义的用于控制影片剪辑播放的函数之一。其他用于控制播放的有用函数包括stop()、play()、gotoAndPlay()。

stop()

stop()暂停播放头，即时间轴上的一段动画停止播放。

假设你有一个包含两帧的影片剪辑：第1帧显示一个气球，第2帧显示爆破了的气球。如果只是将该影片剪辑置于舞台上，这个两帧的动画将连续播放。

假设将该影片剪辑实例命名为mc_balloon。可以将下列代码插入主时间轴上的第一个关键帧来暂停播放：

```
mc_balloon.stop();
```

play()

如果时间轴上的动画已暂停，可以使用play()重新开始播放，例如：

```
mc_balloon.play();
```

gotoAndStop()

调用gotoAndStop()将使播放头停止在参数指定的帧。在下面的例子中，数值2被传递给该函数。它将使mc_balloon的播放头前进到第2帧然后停在那里。

```
mc_balloon.gotoAndStop(2);
```

你也可以将帧的标签名传递给该函数。例如，如果气球影片剪辑的第2帧的标签名是"pop"，则代码也可写为：

```
mc_balloon.gotoAndStop("pop");
```

要将一个帧标签赋予一帧，该帧必须是一个关键帧。选择该关键帧，在属性检查器中输入名字（图11-6）。

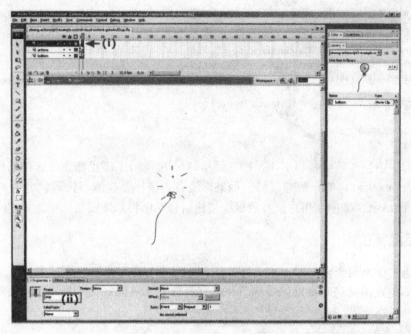

图11-6 给帧赋予一个帧标签：(i) 选择该关键帧，(ii) 在属性检查器中输入标签

相对帧编号而言，使用帧标签具有一些有利之处。如果一帧的视觉内容在后期被移动到另一帧，只要保持帧标签不变，就不需要改变ActionScript代码。使用帧标签还可以增加代码的可读性，因为帧标签比帧编号更具描述性。

gotoAndPlay()

gotoAndPlay()非常类似于gotoAndStop()。如同gotoAndStop()，调用gotoAndPlay()将播放头移动到参数指定的帧。然后，该函数将从该帧开始播放，而不是停止在那里。例如，

```
mc_balloon.gotoAndPlay(2);
```

或

```
mc_balloon.gotoAndPlay("pop");
```

> **发型定制（实验）**
>
> 人物的发型改变到用户点击的式样（图11-5）。本实验让你练习编程：(1) 鼠标弹起事件；(2) 使用gotoAndStop()控制播放头来改变一个影片剪辑的可视内容。你可自由设计发型和人物的头部。

11.7.4　使对象可拖曳：startDrag()和stopDrag()

用于使一个影片剪辑实例可被拖曳的ActionScript方法是：

```
startDrag()
```

要使用startDrag()，你需要使用点表示法指定哪个影片剪辑实例变为可拖曳。同样不要忘记定义触发器，即何时影片剪辑实例变为可拖曳。

假设有一名为mc_racket的影片剪辑实例，希望当用户在其上按住鼠标按钮时使其可拖曳。

在这个例子中，触发器是按下鼠标按钮（鼠标按下事件）。代码如下：

```
mc_racket.addEventListener(MouseEvent.MOUSE_UP, stopDragRacketHandler);
mc_racket.addEventListener(MouseEvent.MOUSE_DOWN, dragRacketHandler);

function dragRacketHandler(evt:MouseEvent):void
{
    mc_racket.startDrag();
}
function stopDragRacketHandler(evt:MouseEvent):void
{
    mc_racket.stopDrag();
}
```

注意该脚本还包含鼠标弹起事件，通过调用stopDrag()来停止拖曳，这样当用户释放鼠标按钮时，mc_racket将停止跟随鼠标。如果你没有为鼠标弹起编写代码stopDrag()，那么一旦点击mc_racket，即使在用户已释放鼠标按钮后，它仍将始终跟随鼠标。

11.8 监控鼠标位置

交互性通常涉及与舞台上的对象交互，例如，点击一个对象或将鼠标光标置于一对象之上。然而，即使点击鼠标时在鼠标光标下并没有对象，鼠标位置自身也能用来触发不同的响应。例如，你可能希望：

• 在用户点击的位置显示工具提示。

• 允许用户使用鼠标绘制自由线条。

• 允许用户使用鼠标位置控制可视内容的滚动方向，如一幅大的图像或很长的列表。

针对这些情况，需要能够跟踪鼠标的位置。ActionScript用于鼠标位置的关键词是mouseX和mouseY。

假设有一名为mc_balloon的影片剪辑实例。要将mc_balloon移动到点击鼠标时（具体讲是鼠标弹起时）光标的位置，代码如下：

```
stage.addEventListener(MouseEvent.MOUSE_UP, clickBalloonHandler);

function clickBalloonHandler(evt:MouseEvent):void
{
    mc_balloon.x = mouseX;
    mc_balloon.y = mouseY;
}
```

注意现在事件目标是舞台（stage），因为我们希望检测发生于舞台上任意位置的鼠标弹起事件，而不仅是mc_balloon上。

球与拍游戏（实验）：第一部分

你可能知道一款叫做《Pong》的视频游戏。在游戏中，屏幕的一侧有一个垂直的窄矩形代表球拍。一个小方块代表球。玩家控制球拍的垂直位置来击打飞行的球。

本实验应做到：

可以使用鼠标控制球拍的垂直位置（图11-7）。球开始于随机的垂直位置，水平飞向球拍。球拍如果接到球就将其弹回。

本实验第一部分中用到的主要思想和技术包括：

1. 使用mouseMove事件。

2. 使用鼠标的垂直位置（mouseY）控制球拍的垂直位置。

3. 使用enterFrame事件和球的x属性将球移动穿过屏幕。

注意：本实验的第二和第三部分在本章后面描述，其中介绍了更多ActionScript语法中的概念和知识。

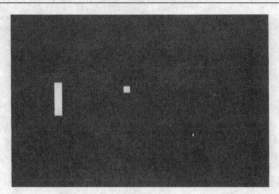

图11-7　在球与拍实验中，左侧的矩形球拍跟随鼠标的垂直位置

11.9　检测两个对象之间的碰撞

碰撞检测（即检测两个对象是否重叠）是拖放操作和游戏中常用的技术，特别是射击游戏。ActionScript中用于碰撞检测的两个方法是：hitTestObject()和hitTestPoint()。

两个方法均返回一个true（真）或false（假）值。如果发生重叠，方法将返回true，否则返回false。这些方法与if语句组合使用。

11.9.1　hitTestObject()

hitTestObject()的一般语法是：

objectA.hitTestObject(*objectB*);

使用该函数检查两个影片剪辑实例*objectA*和*objectB*是否重叠。例如，下列代码检查两个名为mc_paddle和mc_ball的影片剪辑实例是否重叠。如果重叠，变量score的值将增加1。

```
if (mc_paddle.hitTestObject(mc_ball))
{
    score += 1;
}
```

*objectA*和*objectB*可以互换。下列代码与前面的一样。

```
if (mc_ball.hitTestObject(mc_paddle))
{
    score += 1;
}
```

影片剪辑实例的包围盒用于碰撞检测。包围盒是包含对象的一个矩形区域（图11-8）。

包围盒比较适合于矩形对象，但对非矩形对象效果不好。例如，图11-9中显示的两个圆，如果基于它们的包围盒将被判断为相交，尽管它们实际的像素内容并不重叠。

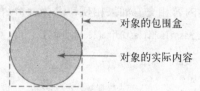

对象的包围盒

对象的实际内容

图11-8　一个对象的包围盒与对象的实际内容

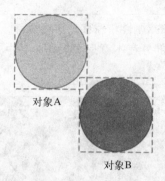

图11-9 objectA.hitTestObject(objectB)将返回真值，因为两者的包围盒相交

11.9.2 hitTestPoint()

objectA.hitTestPoint(*x-coordinate*, *y-coordinate*, *trueOrFalse*);

可以使用该函数检查一个位于（*x-coordinate*, *y-coordinate*）的点是否与影片剪辑实例objectA相交。第三个参数接收一个true或false值。下面是你应如何决定使用哪个值。

- 如果设为true，将针对objectA的实际像素内容进行命中测试。
- 如果设为false，将针对objectA的包围盒进行命中测试。

> **球与拍游戏（实验）：第二部分**
> 基于本实验的第一部分，将应用下列新的概念和技术。
> 1. 应用碰撞检测（hitTestObject()）决定球拍是否击中球。
> 2. 使用一个变量控制球的方向——朝向球拍或者从球拍弹开。
> 注意：本实验的第三部分在本章后面描述，其中介绍了更多ActionScript语法中的概念和知识。

表11-4显示了不同场景中的碰撞检测结果。如最后一列所示，第三个参数区分了碰撞测试结果中点位于对象实际像素内容之外但仍在对象包围盒中的情况。

表11-4 不同场景中碰撞测试的结果比较

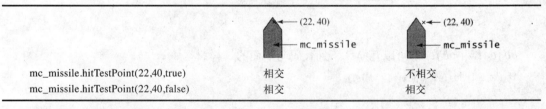

mc_missile.hitTestPoint(22,40,true)	相交	不相交
mc_missile.hitTestPoint(22,40,false)	相交	相交

例如，下列代码检查位于（22,40）的一个点是否与一名为mc_missile的影片剪辑实例的实际像素内容相交。如果相反，名为score的变量值将增加1。

```
if (mc_missile.hitTestPoint(22,40,true))
{
    score += 1;
}
```

本例在传递参数中使用了点的*x*和*y*坐标值，也可以传递点坐标的表达式。传递影片剪辑实例的坐标是执行碰撞检测的常见方式。其中，影片剪辑的定位点与另一影片剪辑实例进行比较。当然，不要忘记第三个参数，用以指明你是想针对实际像素内容还是针对影片剪辑实例的包围盒进行检查。为了演示其中的区别，我们看一个例子。

假设在一个游戏中，有一只松鼠在树之间跳来跳去（图11-10）。你想测试松鼠是否落在了一棵树上。该Flash文件的设置如下：

- 树：树位于一个影片剪辑中。图11-10中以虚线显示了树的包围盒，其实例名为mc_tree。
- 松鼠：松鼠的定位点设为其脚（图11-11），它的实例名为mc_squirrel。 ⊖

图11-10　在一平面游戏中，可用hitTestPoint()测试松鼠是否落在一棵树上

为检测松鼠是否落在树上，我们需要针对mc_tree的实际像素内容测试松鼠的坐标。因此，应将true传递给hitTestPoint()的第三个参数。前两个参数应为mc_squirrel.x和mc_squirrel.y。

mc_squirrel的定位点的坐标
(mc_squirre.x, mc_squirrel.y)

使用了hitTestPoint()的if语句如下所示：

```
if (mc_tree.hitTestPoint(mc_squirrel.x, mc_squirrel.y,true))
{
    // 停止下落
}
```

表11-5显示了不同命中测试策略的碰撞检测结果。对图11-10中显示的场景，mc_tree.hitTestPoint(mc_squirrel.x, mc_squirrel.y, true)给出了松鼠是否落在树上的正确结果，而另外两个则没有。

图11-11　松鼠的定位点放在其脚底位置。其实例mc_squirrel的x和y属性给出了其定位点在舞台上的x和y坐标

表11-5　不同命中测试策略的碰撞检测结果

不同的命中测试策略	碰撞测试结果
mc_tree.hitTestPoint(mc_squirrel.x, mc_squirrel.y, true)	不相交
mc_tree.hitTestPoint(mc_squirrel.x, mc_squirrel.y, false)	相交
mc_tree.hitTestObject(mc_squirrel)	相交

横向卷轴平面游戏（实验）

完成的游戏将如下运行：

你可以使用左右方向键控制一位"勇士"在平面上前后跑动并在需要时水平卷动"平面"。场景中有一些"宝物"，如旋转的硬币和神秘的箱子。在舞台上弹起鼠标使该勇士跳

⊖　此图获得Kevin Crace许可。他是Wake Forest大学的一名学生，他在平面游戏实验作业中创作了这些图形。

起收集宝物。当勇士接触到宝物时，宝物消失。图11-12显示了实验完成后的例子，分别具有不同的勇士、平面和宝物。

a）一个传统的平面游戏：勇士，一个人形角色；平面，矩形的地面；宝物，硬币和神秘的箱子

b）一个非传统的平面游戏⊖：勇士，一只松鼠；平面，树；宝物，硬币和神秘箱子

c）另一个非传统的平面游戏⊖：勇士，一条鱼；平面，水；宝物，硬币和海胆

图11-12 完成的平面游戏实验的例子

主要思想和技术如下：

1. 使用键盘和鼠标事件。
2. 使用enterFrame事件播放勇士跳跃的动画。
3. 通过x属性移动平面的影片剪辑实例。
4. 应用碰撞检测（hitTestObject()）决定勇士是否接触到宝物。
5. 应用碰撞检测（hitTestPoint()）决定勇士是否已落在平面上。

11.10 其他交互式多媒体创作的有用函数和结构

在游戏编程中有一些常见的任务，例如随机化、处理列表、在舞台上放置多个影片剪辑实例。本节讨论为完成这些任务你可以使用的一些有用函数和命令。

⊖ 此图获得Kevin Crace（他是Wake Forest大学的一名学生）许可。
⊜ 此图获得Gretchen Edwards（他是Wake Forest大学的一名学生）许可。

11.10.1　随机化

随机化对给一个交互式项目增加非线性和变化来说很有用，可为不同用户或同一用户在多次播放会话中提供独特的游戏体验。为发生什么和何时发生等因素加入随机性可使游戏经历不可预测并增加惊奇感。

假设当一用户点击一个盒子时，从盒中将跳出某些东西。如果每次跳出同样的对象或不同的对象每次都以相同的次序出现，则可能有些单调乏味。例如，第一次点击盒子时总是出现一个气泡，而第二次点击盒子时总是出现一只鸟。

假设舞台上有两个影片剪辑实例：一个名为mc_hat，另一个名为mc_magic。mc_magic中包含一个气泡飘浮出来的动画和一只鸟飞出的动画——两者在时间轴上顺序排列。用户每次点击帽子时，mc_magic将随机播放气泡或飞鸟序列之一。如下是可能的脚本：

```
mc_hat.addEventListener(MouseEvent.MOUSE_UP, magicHandler);

function magicHandler(evt:MouseEvent):void
{
    var r = Math.random();
    if (r < 0.5)
    {
        mc_magic.gotoAndPlay("bubble");
    }
    else
    {
        mc_magic.gotoAndPlay("bird");
    }
}
```

该脚本在变量r中保存一个随机数。如果r小于0.5，mc_magic播放气泡动画，否则播放飞鸟的动画。为什么是0.5？本例意在使播放气泡和飞鸟的几率各为50%。若想使气泡比飞鸟具有更高的出现几率，可增加条件语句中的值使之大于0.5。同时，在if条件语句中没必要使用小于测试，在本例中使用r >= 0.5而不是r < 0.5一样能获得相同的结果。

在球与拍游戏的实验中，你可以在每次游戏开始时随机选择球的垂直位置，使其从右侧随机飞出。你也可以通过随机化球的垂直或水平增量达到随机化球的方向的效果。

除了随机化目标对象，时间是另一个可被随机化的元素。例如，可以随机化两只鸟飞过屏幕的开始时间，从而在项目每次播放时创造出不同飞鸟组合的场景。

在ActionScript中，Math.random()生成一个大于0小于1的随机数。尽管Math.random()只产生一个0~1之间的随机数，但你可用其在表达式中生成任意范围的随机数。如下是公式的一般形式：

Math.random() * （范围最大值-范围最小值） + 范围最小值

下面列举一些例子：

• 若想生成-10~30之间的一个随机数，可用如下表达式：

```
Math.random() * (30 - (-10)) + (-10)
```

或者

```
Math.random() * 40 - 10
```

请自己试验生成一些数看看该表达式是否给出-10~30之间的随机数。

• 如果Math.random()返回0，则前表达式给出：

```
0 * 40 - 10 = -10
```

这是生成的随机数的下界。

• 如果Math.random()返回0.9999…，则前表达式给出：

0.9999… * 40 - 10 = 29.9999…

这是随机数的上界。

• 若要生成-11～11之间的一个随机数，则可用如下表达式：

Math.random() * (11 - (-11)) + (-11)

或者

Math.random() * 22 - 11

自测练习：生成指定范围内的一个随机数

写出可生成下列指定范围中的一个随机数的表达式。

1. >= -20 且 < 20

2. >= 0 且 < 20

3. >= 10 且 < 20

4. >= 1 且 < 6

自测练习答案：

1. Math.random() * 40 - 20

2. Math.random() * 20

3. Math.random() * 10 + 10

4. Math.random() * 5 + 1

球与拍游戏（实验）：第三部分

基于本实验的第二部分，你将应用下列新的概念和技术。

1. 使用Math.random()在每次开始时随机化右侧球的垂直位置。

2. 构造表达式使球以某一角度移动和弹回。

11.10.2 数组

可以用**数组**（array）存储一个项目列表，例如，在hangman文字游戏中使用的一个词库。数组中的每一个项都用其在数组中的顺序编号作为**索引**（index）。第一项的索引是0，第二项的索引是1，以此类推。数组中最后一项的索引等于数组中的项目数减去1。

创建一个数组

类似于创建一个变量，你需要使用关键词var声明一个数组，数组名后跟:Array。有多种方法可创建一个数组。下面是两个例子。

• 创建一个空的数组，以后再添加项目成员。

例如，要创建一个名为fruit的数组：

var fruit:Array = new Array();

• 在创建同时填充一个数组。

例如，要创建一个名为fruit的数组并包含一组文本项："apple"、"orange"、"grape"、"pear"：

```
var fruit:Array = new Array("apple", "orange", "grape", "pear");
```

注意在第一种方法中，显示了如何创建一个空数组，但未显示数组建立后如何填充。随后的节将演示如何向数组中添加项目。

无论开始时数组是如何建立的，你都可以向数组中添加或更新项目。

访问数组中的项

要访问数组中的一项，可以使用[]引用其索引值。例如，若要获得数组fruit的第一项并将其存储于名为a的变量中，可用如下语句：

```
a = fruit[0];
```

向数组中添加项

若要在数组创建后向其末尾添加更多项，可使用push()。例如，下列代码将"peach"添加到数组fruit的末尾。

```
fruit.push("peach");
```

数组fruit将变为["apple", "orange", "grape", "pear", "peach"]。

你也可以使用索引添加项。例如，下列代码可得出与上面push语句相同的结果。

```
Fruit[4] = "peach";
```

数组的应用

在将项目中使用的数据存储为一个对象列表时，数组非常有用，例如，玩家在游戏中收集的宝物或在猜词游戏中可用的词语列表。

在ActionScript中，一个数组可以存储的项的类型并不仅限于文本或数字。你也可以使用数组存储一个影片剪辑实例的列表。当与循环（将在下节讨论）组合使用时，可对数组中所有的项循环执行一组语句。例如，在本章末尾的《Star Catcher》（捕星者）游戏实验练习（参见图11-13）中，星星的影片剪辑实例存储于一个数组中。然后，以帧速率对数组中每一元素循环执行一组语句，例如旋转星星和检测与巫师的碰撞等，从而使得每一星星影片剪辑实例可执行旋转和检查是否碰上巫师。

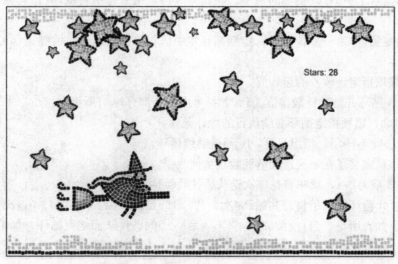

图11-13 一幅已完成的《Star Catcher》（捕星者）游戏实验练习的屏幕截屏，星星以影片剪辑实例的形式存储于一个数组中

11.10.3 循环

重复执行的指令称为**循环**（loop）。循环使你可以反复执行一段语句，只要指定的条件得到满足。在ActionScript中存在五种类型的循环：for循环、for each ... in循环、for ... in循环、while循环和do ... while循环。每种类型循环在行为上有所区别，适用于不同的目的。在许多场合中，可以使用这些类型中的任一种，但一些类型相对于其他类型可能只需要更少的代码。

for循环是最常见的循环类型，因此本章仅介绍for循环并在需要循环的例子中使用。

在一个for循环中，一段语句被循环执行预先指定的次数。图11-14显示了for循环的一般语法和相应的解释。

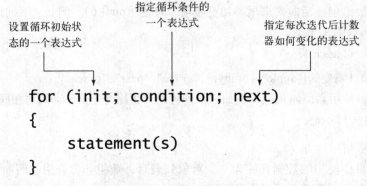

图11-14 for循环的一般语法

ActionScript中的一个for循环的例子如下所示：

```
var i:int;
for (i = 1; i < 5; i++)
{
    sum = sum + i;
}
```

这段代码显示了一个for循环的例子。花括号（{}）用来包围将被for语句循环执行的语句块。

本例中的变量i作为一个计数器，控制循环体中语句的执行次数。关键词for后的括号中包含三个部分：

• init：该项指定计数器的起始值。

在本例中，循环开始时计数器值为1，如括号中第一部分i = 1所指定。

• condition：该项指定循环继续执行的允许条件。

在本例中该项为i < 5，指出只要i小于5就继续循环。

• next：该项定义了在每次迭代后计数器如何改变。

在本例中该项为i++，意味着在每次迭代后计数器i增加1。

因此，该for循环的例子将总共循环4次，从i=1开始到i=4结束。表11-6逐次迭代地解释了该for循环。如表所见，当i变为5时，将不满足i < 5的条件从而结束循环。如果变量sum在循环前等于0，则循环结束后，sum的值将等于（1+2+3+4），即10。

表11-6　逐次迭代跟踪循环的示例

循环前的i值	是否i < 5?		循环后的i值
i = 1	是	sum = sum + 1	i = 2
i = 2	是	sum = sum + 2	i = 3
i = 3	是	sum = sum + 3	i = 4
i = 4	是	sum = sum + 4	i = 5
i = 5	否		

注意　迭代（iteration）：循环的每一次执行称为一次迭代。

自测练习：for循环

下列循环各自将执行多少次？

1. for (i = 1; i <= 10; i++)
2. for (i = 0; i < 10; i++)
3. for (i = 10; i > 0; i--)
4. for (i = 0; i < 10; i = i + 2)
5. for (i = 0; i <= 10; i = i + 2)

自测练习答案：

1. 10
2. 10
3. 10
4. 5
5. 6

　　这个简单的for循环的例子意在显示一个for循环如何工作。将for循环用于求和计算并不是其全部作用所在，for循环可以用在视觉环境计算中，而不仅仅是简单的数字运算。

　　举例来说，在Flash中for循环可用于自动将大量图形放置到舞台上。为此，需要在循环中调用另一个ActionScript函数来指定图形。第11.10.4节中显示的ActionScript脚本可用来生成多个影片剪辑实例，而无需手工将其放置于舞台上。

联合使用循环和数组

　　for循环经常与数组联合使用，针对数组中的每一项执行一系列语句。此时，for循环中的计数器用作对数组中项的索引。数组中第一项的索引是0。下列代码对名为fruit的数组执行线性搜索，查看数组中是否包含词"grape"。

```
var fruit:Array = new Array ("apple", "orange", "grape", "pear");

var found:int = -1;
var i:int;
for (i = 0; i < fruit.length; i++)
{
        if (fruit[i] == "grape")
        {
                found = i;
                break;
        }
}
```

fruit.length返回数组fruit中项的个数。示例代码从数组fruit的第一项（索引0）开始查看当前项是否为"grape"。如果找到"grape"，则变量found被赋与i的值并且结束循环（break）。如果数组中不包含词"grape"，则found的值将保持-1。

循环与动画"循环"

当前讨论的循环不同于动画循环。

假设你想使一对象产生动画效果，如将其向右移动10次，每次移动5个像素。前面讨论的循环并不是合适的工具。如果写一个for循环10次使一个对象每次向右移动5个像素，你所看到的只是最后的结果，其中对象已被向右移动了50像素。

如果想循环一个脚本动画，使用enterFrame事件或计时器。

如果想循环一个时间轴上顺序排列的非脚本动画——例如补间动画，可以简单地在动画序列的结尾帧中添加一个gotoAndPlay()并在括号中指定序列的开始帧号或帧标签。例如，若一补间动画开始于第10帧，其帧标签为"walk"，并于第120帧结束，则可在第120帧中添加一段脚本，其中包含一条语句如下：

```
gotoAndPlay("walk");
```

注意 要学习如何使用计时器，查找Flash帮助以获得更多信息。

11.10.4 动态生成影片剪辑实例

到目前为止，在显示的示例中，影片剪辑实例是手工在设计时放置于舞台之上的。这种方式有其局限性，例如：

- 如果你需要在舞台上放置许多影片剪辑实例，比如射击游戏中的子弹和捕星者游戏实验练习中的星星，该方式将导致大量的工作。
- 运行时刻（影片播放时）可用的影片剪辑实例的数量受限于在设计时放置于舞台上的实例的数量。（设计时指的是你在创作Flash项目的时刻。）

本节将向你显示如何使用ActionScript向舞台上添加影片剪辑实例。你首先需要为希望通过脚本添加到舞台的影片剪辑符号设置**关联**（Linkage）。为一个影片剪辑符号赋与一个类名使你可以在代码中通过该名引用这个符号，从而你就能使用代码在舞台上创建影片剪辑的新实例。

你可以使用两种方法之一设置影片剪辑符号的关联。

- **方法1**：在首次创建影片剪辑符号时设置关联。

1. 在创建新符号对话框（图11-15a）中，在Linkage（关联）部分，选中标有"输出用于ActionScript"的复选框。

2. 为类输入一个名字。

- 注意类的命名，你将在脚本中使用它。
- 类名不是影片剪辑符号的名字。类名和影片剪辑名是不同的名字，不必使类名与影片剪辑名相同。
- 类名应是一个不包含空格的短语。
- 尽管技术上并不要求，但最好为类名的第一个字符使用大写。

3. 选中Export to first frame（输出到第一帧）复选框，如果其尚未被选中。

4. 在选中Export for Action Script（输出用于ActionScript）复选框后，程序应已自动为你填写好基类。出于本书中的练习的目的，保留该基类设置不要改变。

• **方法2**：在已创建影片剪辑符号后设置关联。

1. 在库面板中，右点影片剪辑符号，选择"Linkage（关联）..."。

2. 在关联属性对话框（图11-15b）中，选中标有Export for Action Script（输出用于ActionScript）的复选框。按照上面方法1中描述的步骤2～4进行。

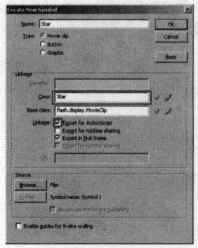
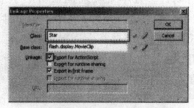

a）当创建影片剪辑符号时　　　　　　　b）在已创建影片剪辑符号后

图11-15　为影片剪辑符号设置关联的两种方法

下列基本代码结构可用来在舞台上添加影片剪辑符号：

```
var instanceName:ClassName = new ClassName();
addChild(instanceName);
```

如关键词var所示，实例的创建与变量类似。*instanceName*是赋予将在舞台上创建的影片剪辑实例的名字。若是手工将实例放置于舞台上，你需要在属性检查器中输入该影片剪辑实例名。*ClassName*是作为关联属性（图11-15）赋予影片剪辑符号的类名。addChild()语句将实例添加到舞台上。

例如，假设赋予一个影片剪辑符号的类名为Star。将该影片剪辑符号添加到舞台上的脚本如下：

```
var mc_star:Star = new Star();
addChild(mc_star);
```

mc_star将被放置于舞台的(0,0)坐标上，即舞台的左上角，除非另外指定它的位置。一个影片剪辑实例的位置由它的 x 和 y 属性定义。下列脚本代码可将一个星星实例放置于舞台的(100,200)处：

```
var mc_star:Star = new Star();
addChild(mc_star);
mc_star.x = 100;
mc_star.y = 200;
```

该例仅将一个星星的实例放置到舞台上。要放置多个星星实例，可以用一个for循环并将这些实例存储在一个数组中，如下：

```
var i:uint = 0;
var arrStar:Array = new Array();

        for (i = 0; i < 10; i++)
        {
                var mc_star:Star = new Star();
                arrStar.push(mc_star);
                addChild(arrStar[i]);
        }
```

for循环生成10个星星的实例并将它们存储于一名为arrStar的数组中。然后所有星星实例在代码中通过arrStar和索引号进行引用。例如，10个星星的实例可被引用为arrStar[0]、arrStar[1]、…、arrStar[9]。

> **《Star Catcher》游戏（实验）：**
>
> 　　在这个实验练习中，星星从舞台顶部落下，玩家控制屏幕下方的巫师去捕获星星（图11-13）。当然，你可自由创建下落对象和捕捉者对象的图形。
>
> 　　你将练习许多在本章和前面章节中学习到的重要的编程概念和ActionScript代码。你需要编写代码处理mouseMove事件、帧事件，控制影片剪辑实例的属性，生成随机数，使用for循环、数组、变量声明、赋值语句、if语句、函数定义、函数调用和碰撞检测。你将实验使用关联和addChild()在舞台上动态生成星星的实例。该游戏相当易玩，但编程上并不简单。

11.11　本章小结

　　在交互式多媒体项目中，经常需要通过编程使对象的外观和行为响应用户与计算机的交互。用户与计算机程序进行交互的一般形式是通过鼠标点击、移动和击键。

　　事件、事件侦听器、事件处理：一个事件发生于程序执行过程中，打断了程序的运行流程。鼠标点击、移动和击键是用户触发的最常见的事件。事件侦听器是一个侦听诸如鼠标和键盘等事件的对象。事件处理器是一个在事件发生时被执行的函数。

　　编写事件侦听器代码的基本结构是：

```
eventTarget.addEventListener(EventType.EVENT_NAME, handlerFunctionName);
function handlerFunctionName(eventObject:EventType): void
{
    statement(s)
}
```

　　处理鼠标弹起事件的示例代码如下：

```
mc_balloon.addEventListener(MouseEvent.MOUSE_UP, clickBalloonHandler);
function clickBalloonHandler(evt:MouseEvent):void
{
    mc_balloon.x += 5;
}
```

　　处理键盘事件的示例代码如下：

```
stage.addEventListener(KeyboardEvent.KEY_DOWN, keyDownHandler);
function keyDownHandler(evt:KeyboardEvent):void
{
    if (evt.keyCode == Keyboard.LEFT)
    {
        mc_balloon.x -= 5;
```

```
    }
    else if (evt.keyCode == Keyboard.RIGHT)
    {
        mc_balloon.x += 5;
    }
}
```

处理enterFrame事件的示例代码如下：

```
stage.addEventListener(Event.ENTER_FRAME, frameHandler);
function frameHandler(evt:Event):void
{
    mc_balloon.x += 5;
}
```

enterFrame事件对创建脚本动画非常有用。

enterFrame事件处理函数中的语句将以帧速率被反复持续执行。

控制舞台上的对象：可用来在舞台上控制影片剪辑实例的有用属性包括：x、y、scaleX、scaleY、width、height、rotation、alpha、visible。

可以通过控制影片剪辑的播放来改变它的视觉内容。其背后的思想是将一个影片剪辑的不同视觉内容选项放置于影片剪辑的时间轴上，每一帧包含一个可能的视觉内容。要显示某一特定内容，只要将播放头移动到包含该内容的帧上即可。本章中介绍的影片剪辑播放的常用方法是：stop()、play()、gotoAndStop()和gotoAndPlay()。

监控鼠标位置：可使用mouseX和mouseY跟踪鼠标的位置。

检测两个对象之间的碰撞：ActionScript中用于碰撞检测的两个方法是：hitTestObject()和hitTestPoint()。

随机化：Math.random()生成一个>=0且<1的随机数。该函数可通过构造表达式来生成任意范围内的随机数。

数组：数组用于存储一组项的列表。每一项具有一个索引号。数组的第一项具有索引0，最后一项的索引等于数组中的项数减去1。

本章中介绍的创建一个数组的两种方法是：

• 创建一个空的数组，以后再添加项目成员。

例如，要创建一个名为fruit的数组：

```
var fruit:Array = new Array();
```

• 在创建同时填充一个数组。

例如，要创建一个名为fruit的数组并包含一组文本项："apple"、"orange"、"grape"、"pear"：

```
var fruit:Array = new Array("apple", "orange", "grape", "pear");
```

要访问数组中的一项，可以使用[]引用其索引值，例如：

```
a = fruit[0];
```

可使用push()向数组的末尾添加项，例如：

```
fruit.push("peach");
```

也可以使用索引添加项，例如：

```
Fruit[4] = "peach";
```

循环：循环使你可以在指定的条件满足时重复执行一语句块。本章介绍了for循环，其一般语法是：

```
for (init; condition; next)
{
    statement(s)
}
```

动态生成影片剪辑实例：如下是使用脚本动态向舞台上添加影片剪辑实例的基本步骤：

1. 为影片剪辑符号的"关联"（Linkage）属性设置一个类名。

2. 要将影片剪辑符号添加到舞台上，可使用如下的基本代码结构：

```
var instanceName:ClassName = new ClassName();
addChild(instanceName);
```

术语

addChild()	MouseEvent.CLICK
addEventListener()	MouseEvent.DOUBLE_ CLICK
alpha	MouseEvent.MOUSE_ DOWN
array（数组）	MouseEvent.MOUSE_ MOVE
bounding box（包围盒）	MouseEvent.MOUSE_ OUT
event（事件）	MouseEvent.MOUSE_ OVER
event handler（事件处理器）	MouseEvent.MOUSE_ UP
event handling（事件处理）	MouseEvent.MOUSE_ WHEEL
event listener（事件侦听器）	mouseX
Event target（事件目标）	mouseY
Event.ENTER_FRAME	play()
gotoAndPlay()	push()
gotoAndStop()	rotation（旋转）
height（高度）	scaleX
hitTestObject()	scaleY
hitTestPoint()	startDrag()
index（索引）	stop()
KeyboardEvent.KEY_ DOWN	stopDrag()
KeyboardEvent.KEY_UP	visible（可见）
Linkage（关联）	width（宽度）
loop（循环）	x
Math.random()	y

复习题

请选择所有正确答案。

1. 用于影片剪辑示例的*x*和*y*坐标的属性是_____和_____。

2. 可用来指定影片剪辑实例的旋转角度的属性是_____。

3. 可用来指定影片剪辑实例的透明度的属性是_____。

4. 可用来指定影片剪辑实例的可见性的属性是_____。该属性的值只能是_____和_____。

5. 如果你想相对于影片剪辑实例的原始尺寸重新改变其大小——如200%，应该使用属性_____。

    A. x和y　　　　　　　　B. scaleX和scaleY　　　　　　　C. 宽度和高度

6. 如果你想将影片剪辑实例的大小改变到指定的像素尺寸——如200像素，应该使用属性_____。

    A. x和y　　　　　　　　B. scaleX和scaleY　　　　　　　C. 宽度和高度

7. 用于鼠标位置的属性是_____。

    A. x和y　　　　　　　　B. xmouse和ymouse　　　　　　C. xMouse和yMouse

    D. mousex和mousey　　　E. mouseX和mouseY

8. 使一个实例可拖曳的正确关键词是_____。

    A. drag()　　　　B. dragStart()　　　　C. startDrag()　　　　D. beginDrag()

9. 下列方法中的哪一个可被用来执行碰撞检测？

    A. hitTest()　　　　　　　　B. hitTestObect()

    C. hitTestPoint()　　　　　D. 不存在预定义的ActionScript方法执行碰撞检测

10. 下列方法中的哪一个基于包围盒进行两个对象之间的碰撞检测？

    A. hitTest()

    B. hitTestObect()

    C. hitTestPoint()

    D. 不存在预定义的ActionScript方法执行碰撞检测

11. 下列语句中的哪一个生成一个>= 2且< 10的随机数？

    A. Math.random()　　　　　　　　B. Math.random(10, 2)

    C. Math.random() * 10 + 2　　　D. Math.random() * 8 + 2

    E. Math.random() * 2 + 8

12. fruit = ["apple", "orange", "grape", "peach"]; fruit[0]是_____。

    A. "apple"　　　B. "orange"　　　C. "grape"　　　D. "peach"

    E. 以上都不是。不存在fruit[0]。尝试访问fruit[0]将得到一个错误。

13. fruit = ["apple", "orange", "grape", "peach"]; fruit[1]是_____。

    A. "apple"　　　B. "orange"　　　C. "grape"　　　D. "peach"

14. fruit = ["apple", "orange", "grape", "peach"]; fruit[4]是_____。

    A. "apple"　　　B. "orange"　　　C. "grape"　　　D. "peach"

    E. 以上都不是。不存在fruit[4]。尝试访问fruit[4]将得到一个错误。

15. 下列每个循环将执行多少次？假设i在循环体中不被改变。

    (i) for (i = -10; i <= 10; i++)

    (ii) for (i = 10; i >= 0; i++)

    (iii) for (i = -10; i <= 10; i = i + 3)

    (iv) for (i = -10; i <= 10; i = i + 2)

16. 当执行下列代码时，在输出面板中将显示什么？可在Flash中自由尝试该代码。

```
var s:int = 1;
var n:int;
for (n = 1; n < 5; n++)
{
```

```
    s = s + n;
        trace(s);
    }
```

17. 完成下列代码。假设在影片剪辑实例mc_balloon。上弹起鼠标时，它将向右移动5个像素。

```
    mc_balloon. _____(_____._____, _____);
    function clickBalloonHandler(evt:_____):void
    {
        mc_balloon._____ += 5;
    }
```

北京培生信息中心
中国北京海淀区中关村大街甲59号
人大文化大厦1006室
邮政编码：100872
电话：(8610)82504008/9596/9586
传真：(8610)82509915

Beijing Pearson Education
Information Centre
Room1006,CultureSquare No.59 Jia, Zhongguancun Street
Haidian District, Beijing, China100872
TEL: (8610)82504008/9596/9586
FAX: (8610)82509915

尊敬的老师：

您好！

　　为了确保您及时有效地申请教辅资源，请您务必完整填写如下教辅申请表，加盖学院的公章后传真给我们，我们将会为您开通属于您个人的唯一账号以供您下载与教材配套的教师资源。

请填写所需教辅的开课信息：

采用教材			□中文版　□英文版　□双语版
作　者		出版社	
版　次		ISBN	
课程时间	始于　　年　月　日	学生人数	
	止于　　年　月　日	学生年级	□专科　　□本科1/2年级 □研究生　□本科3/4年级

请填写您的个人信息：

学　校			
院系/专业			
姓　名		职　称	□助教　□讲师　□副教授　□教授
通信地址/邮编			
手　机		电　话	
传　真			
official email(必填) (eg:XXX@ruc.edu.cn)		email (eg:XXX@163.com)	
是否愿意接受我们定期的新书讯息通知：		□是　　□否	

系 / 院主任：_____（签字）

（系 / 院办公室章）

_____年_____月_____日

Please send this form to: Service.CN@pearson.com

Website: www.pearsonhighered.com/educator

教师服务登记表

尊敬的老师：

您好！感谢您购买我们出版的————————————————教材。

机械工业出版社华章公司为了进一步加强与高校教师的联系与沟通，更好地为高校教师服务，特制此表，请您填妥后发回给我们，我们将定期向您寄送华章公司最新的图书出版信息！感谢合作！

个人资料（请用正楷完整填写）

教师姓名		□先生 □女士	出生年月		职务		职称：	□教授　□副教授 □讲师　□助教　□其他	
学校			学院			系别			
联系 电话	办公：			联系地址 及邮编					
	宅电：								
	移动：			E-mail					
学历		毕业院校		国外进修及讲学经历					
研究领域									

主讲课程	现用教材名	作者及 出版社	共同授 课教师	教材满意度
课程： □专　□本　□研 人数：　　　学期：□春□秋				□满意　□一般 □不满意　□希望更换
课程： □专　□本　□研 人数：　　　学期：□春□秋				□满意　□一般 □不满意　□希望更换

样书申请			
已出版著作		已出版译作	
是否愿意从事翻译/著作工作　□是　□否	方向		
意见和建议			

填妥后请选择以下任何一种方式将此表返回：（如方便请赐名片）

地　址：北京市西城区百万庄南街1号　华章公司营销中心　　邮编：100037

电　话：(010) 68353079 88378995　传真：(010)68995260

E-mail:hzedu@hzbook.com markerting@hzbook.com　　图书详情可登录http://www.hzbook.com网站查询